KB262302

글누림비서구문학전집

타푸

타푸

글누림비서구문학전집 4
류전원 대표소설선
타푸 塔鋪 外

초판 발행 2012년 4월 18일

지 은 이 류전원(劉震雲)
옮 긴 이 김태성
펴 낸 이 최종숙
펴 낸 곳 글누림출판사

책임편집 이태곤
편   집 임애정 전희성 권분옥 이소희 박선주
디 자 인 이홍주 안혜진
마 케 팅 박태훈 안현진
관   리 이덕성

주   소 서울시 서초구 반포4동 577-25 문창빌딩 2층(137-807)
전   화 02-3409-2055(대표), 2058(영업), 2060(편집)
팩   스 02-3409-2059
전자메일 nurim3888@hanmail.net
홈페이지 www.geulnurim.co.kr
등록번호 제303-2005-000038호(2005.10.5)

정   가 13,000원
ISBN 978-89-6327-192-7 04820
      978-89-6327-098-2(세트)

표지 디자인 · 디자인밥 출력 · 알래스카 인쇄 · 한교원색 제책 · 동신제책사 용지 · 에스에이치페이퍼

04
글누림비서구문학전집

타 塔 푸 鋪

류전원 劉震雲 대표소설선

김태성 옮김

겉옷을 벗는 일

처음 작품을 발표한 후로 25년이 훨씬 넘는 세월이 흘렀다. 글쓰기에 있어서 주변의 동료 작가들에 비해 나는 좀 멍청한 편이다. 눈부신 발전이나 변화가 없기 때문이다. 그저 모든 글쓰기의 과정이 하나 또 하나 깨달음의 결과일 뿐이다. 처음에는 글쓰기가 강과 같다고 생각했다. 나중에서야 강이 아니라 바다라는 것을 깨달았다. 하지만 멍청한 것은 멍청한 것이고, 이 바다에서 40킬로미터를 헤엄치다 보니 내 몸을 겹겹이 겉옷이 두텁게 감싸고 있는 것을 알게 되었다. 겉옷이 바닷물에 젖으면서 내 몸 자체보다 훨씬 더 무거워졌다. 이 겉옷들 가운데는 내가 직접 입은 것도 있고 내가 어렸을 때부터 사람들이 입혀준 것도 있었다. 시대의 옷도 있고 사회의 옷, 민족의 옷도 있었다. 하나같이 동북 지방의 두터운 양가죽 옷이라 바닷물 속에서 나를 지치도록 잡아당겼다. 이때 나는 자신의 글쓰기 과정이 무엇인지 알게 되었다. 나의 글쓰기란 바닷물에 젖은 상태에서 한 겹 한 겹 겉옷을 벗는 작업이었다. 문제는 겉옷 자체에도 생명이 있어 하나를 벗어 던지면 또 하나의 겉옷이 생겨난다는 것이었다. 벗으면 입게 되고 입으면 또 벗게 되는 판이라 번거로워 죽을 지경이었다.

이것 자체가 하나의 깨달음이었다. 이러한 깨달음이 나로 하여금 지친 장수처럼 자신의 잔여 부대를 다시금 결집시킬 수 있게 해주었다. 이때의 결집은 과거의 기병과 달랐다. 새로운 각도가 생겨난 것이다. 다른 각도란 모든 사람들이 나와 함께 내 작품을 검증하는 것을 의미한다. 이 작품집 안에는 내가 지난 25년 동안 비바람 속에서 몸부림 친 흔적이 담겨 있다. 바닷물 속에서 겉옷을 벗어던진 고단한 과정이 담겨 있다.

어제를 검증하는 것은 내일을 준비하는 작업이다. 몸에 속옷만 남아 있게 될 때 나는 성실하고 대담하게 사람들과 만나게 될 것이다. 나의 유일한 두려움은 이러한 결의 자체가 또 하나의 겉옷이 되지 않을까 하는 것이다.

나는 자신이 바닷물 속에서 더 멀리 헤엄쳐 갈 수 있기를 바란다. 물가에서 지켜보면서 지지를 아끼지 않는 모든 친구들에게 감사의 인사를 보낸다.

2012년 2월

류전윈 劉震雲

구미중심적 세계문학에서 지구적 세계문학으로

괴테가 옛 이란인 페르시아에서 아주 유명하였던 시인 하피스의 시를 독일어 번역을 통해 읽고 영감을 받아서 그 유명한 『서동시집』을 창작한 것은 아주 널리 알려진 일이다. 괴테는 비단 하피스 뿐만 아니라 페르시아의 역사 속에 등장하였던 숱한 시인들에 대해서도 공부하고 일일이 설명하는 노고를 그 책에서 아끼지 않을 정도로 동방의 페르시아 문학에 심취하였다. 세계문학이란 어휘를 처음 사용한 괴테는 히브리 문학, 아랍 문학, 페르시아 문학, 인도 문학을 섭렵한 후 마지막으로 중국 문학을 읽고 난 후 비로소 세계문학이란 말을 언급했을 정도로 아시아 문학에 깊이 심취하였다. 괴테는 ‘동양 르네상스’의 전통 위에 서 있었다. 16세기에 이르러 유럽인들이 고대 그리스 로마의 정신적 유산을 비잔틴과 아랍을 통하여 새로 발견하면서 르네상스라고 불렀던 것을 염두에 두고 동방에서 지적 영감을 얻은 것을 ‘동양 르네상스’라고 명명했던 것이다. 동방의 오랜 역사 속에 축적된 문학의 가치를 알게 되면서 유럽인들이 좁은 우물에서 벗어나 비로소 인류의 지적 저수지에 합류한 것이다.

그러나 중국에서 생산된 도자기와 비단 등을 수입하던 영국이 정작 수출할 경쟁력 있는 상품이 없다는 것을 깨닫고 인도와 버마 지역에서 재배하던 아편을 수출하며 이를 받아들이라고 중국에 강압적으로 요구하면서 아편전쟁을 벌이던 1840년대에 이르면 사태는 근본적으로 달라졌다. 영국이 산업화에 어느 정도 성공하면서 런던에서 만국 박람회를 열었던 무렵인 1850년대에 이르러서 비로소 유럽이 전 세계를 지배하게 되는 움직임이 시작되었다. 13세기 베네치아 출신의 상인 마르코 폴로와 14세기 모로코 출신의 아랍 학자 이븐 바투타가 각각 자신의 여행기에서 가난한 유럽과 대비하여 지상의 천국이라고 지칭하기도 했던 중국이 유럽 앞에서 무너지는 것을 보면서 예전의 방식은 더 이상 통하지 않게 되었고 새로운 세계상이 만들어져 가기 시작하였다. 유럽인들은 유럽인들이 만들고 싶은 대로 이 세상을 만들려고 하였고, 비유럽인들은 이러한 흐름에 저항한다는 것이 거의 불가능하다는 것을 알아차린 이후에는 유럽의 잣대로 세상을 보는 방식을 배우기 위해 유럽추종에 혼신의 힘을 쏟았다. '동양 르네상스'의 기억은 완전히 사라지고 그 자리에 들어선 것은 '문명의 유럽과 야만의 비유럽'이란 도식이었다. 유럽의 가치와 문학이 표준이 되면서 유럽과의 만남 이전의 풍부한 문학적 유산은 시급히 버려야할 방해물이 되기도 하였다. 처음에는 유럽인들이 이러한 문학적 유산을 경멸하고 무시하였지만 나중에서 비유럽인 스스로 앞을 다투어 자기를 부정하고 유럽을 닮아가려고 하였다. 의식과 무의식 전반에 걸쳐 침전되기 시작한 이 지독한 유럽중심주의는 한 세기 반을 지배하였다. 타고르처럼 유럽의 문학을 전유하면서도 여기에 함몰되지 않고 자신의 전통과의 독특한 종합을 성취했던 이들이 없었던 것은 아니지만 주된 흐름을 바꾸기에는 역부족이었다.

유럽이 고안한 근대세계가 내부적으로 많은 문제점들을 드러내자 유럽 안팎에서 이에 대한 비판이 이루어졌고 근대를 넘어서려고 하는 노력들이 다방면에 걸쳐 행해졌다. 특히 그동안 유럽의 중압 속에서 허우적거렸던 비유럽의 지식인들이 유럽 근대의 모순을 목격하면서 자신의 과거를 돌아보는 성찰의 시간을 가지면서 사태는 달라지기 시작하였다. 유럽중심주의를 넘어서려는 이러한 노력은 많은 비유럽의 나라들이 유럽의 제국에서 벗어나는 2차 대전 이후에 이르러 본격화되었다. 정치적 독립에 그치지 않고 정신적 독립을 이루려는 노력이 문학을 중심으로 광범위하게 이루어졌던 것이다. 구미중심주의에 입각하여 구성된 세계문학의 틀을 해체하고 진정한 의미의 지구적 세계문학으로 나아가기 위해서는 두 가지의 인식 전환이 필요하였다. 하나는 기존의 세계문학의 정전이 갖는 구미중심주의를 분석하고 비판하는 것이다. 현재 다양한 세계문학의 선집이나 전집 그리고 문학사들은 19세기 후반 이후 정착된 유럽중심주의의 산물로서 지독한 편견에 젖어 있다. 특히 이 정전들이 구축될 무렵은 유럽이 제국주의 침략을 할 시절이기 때문에 이것은 더욱 심하였다. 아무리 뛰어난 재능을 가진 유럽의 작가라 하더라도 제국주의에서 자유로운 작가는 거의 없기에 그동안 별다른 의심 없이 받아들여졌던 유럽의 세계문학의 정전들을 가차 없이 비판하고 해체하는 작업은 유럽중심주의를 넘어서기 위해서 반드시 거쳐야 할 과정이었다. 하지만 이는 필요조건이지 충분조건은 아니었다. 서구문학의 정전에 대한 비판에 머무르지 않고 비서구 문학의 상호 이해와 소통이 절실하다. 비서구 문학의 상호 소통을 위해서는 비서구 작가들이 서로의 작품을 읽어주고 이 속에서 새로운 담론들을 만들어 내는 것이 필요하다. 기존 정전의 틀을 확대하는 것은 임시방편일 뿐이고 근본적인 전환일 수 없기에 이러한 작업은 지구적 세계문학의 구축을 위해서는 반드시 거쳐야한다. 비서구문학전집은 이러한 인식의 전환을 위한 새로운 출발이다.

글누림비서구문학전집 간행위원회

목차
Contents

타푸

塔鋪

타푸 _{塔鋪}

1

　9년 전, 나는 군대를 제대하고 집으로 돌아왔다. 그동안 입당(入黨)도 못하고, 간부로 발탁되지도 못하고, 볼에 빽빽하게 수염이 난 것 말고는 집을 떠날 때와 달라진 것이 없으니 아버지의 말씀에 따르면 밖에서 4년을 헛되이 구르다 온 것이었다. 돌이켜 보면 집에도 그리 큰 변화는 없었다. 남동생 둘이 부쩍 키가 커 내 키 만해진 데다 얼굴에는 여드름이 가득 나고, 온몸이 말 호흡으로 가득해진 것 말고는 달라진 것은 없었다. 밤에 잠자리에 들 때면 아버지 방에서 탄식소리가 들려왔다. 5척(尺)이나 되는 아들 셋이 곧 있으면 결혼할 나이니 애가 탈 수밖에 없었다. 1978년, 막 대학입시가 부활된 이듬해였다. 나는 운을 시험해보고 싶었지만 아버지는 동의하지 않으셨다.

"군대 생활도 제대로 못 한 놈이 대학에 붙을 수 있겠나? 게다가
……."

게다가 진(鎭)에 나가 입시 학원을 다니려면 우선 백 위안(元)의
수험료를 내야했다. 어머니는 오히려 내 생각을 지지해주셨다.

"만약에……."

아버지께서 물으셨다.

"제대할 때 퇴직금은 얼마나 받아왔느냐?"

내가 대답했다.

"백오십 위안이요."

아버지는 문짝에 대고 퉤- 하고 짙은 가래침을 뱉으셨다.

"네 맘대로 해 봐라. 하지만 순전히 네 힘으로 해야 한다. 집에서
너한테 손을 벌리지도 않겠지만, 그렇다고 보태주지도 않을 테니까
말이다. 시험에 붙으면 네 복이고 시험에 떨어져도 원망은 하지 말
거라."

이렇게 해서 나는 진에 있는 고등학교로 가서 입시반에 입학해
대학입시를 준비하게 되었다.

입시반은 고등학교에서 나이 많은 청년들의 대학 입시를 위해 운
영하는 과정이었다. 입시반에 들어서자 낯익은 얼굴이 많이 눈에
띄었고, 4년 전 고등학교 시절의 친구도 있었다. 모두들 한 차례 사

회가 온통 뒤집어지고 제멋대로 흘러가는 혼란을 겪고 나서 이제 다시 한자리에 보인 것이다. 옛 학우들을 만나고 보니 모두들 친근하게 느껴졌다. 일부 나이어린 학생들도 끼어 있었다. 1977년에 응시했다가 낙방하고 다시 입시반에 남은 친구들이었다. 선생님은 우리들을 한데 불러 운동장에서 짧은 조회를 갖은 다음 학생들의 이불 보따리와 찐빵 자루를 살폈다. 이것으로 입시반이 설립된 셈이었다. 학생들을 대신해 숙제도 걷고 기율도 관리하려면 반장이 필요했다. 그 문제가 거론되자 선생님의 눈길이 나를 찾았다. 선생님은 내가 부대에서 부분대장을 지냈으니 우리 반 반장을 맡으라고 말씀하셨다. 나는 황급히 둘러댔다. 부대에서 내가 맡은 직책은 사육분대 부분대장이라 하루종이 돼지에게 먹이를 준 게 전부라고 얘기했지만 선생님은 상관없다는 듯이 손을 휘휘 내저었다.

"아쉬운 대로 그냥 맡도록 해."

이어서 기숙사가 배정되었다. 남학생들에게 한 방, 여학생들에게 한 방, 그리고 반장에게 작은 방이 하나 배정되었다. 하지만 입시반 학생들이 너무 많다 보니 반장의 방에 세 명의 학생이 더 배정되었다. 숙소를 배정하고 난 다음 우리는 모두 생산대(生産隊) 마당에 일렬로 늘어서 보릿단을 엮은 다음 이를 숙소로 가져다가 바닥에 깔고 그 위에 이불을 얹었다. 남학생 기숙사에서는 구석자리를 놓고 실랑이가 벌어졌다. 작은 방에서는 내가 반장이라는 이유로 모두들 내게 구석자리를 양보했다. 저녁에 잠자리에 들 무렵이 되자 모두들 친해졌다. 나이 서른이 넘은 왕취안(王춘)은 나와 고등학교 동창으로 당시 반에서 가장 멍청하고 공부도 제일 못했는데 이제 와서 무슨 병이 도져 입시반에 들어왔는지 알다가도 모를 일이었다. 그 옆에 키가 아주 작은 청년은 아명(兒名)이 '모주어(磨桌 : 허난河南 북부 사투리로 키가 매우 작은 사람을 일컫는 말)'로 허리에 두꺼운 혁대를 차고 있었다. 그리고 얼굴이 아주 잘생긴 아이는 별명이 '생쥐'였다.

모두들 이불 속으로 파고들었다. 하지만 다들 처음 이곳에 온 터라 흥분이 되어 잠을 이루지 못했다. 그리하여 각자 이곳에 오게 된 동기에 대해 얘기해보기로 했다. 왕취안이 말했다.

"나는 원래 사람들 북적거리는 건 딱 질색이야. 게다가 마누라도 있고 애도 둘이나 딸렸는데 무슨 공부를 하겠어? 그런데 지방이라 기풍이 엉망이고 탐관오리들이 다 해먹는 걸 보고서 다시 공부하고 싶은 생각이 들었지. 일단 시험에 합격하면 주부(州府)니 현령(縣令)이니 하는 것들 다 내쫓고 단단히 다스려줄 거야."

'모주어'가 말했다.

"나는 관리가 될 생각은 없어. 그냥 보리 베는 게 싫었을 뿐이야. 악천후에도 고개를 숙이고 보리를 베는 건 정말 죽을 노릇이지!"

얼굴이 작고 흰 '생쥐'가 손에 끝이 돌돌 말린 더러운 책을 한 권 들고 머리맡에서 기름등에 비춰보며 말했다.

"우리 아버진 간부야.(그의 부친은 인민공사에서 민정民政을 맡고 계

셨다.) 난 문학을 좋아하지. 수학이나 물리, 화학 따위는 딱 질색이
야. 이곳에 공부하러 온 것도 다 아버지의 강요 때문이야. 하지만
그래도 괜찮아. 내 여자 친구 유에유에(悅悅 : 오늘 운동장에서 머리를
땋아 리본으로 묶고 있던 제일 예쁜 아이)도 이곳에 온다기에 따라왔거
든. 여섯 달 뒤에 시험에 붙을지 말지는 나중 일이고 일단 연애만은
꼭 성공하고 말거야!”

마지막으로 내 차례가 되었다. 내가 말했다.

“내게도 왕취안처럼 아내가 있었다면 이곳에 오지 않았을 거야.
‘생쥐’처럼 연애를 하고 있었더라도 오지 않았을 것이고 말이야. 난
아무것도 없기 때문에 이곳에 온 거야.”

이야기가 다 끝나고 왕취안의 동기가 가장 고상하다는 총평이 내
려졌다. 그러고는 곧 다들 잠자리에 들었다. 꿈속으로 빠져들기 전
에 모두들 말했다.

“깨어나면 새로운 생활이 시작될 거야.”

2

이 고등학교는 타푸(塔鋪)라는 작은 진(鎭)에 자리 잡고 있었다. 이
곳의 지명은 진 뒤편에 있는 마을 서쪽의 토단(土壇) 위에 비스듬하
게 전탑(塼塔)이 하나 서 있는 데서 유래했다. 7층으로 된 탑은 꼭대
기 부분이 남아 있지 않았다. 전해지는 얘기로는 신선이 구름을 타

고 노닐다 이곳에 이르러 실수로 소매가 부딪치는 바람에 탑 꼭대기가 떨어져 나갔다고 한다. 꼭대기가 없는 탑 위에 서서 사방을 바라보면 특별한 정취를 맛볼 수 있었다. 하지만 안타깝게도 다른 사람들은 이러한 정취를 느끼지 못했다. 학교는 탑 아래에 있었고, 담이 없이 서쪽으로 옥수수 밭에 바짝 붙어있었다. 옥수수 밭 서쪽에는 작은 강이 흐르고 있었다. 수많은 남학생들이 한밤중에 일어나 소변을 본 덕분에 농작물은 무럭무럭 잘도 자랐다.

개학 첫날, 국어 수업 시간이었다. '땡땡땡' 종소리가 울리자 교실 안은 금세 조용해졌다. 나와 한 책상에 앉은 '생쥐'는 나의 팔을 꼬집으며 자신의 여자 친구 유에유에를 가리켰다. 유에유에는 둘째 줄에 앉아 있었다. 곱게 땋아 리본을 맨 머리에 얼굴이 작고 발그레한 것이 정말 예뻤다. '생쥐'는 내게 여자 친구와 같은 책상에 앉을 수 있게 해달라고 부탁했다. 나는 고개를 끄덕였다. 이때 선생님이 교단에 올라섰다. 선생님은 이름이 마중(馬中)으로 나이는 마흔 남짓 되어 보였고 얼굴은 오이처럼 생겼다. 모두들 그가 이름난 좀생이에 빈정대기를 좋아한다는 걸 알고 있었다. 그는 교단에 올라서서 우선 아무 말 없이 2분 정도 학생들을 하나하나 자세히 살펴보았다. 작년 응시생 하나가 다시 와 맨 앞에 앉아 있는 것을 보고는 오이 같은 얼굴을 끄덕이며 차갑지도 않고 따스하지도 않은 어투로 웃으면서 말했다.

"좋아, 좋아. 또 와서 앉아 있군. 여러분들이 작년에 시험에 떨어진 덕분에 올해도 내 밥그릇을 지킬 수 있게 되었다. 앞으로도 잘 부탁한다.”

이어서 그는 두 손을 맞잡고 주위를 향해 흔들며 인사하는 시늉을 했다. 울지도 웃지도 못할 노릇이었다. 이런 빈정거림의 대상은 주로 시험에 낙방한 어린 친구들이었지만 우리 반 학생들 모두가 불쾌함을 감추지 못했다. 그는 여전히 수업은 시작하지 않고 내게 출석을 부르라고 지시했다. 한 명씩 이름을 부를 때마다 학생들은 ‘네’ 하고 대답했고, 선생님은 그때마다 일일이 고개를 끄덕였다. 출석 확인이 끝나자 선생님이 말했다.

“다들 이름이 좋군.”

그제야 수업을 시작한 그는 칠판에 ‘검지려’(黔之驢 : ‘검주의 당나귀’라는 뜻으로 당대의 문인 유종원柳宗元의 산문에서 유래한다. 전하여 쥐꼬리만 한 재주를 가진 사람을 의미한다.)’라고 세 글자를 적었다. 이때 ‘생쥐’가 자신의 문학적 소양을 과시하고 싶은 마음에 ‘금지려(今之驢)’라고 소리 내어 읽었다. 교실 안은 한바탕 웃음바다가 되었다. 유에유에의 얼굴이 빨개진 것을 보니 둘이 정말로 좋아한다는 것을 알 수 있었다. 이때 왕취안이 교과서도 없고 학습 자료도 없이 어떻게 공부를 하느냐고 묻자 선생님은 몹시 화를 냈다.

“그럼 유모는 데려왔나?”

교실은 그제야 다시 조용해졌다. 선생님은 목소리를 길게 끌면서 ‘일 벌리기 좋아하는 사람이 배에 실어 들여와(有好事者船載以入)’라는 구절로 ‘검지려’ 이야기를 시작했다. 당나귀와 호랑이가 싸우는 대목에 이르렀을 때쯤 교실 뒤쪽에서 코고는 소리가 들려왔다. 선생님은 이야기를 멈추고 천천히 소리가 나는 쪽으로 다가갔다. 아이들의 눈길도 그의 발걸음을 따라가다가 맨 뒷줄에 앉은 ‘모주어’가 시멘트 바닥에 엎드려 자고 있는 것을 발견했다. 모두들 선생님이 화를 낼 거라고 예상했지만 선생님은 오히려 태연하게 ‘모주어’ 곁에 멈춰 서서 그가 자는 모습을 우두커니 지켜보았다. 문득 잠에서 깬 ‘모주어’가 놀라 겁먹은 토끼처럼 빨간 눈을 뜨고 죄송하다는 듯이 선생님을 쳐다보았다. 선생님은 허리를 숙여 ‘모주어’의 얼굴에 입을 가까이 대고서 그를 위로해주었다.

“자거라, 자. 푹 자거라. 마오(毛)주석께서는 수업이 훌륭하지 못할 경우 학생들이 잠자는 것을 허락한다고 말씀하셨지.”

이어서 몸을 편 그는 말을 이었다.

“물론, 그런 이유로 너에게는 잠을 잘 자유가 있겠지만 나에게도 수업을 하지 않을 자유가 있다. 인정한다. 내 수업이 너무 수준이 낮아서 제군들에게 어울리지 않는 것 같다. 그러니 나도 수업을 하지 않겠다. 수업을 안 하면 될 게 아닌가!”

이어서 교단으로 올라간 그는 강의안과 교과서를 겨드랑이에 끼고 노기등등한 표정으로 교실을 나갔다.

교실은 금세 쑥대밭이 되었다. 떠드는 아이도 있고 웃는 아이도 있었다. ‘모주어’를 원망하는 아이도 있었다. ‘모주어’가 울상을 하며 변명을 늘어놓았다. 그에게는 잠자리가 바뀌면 사흘 동안 잠을 자지 못하는 습관이 있기 때문에 어젯밤에도 한숨도 자지 못해 몹시 피곤했다는 것이다. '생쥐'가 말했다.

"넌 망할 놈의 못된 습관이 한둘이 아니로구나!"

교실이 다시 소란스러워졌다. 내가 자리에서 일어나 아이들을 조용히 시키려 했지만 누구하나 말을 듣지 않았다.

그때 떠들썩한 교실에서 소란에 동참하지 않고 혼자 시멘트 바닥에 엎드려 열심히 공부하고 있는 학생이 하나 있었다. 유에유에와 같은 책상에 앉은 여학생으로 나이가 스물 한두 살가량 되어보였다. 짧은 머리에 옷깃이 정확히 대칭을 이룬 빨간 블라우스 차림의 그녀는 마치 승려가 입정(入定)하듯이 앞에 놓인 책에 시선을 고정시킨 채 정신을 집중하여 가는 목소리로 읽고 있었다. 온통 개구리가 울어대는 것 같은 교실에서 혼자 공부하는 그녀를 보고 나는 감탄을 금할 수 없었다.

점심시간에 '모주어'는 기분이 좋지 않았는지 집에서 가져온 찐빵주머니에서 찐빵을 하나 꺼냈지만 그것도 다 먹지 않았다. 저녁 무렵에는 기숙사에서 이불에 엎드려 엉엉 소리 내어 울기도 했다. 내가 달래보았지만 소용이 없었다. 옆에 엎드려 뭔가를 쓰고 있던 '생쥐'가 버럭 화를 냈다.

"빌어먹을 곡(哭)소리 좀 내지마. 지금 연애편지를 쓰고 있잖아!"

그러자 '모주어'는 한층 격해진 감정으로 대성통곡하며 울기 시작했다. 내가 달래보았지만 여전히 소용이 없었다. 결국 나는 기숙사를 나와 발길 닿는 대로 학교 서쪽에 있는 옥수수 밭을 향해 걸어갔다. 옥수수 밭을 지나자 강가가 나왔다.

강가에는 막 석양이 지고 있었다. 작은 강줄기가 저녁노을에 핏빛으로 붉게 물들어 소리 없이 천천히 흘러갔다. 저기 모래톱에 농가의 아가씨 하나가 갈퀴로 풀을 긁어모으는 모습이 보였다. 나는 자신이 스물 예닐곱이나 된 나이에 이런 아이들과 뒤섞여 생활하고 있다는 걸 생각하니 정말 재미가 없었다. 하지만 세상은 이렇게 넓은데 두 주먹은 비어 있고, 달리 출구가 없으니 그저 한숨만 내뱉으며 발길을 돌리는 수밖에 없었다. 건초를 모으던 그 아가씨가 어느새 한 무더기의 건초를 모아놓은 것이 눈에 들어왔다. 아가씨를 자세히 살펴보던 나는 놀라움을 금할 수 없었다. 그 아가씨는 교실에서 혼자 시멘트 판에 고개를 묻고 책을 읽던 바로 그 여학생이었다. 나는 그녀에게 다가가 인사를 건넸다. 약간 통통하면서 작달막한 체구에 얼굴은 발그스레하면서 전체적으로 하얀 편이라 아무리 봐도 싫증이 나지 않을 것 같았다. 내가 그녀에게 오늘 교실에서의 행동이 아주 훌륭했다고 말했지만 그녀는 아무 대꾸도 하지 않았다. 이번에는 왜 혼자 풀을 베는지 물었다. 그녀는 얼굴이 온통 붉게 물들이며 집안이 가난한데다 아버지는 편찮으시고 아래로 남동생 둘과 여동생이 하나 있어 풀을 베다 판 돈으로 학비를 대야 한다고 말했다. 나는 한숨을 쉬면서 정말 힘들겠다고 말했다. 그녀는 나를 힐끗 쳐다보더니 말을 받았다.

"지금은 많이 좋아진 편이야. 이전에는 집이 더 어려웠거든. 열다섯 살 때는 아버지를 따라 쟈오주어(焦作)에 가서 석탄을 캐기도 했어. 연말이었는데 쟈오주어에 거의 도착했을 때쯤 자동차 타이어에 구멍이 나는 바람에 차를 수리해줄 사람을 기다리다가 어느새 한밤중이 되고 말았지. 아버지와 내가 길에서 차를 밀고 있는데 근처에 있는 마을에서 설날 폭죽을 터뜨리는 소리가 들리더군. 기분이 정말 이상했어. 지금은 학교도 다닐 수 있게 되었으니 열심히 해야지. 그래야 어른들 뵐 낯이 서지."

그녀의 말을 들으며 나는 연신 고개를 끄덕였다. 그때 문득 수많은 이치들이 분명하게 다가왔다.

저녁에 기술사로 돌아와 보니 '모주어'는 이미 울음을 그치고 조용히 뭔가를 정리하고 있었다. '생쥐'는 석유등에 가까이 다가가 앉아 그 더러운 책을 계속 읽으면서 유행가를 흥얼거리고 있었다. 연애편지는 이미 전달한 모양이었다. 이때 왕취안이 황급히 들어와서는 날 찾느라 사방을 돌아다녔다고 툴툴거렸다. 무슨 일이냐고 묻자 그는 우리 아버지가 오셨다가 찐빵만 전해주시고는 내가 돌아오기를 기다리다 못해 밤길을 재촉해 돌아가셨다고 했다. 그러고는 머리맡에 있는 찐빵 자루를 건네주었다. 자루를 열어보니 안에는 밀가루 쥐엔즈(卷子 : 돌돌 말린 모양으로 쪄낸 찐빵) 몇 개 들어 있었다. 쥐엔즈는 설에나 겨우 먹을 수 있는 음식이었다. 나는 가슴이 뜨거워지면서 또다시 강가의 그 여학생을 떠올렸다. 왕취안에게 그녀가 누구인지 물어보았다. 왕취안은 그녀를 알고 있었다. 그녀는 궈(郭)씨 마을에 살고 있고 이름은 리아이롄(李愛蓮)이며 집이 찢어지게 가난한 데다 아버지는 술주정뱅이라고 했다. 왕취안은 그녀가 입시반에 들어오기 위해 아버지와 여러 번 다퉜다는 말도 빼놓지 않았다. 나는 묵묵히 고개를 끄덕였다. 이때 '생쥐'가 끼어들었다.

"왜, 반장 그 여자애가 맘에 들어? 그렇다면 서둘러야지! 이건 『연애편지 대전서』라는 책인데 빌려줄 테니 한번 읽어봐. 잘 해봐, 친구. 이 마을을 지나면 이런 식당이 없을 것이고 이 빠오즈(包子 : 중국 북방의 주식 가운데 하나인 왕만두)를 놓치고 나면 맛있는 소(餡)는 더 이상 먹기 힘들지."

나는 화가 나서 찐빵 자루를 그의 머리에 던져버렸다.

"제기랄, 꺼져 임마!"

기숙사에 있던 사람들 모두 깜짝 놀랐다. 울상을 짓고 있던 '모주어'도 고개를 들고는 동그랗고 작은 눈으로 놀란 듯 나를 쳐다보았다.

3

겨울이 되었다. 교실은 사방에서 바람이 들어왔고 기숙사도 마찬가지였다. 아침이건 저녁이건 추워도 몸 둘 곳 하나 없었다. 하필 거기에 한바탕 눈까지 내렸다. 눈이 내린 뒤에는 얼음이 얼고 날씨가 더 추워졌다. 밤에 잠이 들었다가도 추워서 깨기 일쑤였다. 우리 네 사람은 이부자리를 두 개로 합쳐 둘이 이불 하나에 비집고 들어가 잠을 잤다. 우리는 이를 얹어 자기(打老騰 : 바닥에 이불을 더 깔고 여럿이 몸을 바짝 붙여 함께 잔다는 뜻)라고 불렀다. 교실에는 불이 없었다. 저녁에는 각자 작은 기름등을 켜고 시멘트 바닥에 엎드려 복습을 했다. 찬바람이 갈라진 벽 틈새로 새어 들어와 등불이 어지럽게 흔들렸다. 학생들이 소매를 당기고 손을 잔뜩 꾸부린 채 줄지어 앉아 등불 아래 어슴푸레 흔들리는 모습이 마치 사당 안의 꼬마 도깨비들 같았다. 창문 밖을 내다보니 까맣고 반질반질한 대머리 탑이 찬바람에 떨고 있는 것이 금방이라도 무너져 내릴 것만 같았다. 반에 유행성 독감이 돌아 여기저기서 기침 소리가 끊이지 않았다. 앞줄에 앉은 두 어린 친구는 결국 병으로 쓰러져 고열에 시달리면서 헛소리가지 하다가 하는 수 없이 자퇴를 하고 부모님들에 이끌려 돌아가야 했다.

이 무렵 나는 리아이렌과 한 책상에 앉게 되었다. ‘생쥐’가 자신의 여자 친구와 함께 앉겠다고 해서 자리가 바뀐 것이다. 매일 함께 지내면서 우리는 서로에 대해 더 많은 것을 이해하게 되었다. 나는 그녀에게 군대시절 이야기를 들려주면서 부대에서 어떻게 돼지에게 먹이를 주는지 이야기해 주었고, 그녀는 내게 어릴 적 느릅나무를 탔던 이야기며, 아침 일찍부터 여덟 그루나 되는 나무를 돌며 느릅나무 열매를 따다가 밥을 지어먹은 이야기를 해주었다. 또한 그녀의 어머니는 너무 착하신 분인데 반해 아버지는 성미가 급한 데다 하며 술을 좋아하고 술만 마시면 사람을 때린다는 이야기도 해주었다. 그녀의 어머니가 아이를 가졌을 때, 아버지가 비탈길에서 어머니를 발길로 차는 바람에 몇 바퀴나 굴렀다는 얘기도 해주었다.

학교 급식은 형편없었다. 학생들은 모두 집이 넉넉지 않았기 때문에 차가운 옥수수 찐빵을 가져다 식당에서 반찬 조금과 죽 한 그릇을 사서 함께 먹었다. 5편(分)짜리 배춧국을 맘껏 사먹을 수 있는 것은 그나마 생활이 많이 나아진 덕이었다. 우리 방에서는 '생쥐'의 집이 가장 부유한 편이라 집에서 자주 좋은 음식들을 보내왔다. 하지만 '생쥐'는 늘 같은 책상에 앉은 여자 친구에게만 나눠줄 뿐, 우리는 손도 못 대게 했다. 이따금 살짝 맛을 보여주기는 했지만 이때도 나와 왕취안에게만 조금 떼어줄 뿐, '모주어'에게는 눈곱만큼도 주지 않았다. '모주어'와 사이가 좋지 않았기 때문이다. 그럴 때마다 '모주어'는 늘 한쪽에 멍하니 앉아 입맛만 다시다가 또다시 마음을 다치는 꼴이 영 불쌍하기만 했다. 그는 그날 수업시간에 잠을 자다 들킨 이후로 잘못을 고치고 열심히 공부에 임했다. 그래서인지 몸이 더 말라 머리도 더 작아 보였다.

봄이 되었다. 버드나무에 새싹이 돋아났다. 하루는 교실에서 저녁을 먹고 있는데 리아이렌이 내 앞으로 조용히 그릇을 내밀었다. 고개를 숙여 내려다보니 어린 버들잎을 찧어 만든 주먹밥 몇 개였다. 나는 감격에 겨운 얼굴로 그녀를 한 번 쳐다보고는 얼른 하나를 집어 먹어보았다. 산해진미가 따로 없었다. 나는 다 먹지 않고 하나를 남겨 두었다가 그날 저녁 기숙사에서 슬그머니 '모주어'에게 건네주었다. 하지만 '모주어'는 나를 향해 고개만 가로저을 뿐이었다. 그는 이제 다른 사람의 음식은 절대로 먹지 않는 고집을 부리고 있었다.

왕취안의 아내가 다녀갔다. 체구가 크고 키가 훤칠한 데다 피부가 까무잡잡한 여인으로 굉장히 사나웠다. 그녀는 문에 들어서자마자 왕취안의 이름을 부르며 집에 끼니가 끊겨 두 아이가 배고프다고 징징대는데 음식을 구할 길이 없으니 어서 나가 방법을 찾아보라고 고함을 쳤다. 그러면서 욕까지 해댔다.

"마누라랑 자식은 집에서 죽도록 고생하는데 너는 여기서 복을 누리고 있구나. 팔자도 좋다!"

왕취안은 아무런 대꾸도 하지 않았다. 대신 손을 뻗어 몽둥이를 하나 집더니 그녀를 문밖으로 쫓아냈다. 두 사람은 마치 아이들처럼 운동장에서 쫓고 쫓기며 싸우다가 결국 왕취안이 까무잡잡한 여인을 가까스로 쫓아냈다. 학생들은 운동장 한쪽에 서서 웃어댔고 왕취안은 몸을 돌려 숙소로 돌아갔다.

이튿날, 왕취안의 큰 아이가 왕취안에게 찐빵 자루를 전해주러 찾아왔다. 왕취안은 까무잡잡한 아들의 손을 끌어당기며 한숨을 내쉬었다.

"조금만 기다려라. 이 아빠가 높은 관리가 돼서 엄마랑 너희들 모두 행복하게 해줄 테니까!”

　이 무렵 한 가지 이상한 일이 벌어졌다. 피골이 상접하도록 말랐던 ‘모주어’의 얼굴에 갑자기 혈색이 돌기 시작한 것이다. 어느 날 저녁에는 늦게 숙소로 돌아온 그의 입에 기름이 번들거렸다. 어디 갔었는지 물어도 그는 대답을 하지 않고 자리에 눕자마자 잠들어버렸다. 그가 잠들자 나는 왕취안은 서로의 생각을 주고받았다.

　“보아하니 녀석이 음식점에 가서 밥을 먹고 온 모양이야. 그렇지 않고서야 어떻게 저렇게 입가에 기름이 번들거리겠어? 그런데 돈은 어디서 났지?”

　이때 ‘생쥐’가 끼어들었다.

　“누군가의 돈을 훔친 게 분명해!”

　나는 부릅뜬 눈으로 ‘생쥐’를 노려보았다. 다들 더 이상 아무 말도 하지 않았다.

　녀석의 비밀은 결국 내게 발각되었다. 어느 날 저녁 자습을 마치고 숙소로 돌아와 보니 ‘모주어’가 보이지 않았다. 나는 혼자 나와 몰래 그를 찾아보았다. 사방을 샅샅이 뒤졌지만 ‘모주어’의 모습은 보이지 않았다. 변소에서 용변을 보고 있는데 갑자기 변소 뒤에서 마치 도깨비불처럼 번쩍 하고 불길이 일었다 꺼지는 것이 보였다. 불 앞에는 사람 그림자 하나가 땅바닥에 엎드려 있었다. 세상에! 저건 ‘모주어’가 아닌가! 몰래 다가가 보니 땅바닥에는 몇 장의 파지가 불타고 있고 불길 속에는 막 허물을 벗은 새끼 매미들이 버둥대고 있었다. ‘모주어’는 불길을 바라보며 혀로 입술을 핥다가 때때로 기어 나온 매미를 다시 불 속에 던져 넣곤 했다. 잠시 후 불이 꺼지고 매미가 불에 타 죽었는지, 익었는지는 알 수 없었지만 ‘모주어’는 흥미진진한 표정으로 하나씩 집어 입으로 가져갔다. 입이 가득 차자 이제는 마구 씹어대기 시작했다. 속이 거북해진 나는 자신도 모르게 움찔하며 몇 발짝 뒤로 물러서다가 그만 소리를 내고 말았다. 깜작 놀란 ‘모주어’는 황급히 씹기를 멈추고 고개를 돌려 누군지를 확인했다. 나를 발견한 그는 몹시 두려운 표정을 짓더니 이내 곤혹스러워하며 횡설수설 변명을 늘어놓았다.

“반장, 하나 먹어보지 않을래? 아주 맛있어!”

나는 대답하지 않았다. 매미를 먹지도 않았다. 가슴속에서 맵고 시린 맛이 솟구쳐 올라왔다. 나는 그를 위아래로 훑어보았다. 어두운 달빛에 비친 그는 마치 조그만 새끼 짐승 같아 보였다. 눈에서 눈물이 솟았다. 앞으로 다가가 마치 친형제를 대하듯 그의 팔을 끌어당겼다.

“‘모주어’, 돌아가자.”

‘모주어’도 눈가에 눈물을 그렁그렁하여 애원했다.

“반장, 다른 사람들에게는 알리지 말아줘.”

나는 고개를 끄덕였다.

“알았어.”

5·1노동절이 되면서 학교생활이 조금 개선되었다. 무를 넣고 푹

삶은 고기도 한 그릇에 5마오(毛)면 살 수 있었다. 1년 내내 가난했지만 명절만큼은 풍성했다. 학생들은 아낌없이 각자 한 그릇씩 사서 '후루룩 후루룩' 맘껏 소리를 내며 먹었다. 때때로 누구 그릇에 고기가 더 많이 들어갔다고 손으로 가리키며 고함을 치기도 했다. 음식을 들고 교실로 돌아온 나는 리아이렌이 혼자 교실에 앉아 책상에 얼굴을 묻고 엎드려 꼼짝도 않고 있는 것을 발견했다. 나는 그녀에게 돈이 없으리라 생각하고 사 온 음식을 두 숟갈 정도 뜬 다음 그녀에게 건넸다. 고개를 들어 나를 보는 그녀의 눈가가 붉어지더니 음식을 받아 들고 자기 자리로 갔다. 나는 마음속으로 잔잔한 감동을 느끼면서 한편으로는 괴롭기도 했다. 그녀를 보호해주고 싶다는 숭고한 마음이 솟아나면서 어느새 눈에도 눈물이 고였다. 얼른 몸을 돌려 교실을 나왔다. 저녁이 되어 다시 교실로 가보았지만 그녀의 모습은 보이지 않았다.

나는 이상한 느낌이 들어 왕취안을 교실에서 불러내 리아이렌에게 무슨 일이 생겼는지 물었다. 왕취안이 한숨을 내쉬며 말했다.

"아버지가 아프시대."

"심각하대?"

"좀 그런가봐."

나는 황급히 교실로 돌아와 '생쥐'에게 자전거를 빌린 다음 학교 앞 합작사(合作社 : 일종의 협동조합 또는 협동조합에서 운영하는 소규모 공판장)에서 먹을거리를 조금 산 다음 리아이렌이 사는 곳으로 달려갔다.

리아이렌의 집은 듣던 대로 몹시 가난했다. 세 칸짜리 부서진 초가집은 토담이 무너지고 기울어진 데다 마당은 어두컴컴하고 방에서만 희미한 등불 빛이 새어나왔다. 나는 큰소리로 리아이렌의 이름을 불렀다. 방에서 인기척이 나더니 곧이어 발을 걷으며 리아이렌이 밖으로 나왔다. 나를 확인한 그녀는 몹시 놀란 표정이었다.

"아니, 네가 여길 어떻게 왔어?"

"아저씨께서 아프시다는 애길 듣고 찾아왔어."

그녀의 눈가에 감격의 빛이 서렸다.

방 안에는 벽에 걸린 기름등이 희미한 빛을 발하고 있었다. 벽에 붙어 기댄 침대에는 장작처럼 마른 중년의 사내가 누워있고 이불 위에는 보릿짚 찌꺼기가 어지럽게 널려 있었다. 침대 앞에는 콧물을 흘리는 어린 아이들 몇이 둘러앉아 있었다. 침대 머리맡을 맴돌고 있는 머리가 헝클어진 중년 부인은 아마도 리아이렌의 어머니인 것 같았다. 내가 방 안에 들어서자 모든 사람들의 시선이 내게로 모아졌다. 나는 황급히 자초지종을 설명했다.

"저는 리아이렌의 같은 반 친구에요. 모두들 아저씨께서 편찮으시다는 걸 알고서 저더러 가보라고 해서요."

이어서 준비해온 음식을 리아이렌의 어머니에게 건넸다.

리아이렌의 어머니는 그제야 생각이 났는지 서둘러 내게 자리를 권했다.

“아이고, 세상에! 이렇게 귀한 걸 다 사오다니.”

리아이렌의 아버지도 침대에서 비스듬히 몸을 일으켜 기침을 하면서 탁자 위에 놓인 담뱃대를 내게 권했다. 나는 황급히 손을 내저으며 담배를 못 피운다고 말했다. 리아이렌이 말했다.

“이 사람이 우리 반 반장이에요. 정말 좋은 사람이지요. 이……이 고깃국도 우리 반장이 사준 거예요.”

나는 그제야 침대 머리맡 탁자 위에 내가 반쯤 먹은 고깃국이 놓여 있는 것을 발견했다. 이제 보니 리아이렌은 혼자 먹기가 아까워 고깃국을 가져다 병중인 어버지에게 갖다드린 모양이었다. 침대 곁에 있는 어린 남매들이 애절한 눈으로 그릇 속의 고기 조각을 바라보고 있었다. 나는 또다시 가슴이 아려왔다.

잠시 앉아서 리아이렌이 떠다 준 물을 마시고 난 뒤에야 그녀의 아버지가 술을 너무 많이 마신 탓에 지병인 위병이 도졌다는 것을 알게 되었다. 나는 몇 마디 인사를 건네고 자리에서 일어서면서 리아이렌에게 말했다.

“나 먼저 돌아갈게. 집에서 하룻밤 자고 내일은 수업에 꼭 오도록 해.”

이때 리아이렌의 어머니가 내 손을 잡아끌었다.

“고생만 시켰네요. 집이 가난해서 맛있는 것은 고사하고 아무것도 대접하지 못해 미안하구려.”

그러고는 다시 리아이렌을 향해 말했다.

“너도 지금 이 학생 따라 돌아가거라. 집에 이렇게 사람이 많은데 너 하나 없다고 큰일이라도 나겠니. 어서 돌아가서 공부나 열심히 하거라.”

어두운 밤길은 마치 뱀 같았다. 내가 자전거를 몰고 리아이렌은 뒷자리에 탔다. 길을 반쯤 가도록 둘 다 아무 말도 하지 않았다. 문득 나는 리아이렌이 훌쩍이며 울음을 삼키는 소리를 들었다. 잠시 후 그녀는 팔로 내 허리를 안고는 얼굴을 내 등에 기댄 채 말했다.

“오빠⋯⋯.”

순간 내 가슴이 뜨거워졌다. 눈에서 눈물이 솟았다.

“잘 잡아. 넘어지지 않게.”

이렇게 말하면서 나는 속으로 결심했다. 열심히 노력해서 반드시 시험에 붙고 말거라고.

4

대학입시가 두 달 앞으로 다가왔다. 이때 대학 입시 과목에 세계지리가 추가되었다는 소식이 전해졌다. 학교에서는 중국지리만 보게 될 것으로 예상했는데 뜻밖에 시험이 임박해서 세계지리 과목이 추가된 사실을 알게 된 것이다. 모두들 당황하기 시작했다. 이 무렵 학생들의 정신은 이미 화살이 바닥난 활처럼 막다른 상태였다. 왕취안은 불면증 때문에 밤새 잠들지 못했다. ‘모주어’는 머리가 아프고 교과서를 보기만 해도 눈앞이 가물거렸다. 학생들은 마구 욕을 해댔다. 학교가 정보를 제대로 파악하지 못했다고 원망하면서 도저히 용납할 수 없는 일이라고 분개했다. 더 큰 문제는 모두들 세계지리에 대한 학습 자료를 갖고 있지 않다는 것이었다. 때문에 모두들 세계지리에 관한 자료를 찾느라 혈안이었다. 이런 혼란 속에서 유일하게 '생쥐'만 싱글벙글했다. 들리는 얘기로는 그의 연애가 곧 봄철 파종기에 들어설 예정이기 때문이라고 했다.

소란 속에서 시간은 흘러갔다. 자료를 찾은 사람도 있고 그렇지 못한 사람도 있었다. 대학 입시가 가까워지자 학생들은 모두 이기적으로 변해 가기 시작했다. 자료를 구한 친구는 경쟁상대가 늘어날까 두려워 구하지 못한 친구들에게 비밀로 했다. 우리 숙소에서는 '모주어'가 어디서 구했는지 책갈피가 누렇게 변한『세계지리』를 한 권 가지고 있었다. 하지만 그는 몰래 매미를 구워먹던 때처럼 혼자 몰래 책을 숨겨두고 외웠다는 사실을 한사코 부인했다. 나와 왕취안은 자료를 구할 방법이 없었다. 리아이렌도 마찬가지였다. 우리는 뜨거운 솥 위의 개미들처럼 초조해졌다. 바로 그때, 아버지가 찐빵을 가져다주러 학교에 오셨다. 아버지는 내가 누렇게 뜬 얼굴로 불안해하는 것을 보시고는 무슨 일이냐고 물으셨다. 나는 건성으로 대답했다. 그런데 뜻밖에 아버지가 손뼉을 치며 말씀하셨다.

"네 고모네 큰 애가 지현(汲縣)에서 사범학교 교사로 있으니 책을 구할 수 있을지도 모르겠구나!"

나는 갑자기 아버지의 말을 되뇌며 매우 기뻐했다. 아버지는 몸을 일으키시면서 허리에 맨 파란 천을 다시 조여 매시고는 자진해서 곧장 지현으로 떠나셨다.

내가 말했다.

"먼저 집으로 가셔서 엄마한테 알려주셔야 걱정하지 않으실 거예요."

아버지가 말씀하셨다.

"시간이 없는데 언제 이것저것 다 따지겠냐!"

내가 말했다.

"아버지는 자전거도 못 타시잖아요. 지현까지 다녀오시려면 백팔십 리 길이나 된다고요."

아버지는 자신 있게 말씀하셨다.

"내가 이래 뵈도 젊을 때는 하루에 이백삼십 리나 걸었단 말이다."

아버지는 말을 마치고 걸음을 옮기기 시작하셨다. 나는 재빨리 따라가 찐빵 자루를 건네 드렸다. 아버지는 그런 나를 보시더니 턱수염이 거뭇거뭇한 입으로 함빡 웃으시면서 품에서 찐빵 네 개를 꺼내 보이며 말씀하셨다.

"걱정마라. 내일 저녁에 틀림없이 시간 맞춰 돌아올 테니."

내 눈에서 눈물이 솟아나왔다.

저녁 자습 시간에 나는 몰래 이 소식을 리아이렌에게 알려주었다. 그녀도 무척 기뻐했다.

이튿날 저녁, 각자 몰래 학교를 빠져나와 뒷담에서 만난 나와 리아이렌은 이 리 길을 걸어 마을 입구의 큰길로 나가 아버지를 기다렸다. 처음에는 둘이 웃으며 이야기를 나눴다. 그러나 날이 어두워지도록 길가에 사람 그림자 하나 보이지 않고 근처에는 똥 푸는 늙은이만 지나갈 뿐이었다. 나는 실망하기 시작했다. 리아이렌이 나를 위로했다.

"아저씨께서 다리가 아프셔서 천천히 오고 계신지도 몰라."
내가 말했다.
"만일 자료를 구하지 못했으면 어떡하지?"

두 사람은 말없이 계속 기다렸다. 초승달이 서쪽으로 기울 때까지 기다렸지만 아버지는 오지 않으셨다. 더 이상 희망이 없다는 것을 알고 나는 울상이 되어 숙소로 돌아왔다. 하지만 리아이렌과는 다음날 새벽 다섯 시쯤 이곳에서 다시 만나기로 약속했다.

이튿날 닭이 울자마자 나는 잠자리에서 일어나 마을 입구로 나가 아버지를 기다렸다. 멀리 사람 그림자가 보였다. 아버지일 거라고 생각하고 황급히 달려갔지만 아버지가 아니라 리아이렌이었다.

"나보다 먼저 일어났네!"
"나도 방금 왔어."

새벽이라 서리가 내려 있었다. 푸른 들판이 하얗게 변했다. 인근 마을 여기저기에서 닭 울음소리가 들렸다. 문득 쌀쌀한 기운이 느껴져 옆에 있는 리아이렌을 쳐다보니 그녀도 떨고 있었다. 나는 재빨리 외투를 벗어 그녀의 어깨에 걸쳐주었다. 그녀는 나를 한 번 쳐다보고는 사양하지 않고 다정한 눈길을 보내면서 천천히 내 품에 몸을 기댔다. 나는 순간 몸이 뜨거워지면서 가슴이 뛰기 시작했다. 고개를 숙여 그녀에게 키스하고 싶었지만 그렇게 하지 않았다.

날이 점차 밝아오면서 동쪽에 붉은 놀이 나타났다. 갑자기 하늘 끝에서 비틀거리며 걸어오는 그림자가 나타났다. 리아이렌이 갑자기 내 품에서 몸을 빼더니 손가락으로 그림자를 가리켰다.

"너희 아버지일까?"

나는 그림자를 보는 순간 흥분하기 시작했다.

"맞아. 우리 아버지야. 우리 아버지 걸음걸이가 맞아."

우리 둘은 날듯이 앞으로 달려갔다. 내가 두 팔을 흔들며 소리쳤다.

"아버지!"

하늘 끝에서 메아리가 울렸다.

"오냐!"

"구하셨어요?"

"구했다, 이 녀석아!"

나는 미칠 듯이 기뻐서 소리를 지르며 앞으로 달려 나갔다. 쫓아오던 리아이렌이 넘어진 것에는 신경도 쓰지 않고 앞을 향해 비틀비틀 걸어오는 아버지에게로 달려갔다.

“구했어요?”

“구했다.”

“어디 있어요?”

“서두르지 말거라. 꺼내줄 테니까.”

아버지도 몹시 흥분하면서 바닥에 털썩 주저앉으셨다. 리아이렌도 달려와 우리 부자의 모습을 지켜보았다. 아버지는 조심스럽게 허리띠 대신 맨 파란 천을 풀고 이어서 저고리 단추를 푼 다음 다시 셔츠 단추를 푸시더니 품속에서 얇고 너덜너덜한 책 한 권을 꺼내셨다. 나는 재빨리 책을 빼앗았다. 책은 아직도 따뜻했다. 표지에는 ‘세계지리’라고 선명하게 적혀 있었다. 리아이렌은 책을 건네받아 보더니 흥분하여 두 귀까지 빨개졌다.

“마…… 마…… 맞아. 정말 ‘세계지리’야!”

아버지는 우리가 기뻐하는 모습을 보시고는 그저 ‘허허’ 하고 웃으실 뿐이었다. 그제야 나는 아버지의 신발 밑창이 찢어져 아가리가 벌어지고 그 사이로 뭔가 검붉은 것이 번지는 것을 발견했다. 황급히 아버지의 신발을 벗겨보니 더러운 흙과 주름진 발 위로 피멍울이 가득하고 어떤 것은 이미 터져버린 상태였다. 발이 온통 피투성이였다.

“아버지!”

아버지는 여전히 웃으시며 발을 도로 신발 속으로 넣으셨다.

“괜찮다. 별 거 아니야.”

리아이렌의 눈에도 눈물이 고였다.

"아저씨, 정말 고생하셨어요."

내가 말했다.

"아버지도 이제 예순 다섯이세요."

아버지는 공적을 과시하기라도 하듯이 말씀하셨다.

"괜찮다, 괜찮아. 요즘 이 책이 너무 귀하다 보니 구하기가 어려워 네 사촌 형이 어렵사리 구하느라 하루가 지체된 게다. 그렇지만 않았으면 어젯저녁에 바로 돌아왔을 텐데 말이야."

나와 리아이렌은 서로의 얼굴을 쳐다보았다. 그제야 그녀의 온몸에 흙이 가득한 것을 발견한 나는 그녀가 넘어진 것을 알았다. 그녀가 소매를 걷자 팔꿈치에 시퍼렇게 멍이 들어 있었다. 하지만 우리는 둘 다 웃었다.

이때 아버지가 진지하게 말씀하셨다.

"네 사촌 형 말이, 이 책이 구하기 어려워 다른 사람에게 억지로 빌려온 것이니 아무리 길어도 열흘 뒤에는 돌려줘야 한다더라."

우리도 진지한 표정으로 고개를 끄덕였다.

아버지가 또 말씀하셨다.

"너희가 우선이야. 열흘로도 부족하면 돌려주지 말지 뭐. 아버지가 오는 길에 실수로 잃어버렸다고 할 테니 걱정 마라."

우리가 말했다.

"열흘이면 충분해요."

그제야 우리는 평소 모습을 회복했다. 아버지는 의심스런 눈초리로 리아이렌을 뜯어보기 시작했다. 내가 서둘러 해명했다.

"같은 반 친구에요. 이름은 리아이렌이고요."

리아이렌은 난처한 듯 금세 얼굴이 빨개졌다.

웃으시는 아버지 눈이 야릇하게 반짝였다.

"친구라고? 그래, 알았다. 어서 그만들 가 보거라."

아버지는 곧장 몸을 일으켜 반대쪽 샛길을 통해 집으로 돌아가셨다.

내가 말했다.

"아버지, 좀 쉬었다 가세요."

아버지가 말씀하셨다.

"네 엄마가 집에서 기다리고 있을지도 모르잖니."

아버지의 지친 두 다리가 길 위로 사라지는 것을 보고 나서 나와 리아이렌은 『세계지리』를 들고 번갈아 들춰 보며 함께 학교로 돌아왔다. 그리고 내일 아침 일찍 몰래 강가에서 만나 함께 『세계지리』를 외우기로 약속했다.

이튿날 아침, 나는 책을 들고 옥수수 밭을 지나 그날 리아이렌이 풀을 베던 강가에 도착했다. 나는 그녀가 나보다 일찍 도착했으리라는 것을 알고서 몰래 옥수수 밭에서 빠져나와 놀라게 해줘야겠다고 마음먹었다. 그러나 옥수수 대를 헤치고 하천 둑을 바라보는 순간, 나는 그 자리에 멍하니 선 채 한 발짝도 내딛을 수 없었다. 한

폭의 그림을 보았기 때문이었다.

리아이롄은 하천 둑 위에 평온한 모습으로 앉아 있었다. 그녀 앞 풀밭 위에는 8편짜리 작고 둥근 거울이 세워져 있었다. 그녀는 거울을 보면서 이 빠진 플라스틱 빗으로 천천히 머리를 빗고 있었다. 아주 조심스럽게 천천히, 그리고 아주 꼼꼼하게 빗질을 했다. 동쪽 하늘에 아침놀이 붉게 떠올랐다. 붉은 빛이 그녀의 얼굴 한쪽을 황금빛으로 물들였다.

나는 문득 그녀가 아가씨, 그것도 몹시 아름다운 아가씨라는 사실을 의식했다.

그날, 나는 하루 종일 마음이 초조하고 불안했다. 『세계지리』를 구했지만 학습효과는 좋지 못했다. 생각에 항상 틈이 나 있었다. 나는 리아이롄도 얼굴빛이 어딘가 어지럽고 심란해 보인다는 사실을 발견했다. 우리는 둘 다 자신을 원망하면서 감히 서로의 눈을 쳐다보지 못했다.

저녁에 우리는 큰길가에 나가 이따금씩 손전등으로 책을 비춰보며 내용을 암기했다. 날이 어두워서인지 아니면 사방이 고요해서인지 모르지만 그날따라 유달리 집중이 잘 되고 암기도 효과적이었다. 소등을 알리는 학교 종소리가 울릴 때쯤 우리는 이미 책의 3분의 1을 외웠다. 우리는 둘 다 놀라움과 흥분에 젖어 책을 내던지고 함께 길가의 풀밭 위를 굴렀다. 돌아가고 싶지 않았다.

날이 어두워지고 별이 떠올랐다. 하늘을 가득 메운 별들이 끝없이 펼쳐진 밤하늘을 수놓았다. 하늘이 이토록 신비하고 이토록 요원할 줄이야. 나는 우리의 머리위로 펼쳐진 하늘이 그렇게 숭고하고 그렇게 인자하며 그렇게 드넓고 또 그렇게 아름답다는 것을 처음 알게 되었다. 나는 리아이렌의 숨소리를 들으며 그녀도 나처럼 밤하늘을 바라보고 있다는 것을 알았다.

우리는 서로 아무 말도 하지 않았다.

바람이 불었다. 밤바람이 조금 서늘했지만 우리는 꼼짝도 하지 않았다.

갑자기 리아이렌이 낮은 목소리로 말했다.

"오빠, 우리가 시험에 합격할 수 있을까?"

나는 자신 있게 대답했다.

"그럼, 우린 틀림없이 합격할 거야!"

"어떻게 확신해?"

"저 하늘과 별을 보면 알 수 있지."

그녀가 웃었다.

"농담도 잘하네."

다시 천지가 조용해졌다. 우리는 아무 말 없이 하늘을 바라보았다.

얼마나 지났을까, 그녀가 다시 물었다. 이번에는 조금 떨리는 목소리였다.

"만일 오빠만 합격하고 나는 떨어지면 어떡하지?"

그런 생각을 하자 문득 나도 몸이 떨렸다. 그러나 나는 여전히 확실하게 대답했다.

"그래도 영원히 널 잊지 않을 거야."

그녀가 긴 한숨을 내쉬면서 말했다.

"내가 시험에 붙고 오빠가 떨어지는 일이 있더라도 나 또한 오빠를 영원히 잊지 않을 거야."

그녀의 손이 내 몸에 닿는 것이 느껴졌다. 나는 그녀의 손을 꼭 잡았다. 조금 거친 듯한 농촌 아가씨의 손이었다. 날은 추웠지만 그녀의 손은 따스했다. 갑자기 그녀가 말했다.

"오빠, 나 좀 추워."

순간 나는 가슴이 뜨거워져 그녀를 품에 안았다. 내 품 안에서 그녀는 까만 눈동자로 가만히 나를 쳐다보았다. 나는 그녀의 촉촉한 입술과 코, 그리고 촉촉한 눈에 입을 맞췄다.

태어나서 처음으로 여자에게 입을 맞춘 것이었다.

5

피곤하다. 정말로 피곤하다. 왕취안의 불면증은 더욱 심해졌다. 잠을 전혀 자지 못해 눈에는 핏발이 서고 머리는 닭장처럼 어수선했다. 한눈에 봐도 마치 악귀 같았다. 성미도 고약해지고 너그러운 모습은 더 이상 찾아볼 수 없었다. 어느 날 밤엔 '모주어'가 코를 골자 그가 ‘모주어’의 머리통을 거칠게 두 번 내리쳤다. ‘모주어’가 머리를 감싸 쥐고 엉엉 울자 그는 곁에서 혀를 찼다.

“아이고, 이걸 어쩌나.”

‘모주어’의 머리는 통증이 점점 더 심해서 책만 봐도 아팠기 때문에 2마오를 주고 청량유(淸凉油) 연고를 사서 태양혈에 발라야 했다. 기숙사에 청량유 연고 냄새가 가득 퍼졌다. 어느 날 밤, 기숙사에서 그가 또 울고 있는 것을 보고 내가 물었다.

“왕취안이 또 때렸어?”

그가 고개를 가로저으며 말했다.

“너무 힘들어. 너무 힘들어. 반장, 나 대학 안 갈래. 그냥 직업 고등학교나 갈래.”

구구 새가 울어 보리 수확 철이 되었다. 학교 선생님은 보충수업을 중지하고 학교에서 파종한 보리를 베러 가게 했다. 학생들은 남산에 말을 풀어놓은 다음 잡아 올라타야 하는 다급한 처지였다. 나는 교장선생님을 찾아가 이 문제를 반영시켜야겠다고 마음먹었다. 교장선생님은 학생들이 선생님들을 도와 하루빨리 보리 수확을 마치고 수업을 재개하는 것이 유일한 방법이라고 말했다. 나는 야박한 교장 선생님이 대학 입시가 한 달밖에 안 남았는데도 학생들의 시간을 갉아먹고 있다고 원망했다. 하지만 교실로 돌아와 이야기를 전하자 모두들 기쁜 마음으로 교장선생님의 뜻을 지지하면서 보리를 베러 가겠다고 나섰다. 알고 보니 다들 공부의 줄이 너무 팽팽하게 당겨져 있어 죽어라고 공부를 하긴 하지만 사실 학습효과는 형편없었던 것이다. 그러다가 보리를 베라는 교장선생님의 지시에 때마침 머리를 식힐 기회가 찾아왔다고 생각하고는 일제히 함성을 지르며 뒤질세라 앞다투어 교실을 뛰쳐나가 선생님을 도우러 갔다. 학교 보리밭은 강가 서쪽에 있었다. 모두들 그곳으로 달려가 군소리 없이 선생님들의 낫을 빼앗아 기러기 떼처럼 길게 늘어서 슥슥, 슥삭 긴장하면서도 리드미컬하게, 빠르면서도 어수선하지 않게 보리를 벴다. 금세 보리밭의 절반이 베어졌다. 긴장되어 있던 신경이 땀에 젖어 잠시 느슨해졌다. 모두들 밭에서 일하는 농가 아이들이 된 것처럼 하하 호호 웃고 떠들며 장난을 쳤다. 많은 선생님들이 흐뭇한 마음으로 밭머리에 서서 우리들의 모습을 지켜보았다. 마중 선생님이 말했다.

"이 학생들은 공부도 열심히 잘하지만 보리 베는 솜씨도 일품이군. 대학입시에 보리 베기 과목이 있다면 얼마나 좋을까!"

나는 흐르는 땀을 훔치며 밭과 밭에 모인 사람들을 바라보았다. 가장 먼저 떠오른 생각은 노동이 참 행복한 일이라는 것이었다.

오후가 되기 전에 보리 베기가 끝이 났다. 감동한 교장선생님은 교내 식당에 수고한 학생들에게 무료급식을 제공하라고 지시했다. 이번에도 무를 넣고 삶은 고기였다. 하지만 이번에는 양이 충분했다. 모두들 손과 얼굴을 닦고 식사를 하러 갔다. 밥이 꿀맛이었다!

그러나 그 뒤로 며칠 동안은 불쾌한 일이 몇 가지 발생했다.

첫 번째 사건은 왕취안이 자퇴한 것이었다. 대학 입시를 겨우 한 달 앞두고 그는 갑자기 시험을 보지 않겠다고 했다. 그때는 책임전(責任田) 제도가 시행된 첫해라 마을마다 모두 보리를 경작할 땅을 분배받았다. 왕취안의 집에도 몇 무(畝)가 배분되었고 지금 다 자란 보리가 사람의 손길을 기다리며 말라가고 있었다. 지금 베지 않으면 모두 시들어버릴 처지였다. 왕취안의 덩치 큰 아내가 다시 그를 찾아왔다. 이번에는 욕을 하는 대신 진지하게 상의했다.

"보리가 다 시들어가요. 당신이 가서 베어 줘야 할 것 같아요. 베려면 당장 베야 하고요. 베지 않을 거라면 그냥 땅 위에 시들어 썩도록 놔두는 수밖에 없어요!"

그러고는 왕취안의 대답도 기다리지 않고 엉덩이를 치켜들고는 떠나버렸다.

이번에는 왕취안도 깊은 생각에 잠겼다.

저녁에 그가 나를 교실 밖으로 끌어내더니 주머니에서 담뱃갑을 꺼내 내게 한 개비 건네고는 자신도 한 개비 꺼내 입에 물었다. 우리는 불을 붙여 두 모금쯤 빨았다. 그가 물었다.

"이봐 아우, 우리가 예전에 동창이었던 건 둘째 치더라도 이곳에서 반년을 함께 살았으니, 이만하면 서로 마음을 터놓고 얘기할 수 있겠지?"

내가 대답했다.

"그야 두말할 필요도 없지."

그가 다시 담배를 한 모금 빨았다.

"그럼 하나만 물어볼게. 솔직히 대답해줘야 하네."

내가 말했다.

"물론이지."

"내가 이런 꼴로 시험에 붙을 수 있을까?"

어리둥절해진 나는 얼른 대답할 수 없었다. 솔직히 말하자면 왕취안은 머리가 결코 좋은 편이 아니었다. 뭐든지 외운지 이틀이 안 돼 잊어버렸고 심지어 황하(黃河)의 길이가 33킬로미터라고 기억하고 있었다. 게다가 지난 반년 동안 그는 줄곧 불면증에 시달렸기 때문에 기억력이 더 나빠졌을 것이 뻔했다. 하지만 그가 열심히 공부했다는 것은 모두가 아는 사실이었다. 나는 그를 위로했다.

"반년이나 온갖 고생을 참고 견뎌왔는데, 이제 불과 한 달을 남기고 포기할 수는 없잖아?!"

그는 고개를 끄덕이고는 담배를 한 모금 빨더니 갑자기 감정이 복받친 듯 말했다.

"자네 형수 혼자 집에서 고생하고 있어! 애들도 고생이고 솔직히 말하면, 나 하나 공부하자고 큰애 초등학교도 그만두게 했어. 그런데 시험에 떨어지면 무슨 낯으로 애들을 보지?"

내가 그를 위로하며 말했다.

"시험에 붙을 수도 있잖아. 그건 아무도 모르는 일이야."

그가 고개를 끄덕이더니 말을 이었다.

“그리고 보리도 문제야. 보리를 제때 베지 못하면 가족들 모두 정말로 끼니를 굶게 돼.”

내가 재빨리 말을 받았다.

“학생들 몇 명 데리고 가서 도와줄게.”

그가 황급히 고개를 가로저었다.

“지금 같은 때에 모두를 귀찮게 할 수는 없지.”

나는 계속 그를 위로하며 말했다.

“생각을 넓게 가져봐. 보리수확은 한철이지만 시험은 평생이 걸린 문제라고.”

그가 고개를 끄덕였다.

그러나 이튿날 아침, 우리 셋이 잠에서 깨어보니 왕취안의 이부자리는 텅 빈 채 누런 보릿짚만 드러나 있었다. 그는 결국 결단을 내리고 한밤중에 인사도 없이 떠난 것이었다. 그가 구멍 난 돗자리를 뒤죽박죽으로 말아 ‘모주어’의 베개 옆에 막아 놓은 것이 눈에 띄었다. 그 빈자리를 보면서 우리 셋은 마음이 편치 않았다. ‘모주어’는 참지 못하고 끝내 울음을 터뜨렸다.

“이것 봐. 왕취안이 인사도 안하고 떠났어.”

나도 눈물을 글썽이며 ‘모주어’를 위로했다. 뜻밖에도 ‘모주어’는 엉엉 소리 내어 점점 더 크게 울기 시작했다.

“왕취안한테 정말 미안해. 『세계지리』 책이 있는데도 보여주지 않았거든.”

며칠간 잠잠하더니 또다시 두 번째 사건이 발생했다. 다름 아닌 '생쥐'의 실연이었다. 그는 실연의 이유는 말하지 않았다. 그저 유에유에가 '양심이 없는 계집애'라고만 했다. 그녀가 자신을 깔보고 더 이상 자신을 만나고 싶지도 않다면서 계속 귀찮게 굴면 선생님께 이르겠다고 말했다고 했다. 그는 『연애 대전서』를 바닥에 내던지고는 두 손을 맞잡고 처음으로 울음을 보였다.

"반장, 말해봐. 사람이 어떻게 이럴 수가 있어?"

나는 '생쥐'를 위로하면서 그는 집안도 좋고 얼굴도 잘생겼으니 다시 여자 친구를 찾는 것도 어렵지 않을 것이라고 말했다. 그는 약간 위로를 받았는지 매서운 어투로 말했다.

"깔보지 말라 그래. 나도 이제부터 열심히 공부해서 베이징대학에 합격하고 말거야!"

말을 마친 그는 곧장 신발을 신고 교실로 가서 노트와 교과서를 정리하기 시작했다. 하지만 이제 시험이 보름도 남지 않은 터라 아무리 새로 시작한다 해도 그런 큰일은 일어나지 않을 것이라는 사실을 누구나 다 알고 있었다.

세 번째 불쾌한 사건은 리아이렌의 부친이 다시 병상에 누운 것이었다. 저녁에 교실로 돌아온 나는 그녀가 내 책갈피 사이에 끼워 넣은 편지를 발견했다.

오빠
아버지가 또 편찮으셔서 집에 다녀와야 할 것 같아요. 곧 돌아올 테니 걱정 말아요.

– 아이렌

하지만 이틀을 기다려도 그녀는 돌아오지 않았다. 마음이 다급해진 나는 다시 '생쥐'의 자전거를 빌려 타고 궈씨 마을로 찾아갔다. 집에는 리아이렌의 어머니 혼자 보리를 훑고 있었다. 그녀의 어머니는 내게 이번에는 아버지의 병세가 심각해 밤새 신샹(新鄕)으로 건너갔으며 리아이렌도 따라갔다고 알려주었다.

나는 자전거를 끌고 울상이 되어 돌아왔다. 마을 입구에서 신샹으로 가는 바이요우로(柏油路) 길 양쪽으로 늘어선 높다란 버드나무를 바라보며 속으로 생각했다. 이번에는 병세가 어떤지 모르지만 시험이 열흘 밖에 남지 않았는데, 시험을 그르치면 안 될 텐데……

6

대학 입시가 시작되었다.

고사장은 우리 교실에 마련되었다. 교실 분위기는 사뭇 달랐다. 벽에는 '고사장 기율을 잘 지킬 것', '귓속말 금지', '기율위반 시 응시자격 박탈' 등과 같은 온갖 표어들이 가득 붙어 있었고, 문에는 '고사장 입실시 수험표를 지참할 것', '문제지를 나눠주기 전 수험표상의 사진과 응시자를 대조하여 확인할 것', '30분 이상 지각 시

응시자격 자동박탈’ 등의 응시 세부규칙이 붙어 있었다. 작은 교실에 너덧 명의 선생님들이 감독관으로 배치되었다. 마중 선생님이 교단에 서서 위엄 있게 말했다.

“이제 여러분들 모두 훌륭한 모습으로 실력발휘를 해주기 바란다. 시험에 합격하지 못하면 체면이 서지 않겠지만 기율을 위반하다 걸려면 보리볏짚 속으로 기어들어가야 할 만큼 더 크게 체면을 잃게 될 것이다.”

이어서 팔에 완장을 차고 모자에 휘장을 단 경찰 몇 명이 들어왔다. 모두들 크게 심호흡을 하면서 마음을 가다듬었다. 가슴이 쿵쾅쿵쾅 마구 뛰기 시작했다. 교실 밖에는 시험지를 운송하고 회수해 가기 위한 공안국의 삼륜 오토바이가 몇 대 서 있었다. 학교로부터 30미터 밖에는 흰색 경계선이 쳐지고 경찰이 지키고 있었다.

경계선 밖에는 많은 수험생들의 부모님들이 몰려나와 시험이 끝나기를 초조하게 기다리고 있었다. 우리 아버지도 오셔서 내게 찐빵과 계란을 전해주시면서 엄마가 만든 건데 ‘육육순(六六順)’의 뜻을 담아 서른여섯 개를 만들었다고 하셨다. 계란은 먹어도 소변이 마렵지 않을 테니 시험을 그르칠 일이 없다는 말도 덧붙이셨다. 나는 시험장에서 시험을 보고 아버지는 경계선 밖에서 기다리셨다. 뙤약볕 아래서 시멘트 바닥에 앉아 애타게 고사장 쪽을 바라보고 계셨다. 머리 위에서 비 오듯 땀방울이 솟는 것도 느끼지 못하셨고 오가는 사람들이 일으키는 먼지가 온몸과 얼굴로 날아드는 것도 느끼지 못하셨다. 나는 고사장을 둘러보고 경계선 밖의 마을 사람들을 바라보면서, 벽돌 위에 앉아 무릎을 접고 앉아 있는 아버지를 바라보면서 가슴이 시려왔다.

시험이 시작되었다. 첫 시간은 '정치' 과목이었다. 나는 갑자기 머리가 어지럽고 구토가 나올 것 같았다. 이를 악물고 참으니 조금 나아졌다. 하지만 곧이어 극심한 피로가 느껴졌다. 나는 속으로 생각했다. 끝장이야. 시험을 망칠 것 같아.

게다가 마음까지 불안했다. 나는 리아이롄을 떠올렸다. 이틀 전, 그녀는 내게 편지 한 통을 보내왔다.

오빠

곧 대학 입시가 시작 되네요. 우리의 지난 반년 동안의 모든 노력이 결실을 거두게 될 지가 이번 이틀간의 시험으로 결정되겠죠. 하지만 저는 아버지를 돌보기 위해 진으로 돌아가지 못하고 신샹의 고사장에서 시험을 보게 될 거에요. 오빠, 사랑하는 오빠, 비록 우리가 같은 고사장에서 시험을 치르지는 못하지만 우리의 마음은 함께 있을 거예요. 내가 시험에 꼭 합격했으면 좋겠어요. 그리고 사랑하는 오빠도 시험에 합격하길 진심으로 기원할게요.

– 아이롄

짧은 편지였다. 그때 나는 이 편지를 손에 들고 신샹 쪽을 바라보면서 마음이 몹시 떨렸었다.

이제 나는 고사장에 앉아 다시 그녀를 떠올리고 있었다. 신샹에서는 시간 맞춰 고사장에 도착했을까, 병원에서 아버지를 돌보느라 피곤하지는 않을까, 시험지를 받아들고 답을 몰라 긴장하고 있지는 않을까……. 갑자기 그녀가 진지한 얼굴로 내게 말했다.

"오빠, 날 위해서라도 쓸데없는 생각 하지 말고 진지하게 시험보세요."

나는 눈을 껌벅이면서 다시 정신을 집중해 문제를 풀기 시작했다. 이제는 문제가 눈에 들어오면서 속속 답이 떠올랐다. 좋았어. 모두 내가 외웠던 문제잖아. 마음이 안정되면서 더 이상 두려움이 없었다. 나는 펜을 바로잡고 답안을 쓰기 시작했다. 답안을 적어 내려가기 시작하자 그동안 공부했던 내용들이 하나하나 머릿속에 떠올랐다. 나는 생각을 전환할 수 있게 된 것이 너무 기뻤고 리아이롄이 진지한 얼굴로 내 앞에 나타나 준 것에 매우 감격했다. '슥슥' 답안을 써내려가면서 가끔씩 빌려온 시계로 시간을 확인했다. 마지막 문제를 다 푸는 순간 정확하게 시험 종료를 알리는 종소리가 울렸다.

자리에서 몸을 일으켜 보니 온몸이 땀에 범벅이 되고 머리가 축축하게 젖어 땀방울이 뚝뚝 떨어지고 있었다. 마중 선생님이 교단에 올라서 위엄 있는 목소리로 소리쳤다.

"그만, 그만! 시험지를 책상 위에 내려놓으세요! 이제 몇 자 더 적는다고 불합격이 합격으로 바뀌진 않습니다. 개미가 솥에서 발버둥치는 것처럼 조급해 해봤자 소용없어요!"

나는 시험지를 책상 위에 내려놓고 고사장을 나왔다.

아버지는 진즉에 자리에서 일어나 수험생 가족들 틈에서 까치발을 하고서 교실 쪽을 향해 목을 빼고 기다리고 계셨다. 내가 나오는 것을 본 아버지는 황급히 다가와 다급하게 물으셨다.

"시험은 어땠니?"

내가 대답했다.

"그럭저럭 괜찮았어요."

아버지가 웃으셨다. 초조함 뒤의 웃음이었고 긴 기다림 뒤의 웃음이었으며 안도의 웃음이었다. 아버지는 마지못한 듯, 조금 피곤한 듯 씁쓸하게 웃으셨다. 눈에서 눈물방울이 맺혀 있었다. 그 눈으로 나를 바라보셨다. 아버지의 노쇠한 두 눈에 감격의 표정이 역력했다.

"그럼 됐다. 그럼 됐어."

그러고는 찐빵 자루에서 달걀 여섯 개를 꺼내 내게 먹이려 하셨다. 하지만 나는 아무 것도 먹을 수가 없었다. 그저 물만 마시고 싶을 뿐이었다. 아버지가 말씀하셨다.

"물은 마시지 마라. 물을 마시면 안 돼. 곧이어 또 시험을 볼 텐데 물을 마시면 오줌이 마려워 안 된다."

하지만 나는 수돗가로 달려가 꿀꺽꿀꺽 실컷 물을 마셨다.

다음 시험시간까지는 아직 10분의 시간이 있어 나는 기숙사로 돌아갔다. '모주어'와 '생쥐'도 와 있었다. '모주어'는 다급하게 책을 뒤적이며 온몸에 땀을 흘리고 있었다. 내가 들어오는 것을 보고는 그가 울먹이며 말했다.

"반장, 큰일 났어! 이런 멍청이, 다 아는 문제를 엉망으로 써버렸지 뭐야! '당의 기본노선'을 '사회주의노선'이라고 적었단 말이야!"

내가 다급하게 물었다.

"나머지 다섯 문제는?"

그가 우는 소리로 대답했다.

"두 문제나 더 틀렸어! 맙소사, 정치는 불합격일 거야!"

내가 그를 위로하여 말했다.

"이미 지나간 시험에 연연하지 마. 정신을 집중해서 다음 수학 시험을 생각하라고!"

그는 여전히 몹시 초조한 모습을 보였다.

"말은 쉽게 하네. 반장은 시험을 잘 봤으니까 걱정이 안 되겠지. 하지만 나는 분명히 아는 문제를 엉망으로 쓰고 나왔는데 어떻게 억울하지 않겠어? 바보! 멍청이 같으니라고!"

그러고는 두 주먹으로 자신의 머리를 세게 내리쳤다.

'생쥐'도 울상이 된 채 바닥에 쓰러져 한마디도 하지 않았다.

내가 물었다.

"생쥐, 넌 또 왜 그래?"

'생쥐'가 나를 한 번 노려보더니 상관 말라면서 두 손으로 머리를 감싸 쥔 채 고통스럽게 외쳤다.

"에이 씨팔……. 조상님들도 무심하시지. 난 이 문제들을 다 아는

데 이 문제들은 나를 알아보지 못하더군. 자신 있게 시험을 보려 했
는데 펜 한번 굴려보지 못하고 편안하게 앉아있다 나왔어. 시험 종
료 종소리가 울릴 때가 되어서야 간신히 첫 문제에 '중국 공산당
만세'라고 몇 자 적었지. 그러니 채점하는 개새끼가 내게 점수를 줄
리가 있겠어?"

　………

다음 과목 시험의 시작을 알리는 종이 울렸다. 학생들 가운데는
즐거워하는 사람도 있고, 초조해하는 사람, 울상이 되어 있는 사람
도 있었지만 모두들 다시 고사장에 집합했다. 경계선 밖에서는 또
다시 가족들의 초조한 기다림이 시작되었다. 우리 아버지도 또다시
뙤약볕 아래 시멘트 벽돌 위에 앉으셨다. 시험 시작 전에 마중 선생
님이 다시 한 번 주의를 주었다.

"전 시간에 일부 학생들의 응시 태도가 좋지 못했습니다. 기율에
주의를 기울여주시기 바랍니다. 그렇지 않으면 제가 적절한 조치를
취할 것입니다……."

그의 일장연설에 모두들 초조한 표정이었다. 그가 시간을 너무
오래 지체했기 때문이었다. 답안 작성시간이 8분이나 지나서야 답
안지가 배포되었다. '착 착 착' 일제히 답안지 돌리는 소리가 잦아
들고 다시 조용해졌다. 이어서 '슥슥' 펜이 종이를 가르는 소리가
들리기 시작했다.

갑자기 '꽈당' 하는 소리가 들렸다. 이어서 교실 전체가 소란스러

위졌다. 고개를 돌린 나는 깜짝 놀라고 말았다. ‘모주어’가 바닥에 쓰러져 있는 것이었다. 감독 선생님들이 줄줄이 ‘모주어’에게로 달려갔다. 어떤 학생들은 이 기회를 틈타 몰래 귓속말을 하거나 다른 사람의 시험지를 훔쳐보기도 했다. 감독 선생님들은 다시 ‘모주어’를 제쳐두고 우선 학생들의 소란부터 잠재워야 했다. 마중 선생님이 다시 호통을 쳤다. 교실이 조용해지자 ‘모주어’가 감독 선생님에게 업혀 밖으로 나갔다.

쓰러진 ‘모주어’는 감독 선생님에게 업혀 내 곁을 스치고 지나갔다. 나는 그를 쳐다보았다. 온몸을 떨면서 눈을 꼭 감은 채 ‘딱딱’ 하고 이를 부딪치는 소리가 들렸다. 창백해진 얼굴에는 땀이 가득했다. 나는 가슴이 시리면서 눈물이 났다. ‘모주어’, 이 친구야, 이렇게 끝나는 거야! 너의 청량유는 어쨌어! 왜 머리에 청량유를 더 두껍게 바르지 않은 거야! 왜 쓰러졌어! 반년 동안의 노력이 이렇게 끝이 나는 거야? 친구야, 얼마나 괴로울까!

시험이 거의 끝나갈 즈음, 앞줄에서 또다시 소란이 일어났다. 이번엔 ‘생쥐’였다. 마중 선생님이 ‘생쥐’의 앞에 다가서더니 그의 답안지를 노려보았다. 그러더니 잠시 후 그의 손에서 답안지를 거칠게 빼앗고는 눈을 크게 뜨면서 버럭 화를 냈다.

“대체 이게 몇 번 문제 답이냐. 이게 네 스타일이냐! 이게 대체 무슨 짓거리야, 어!?”

감독 선생님들이 줄줄이 다가와 물었다.

“왜 그러세요? 무슨 반공 표어라도 적었나요?”

마중 선생님이 말했다.

“반공 표어는 아니지만 정말로 어처구니가 없군요! 제가 읽어드릴 테니 한번 들어보세요”

이어서 그는 목소리를 길게 끌며 ‘생쥐’의 답안지를 읽어 내려갔다.

“당 중앙 교육부 담당자 귀하 : 흥분된 마음으로 이 편지를 씁니다. 시험지에 적힌 문제를 풀 수는 없지만 저의 마음은 여러분을 향해 있습니다. 저를 대학에 합격시켜 주세요. 인민을 위해 열심히 봉사하겠습니다……. 이게 뭐냐? 네가 장톄셩(張鐵生)이라도 되는 줄 알아?!”

이때 교장 선생님이 ‘시험감독’ 완장을 차고 고사장으로 들어오셨다. 덕분에 마중 선생님의 잔소리는 간신히 마무리되었고 학생들은 다시 조용하게 시험을 칠 수 있게 되었다.

……

이틀이 지났다.

마침내 대학 입시가 끝이 났다.

7

대학 입시가 끝이 났다.

나는 시험을 괜찮게 봤다고 확신했다. 합격할 수 있으리라는 예감이 들었다. 중점대학은 아니더라도 최소한 일반대학에는 합격할 수 있을 것 같았다. 나는 나의 이런 느낌을 고사장 경계선 밖에서 이틀을 기다린 아버지에게 말씀드렸고 아버지는 말을 잇지 못하셨다. 평생 처음으로 나이든 농부가 서양 사람들처럼 아들을 품에 꼭 껴안고는 몇 번이나 감탄사를 연발하셨다.

"정말 잘 됐다. 이게 얼마나 좋은 일이냐."

그러고는 나를 품에서 풀어주시고도 연신 '허허' 웃으시면서 내 손을 잡고 교문 밖으로 달려 나와 집으로 데려가셨다. 내가 학교에 아직 짐이 남아있다고 말하자 그제야 내 손을 놓고 먼저 집으로 돌아가시면서 말씀하셨다.

"일찍 돌아오너라. 네 엄마랑 동생들한테도 이 기쁜 소식을 전해야지."

입시반의 수업은 이렇게 끝이 났다. 함께 했던 친구들과도 헤어질 시간이었다. 시험을 잘 본 친구도 있고 망친 친구도 있었다. 우는 친구도 있고 웃는 친구도 있었다. 하지만 이제 이별을 앞두고 모두들 애써 자신의 감정을 자제했다. 다시 기숙사에 모인 친구들 모두가 마치 친형제들처럼 느껴졌다. '모주어'만 병원에 입원하느라 기숙사로 오지 못했다. 모두들 조금씩 돈을 모아 소주 두 병과 땅콩 한 봉지를 사서 돌아가며 한 잔씩 마시고 땅콩을 하나씩 집어 먹는 것으로 우리의 마지막 모임을 정리했다. 많은 학생들이 진심으로 눈물을 흘렸다. 흑흑— 소리를 내어 우는 여학생도 있었다. 술을 마시면서 누가 시험에 붙고 누가 떨어지든, 누가 부자가 되고 누가 거친 농부로 남든 모두가 서로를 잊지 못할 것이라고 말했다. 아울러 얼마 전에 배운 고문의 한 구절을 인용하여 '한때 부귀를 누리더라도 서로를 잊지 말자(苟富貴, 無相忘)'고 외쳤다. 해가 서산에 질 때까지 이런저런 이야기를 나누고서야 우리는 각자 짐을 꾸려 아쉬운 작별인사와 함께 각자의 집으로 돌아갔다.

친구들이 모두 떠난 뒤에도 나는 그 자리에 남아있었다. 어딘가에 가서 잠시 긴장을 풀고 싶었다. 그래서 혼자 교차로로 달려가 커다란 다리 위에 서서 사방에 아무도 없는 것을 확인하고는 옷을 모두 벗은 다음 강물로 뛰어들었다. 반년 동안 온몸에 두껍게 쌓여있던 때를 모두 말끔히 밀어냈다. 그런 다음 물이 흐르는 대로 헤엄쳐 갔다가 다시 물을 거슬러 올라왔다. 피로할 정도로 수영을 한 다음 물 위에 누워 파란 하늘을 쳐다보았다. 한참이나 하늘을 쳐다보고 있자니 문득 왕취안이 모습이 떠오르고, '모주어'의 모습이 떠오르고, '생쥐'의 모습이 떠올라 마음이 무거웠다. 나는 지금 이렇게 즐거워하고 있는데 그들은 모두 힘들어하고 있겠지. 나는 마치 자신이 부끄러운 짓이라도 한 것처럼 황급히 강가로 올라와 옷을 주어 입었다.

작은 길을 따라 기뻐하다 괴로워하기를 반복하면서 집으로 발길을 돌렸다. 다시 부모님과 동생들이 생각났다. 지난 반년 동안 그들은 근검절약하면서 내 공부 뒷바라지를 해주었다. 이제 서둘러 짐을 챙겨 집으로 돌아가야 했다. 이번에는 리아이렌의 모습이 떠올랐다. 그녀의 부친은 병세가 어떤지 신상에서 치른 시험은 어떻게 되었는지 알 수가 없었다. 마음이 초조해진 나는 내일 아침 일찍 신상으로 찾아가보기로 마음먹었다.

이처럼 온갖 생각을 떠올리면서 길을 가다가 문득 앞에 새끼 나귀가 끄는 분뇨차가 가는 것을 보았다. 옆에서 수레를 모는 사람이 곡 왕취안 같았다. 황급히 달려가 보니 과연 그였다. 나는 소리를 지르며 그를 덥석 안았다.

왕취안과 헤어진 지 겨우 한 달밖에 지나지 않았는데도 그는 많이 변해있었다. 시험을 준비하던 학생의 모습은 온데간데없고 그저 순박한 농부 같기만 했다. 헤친 밀짚모자를 쓰고 지저분한 저고리를 걸친 데다 얼굴에는 짧은 수염이 가득하고 손에는 채찍을 쥐고 있었다.

왕취안도 나를 보자마자 와락 껴안으며 시험은 어떻게 되었냐고 물었다. 나도 거의 동시에 보리는 수확했는지, 형수님과 아이들은 어떤지 물었다. 누가 먼저 대답해야 할지 모른 채 둘 다 '허허' 웃음을 터뜨렸다.

우리는 함께 걸으면서 그동안 못다 한 이야기를 나누었다. 갑자기 라아이렌이 생각나 그에게 황급히 물었다.

"리아이렌은 요즘 어떻게 지내는지 알아? 아버지 병세는 어떻대?

신샹에서 시험을 봤다던데, 시험은 잘 봤대?"

왕취안은 아무 대답도 하지 않고 의아한 눈빛으로 나를 쳐다보았다.

"몰랐어?"

"신샹에서 시험 본다고 편지를 보내왔었어!"

왕취안이 한숨을 내쉬었다.

"그 애 시험 안 봤어!"

나는 너무 놀라 한동안 입을 다물지 못했다. 왕취안은 고개를 숙인 채 아무 말도 하지 않았다. 내가 갑자기 소리를 질러댔다.

"뭐라고? 시험을 안 봤다고? 말도 안 돼! 나한테 편지를 보냈었단 말이야!"

왕취안이 또다시 한숨을 내쉬었다.

"그 앤 시험을 안 봤다니까!"

"왜, 뭐 때문에?"

내가 다급히 물었다.

왕취안이 갑자기 바닥에 주저앉으며 두 손으로 머리를 감싸 쥐었다. 그러다가 한참이 지나서야 겨우 말문을 열었다.

"너 정말 몰라? …… 그 애 시집갔어!"

"엉?"

나는 벼락을 맞은 것처럼 한동안 정신을 차리지 못했다. 잠시 후 정신을 차리고 온 힘을 다해 왕취안의 팔을 잡아당겼다.

“거짓말 하지 마. 거짓말이야. 어떻게 그럴 수가 있어! 분명히 편지로 신샹에서 시험을 본다고 했단 말이야! 시집을 갔다고? 말도 안 돼! 왕취안, 우린 친구잖아. 장난치지 마. 응?”

왕취안이 흑흑 흐느끼기 시작했다.

“보아 하니 정말 몰랐구나. 우리는 친구고, 나도 너랑 리아이렌 사이의 관계를 아는데 어떻게 거짓말을 하겠어. 리아이렌의 아버지가 이번에는 병이 보통 심각한 게 아니었대. 생사를 오락가락 했는데 신샹에 도착하자마자 피를 엄청 토했다나봐. 5백 위안이 없으면 입원도 못하고 수술도 못해 그대로 죽을 형편이었대. 식구들이 다들 속이 타들어갔지. 급한 손으로 물고기를 잡는다지만 어디 가서 돈을 구하겠어? 그때 왕(王)씨 마을의 벼락부자인 뤼치(呂奇)가 리아이렌이 자신에게 시집을 오면 병원비랑 치료비를 전부 대주겠다고 했다지 뭐야. 생각해봐. 사람 목숨이 달린 일인데 오래 기다릴 수도 없잖아. 그래서……”

나는 왕취안의 팔을 잡았던 손을 놓고 그 자리에 멍하니 서 있었다. 모든 것이 꿈처럼 느껴졌다!

“그, 그럼 편지는?”

왕취안이 말했다.

“네가 걱정할까봐 안심시키려고 쓴 거겠지. 넌 생각도 못했을 거야. 리아이렌은 신샹에 호구(戸口)도 없는데 어떻게 그곳에서 시험을 볼 수 있겠어?”

다시 머리 위로 날벼락이 떨어졌다. 그래, 신상 호구가 없는데 어떻게 시험을 칠 수 있단 말인가. 어떻게 그걸 생각하지 못했지? 난 멍청이야! 이기적인 놈이고! 내 시험 볼 걱정만 하다니!

"언제 시집갔대?"

"어제."

"어제?"

그것도 모르고 어제 난 고사장에서 시험이나 보고 있었군!

나는 이를 악물고 그 자리에 선 채 꿈쩍도 하지 않았다. 그런 내 모습이 조금 걱정됐는지 왕취안이 울음을 그치고 일어서 나를 위로했다.

"너도 생각을 바꿔. 너무 속상해하지 말고 다 지난 일이야. 아무리 속상해해도 어쩔 수 없는 일이잖아……."

내가 사나운 어투로 되물었다.

"리아이롄이 시집을 갔다고?"

"그래."

"왜 시험이 끝나기도 전에 서둘러 식을 올린거지? 고작 며칠 차이인데 말이야."

"신랑 측에서 라아이롄이 시험에 붙으면 혼사가 수포로 돌아갈까봐 일부러 서둘렀대."

나는 내 머리를 향해 사납게 주먹을 날렸다.

"어디로 시집갔다고?"

"왕씨 마을이래."

"이름이 뭐라고?"

"여기."

"내가 한 번 가봐야겠어!"

나는 왕취안이 소리치는 것도 모른 척하고, 쫓아오는 것도 뿌리치면서 필사적으로 앞을 향해 달렸다. 마을 입구에 다다라서야 내가 도착한 곳이 리아이롄의 친정인 궈씨 마을이라는 것을 알았다. 나는 다시 몸을 돌려 왕씨 마을로 향했다.

왕씨 마을에 이르자 내 발걸음이 느려졌다. 이제 조금 정신이 들었다. 왕취안의 말이 생각났다.

"이미 혼인을 했는데 찾아가봐야 무슨 소용이 있겠어?"

나는 마을 어귀에 그대로 털썩 주저앉아 '엉엉' 울기 시작했다.

얼마 후 울음을 그치고 눈물을 닦은 다음 마을 안으로 들어갔다. 수소문 끝에 뤼치의 집을 찾을 수 있었다. 뤼치의 집에 도착해 보니 문에 빨간색으로 커다랗게 쓴 '희(囍)'자가 나를 맞이했다. 머릿속에서 '쿵' 하는 소리가 들렸다. 마치 커다란 나무뭉치가 머리 위로 떨어진 것 같았다. 나는 멍하니 그곳에 그대로 서 있었다.

한참 동안 움직이지 않았다.

얼마 후 '삐걱' 하는 소리와 함께 누군가 밖으로 나왔다. 라아이롄이었다. 그녀는 붉은 블라우스에 초록색 신부 바지를 입고 머리에는 빨간 자귀나무 꽃을 꽂고 있었다. 그녀가 바로 얼마 전에 내 허리에 팔을 감고 나를 '오빠'라고 부르던 리아이렌이었다. 내가 품에 안고 입을 맞추었던 바로 그 리아이렌이었다. '우리 영원히 서로를 잊지 말자'고 함께 속삭이던 리아이렌이었다.

하지만 그녀는 어제 혼인을 했고 시험도 치지 않았다. 그녀는 이미 다른 사람의 아내가 되어 있었다!

나는 그녀를 보고서도 몸을 전혀 움직일 수 없었다.

리아이렌도 나를 발견하고는 감전된 듯 온몸을 격렬하게 떨면서 그 자리에 멍하니 서 있었다.

나는 움직이지 않았다. 눈에서는 눈물이 흘렀다. 나는 입을 열고 무슨 말인가 하려고 했지만 입이 말랐다. 마음은 답답하고 혀가 말을 듣지 않아 한마디도 할 수 없었다.

리아이렌도 아무 말도 하지 않고 힘없이 머리를 문에 기댄 채 나를 바라보았다. 두 눈에서 천천히 눈물이 흘렀다.

"오빠……."

그제야 나는 온몸을 부르르 떨면서 있는 힘을 다해 세상을 향해 소리쳤다.

"아이렌……."

하지만 나의 외침은 사실 미약하기 그지없었다.

"들어와. 여기가 우리 집이야."

"들어오라고?……"

나는 고개를 홱 돌리고 미친 듯이 달렸다. 마을 밖 강둑까지 달려가 땅에 머리를 박고서 '엉엉' 울었다.

리아이렌이 둑길을 따라 걸으며 나를 배웅해 주었다. 2리쯤 걷다가 그녀를 돌려보내며 말했다.

"잘 가, 동생."

그녀는 갑자기 내 어깨에 머리를 기대며 가슴이 저미도록 울기 시작했다. 그러고는 손으로 내 얼굴을 돌리더니 필사적으로, 미친 듯이, 아무것도 상관하지 않는다는 듯이 입을 맞추고, 핥고, 손으로 어루만졌다.

"오빠, 내 생각 자주 해."

나는 애써 눈물을 참으면서 고개를 끄덕였다.

"나 원망하지 말아줘. 미안해."

"아이렌!"

나는 다시 한 번 그녀를 품에 꼭 껴안았다.

"오빠, 대학에 가면 우리가 늘 함께 있는 거라는 것 잊지 마."

나는 여전히 눈물을 참으면서 고개를 끄덕였다.

"앞으로 뭘 하든, 하늘가 바다 끝 어디에 가 있든, 행복하든 괴롭든 우리가 언제나 함께라는 것 잊지 마."

나는 고개를 끄덕였다.

황혼이 아득해지면서 서쪽 하늘에 마지막 저녁놀이 핏빛으로 붉게 빛났다.

나는 다시 걸음을 옮겼다.

  2리쯤 지나 뒤를 돌아보니 리아이롄은 여전히 강둑에 서서 나를 바라보고 있었다. 그녀의 모습과 바람에 휘날리는 옷깃, 그리고 그녀 옆에 서 있는 작은 버드나무가 창망함을 더하는 파란 하늘에 투영되어 핏빛으로 붉은 저녁놀 아래서 마치 한 폭의 종이그림처럼 펼쳐졌다.

  ……

▸1976년 1월, 베이징 완셔우로(萬壽路)에서

신병 중대

新兵連

신병 중대 新兵連

1

신병 중대에서의 첫 번째 식사로 양 갈비를 먹었다. 눈으로 보기에 고기는 제법 붉은 빛이 도는 것이 아주 탐스러웠다. 푸르스름한 심줄을 드러내고 있는 것도 있었다. 이 중대의 병사들은 전부 허난(河南) 옌진(延津)에서 온 농촌 청년들이라 배 속에 기름기가 들어 있을 리 없었다. 모두들 이구동성으로 고기가 아주 맛있게 삶아졌다고 말했다.

"이 부대는 고기를 정말 맛있게 삶는 것 같아."

그러나 모두들 이제는 신분이 과거와 같지 않다고 생각했다. 지나치게 저속한 모습을 보여서도 안 되겠지만 아무 것도 안중에 없는 듯한 모습을 보여서도 안 될 것 같아 모두들 고기를 다 먹지 않고 쟁반에 한두 조각씩 남겼다. 방 안에 있는 사람들 전체를 통틀어 고기를 다 먹은 사람은 소대장 하나뿐이었다. 소대장은 이름이 승창(宋常)으로 나이가 스물 일고여덟쯤 되는 인물이었다. 우리를 고향에서 멀리 떨어진 이곳까지 데려온 사람이 바로 그였다. 소대장이 식사를 마치고 뒷짐을 진 채 방을 한 바퀴 돌고 나서는 각자의 식판을 쳐다보면서 말했다.

"모두들 배불리 먹었나?"

모두가 한목소리로 대답했다.

"배불리 먹었습니다. 소대장님!"

"배불리 먹었으면 내무(內務)를 정리하도록 한다!"

'내무를 정리하라'는 것은 방을 정리하라는 것이었다. 이 방에서는 소대장만 창문 가까이에 판자를 하나 깔고 잤고 나머지 몇 사람은 전부 땅바닥에 곧장 이부자리를 깔고 잤다. 이때 나와 같은 마을 출신으로 학교 동창이기도 한 친구가 하나 있었다. 어릴 때는 그를 뚱보라는 뜻으로 '라오페이(老肥)'라고 불렀었다. 그가 난방기 쪽의 자리를 차지하고 싶어 말했다.

"나는 추위를 타니까 아무래도 이 장난감 옆에 붙어 자는 것이 적합할 것 같아!"

다른 마을 출신 몇 명이 못마땅한 듯 입을 삐죽거리며 말했다.

"너만 추위를 타는 게 아니야. 누가 추운 걸 좋아하겠어?"

이때 소대장이 침상에 앉아 자신의 더러운 옷(부대로 오는 도중에 갈아입은 옷)을 뒤적거리다 말고 고개를 들어 소리를 질렀다.

"리성얼(李勝兒)!"

'리성얼'은 '라오페이'의 학명이었다. 우리는 기차 안에서 이미 차려 자세를 배운 터라 '라오페이'는 재빨리 두 손을 바지 재봉선에 갖다 붙이면서 대답했다.

"네!"

"문가로 가서 잔다!"

'라오페이'는 입을 삐죽 내밀로 불만을 토로했다.

"문가에서 자고 싶지 않습니다. 문가에는 바람이 들어옵니다."

"바람이 들어오니까 너더러 가서 자라는 거야. 말해봐라. 네가 거기서 안 잔다면 누가 거기서 자는 것이 가장 적당하다고 생각하나? 한 사람만 지명해봐!"

'라오페이'는 누가 적당한지 아무도 지명하지 못했다. 누구를 지명하든 미운털이 박힐 것이 뻔했기 때문이다. 소대장이 말했다.

"아무도 지명하지 못하면 네가 가장 적합한 것으로 간주한다. 태도를 분명히 해라. 네가 거기서 자는 게 적합한가?"

이때 라오페이는 눈 주위가 빨개져 있었다.

"적합합니다."

소대장이 말했다.

"자기 입으로 말했으니까 가서 자도록 한다."

소대장이 가고 나자 '라오페이'가 문가에 이부자리를 펴면서 모두를 향해 원망 어린 어투로 말했다.

"너희들은 전부 좋은 사람이 못돼. 같은 고향 사람들인데 어째서 소대장 앞에서 내 편을 들어주지 않은 거야?"

모두들 한목소리로 말했다.

"난방기를 가로채려 하는데 누가 네 편을 들어주겠어?"

오후에는 분대 단위로 밖에 나가 주변 환경을 익히는 시간을 가졌다. 이때 '라오페이'가 나를 찾아왔다. 눈 주위가 아직도 붉게 물들어 있었다.

"부분대장, 아무래도 난 끝난 것 같아."

"겨우 하루 군대생활을 했을 뿐인데 끝나긴 뭐가 끝나?"

"아무래도 소대장이 나에 대해 별로 좋지 않은 인상을 갖고 있는 것 같아."

옆을 지나가던 백면서생 왕디(王滴)가 끼어들었다.

"그러게 누가 소대장 바지에 오줌을 갈기래?"

이는 유개(有蓋)화물차 안에서 벌어진 일이었다. 우리는 고향을 떠나 부대로 올 때 유개화물차를 탔다. 화물용 객차라 화장실이 없기 때문에 소변을 보려면 문을 조금 열고 그 틈으로 밖을 향해 오줌을 갈겨야 했다. '라오페이'에게는 고질병이 하나 있었다. 몸을 움직일 때는 절대로 소변이 나오지 않는 것이었다. 열차가 덜컹덜컹 흔들리다 보니 문가에 반시간이나 서 있었지만 오줌은 한 방울도 나오지 않았다. 다른 사람들이 소변을 보려고 기다리고 있다가 말했다.

"오줌도 마렵지 않으면서 문 앞을 차지하고서 뭐 하는 거야?"

'라오페이'가 말을 받았다.

"오줌이 안 마렵다니? 오줌보가 터질 것처럼 아파 죽겠는데. 단지 열차가 계속 움직이고 있어서 오줌이 한 방울도 나오지 않고 있는 것뿐이라고."

이때 소대장이 객차 문가에 사람들이 잔뜩 모여 있는 것을 보고는 모두들 제자리로 돌아가라고 소리를 지르면서 '라오페이'를 뒤에서 잡아끌었다.

"오줌이 안 나온다는 건 마렵지 않다는 거야. 제자리로 돌아가."

그러나 누가 알았으랴, '라오페이'가 몸을 돌리는 순간 객차 안을 향해 오줌이 발사되었고 재빨리 멈추지 못해 손대장의 바지를 적시고 말았다. 소대장이 펄쩍펄쩍 뛰면서 말했다.

"좋아, 리성얼, 잘 기억해 두겠다!"

왕디의 이 한마디가 '라오페이'의 심기를 건드렸는지 '라오페이'의 눈가가 더욱 붉어졌다. 내가 '라오페이'를 위로하며 말했다.

"그 일은 마음에 둘 필요 없어. 바지에 오줌을 좀 묻힌 것이 뭐 그리 대단한 일이라고."

'라오페이'가 작은 목소리로 말을 받았다.

"소대장의 비위를 가장 잘 맞추는 게 바로 왕디야. 점심때 그가 소대장의 옷을 빨아주는 것을 내가 봤단 말이야.”

“됐어, 그만 해. 그럼 네가 바지를 빨아드리지 그랬어.”

이렇게 말하고 있는데 눈앞으로 몽고족 사람들 한 무리가 지나갔다. 긴 두루마기에 짧은 저고리 차림으로 말을 타고 있었다. 외투 깃에는 사람의 몸에서 나는 기름이 두텁게 절어 있었다. 허난에서는 절대 볼 수 없는 광경이라 모두들 입을 다문 채 그 자리에 서서 구경을 했다. 갑자기 왕디가 물었다.

“어째서 여자들은 안보이지?”

위안셔우(原守)라는 친구가 손으로 한쪽을 가리키며 말했다. 실제로는 모두들 그를 발음이 같지만 뜻이 다른 이름인 위안셔우(元首)로 불렀다.

“누가 여자가 없다고 그래? 저기 있잖아. 붉은 두건을 맨 사람 말이야!”

과연 붉은 두건을 쓴 사람은 여자가 분명했다. 단지 너무 못 생긴 데다 얼굴이 햇볕에 그을어 검붉은 빛을 띠고 있을 뿐이었다. 왕디가 말했다.

“알 것 같네. 변경지대에 이런 여자들이 있다는 것만으로도 괜찮은 셈이지.”

그러고는 자신의 군모를 똑바로 고쳐 썼다.

몽고족 사람들이 지나가자 그는 또다시 주변을 두리번거렸다. 사방은 일망무제의 고비사막이었다. 왕디가 땅 위에 줄줄이 붙어 있는 돌들을 가리키며 모두를 향해 고비사막이 원시시대에는 원래 바다였다고 설명했다. 그렇지 않다면 어떻게 돌이 그렇게 붙어 있을 수 있으며 어떻게 지금까지 풀 한 포기 자라지 않을 수 있겠냐는 것이었다. '리오페이'가 불만스런 표정으로 말을 받았다.

"풀 한 포기 자라지 않다니? 저걸 좀 보라고. 저게 나무 아니고 뭐야? 게다가 강도 있잖아."

모두들 '라오페이'가 손으로 가리키는 곳을 바라보았다. 과연 저 멀리 거무스름한 나무 그림자가 있고 그 옆으로 강물이 흐르는 것이 보였다. 강물 위로는 수증기가 피어오르면서 허공에 흔들리고 있었다. 하지만 그 몇 그루 나무가 있는 곳을 제외한 다른 곳에는 아무것도 없었다.

이리하여 모두가 이구동성으로 말했다.

"옛날에 바다였건 바다가 아니었건 간에 지금 이곳은 충분히 황량하단 말이야!"

왕디가 말했다.

"소대장이 병력을 인솔할 때 란저우(蘭州)로 간다고 하더니 란저우에서 천 리나 더 떨어져 있는 곳으로 오게 될 줄 누가 알았겠어!"

'라오페이'가 말을 받았다.

"그럼 가서 소대장님의 옷을 빨아드려!"

왕디는 금세 얼굴이 귀밑까지 빨개졌다.

"누가 소대장에게 옷을 빨아준대?"

두 사람은 서로 부딪치더니 금방이라도 싸움을 벌일 태세였다. 내가 둘을 뜯어 말렸다. 이때 소대장이 내무반 입구에 서서 우리를 불렀다. 어서 분대회의를 열라는 것이었다.

분대장은 이름이 류쥔(劉均)이고 고참 병사로서 우리의 훈련을 책임지고 있었다. 분대회의는 숙소에서 열렸다. 모두들 자기 침상 머리에 앉았다. 분대장은 한 차례 훈시를 하면서 모두들 수장(首長)을 존경하고 동지들과의 단결을 중시하며 기율을 준수하고 고된 훈련을 잘 이겨내며 반드시 적을 무찌르겠다는 의지를 다질 것을 당부했다. 이어서 점심 식사를 하면서 비판이 시작되었다. 모두들 낭비가 심하다는 지적이 나왔다. 양 갈비를 다 먹지 않고 거의 모든 사람이 두 조각씩 남겨 개숫물 통에 버린 일을 거론하면서 앞으로는 절대로 그런 일이 없도록 하라고 당부했다. 일단 식판에 담은 음식은 반드시 다 먹어야 하고 다 먹지 못할 것 같으면 애당초 너무 많이 담지 말라는 주의도 곁들였다. 모두들 이 말을 듣고 약간 억울한 표정들이었다. 원래는 체면을 생각해서 다 먹지 않고 남긴 것이었는데 분대장이 이를 낭비라고 비판할 줄은 꿈에도 몰랐던 것이다. 이리하여 저녁 식사 시간이 되자 모두들 체면 따위는 따지지 않고 배가 터지도록 먹기 시작했다. 식판에 남은 작은 야채 한 조각도 남기지 않고 깨끗이 먹어치웠다. ‘위안셔우’는 찐빵을 한꺼번에 여덟 개나 먹어치웠다. 모두들 많이 먹는 것이 가장 낭비를 안 하는 것이라고 생각하는 것 같았다.

이때 '라오페이'가 또 꼴불견을 연출했다. 오후의 음식은 돼지고기 배추찜이었다. 살코기는 많지 않고 온통 희멀건 비곗덩어리 만 그릇 위에 둥둥 떠다녔다. 하지만 그래도 집에서 먹던 음식에 비하면 괜찮은 편이었다. 모두들 음식을 다 먹었지만 유독 소대장만 다 먹지 않고 반대접이나 남은 채 한 입 한 입 입에 떠 넣고 있었다. '라오페이'는 소대장이 아까워서 천천히 먹는 거라고 생각하고는 점수를 따볼 요량으로 자기도 아까워서 먹지 않은 음식 반대접을 소대장의 대접에 쏟아 부으면서 말했다.

"소대장님, 많이 드세요!"

하지만 소대장이 이 음식을 빨리 먹지 않은 것은 커다란 비곗덩어리가 먹기 싫어서였다. 갑자기 '라오페이'가 다가와 먹다 남은 음식을 자기 그릇에 쏟아 붇자 소대장은 온몸에 경련이 일 정도로 화가 났다. 소대장이 손가락질을 하면서 소리쳤다.

"야 임마, 너 지금 뭐하는 거야!"

그러고는 그릇을 땅바닥에 내던져버렸다. 음식에 들어 있던 야채 이파리들이 산산조각 나 땅바닥에 어지럽게 흩어졌다.

밤에 잠 잘 시간이 되었지만 '라오페이'는 영 기분이 좋지 않았다. 입으로는 한숨을 내쉬면서 문가에 누워 연신 몸을 뒤척거렸다. 나도 잠이 깨서 보니 그가 두 손으로 머리를 감싸 쥔 채 문가에서 구르고 있었다. 내가 다가가 손을 풀어주자 그도 신발을 질질 끌면서 내 뒤를 따라 나왔다. 변소 가까이 이르자 그가 울음 섞인 목소리로 내게 손을 내밀었다.

"부분대장, 나는 호의로 그랬던 거란 말이야!"

내가 말했다.

"호의고 아니고 간에 남을 화나게 한 건 사실이잖아."

그가 말을 받았다.

"소대장이 화를 낸 건 괜찮아. 나는 그저 왕디에게 짜증이 나서 이러는 거라고. 소대장이 내게 화를 낼 때 왕디 패거리들이 몰래 훔쳐보면서 키득거리더라고……."

"자신이 그런 짓을 해놓고 남들이 웃지 않기를 바라는 거야?"

이어서 나는 한두 마디 위로의 말을 해주면서 얼른 들어가 자라고 권했다. 그가 말했다.

"부분대장, 같이 얘기 좀 더 했으면 좋겠어."

"지금 시간이 몇 시인데 얘기를 하고 싶다는 거야? 어서 들어가 자자. 내일부터 훈련이 시작된단 말이야."

그는 길게 한숨을 내쉬며 나를 따라 내무반으로 들어와 잤다. 이때 달은 이미 서쪽으로 기울어 보초를 서는 초병 두 명만 멀리 달빛 아래서 왔다 갔다 하고 있었다.

2

군사훈련이 시작되었다. 분대 단위로 대오를 갖춰 '발맞추어 가',

‘바른 걸음으로 가’, ‘뛰어 가’ 같은 제식동작을 훈련했고 낮은 포복이나 ‘약진 앞으로’ 같은 동작도 익혔다. 몸을 땅바닥에 바싹 붙인 상태에서는 발바닥을 사용하지 않고 팔 힘으로만 앞으로 기어가야 했다……

낮에 하루 종일 피곤했는데 밤에도 쉴 수가 없었다. 비상집합 훈련이 있었기 때문이다. 밤중에 한참 달게 자고 있을 때 ‘삐이 삐이’ 하는 비상벨 소리와 함께 비상집합이라는 구령이 떨어졌다. 불을 켜지 않은 상태에서 10분 이내에 군복을 입고 군장을 꾸려 소총을 들고서 연병장에 집합해야 했다. 모두들 대낮의 훈련은 두렵지 않았지만 한밤중의 비상집합은 정말 공포의 대상이었다. 10분이라는 캄캄한 시간 동안 내무반 안은 우당탕 퉁탕 냄비에 죽 끓는 것처럼 요란했다. 서로 다른 사람의 양말을 집어신고 자기 옷도 제대로 찾지 못하는데 어떻게 제시간에 연병장에 나갈 수 있겠는가? 하지만 중대장과 지도원은 이미 권총을 차고 연병장에 나와 인원을 점검하면서 누가 가장 늦게 나오는지 지켜보고 있었다. 그러고는 엄숙하게 말했다.

“x킬로 지점, x킬로 지점에 적 간첩 출현. 20분 내로 현장에 도착한다. 모두들 소총을 멘 채 흩어져 뛰어갔다. 한참을 뛰어 갔다 돌아오니 몹시 지치고 온몸에 땀이 흐르는 데가 숨이 턱까지 차올랐다. 이때 중대장과 지도원은 연병장에서 우리를 기다리고 있다가 병사들의 군장이 흐트러지지 않았는지, 복장을 잘못 착용한 병사는 없는지 일일이 검사했다.

각 분대마다 꼴불견이 벌어졌다. 우리 분대에서 가장 골칫거리인 사람은 '라오페이'와 '위안셔우'였다. '위안셔우'는 비쩍 마른 체형에 평소에는 엄숙하고 말이 없으면서 마음속으로 뭔가 하기를 좋아했다. 하지만 그렇게 하는 일은 그다지 민첩하지 못했다. 그는 오른발과 왼발도 구분하지 못했다. 왼쪽 신발을 오른발에 신고 오른쪽 신발을 왼발에 신기 일쑤였다. 중대장이 대열 앞으로 나오라고 명령했을 때도 그는 신발이 팔자가 되어 나왔다 들어갔다. 병든 오리가 다리를 저는 것 같은 모양새였다. 모두들 웃어댔다. 해산하여 숙소로 돌아오자 백면서생 왕디가 말했다.

"사실 중대장도 '위안셔우'를 나무라선 안 돼. 비상집합으로 적의 간첩을 잡는 데에는 신발을 바꿔 신는 것이 유리할 수도 있거든. 적이 발자국을 제대로 식별하지 못하잖아."

모두들 '위안셔우'를 쳐다보면서 또다시 웃음을 터뜨렸다. '위안셔우'는 두 발의 신발을 아직 제대로 바꿔 신지 않은 상태로 바닥에 심각한 표정으로 주저 앉아었다. 말도 하지 않고 그거 왕디를 째려볼 뿐이었다.

'라오페이'가 연출한 꼴불견은 바지를 뒤집어 입은 것이었다. 앞에 달려 있어야 할 구멍이 엉덩이에 나 있었다. 중대장은 그의 그런 모습을 다른 병사들에게 보여주기 민망해 말로 어서 고쳐 입으라고 명령했다.

“간첩을 잡기도 전에 바지를 뒤집어 입는 놈이 어디 있어!”

해산한 후 ‘라오페이’는 엉덩이 쪽에 난 구멍을 가린 채 시무룩한 얼굴을 보였다. 특무를 잡지 못한 것이 전부 자기 바지 때문인 것 같았다.

밤에는 비상집합만 있는 것이 아니라 보초도 서야 했다. 두 사람이 한 조가 되어 한 시간씩 교대로 보초를 서다가 다음 근무자에게 사발시계를 인계해야 했다. 열일곱 여덟 살의 어린 아이들이라 집에서는 맥장에서 실컷 자면서 일할 나이인데 이제는 낮에 종일 훈련을 해야 하니 고단하지 않을 리가 없었다. 고단한 것은 둘째 치고 배가 고픈 것이 더 큰 문제였다. 저녁에 분명히 배불리 먹었고 배에 찐 만터우를 여러 개 쑤셔 넣었는데도 밤에 보초를 서다 보면 어김없이 배가 고팠다. 배만 고픈 것이 아니라 추운 것도 문제였다. 이 고비사막의 삼월은 날씨가 장난이 아니었다. 영하 십 몇 도, 심지어 이십 몇 도까지 내려가곤 했다. 내 차례가 되어 보초를 설 때면 가장 부러운 곳이 중대의 난방실이었다. 난방실에서 불을 때는 고참병사는 리상진(李上進)이라는 친구였다. 그에게는 다른 고참병들과 달리 신병들을 보살펴야 할 책임이 주어지지 않았다. 그는 나를 보면 ‘8부분대장’이라고 부르면서 친근하게 대해주었다. 그는 불을 때면서 야간 근무자들의 식사를 준비했다. 즉 일곱 여덟 개의 빠오즈를 직접 난로 위에 굽는 것이었다. 내가 매일 찾아갈 때마다 그는 내게 이런 빠오즈를 두 개씩 주었다. 그런 다음 그는 불을 땔 때 앉는 의자에 앉아 두 발을 쬐면서 그윽한 눈으로 내가 입을 크게 벌리고 우적우적 빠오즈를 먹어치우는 모습을 바라보았다. 그가 굽는 빠오즈는 정말 잘 구워져 맛이 좋았다. 먹고 나면 또 먹고 싶어졌다. 애석하게도 근무자들의 몫을 너무 많이 축낼 수 없어 배부르다고 말하면서 그가 건네는 빠오즈를 사양했다. 그는 웃는 걸 좋아했다. 웃는 모습이 너무나 성실하고 착해 보였다. 처음 만났을 때 그가 내게 물었다.

"입당신청서는 작성했어?"

나는 고개를 가로저으며 말했다.

"방금 부대에 도착했는데 벌써 써야 하나요?"

그는 허벅지를 탁 치며 나보다 더 조급한 표정으로 손을 휘저으며 말했다.

"빨리 써. 빨리 쓰는 게 좋다고 어서 돌아가서 쓰도록 하게. 나처럼 신청서가 제출이 너무 늦어 군대생활한 지 3년이나 되었는데도 입당이 안 되는 일이 없도록 말이야."

하지만 다른 고참병들이 하는 얘기를 들어보니 신청서 제출이 입당의 결정적 조건인 것은 아니었다. 결정적인 것은 조직을 찾아 마음을 터놓고 얘기하는 것이었다. 게다가 리샹진이 입당하지 못한 것도 신청서 제출이 너무 늦었기 때문이 아니라 처벌을 받은 경력이 있기 때문이었다. 처벌을 받은 이유는 가족 방문을 위해 집에 돌아갈 때 몰래 대검 한 자루를 가지고 나갔기 때문이었다. 대검을 가지고 나간 것은 여자에게 점수를 따기 위해서였다. 여자와 선을 보던 그날, 그는 새로 지급받은 군복을 입고 탄띠를 멘 채 엉덩이 뒤에 대검을 매달고 나갔다. 부모님을 따라 집무시장을 지나면서 그는 그런 자신의 모습이 무척 위풍당당하다고 느꼈다. 나중에 선을 본 일이 잘 되긴 했지만 어찌 된 일인지 대검을 차고 간 사실을 부대에서 알게 되었고 이로 인해 처벌이 내려졌다. 아울러 그의 진로에 악영향을 미치게 되었다. 두 번째 만났을 때 내가 무심코 그에게 물었다.

"그럼 입당 문제는 언제쯤 해결되나요?"

"그는 한 손에는 쇠로 된 불쏘시개를 꼭 쥐고 다른 손으로는 방금 돋아난 수염을 뽑으면서 말했다.

"내가 계산해본 바로는 곧 처리될 것 같아."

"어째서 곧 처리된다는 건가요?"

"이것 봐, 내게 불 피우는 일을 맡기는 걸 보면 알 수 있잖아?"

나는 불을 피우는 일과 입당이 무슨 관계가 있다는 건지 아무리 생각해도 이해할 수 없었다. "

그가 말했다.

"간부들이 내게 불 땔 때는 일을 맡겼다는 것은 날 검증하겠다는 뜻이 아니겠어?"

나는 그제야 뭔가 알 것 같았다. 그러고는 그를 위해 함께 기뻐해주었다.

"조만간 문제가 해결되겠군요. 들리는 소문에 의하면 어떤 고참 병들은 제대할 때까지 입당이 해결되지 않는다고 하더군요."

리샹진이 말했다.

"그렇게 되면 정말 죽을 맛이겠지."

눈 깜짝할 사이에 보름이 지나갔다. 모두들 부대 생활에 조금씩 익숙해져 갔고 걸음을 걸을 때도 고참병 티가 났다. 이제 모두들 앞길을 생각하게 되면서 일제히 공산당의 입당 신청서와 공산주의 청년단의 입단신청서를 작성했다. 그리고 아침 일찍 일어나면 서로 앞다투어 청소를 하기 시작했다. 이에 따라 사람들 사이의 관계에 긴장이 생겼다. 모두가 한꺼번에 진보할 수 있는 것이 아니라 한 사람이 진보하면 다른 사람이 진보할 수 없이 때문이다. 누군가 먼저 빗자루를 들고 청소를 하게 되면 적극적인 품행이 인정되지만 그만큼 다른 사람들의 적극성이 과소평가될 수밖에 없었다. 이리하여 모두들 항상 긴장하면서 아침이 되기 무섭게 뛰어나가 빗자루를 차지하려고 오경이 될 때까지 잠을 이루지 못했다.

이때 분대 안에서는 '골간(骨干)'이 정해졌다. 이른바 '골간'이란 업무상 중점적으로 동원되는 사람을 의미했다. '골간'이 되는 것이 개인적 진보의 첫 정거장인 셈이었다. 때문에 모두들 '골간'이 되려고 눈에 불을 켰다. 하지만 중대의 규정상 일개 분대에 '골간'을 세 명만 지정할 수 있었다. 이로 인해 문제가 더욱 복잡해졌다. 우리 분대로 말하자면 나는 부분대장이라 당연히 '골간'이 되어야 했다.

또 한 명의 '골간'은 왕디였다. 이에 대해 모두들 별말이 없었다. 그는 글도 쓰고 그림도 그릴 줄 알았기 때문이다. 그는 아주 반듯한 방송체(仿宋體)로 벽보를 써냈고 행군할 때는 대오 맨 앞에서 노래를 불렀다. 문제는 '위안셔우'와 '라오페이'였다. 두 사람은 누가 '골간'이 되느냐 하는 문제를 놓고 쟁론이 비교적 심했다. 이 두 분은 최근에 후진(後進)에서 선진(先進)으로 변신을 시도하고 계셨다. 비상집합에도 더 이상 덜렁대다 군장을 제대로 챙기지 못하는 일이 없었다. '위안셔우'가 취한 방법은 왼쪽과 오른쪽 신발을 각각 벽돌로 눌러놓아 급히 신발을 신을 때 바꿔 신지 않도록 하는 것이었고 '라오페이'가 취한 방법은 바지를 뒤집어 입는 일이 없도록 잠을 잘 때 아예 바지를 입고 자는 것이었다. 이리하여 두 사람은 종종 다른 사람들보다 먼저 연병장에 나왔고 비교적 두드러진 품행을 보이게 되었다. 게다가 평소에 자발적으로 또 다른 선행을 하기도 했다. '위안셔우'는 소리 소문 없이 변소의 똥을 펐고 '라오페이'는 일찍 일어나 청소를 했다. 때로는 밤에 좋은 일을 하기도 했다. 다른 사람들의 몫까지 혼자 밤새 보초를 서면서 자신은 쉬지 않고 다른 동료들을 쉬게 한 것이다. 두 사람의 이런 선행은 막상막하라 누구를 '골간'으로 지명할 지 쉽게 결정하기 어려웠다. 이때 분대장이 전등 줄을 생각해냈다. 부대에서는 전등 줄을 아무나 마음대로 당길 수 있는 것이 아니었다. '골간'이 지키고 있어야 했다. 전등 줄은 문가에 달려 있었고 '라오페이'의 잠자리가 마침 문가에 있었다. '위안셔우’에게 전등 줄을 맡기려면 ‘라오페이’와 자리를 바꿔야 했다. 하지만 분대장은 첫째는 번거로운 것이 싫었고, 둘째는 ‘라오페이’가 문가에서 자는 것이 소대장이 결정한 일이라 달리 방법이 없었다. 분대장이 내게 말했다.

“리성얼로 정하지 뭐.”

이리하여 ‘라오페이’가 골간이 되어 계속 전등 줄을 관장하게 되었다. 애당초 ‘라오페이’로 하여금 문가에서 자게 한 것은 그에게 벌을 내린 것이었지만 이제는 전화위복이 되어 그 처벌이 그를 ‘골간’으로 만들어주었다. ‘라오페이’는 누런 이를 드러내며 이틀이나 신이 나서 어쩔 줄을 몰랐다. 반면에 ‘위안셔우’는 매우 침울한 기분이었지만 감히 겉으로 내색은 못하고 분대장에게 결심서를 한 장 써서 제출했다. 이번에 ‘골간’이 되지 못한 것은 자신이 열심히 일하지 않았기 때문이라면서 앞으로 ‘골간’들에게 많은 것을 배워 다음에는 반드시 ‘골간’이 될 수 있도록 노력하겠다는 내용이었다. 다른 십여 명의 전사들도 일제히 유사한 내용의 결심서를 제출했다.

이때 중대에서는 양의 분뇨를 수거하기로 결정했다. 양의 분뇨는 몽고인들이 방목을 하고 지나간 황야에 지천으로 널려 있는 것으로 지금 이를 수거해 보관했다가 봄에 농사를 지을 때 사용하려는 것이었다. 중대에서 차량을 지원하면 각 분대에서는 인력을 파견해야 했다. 각 분대에서는 ‘골간’들을 내보내기로 했다. 우리 분대 차례가 되자 왕디와 ‘라오페이’가 나가야 했다. 하지만 왕디는 요 며칠 계속 벽보를 작성해야 하고 나는 분대에서 몸을 뺄 수 없는 처지였다. 이에 분대장이 말했다.

"‘위안셔우’를 보내도록 한다."

‘위안셔우’는 원래 양 분뇨 수거작업에 나가게 될 거라고는 생각도 못하고 있던 터라 이미 소총을 들고 연병장으로 집합하러 갈 준비를 하고 있었다. 그러다가 분대장이 양 분뇨 수거작업에 가라고 하자 ‘골간’들이 하는 일을 자신도 하게 되었다는 생각에 신이 나서 입을 다물지 못했다. 그는 재빨리 소총을 던져놓고 복장을 가다듬은 다음 동그란 손거울에 자신의 모습을 비춰보았다. 그러고는 신이 나서 양 분뇨 수거작업에 따라갔다. 하루 종일 양 분뇨를 수거하고 돌아오니 온몸에 흙과 털이 묻어 있고 머리에도 분뇨 가루가 묻어 있었다. 그런데도 그는 신이 나서 냉수로 ‘어푸어푸’ 소리를 내며 세면을 하고 모두를 향해 말했다.

"중대장님이 그러시는데 이틀 쉬었다가 또 분뇨를 수거하러 나갈 예정이래."

그러고는 자신의 가죽 모자를 빨아 난방용 증기포대 위에 널어 말렸다. 이때 밖에서 ‘뚜우 뚜우’ 하고 비상벨이 울렸다. 중대에서 긴급 점호를 실시한다는 것이었다. ‘위안셔우’는 당황했다. 소대장이 화가 잔뜩 나서 들어오더니 ‘위안셔우’의 젖은 모자를 보고는 버럭 소리를 질렀다.

"점호 집합인데 뭐 하고 있는 거야. 모자는 왜 빨았어. 모자를 빨면 점호를 안 해도 되는 거야? 모자는 왜 빨았으며 어떻게 말릴 생각이었나? 모자가 안 마르면 점호를 안 받을 생각이었어?

불쌍한 '위안셔우'는 하는 수 없이 젖은 모자를 그대로 쓴 채 바람을 맞으며 점호를 받아야 했다. 한겨울 추위에 점호를 받고 났더니 모자 가득 유리 나팔이 생겼다. 이때 소대에서 또 점호가 있었다. 소대장이 훈시를 하면서 어떤 동지가 조직의 규율을 무시하고 점호 시간에 모자를 빨고 있었다고 비판했다. 모두들 일제히 고개를 돌려 '위안셔우'를 쳐다보았다. '위안셔우'는 미동도 하지 않았다.

소대 점호가 끝나자 갑자기 '위안셔우'가 보이지 않았다. 내가 그를 찾아 나섰다. 그는 아직도 젖은 모자를 쓴 채 막사 뒤, 바람 부는 공터에 미동도 하지 않고 서 있었다. 나는 그가 우는 줄 알고 다가가 그의 등을 툭 쳤다. 그는 울고 있지 않았다. 그저 눈을 깜빡이며 나를 바라보기만 할 뿐이었다. 내가 말했다.

"'위안셔우', 어서 모자를 벗어. 머리가 다 얼겠다."

그는 갑자기 두 손으로 자기 머리를 치면서 한탄하듯이 말했다.

"내가 이렇게 멍청하다니까!"

"그건 네 탓이 아니야. 오늘 양 분뇨를 수거하다가 오물이 묻어서 그런 거잖아."

그는 그제야 참았던 울음을 터뜨리며 내게 말했다.

"부분대장, 이건 다 내가 멍청한 탓이야."

나는 그의 탓이 아니라고 말해주었다. 아무도 갑자기 점호를 하리라고는 생각지 못했기 때문이다. 그는 점차 울음을 그치고 오늘 아버지에게서 편지를 받았다고 말했다. 아버지가 부대 생활을 잘 하라고 당부하셨는데 오늘 자기가 한 짓은 정반대인 것 같다고 했다. 나는 누구나 실수를 하는 법이고 별일도 아니라고 말해주었다. 실수를 발판으로 삼아 발전하는 것이라는 말도 잊지 않았다. 내 말에 그는 고개를 끄덕였다.

다음 날 아침 일찍, '위안셔우'는 분대장에게 결심서를 제출했다. 어제 모자를 빨았던 행위의 사상적 근원은 조직의 규율을 준수하려는 책임감의 부족이었으며 오늘의 실수를 거울삼아 앞으로는 착실하게 발전하겠다는 내용이었다.

3

각 분대가 훈련에 열중하고 있을 때 갑자기 중대에서 집합 명령이 떨어졌다. 며칠 후 수장의 검열이 있으니 분대별로 하던 다른 훈련을 전부 중지하라는 지시를 전달하기 위해서였다. 열병 훈련이 시작되었다. 모두들 수장의 얼굴을 보지 못한 터라 이런 소식에 흥분을 금치 못했다. 한편으로는 열병 훈련을 하면서 한편으로는 수장이 얼마나 높은 사람인지, 혹시 연대장 급인지 하는 문제를 놓고 의론이 분분했다. 밤중에 분대장과 보초를 함께 서면서 물어보았지만 그도 모른다고 대답했다. 그러면서 이것도 군사기밀에 속한다고 말했다.

열흘 넘게 열병훈련을 했을 때쯤 상부에서 통지가 내려왔다. 다음 날 바로 검열이 실시된다는 것이었다. 검열을 하는 사람은 연대장도 아니고 사단장도 아닌 군단장이라고 했다. 부대 전체가 냄비에 물 끓듯이 소란스러워졌다. 군단장이 우리를 검열하러 오다니! 재빨리 편지를 써서 이런 소식을 집에 알리는 병사들도 있었다. 분대장도 신이 나서 우리에게 군단장이 어떻게 생겼는지 설명하면서 열병할 때 절대 기침을 해서는 안 된다고 말해주었다. 이어서 다시 대열을 정하면서 각자 서는 위치를 정해주었다. 모두들 신바람이 나서 무기 보관대로 가서는 소총을 손질하고 대검을 반짝반짝 빛이 나도록 문질러 닦았다.

저녁 여덟 시가 되자 중대에 소등나팔이 울렸다. 모두들 일찍 취침하여 정기를 비축하라는 뜻이었다. 불은 꺼졌지만 모두들 잠이 올 리가 없었다. 나중에 어떻게들 잠이 들었는지 모르지만 밖에서 '뚜우 뚜우' 요란한 소리가 울렸다. 모두들 이 소리에 놀라 잠에서 깼다. '위안셔우'가 황급히 물었다.

"또 비상집합 훈련인가?"

모두들 손발이 빨라졌다. 감히 불은 켜지 못하고 어둠 속에서 군복을 입고 군장을 꾸리면서 일제히 툴툴거리기 시작했다.

"내일 군단장의 검열이 있다면서 비상집합은 왜 하는 거야?"

이때 중대장이 들어와서는 '찰칵' 하고 전등을 켰다. 그러고는 모두에게 비상집합이 아니라 시간을 앞당겨 기상하는 것이라고 말했다. 기상과 동시에 곧장 식당에 가서 식사를 했고 식사가 끝난 뒤에는 곧장 줄지어 차에 올랐다. 여덟 시가 되기 전에 군단부의 검열장에 도착해야 했다.

모두들 안도의 숨을 내쉬며 졸였던 마음을 풀었다.

"내가 비상집합은 아닐 거라고 말했잖아."

모두들 어제처럼 흥분하기 시작했다. 차창 밖을 내다보니 아직 어둠이 채 가시지 않은 상태에서 동쪽에 핏빛으로 붉은 새벽놀이 퍼지고 있었다. 고비사막의 새벽놀이었다. 일망무제의 고비사막에는 시야를 가리는 것도 없었다. 붉은 해가 핏빛 바다 위로 솟아오르는 것 같았다. 여전히 엄동설한이라 기온이 영하 십 몇 도를 맴돌았지만 모두들 추위를 느끼지 못하면서 대형 트럭에 빼곡히 타고 있었다. 운전병도 다소 흥분했는지 차를 무척 빨리 모는 바람에 마구 덜컹거렸고 그럴 때마다 모두들 '으악' 하고 소리를 질러댔다. 차창이 심하게 흔들리면 트럭 아래로 떨어졌다가 다시 타기도 했다, 소총에 장착한 대검에는 호신용 기름이 칠해져 있어 모두를 품 안에 조심스럽게 껴안고 있었다.

군단부의 검열장에 도착했다. 알고 보니 겸열을 받는 부대는 우리 중대뿐이 아니었다. 검열장은 수천수만의 병사들로 가득 차 있었다. 그 많은 병사들이 부대별로 좌우로 움직이며 제자리를 찾고 있었다. 내가 분대장에게 물었다.

“다 합쳐서 몇 명이나 될까요?”

분대장이 사람들 사이에 선 채 손으로 허공을 가리고 대충 둘러보고 나서 대답했다.

“대충 일개 사단 병력은 될 것 같군.”

수많은 사람들이 목소리가 요란한 가운데 흙먼지가 마구 날렸다. 우리는 모두 자신의 대검에 먼지가 묻지 않도록 보호하느라 애를 썼다. 중대장은 뒤춤에 권총을 차고서 대오 속에서 이리저리 뛰어다니며 연신 소리를 질러댔다.

“어서 따라붙어, 거리를 두지 말란 말이야!”

모두들 서로 바싹 몸을 붙였다. 심장이 서로 맞닿을 듯이 바짝 붙어서 앞으로 조금씩 이동했다.

일곱 시 반이 되자 대오는 기본적으로 윤곽을 갖추게 되었다. 사람들의 발짝 소리와 구령 소리가 잦아들면서 광장이 고요해졌다. 하지만 그와 동시에 사람들이 떠드는 소리가 커지기 시작했다. 오늘 온 사람들에 관해 얘기하는 사람도 있었고 검열대에 관해 얘기하는 사람도 있었다. 고향 사람을 만나 서로 고향 얘기를 하는 사람도 있었다. 평소에는 같은 중대에 있지 않았지만 이렇게 만나고 보니 마치 같은 대오에 섞여 있다가 소대장이나 분대장의 호통에 제자리로 돌아가곤 했다.

갑자기 모두가 약속이라도 한 듯이 일제히 조용해졌다. 알고 보니 검열대 위로 누군가 올라선 것이었다. 참모로 보이는 사람 하나가 올라가 마이크를 들고 기율 검열을 한다고 선포하면서 모두들 두 마디를 잘 기억하라고 당부했다. 군단장이 대오 앞을 통과하면 서 "동지 여러분, 수고가 많습니다."라고 말하면 모두들 한목소리로 "수장님, 수고가 많으십니다."라고 말해야 한다는 것이었다. 그러면 서 우리에게 되물었다.

"다들 알아들었나?"

"네, 잘 알아들었습니다!"

이어서 무기검사가 시작되었다. 이리하여 광장 가득 '찰칵, 철컥' 하는 방아쇠 당기는 소리가 메아리쳤다.

무기검사가 끝나갈 때쯤 대오 정리가 시작되었다. 각급 수장들이 일제히 보고를 시작했다. 중대가 정리되면 대대에 보고했고 대대가 정리되면 연대에 보고했다. 연대가 정리되면 검열대에 보고했다. 광장 전체에 보고하는 소리로 불결이 일었다.

마침내 대오 전체의 정리가 끝나자 주위가 숙연해지면서 백발이 창창한 원로 간부 하나가 보고를 받기 위해 검열대에 올라섰다. 그는 지휘대에 서서 대오를 좌우로 훑어보았다. 내가 작은 목소리로 부대장에게 물었다.

"저 사람이 누군가요?"

"사단장이야."

7시 15분이 되자 사단장이 시계를 보더니 직접 대오를 지휘하기 시작했다. 그토록 나이가 든 간부였는데도 "차렷!", "열중 쉬엇!" 하고 외치는 소리가 무척 무게 있게 들렸다. 희끗희끗한 머리가 그의 목소리에 엄숙함을 더해주었다. 경외와 감동을 느끼기에 충분했다. 이리하여 모두들 발뒤꿈치를 들고 전후좌우로 조금씩 움직이기 시작했다. 거대한 광장에 수천수만의 인마가 전후좌우, 대각선까지 빈틈없이 정연한 대오를 이루었다. 대단한 장관이었다. 광장 전체에 아무런 소리도 들리지 않았다. 그저 깃대에 걸린 군기들만 차가운 바람에 휘날려 펄럭거릴 뿐이었다.

여덟시 정각, 군단장이 도착했어야 할 시간이었다.

시계소리가 째깍째깍 울리고 15분이 지났지만 군단장은 도착하지 않았다. 사단장은 단상에서 연신 시계를 보고 있었다. 대오가 다시 소란해지기 시작했다. '라오페이'가 말했다.

"혹시 군단장이 이 일을 잊고 있는 건 아니겠지?"

'위안셔우'가 말했다.

잊을 리는 없을 거야. 단지 뭔가 다른 일 때문에 지체되고 있는 것뿐일 거야."

반시간이 지나갔다. 모두들 더 조급해졌다. 왕디가 입을 열었다.

"보아하니 이번 열병은 무산될 것 같다."

말이 떨어지기 무섭게 대로가 끝나는 지점에 차량 행렬이 나타나더니 눈 깜짝할 사이에 대오 앞에 도착했다. 긴 검정색 승용차의 빛나는 행렬이었다. 모두들 이구동성으로 말했다.

"왔다, 왔어."

이리하여 모두들 재빨리 정신을 가다듬었고 광장은 다시 조용해졌다. 이번에는 땅바닥에 바늘 떨어지는 소리가 들리고 차문이 열릴 때 이는 바람소리가 들릴 정도로 조용했다. 이어서 차에서 사람들이 내렸다. 나이가 지긋하고 뚱뚱한 사람들도 있고 젊은 사람들도 있었다. 꽃처럼 예쁜 여군 사병도 있었다. 나이든 사람들은 뒷짐을 지고 있고 젊은 사람들은 이리저리 흩어져 사방을 주시하기 시작했다. 이때 사단장은 단상에서 긴장한 모습으로 자신의 군장을 매만졌다. 그런 다음 몸을 돌려 대오를 정리하기 시작했다.

"모두들 잘 들리나? 차렷 ―

우로 봐앗 ―

앞으로 봐앗 ―

쉬어 ―

차렷 ―"

마지막 '차렷' 구령에 사단장은 나이 탓인지 목이 메었다. 온몸의 힘을 다 짜내 구령을 외치던 그는 두 주먹을 옆구리에 붙인 채 단상에서 뛰어내려와 단 아래서 나이 지긋한 간부들 가운데 한 명을 향해 경례를 올렸다.

"참모장님께 보고합니다. x군단 x사단 집합 완료했습니다. 훈시 바랍니다."

나이든 간부가 손을 휘저으며 구령을 내렸다.

"쉬어!"

“쉬어!”

복창과 함께 사단장은 두 주먹을 옆구리에 붙이고 숨이 턱에 닿을 듯이 단상으로 돌아와 부대를 향해 구령을 내렸다.

“부대 쉬어!”

부대 전체가 쉬어 자세를 취했다. 군단 참모장은 힘들게 검열대 위로 올라와 한가운데 서서는 부대를 훑어보고 나서 말했다.

“동지 여러분―”

‘동지 여러분’이라는 한마디에 대오는 즉시 차려 자세를 취했다. 수천수만의 발이 동시에 부딪치는 소리가 광장에 메아리쳤다. 나이든 간부가 다시 구령을 내렸다.

“쉬어!”

그러고는 말을 이었다.

“오늘 군단장님께서 우리를 검열하신다. 바라건대 모두들……”

한마디 하고 나서 그는 직접 대오를 정리하더니 다시 두 주먹을 옆구리에 붙이고 단 아래로 내려가 몸집이 퉁퉁하고 눈이 쳐진 데다 두 눈 밑에 살주머니가 늘어진 사람에게 보고를 했다.

“군단장님께 보고합니다. 대오 정리를 완료했습니다. 검열해주시기 바랍니다.”

이 나이든 간부는 무척 인자한 표정으로 가볍게 미소를 지으며 대답했다.

“좋아, 알았네.”

검열이 시작되었다. 말이 검열이지 사실은 군단장이 대오 앞을 한 번 지나가는 것이 전부였다. 하지만 병사들에게는 군단장이 자기 눈앞을 한 번 지나간다는 것만으로도 이미 충분히 대단한 일이었다. 이에 병사들은 눈동자도 굴리지 않으면서 나무토막처럼 그대로 서 있었다. 대검도 반짝반짝 빛을 발하면서 병사들과 나란히 서 있었다. 이때 해가 떠오르면서 가지런한 빛줄기를 쏟아냈다. 사람들이 나란히 줄지어 서 있고 소총과 대검도 나란히 줄지어 서 있었다. 너무나 숙연한 장관이었다. 사람들은 집단에 용해되어 광장의 일부가 되어 있는 것 같았다. 이처럼 엄숙하고 장엄한 광경에 군단장도 감동한 듯 손을 군모 바로 아래 가져다 댔다. 그는 경례를 제대로 배우지 못했는지 군모에 가져다 댄 손이 굽어 있었다. 하지만 그의 눈빛에는 강렬한 카리스마가 넘쳤다. 대오의 중간쯤 이르러 그가 병사들을 향해 입을 열었다.

"동지 여러분, 안녕하십니까!"

모두들 당황했다. 군단장의 인사가 참모장이 말한 것과 달랐기 때문이다. 참모장이 알려준 인사는 "동지 여러분, 수고가 많습니다."였다. 하지만 모두들 즉시 정신을 가다듬고 "수장님, 안녕하십니까?" 하고 인사를 했다.

다행이 일치된 목소리였고 모두들 마음을 놓았다. 유독 '라오페이'만 실수를 하고 말았다. 수천수만의 병사들과 달리 그 혼자만 "수장님, 수고가 많으십니다."라고 말했던 것이다. 다행히 한 사람의 다른 목소리를 군단장은 듣지 못했다. 그러나 우리 중대장이 즉시 고개를 돌리더니 분노한 눈빛으로 '라오페이'를 노려보았다.

군단장이 우리 대대 앞으로 왔다. 이때 받들어총 의식이 있었다. 군단장이 지나가는 대대마다 일제히 받들어총을 해야 했다. 그런 다음 가슴 부위에 있던 소총을 세 개의 '척', '척', '척' 세 개의 동작으로 다른 위치로 옮기는 것이었다. 소총을 손으로 탁탁 치는 소리와 동작이 정말 볼만했다. 이때 '위안셔우가 실수를 범하고 말았다. 받들어총을 하다가 대검으로 자기 이마를 살짝 벤 것이었다. 금세 피가 솟구치더니 얼굴 위로 흘러내렸다. 하지만 이런 움직임은 다른 사람들 눈에 띄지 않았다. 그 자신도 감히 말을 못하고 소총을 든 채 미동도 하지 않았다. 그러나 뜻밖에도 날카로운 군단장의 눈에 띄게 될 줄을 누가 알았으랴. 군단장이 갑자기 검열을 멈추더니 '위안셔우' 앞으로 다가가는 것이었다. '위안셔우'는 일이 잘못 됐다는 것을 알았지만 조금도 몸을 움직이지 않았다. 군단장이 그의 얼굴에 흐른 피를 살펴보더니 갑자기 물었다.

"이 중대의 중대장이 누군가?"

중대장이 재빨리 달려와 차례 자세로 경례를 올리며 대답했다.

"네, 접니다, 군단장님!"

그리고는 사시나무 떨 듯이 몸을 떨었다. 우리도 모두 두려움에 숨을 죽였다. 군단장이 우리를 나무라려는 듯한 표정을 보이자 분대장이 화난 눈빛으로 '위안셔우'를 째려보았다. 그러나 예상과 달이 군단장이 갑자기 웃기 시작했다. 군단장이 눈 밑에 달린 두 개의 살주머니를 덜렁거리면서 손으로 '위안셔우'의 어깨를 가볍게 두드리며 중대장에게 말했다.

"아주 훌륭한 전사야!"

모두들 안도의 한숨을 내쉬었다. '위안셔우'는 크게 감동하고 있었다. 중대장도 흥분을 감추지 못하고 군단장에게 경례를 부치며 말했다.

"네, 군단장님, 정말 훌륭한 전사입니다."

군단장이 "음" 하면서 고개를 끄덕였다. 그러고는 뒤쪽을 향해 손짓을 했다. 등 뒤에 있던 꽃처럼 예쁜 여군 병사가 재빨리 달려와 '위안셔우'에게 붕대를 감아주었다. 우리는 그제야 그녀가 군단장의 보건의사라는 사실을 알게 되었다. '위안셔우'는 너무 감동하여 입술을 떨었고 눈가에는 눈물도 맺혀 피와 함께 흘러내렸다.

군단장의 검열이 끝나자 각 부대가 전부 해산하여 군가를 부르면서 보무도 당당하게 행군하여 각자의 군영으로 돌아갔다. 이때 군단장은 검열대 위에 서서 고개를 끄덕이며 병사들을 향해 손을 흔들어주었다.

우리도 내무반으로 돌아왔다. 중대에서는 이번 행사에 대한 총평을 진행했다. '라오페이'는 엄하게 질책을 받은 반면 '위안셔우'는 훌륭한 전사라고 칭찬을 받았다. 대검에 이마가 베었는데도 미동조차 하지 않았다는 것이다. 모두들 그를 본받아야 한다고 말했다. 이어서 분대 회의가 열렸다. 분대회의에서는 이날의 평가에 따라 ‘골간’에 대한 조정을 결정했다. ‘라오페이’를 골간에서 빼고 대신 ‘위안셔우’에게 ‘골간’의 자리를 주기로 한 것이다. 두 사람은 곧장 잠자는 위치를 바꿔야 했다. ‘라오페이’는 안으로 들어와 자게 되었고 ‘위안셔우’가 문가에서 자면서 전등 줄을 장악하게 되었다. ‘라오페이’는 참지 못하고 새 잠자리로 가서 머리를 파묻고 울었다. 분대장이 그를 나무랐다.

“울긴 뭘 울어? 억울하단 말인가?”

‘라오페이’는 재빨리 일어나 앉아 눈물을 닦았다. 감히 억울하다는 표정을 지을 수 없었다.

물론 ‘위안셔우’는 신이 나서 곧장 문가 침상에 엎드려 집에 편지를 썼다. 이때 왕디가 그에게 다가가 머리를 잡아당기며 한마디 던졌다.

“넌 정말 사람들 정신 나가게 하는 데 선수라니까!”

밤이 되어 소등을 하고 모두 잠자리에 들었다. 나는 여전히 낮에 있었던 검열을 생각했다. 군단장이 정말 괜찮은 사람이라는 생각이 들었다. 지위가 높은 수장들일수록 사병들을 더 끔찍이 아끼는 것 같았다. 한밤중에 용변을 보러 나왔다가 화장실에서 소대장과 마주쳤다. 소대장에게 할 말이 있을 리 없었다. 그저 겸연쩍게 한마디 던질 뿐이었다.

“오늘 검열은 정말 멋있었던 것 같습니다.”

소대장은 바지 단추를 채우면서 고참 병사 티를 냈다.

"다 그런 거지 뭐."

화장실에서 나와 내가 또 말했다.

"군단장님은 정말 사병들을 아끼시는 것 같더군요."

뜻밖에도 소대장은 "흥" 하고 콧방귀를 꾸고는 가버렸다. 멀찌감치 간 소대장은 다시 고개를 돌려 말했다.

"자네가 뭘 안다고 그래. 그 사람은 깡패야. 병원 안에서 얼마나 많은 간호사들을 건드렸는지 모른다고!"

나는 그 자리에 하남을 멍하니 서 있다가 막사로 돌아왔다. 숙소로 돌아와 침상에 누워서도 이리저리 뒤척이며 잠을 이루지 못했다. 소대장이 한 말이 믿어지지 않았다. 그렇게 다정한 노인네가 어떻게 깡패일 수 있단 말인가? 그렇게 멋지던 장관이 어떻게 이처럼 허무하게 끝나버릴 수 있단 말인가? 이런저런 생각에 마음만 아파왔다. 또다시 실망하게 되자 눈에서 나도 모르게 눈물이 흘렀다.

4

부대에는 항상 정치학습이 있었다. 지금은 비림비공(批林批孔 : 중국문화대혁명 시기 린뱌오林彪와 공자의 사상을 한께 공격했던 정치운동)이 전개되고 있었다. 이때 갑자기 우리 분대 분대장 집에 어르신이 돌아가셨다는 전보가 날아왔다. 분대장은 울면서 짐을 챙겨 황급히 고향으로 떠났다.

분대장의 자리가 잠시 비자 업무를 진행할 수가 없었다. 하는 수 없이 난방을 책임지고 있는 리샹진에게 분대장 직을 맡게 했다. 리샹진이 열정적이고 성실하다는 것을 알았기 때문에 분대원들 모두가 이 소식을 듣고 매우 기뻐했다. 나는 리샹진이 짐을 옮기는 것을 도와주기 위해 난방실로 찾아갔다. 하지만 그는 침상 위에 한쪽 무릎을 구부리고 앉아 달갑지 않은 표정을 지었다. 내가 말했다.

"분대장님, 짐 옮기는 것 도와주러 왔습니다."

그가 나를 한번 쳐다보고는 말했다.

"부분대장, 우선 내가 생각하는 것부터 도와줘."

내가 그의 옆에 앉아 물었다.

"무슨 생각인데요?"

"내가 분대장을 맡는 것이 좋은 일일까, 안 좋은 일일까?"

"당연히 좋은 일이지요."

그가 고개를 가로젓더니 한숨을 내쉬었다.

"난로를 두 달이나 지켜왔는데 왜 조직에서는 아직도 나를 통과시켜주지 않는 걸까?"

나는 멍하니 있다가 말을 받았다.

"아마도 검증을 하고 있는 거겠지요."

그가 나를 쳐다보고는 고개를 가로저었다.

"아마도 그걸 거야."

그러고는 내게 짐을 옮기도록 했다.

내가 비림비공을 위해 중대에 동원되었다가 돌아오자 모두들 비판을 시작했다. 안타깝게도 다들 문화수준이 높지 않아 공자에 대해 들어본 적은 있지만 자세히 알지는 못했다. 린뱌오에 대해서도 그가 주석 근처에 시한폭탄을 묻어 숨겨두고 주석을 살해하려 했다는 것만 알고 있을 뿐이었다. 상부에서는 이런 비판이 철저하지 못하다고 판단하고는 선전대를 보내 연극을 보여줌으로써 사람들의 인식을 제고하여 했다. 연극은 어떤 할아버지가 린뱌오가 지주로서 어떻게 가난한 사람들을 착취했는지를 하소연하는 내용이었다. 이를 통해 모두들 인식이 제고되었다. '라오페이'가 말했다.

"당이 너무 부주의했던 거야. 린뱌오가 지주 출신인데 어떻게 정치국에 들어가게 할 수가 있어?"

'위안셔우'도 흥분한 나머지 기침까지 해댔다. 그도 하소연을 시작하면서 할아버지가 어떻게 지주의 착취를 당했는지 이야기했다. 분대원 전원이 줄줄이 결심서를 쓰면서 고조된 감정을 드러냈다.

비판의 열기가 뜨거운 분대 내에서 유독 왕디만이 시무룩한 표정이었다. 군에 들어온 이후로 왕디는 줄곧 훌륭한 모습을 보여 왔다. 글씨도 잘 쓰고 그림도 잘 그려서 분대의 '골간'이 되기도 했다. 하지만 그는 총명함이 지나쳐 이제는 오히려 총명함이 총명함의 발에 걸려 넘어지게 되었다. 비림비공 운동 중에 그는 비림비공을 제대로 하지 않고 개인의 이해타산만 따졌다. 분대의 '골간' 역할을 하면서도 이에 만족하지 못하고 중대의 서기가 되고 싶어 했다. 서기는 분대장급이었다. 그는 서기가 되기 위해 중대장에게 비닐 표지가 달린 노트를 선물하면서 그 위에 중대장님과 함께 힘을 합치고 싶다고 썼다. 하지만 뜻밖에도 중대장은 그와 '힘을 합치지 않고' 노트를 소대장에게 건넸다. 소대장은 왕디가 자신을 제쳐두고 곧장 중대장을 찾아간 사실을 알고는 마음이 편치 않았지만 그런 내색을 하지 않고 노트를 리샹진에 주면서 말했다.

"이 병사는 품성에 문제가 있는 것 같군."

리샹진은 다시 노트를 왕디에게 돌려주었다. 왕디가 얼굴이 새빨개진 채 말했다.

"사실 남는 노트가 있었던 거예요."

왕디가 저지른 두 번째 사건은 '태도에 문제를 드러낸' 것이었다. 그날 선전대가 와서 가난한 사람이 고통 받는 내용의 연극을 공연했다. 선전대에는 피아노를 부수는 연기를 한 여군 병사가 있었다. 그녀는 챙이 작고 둥근 모자를 쓰고 위아래가 하나로 된 군복을 입고 있었다. 얼굴과 팔에 솜털이 약간 난 것이 무척 아름다운 여자였다. 사실 모두들 그녀를 마음에 들어 했지만 왕디는 그녀를 보고도 시큰둥한 표정을 보이더니 돌아와서 사람들에게 말했다.

"그 여자는 내가 사귀었던 여학생이랑 아주 닮았더라고."

이 말이 어떻게 상부에 보고되었는지 몰라도 지도원이 왕디를 찾아와 대체 무엇 때문에 그런 말을 했는지 물었다. 놀란 왕디는 하얗게 질린 얼굴로 자신은 기율을 어기는 말을 한 적이 없으며, 단지 그녀가 자신이 아는 여학생과 닮았다고 말했을 뿐이라고 맹세했다. 지도원도 더 이상 추궁하지 않고 그냥 주의만 주는 것으로 그쳤다. 하지만 한번 사건이 발생하자 난로재가 묻은 것처럼 깨끗이 털어지지가 않았다. 모두들 왕디에게 별문제가 없다는 것을 잘 알면서도 왠지 그의 '태도'가 깨끗하지 못하다고 생각했다. 그가 중대에서 돌아와서는 몹시 화를 내며 욕을 해댔다.

"어떤 후레자식이 나를 일러바친 거야?"

이 두 사건이 연이어 발생하자 멀쩡하던 왕디의 지위가 천길 아래로 떨어지고 말았다. 모두들 그를 사람 취급하려 하지 않았다. 중대에 벽보를 쓸 일이 있어도 그를 찾아오지 않았다. 그도 소총을 메고 하루 종일 운동장에서 훈련을 하는 수밖에 없었다. 그런데 뜻밖에도 이 백면서생은 훈련도 제대로 받아내지 못했다. 이때의 훈련 과목은 수류탄 투척이었다. 투척 거리가 30미터 넘어야 합격이었다. 다른 사람은 던졌다하면 단번에 통과되었는데 그의 팔은 서까래를 받치는 나무처럼 아무리 훈련을 해도 20미터에 던지지 못했다. 왕디는 울음을 터뜨리고 말았다. 과거에는 그가 사람들을 비꼬는 것만 보았지 그가 우는 것은 본 적이 없었다. 뜻밖에도 그는 한번 울기 시작하자 눈물 콧물까지 흘리며 확실하게 울었다.

"어머니, 힘들어 죽겠어요!"

그의 최근 태도를 감안하여 소대장은 그를 '골간'에서 물러나게 하고 '라오페이'에게 그 자리를 대신하게 했다. '라오페이'는 군단장 검열 때 실수를 하는 바람에 '골간'의 자리에서 물러났었다. 하지만 최근에 그는 제법 훌륭한 태도와 향상된 모습을 보였다. 비림비공이 시작되자 그는 적극적으로 가족사를 하소연했다. 그의 할아버지가 지주의 괴롭힘으로 세상을 떠났으니 그의 가족사는 대단히 고통스러운 편에 속했다. 군사훈련에서 그는 30미터를 던졌지만 여전히 만족하지 못하고 저녁 식사 후 휴식 시간을 이용하여 혼자 들판을 이리저리 뛰어다니며 던지기 연습에 몰두했다. 이리하여 그는 다시 '골간'이 되었다. 왕디는 '골간'의 지위를 다른 사람에게 빼앗기자 쁘띠부르주아 계습의 습성이 다시 도져 어차피 망가진 것 끝까지 가보자는 듯이 '라오페이'를 노려보았다.

"너한테 넘기라면 넘기지 뭐. 그까짓 게 뭐 그리 대단하다고? 너는 수류탄도 던질 줄 알잖아?"

'라오페이'는 그의 빈정대는 소리에 입을 벌린 채 눈물을 참으며 아무 말도 하지 못했다. 정오가 되자 분대 생활회의가 열렸다. 소대장도 직접 회의에 참가해 바른 기풍을 수립하고 사악한 기운을 억누르자고 역설했다. 소대장이 말했다.

"잘못된 길을 걷는 것 자신이면서 선진적인 사람들을 비아냥거리는 건 자질에 문제가 있는 게 아니겠나?"

왕디는 고개를 폭 숙인 채 아무 말도 하지 못했다. 얼굴이 무척 수척해 보였다.

‘라오페이’는 ‘골간’이 되고 소대장이 자신에게 힘을 실어주자 마음이 훨씬 편해졌지만 어쨌든 모두들 함께 생활해 왔는데 왕디가 괴로워하는 모습을 보자 즐거운 내색을 할 수가 없었다.

“저는 자격이 충분해서 ‘골간’이 된 것이 아니라고 생각합니다. 앞으로 더 많이 노력하겠습니다.”

봄이 왔다. 얼음이 녹고 눈이 사라졌다. 이때 중대에서는 채소밭을 가꾸기 시작했다. 고비 사막에서 작은 돌멩이들을 하나하나 주워오고 땅을 파서 채로 흙을 걸렀다. 모두들 열의에 차서 일을 하느라 손에 피멍울이 맺혔다. 왕디도 사람들을 따라 일을 하긴 했지만 태도가 약간 소극적인 것 같아 보였다. 리샹진이 나에게 그와 얘기를 나눠보라고 했다. 저녁 식사 후, 우리는 함께 고비사막의 황야로 나갔다. 내가 말했다.

“왕디, 우리가 친한 사이라 솔직히 말하는 거니까 기분 상하지 말았으면 좋겠어. 우리 사이에 못할 말이 없잖아. 한 달이면 신병훈련도 끝이 나는데 나쁜 인상 남기지 않는 게 좋겠어. 모두들 힘든 중대로 배치 받으면 그때는 장난이 아니란 말이야!”

왕디가 울상을 지으며 말했다.

“부분대장, 나도 자신이 이미 끝났다는 건 알아.”

나는 그에게 아직 끝난 것은 아니라고 말하면서 앞으로 정신을 가다듬고 앞을 향해 나아가자고 타일렀다. 그는 여전히 맥이 풀린 목소리로 말했다.

“노력해 볼게.”

우리의 대화가 끝났을 때는 이미 온 하늘에 별이 가득했다. 숙소로 돌아오자 리샹진이 물었다.

“이야기해봤나?”

“네.”

“어떤 생각을 갖고 있는 것 같아?”

“이미 초보적으로 알고 있긴 한 것 같아요.”

리샹진이 담배에 불을 붙이며 말했다.

“알고 있으면 됐어. 젊으니까 내리막길을 걷지 않고 조직에 가까이 가려고 노력할 거야.”

갑자기 그가 다시 몸을 일으키며 말했다.

“가자, 우리도 얘기 좀 해야지.”

우리는 다시 밖으로 나와 별하늘 아래서 대화를 나눴다.

“분대장, 무슨 얘기를 하려는 건가요?”

그가 “푸웁” 하고 웃었다. 그러고는 얘기를 시작했다.

“너에게 보여줄 것이 있어.”

“뭔데요?”

그는 주위를 둘러보고 나서 사람이 없는 것을 확인한 다음 다시 나를 사구 뒤쪽으로 끌고 갔다. 허리춤을 한참 뒤지던 그는 사진 한 장을 꺼내 내 손에 건네주고는 손전등을 비췄다. 사진을 보니 우와, 한 성숙한 아가씨의 사진이었다. 성숙한 아가씨는 피부가 검고 뚱뚱한 편이었다. 머리를 커다란 로프처럼 양 갈래로 땋고 커다란 어금니 두 개를 드러낸 채 웃고 있었다. 나는 고개를 들어 멍한 표정으로 리샹진을 쳐다보았다. 리샹진이 물었다.

"어때?"

"괜찮은데요."

그가 손을 비비면서 말했다.

"내 애인이야."

"몇 년이나 사귀었어요?"

"지난번 집에 다녀올 때 만났어."

그제야 알 것 같았다. 이 아가씨가 바로 그가 탄띠에 대검까지 찼던 이유였다. 나는 그가 내 느낌을 묻는 것이라고 생각했다.

"아주 괜찮은데요. 분대장, 잘 해봐요."

리샹진이 말을 받았다.

"더 이상 얘기할 필요도 없어. 다 결정됐어. 이 여자는 진보를 몹시 중시하지. 매번 편지를 보내올 때마다 조직문제가 해결되었는지 물어대. 얼마 전에는 한동안 스트레스가 너무 심해서 밤새 잠도 제대로 못 잤다니까."

내가 말했다.

"잠을 못 잘 필요는 없어요. 분대장. 곧 잘 해결될 거예요."

그러자 그는 "헤헤" 웃더니 다시 목소리를 낮추고 비밀이라도 알려주듯이 말했다.

"물론 곧 해결 될 거야. 오늘 오후에 한 가지 확신을 갖게 됐어. 중대에서 곧 당원 명단을 통과시켜 몇몇 분대장들의 문제를 해결해 줄 예정인데 나도 그 안에 포함되었다고 들었어. 그렇지 않았다면 내가 어떻게 너한테 이런 사진을 보여줬겠어!"

나는 그의 뜻을 이해하고는 속으로 흐뭇해하며 말했다.

"거 봐요. 분대장님이 자리를 두고 망설일 때 내가 조직에서 분대장님을 검증하고 있는 거라고 말했잖아요. 이래도 내 말이 틀렸어요?"

그는 대답 대신 그저 "헤헤" 웃기만 했다. 그러고는 한마디 덧붙였다.

"너한테만 얘기하는 거니까 다른 사람들한테는 얘기하지 마. 아직 확실한 것도 아니니까."

"물론이지요."

리샹진은 고비사막 위에 누워 두 손으로 뒤통수를 받치고서 긴 한숨을 내쉬었다.

"이제 됐어. 집에 돌아가도 할 말이 있으니 제대해도 두렵지 않아. 그렇지 않았으면 집에 돌아가서 어떻게 고개를 들겠어?"

그 뒤로 며칠 동안 리샹진은 다른 사람이 되기라도 한 듯이 특별히 사기가 진작되어 분주하게 분대의 업무를 처리했고, 분대원들 모두 좋은 모습을 보일 수 있도록 안배했다. 운동장에서 훈련을 할 때도 구령이 특별히 우렁찼다.

며칠 후 정말로 중대에서는 당원을 선발하기로 했다. 지도원은 회의에서 몇 명의 동지들이 지부의 연구조사를 거쳐 당원의 기준에 부합하는 선발의 조건을 갖췄는지 결정했다. 아울러 각 분대에서의 토론을 거쳐 군중의 의견을 구하고자 한다고 선포했다. 이어서 몇 명의 이름이 호명되었다. 왕젠셔(王建設)와 장가오차오(張高潮), 자오청룽(趙承龍) 등은 명단에 들어 있었지만 호명이 계속되어도 리샹진은 명단에 없었다. 나는 어안이 벙벙한 표정으로 리샹진을 쳐다보았다. 조금 전 대오를 맞출 때만 해도 좋아서 어쩔 줄 몰라 하던 그가 지금은 창백한 얼굴로 온몸의 맥이 풀린 듯 지도원의 입만 뚫어지게 응시하고 있었다. 그러나 지도원은 이미 호명을 마치고 다른 이야기를 시작하고 있었다.

회의가 끝나고 각 분대로 돌아가 토론을 거쳐 동지의 입당에 대한 의견을 구하도록 했다. 이때 리샹진의 모습이 보이지 않았다. 사람들에게 리샹진을 보았는지 물어보자 왕디가 두 손을 머리에 얹은 채 개어 놓은 이불 더미를 베고서 전처럼 남을 시샘하고 비꼬기 좋아하는 어투로 말했다.

"남들 보고 적극적이지 않고 진보하지 못했다더니 자기도 마찬가지네. 입당에도 성공하지 못했으니 전처럼 풀이 죽어 구석에서 훌쩍거리고 있지 않겠어?"

내가 왕디를 매섭게 노려보며 되물었다.

"분대장이 훌쩍거리는 거 봤어?"

이때 '라오페이'가 끼어들었다.

"저 녀석이 남 모함하는 소린 들을 필요도 없어. 분대장은 중대 본부에 갔어."

왕디가 이번에는 '라오페이'를 비꼬았다.

"혹시 아직 아부하는 걸 잊지 않아서 '골간'이 된 것 아니야?"

'라오페이'가 얼굴을 붉히며 말했다.

"누가 분대장한테 아부를 했다는 거야?"

두 사람은 서로 맞받아치다가 싸움을 벌일 태세였다. 내가 황급히 그들을 떼어놓고는 분을 참지 못하고 왕디의 코에 대고 손가락질을 하면서 말을 받았다.

"어디 그런 야비한 말 마음껏 해봐. 소대장님이 너를 위해 생활회의라도 열기를 기다리는 거지?"

나는 두 사람을 내버려둔 채 리샹진을 찾아 나섰다. 리샹진은 멍한 표정으로 중대 본부 입구에 서있었다. 중대본부에 사람들이 들락거리는 것도 상관하지 않고 그저 그곳에 멍하니 서있기만 했다. 내가 황급히 달려가 그를 화장실 뒤로 끌고 가서 말했다.

"분대장님, 왜 거기 서 있어요? 얼마나 안 좋은 영향을 미치려고 그래요!"

그래도 리샹진은 여전히 바보처럼 멍하니 서 있었다.

"지도원을 찾아가 혹시 명단이 잘못된 것이 아닌지 물어봤는데 지도원 말이 틀림없다는 거야."

이어서 그는 몹시 상심한 듯 "엉엉" 울기 시작했다. 내가 말했다.

"분대장님, 울지 말아요. 화장실에서 누가 듣기라도 하면 어쩌려고 그래요."

그는 상관하지 않고 여전히 "엉엉" 울면서 말했다.

"게다가 지도원은 나를 비난하면서 내 입당 동기가 정확하지 않다는 거야. 하지만 며칠 전에는……. 그런데 어떻게 이제 와서 결정이 바뀔 수가 있는 거지?"

내가 말했다.

"분대장님, 조급해하지 말아요. 어쩌면 조금 더 검증을 거친 다음에 통과시키려는 것일 수도 있잖아요."

"검증이라고? 그런 게 어디 있어! 제대할 때까지 검증만 한단 말이야?"

내가 말을 받았다.

"분대장님, 다른 얘긴 나중에 해요. 우선 분대회의를 열어야 하니까 어서 가자고요!"

나는 그를 데리고 분대로 돌아왔다. 도착해 보니 상황이 좋지 않았다. 지도원이 이미 그곳에 앉아 사람들을 소집하여 회의를 진행하고 있다가 우리가 들어오는 것을 보고는 눈살을 찌푸렸다.

"회의가 시작됐는데 분대장과 부분대장이 결석을 하다니! 어서 분대원들을 대상으로 이번에 동지들을 통과시키게 된 데 대한 의견을 묻도록 하게."

지도원은 말을 마치고 리샹진을 다시 한 번 쳐다보고는 자리를 떴다. 리샹진이 자리에 앉아 맥없이 말했다.

"다들 마음껏 얘기해봐. 부분대장이 기록할 테니까."

그 뒤로 며칠 동안 리샹진은 다른 사람이 된 것처럼 기운을 내지 못했다. 분대의 일에 상관하지도 않았고 사람들을 조직해 좋은 일을 하지도 않았으며, 군사훈련 때도 분대원들을 제멋대로 하도록 내버려두었다. 주말평가 때 우리 분대는 훈련과 내무생활 평가에서 모두 꼴찌를 차지했다. 나는 몹시 초조해졌고 '라오페이'와 '위안셔우'도 불안해했다. 유독 왕디만이 남의 불행을 기뻐하는 듯 신나게 돌아다니며 〈사회주의가 좋아〉(社會主義好 : 1950년대에 유행하던 혁명가요)를 흥얼거렸다. 다들 왕디가 속이 뒤틀렸다고 욕하면서 나에게 분대장을 찾아가 얘기 좀 해보라고 부탁했다. 다시 온 하늘에 별이 가득한 날, 사구 뒤편에서 내가 리샹진에게 말했다.

"분대장님, 우리가 친한 사이라 솔직히 말하는 거예요. 우리도 왕디처럼 되어서는 안 되겠지요! 이번에 입당하지 못했다고 해서 자포자기하면 앞으로 더 희망이 없지 않겠어요?

리샹진은 눈에 띄게 야윈 얼굴로 말을 받았다.

"부분대장, 네 말이 맞다는 것 알아. 단지 아무리 생각해봐도 내 태도가 다른 사람보다 못한 이유를 모르겠는 것뿐이야!"

"그걸 누가 알겠어요. 분대장님이 그렇게 오랫동안 난방을 담당해 왔는데 말이에요."

그가 말했다.

"난로를 피운 것뿐만 아니라 부대에 온 뒤로 어느 업무에서도 뒤쳐진 적이 없었단 말이야."

"그러게요. 하지만 그렇다고 여기서 슬퍼만하고 있을 수는 없잖아요. 꿋꿋하게 훈련을 마치는 게 어때요?"

그가 긴 한숨을 내쉬었다.

"나도 그게 유일한 길이라는 걸 알아. 하지만 3, 4년의 업무가 모두 수포로 돌아가게 되니까 기분이 상해서 그런 거야."

나는 계속 그를 위로하려 애썼다.

"그래도 조직을 믿어보자고요."

그가 고개를 끄덕이며 말했다.

"부분대장, 내 마음 속에 한 가지 괴로움이 더 있다는 걸 너는 모를 거야."

내가 어리둥절해하며 되물었다.

"또 무슨 괴로움이 있는데 그래요?"

그가 또다시 긴 한숨을 내쉬었다.

"모두 내가 성격이 급한 탓이야. 그날 너에게 사진을 보여주고 나서 곧장 애인에게 편지를 써서 곧 조직에 들어가게 될 거라고 말했거든. 그녀도 곧장 축하한다는 답장을 보내왔지. 그런데 이제 모두 거짓이 됐으니 어떻게 또 편지를 쓰겠어?"

"그건 분대장님이 결정할 수 있는 일이 아니에요. 하지만 일이 이렇게 되었으니 달리 방법이 없지요. 제가 보기엔 우선은 편지를 쓰지 않는 게 좋겠어요. 어쨌든 훈련이 아직 한 달 남았으니 그때 가서 문제를 해결한 뒤에 다시 편지를 쓰도록 하세요.”

그가 고개를 끄덕였다.

그 뒤로 리샹진은 다시 기운을 차리고 적극적인 태도를 보였다. 분대의 일을 다시 처리하기 시작하고 다시 사람들을 조직해 좋은 일을 하기 시작했다. 분대의 훈련과 내부생활도 다시 좋아졌다.

어느 날, 내가 ‘라오페이’와 ‘위안셔우’를 데리고 돼지 분뇨를 퍼내고 있는데 리샹진이 신이 나서 달려오면서 소리쳤다.

“부분대장, 부분대장!”

내가 삽을 내던지고 물었다.

“무슨 일이에요?”

“이리 와봐!”

내가 다가가자 그가 나를 돼지우리 뒤로 끌고 가 낮은 목소리로 말했다.

“좋은 소식이 있어.”

“좋은 소식이 뭔데요?”

“오늘 부중대장님과 함께 목욕을 했는데 탕에 우리 둘만 남았을 때 내가 등을 밀어드렸지. 부중대장님이 조직의 시험을 잘 견뎌내기만 하면 어쨌든 훈련은 끝나게 되어 있다고 하더라고. 일찍 입당하든 늦게 입당하든 마찬가지라고 하셨어.”

내가 덩달아 기뻐하며 말했다.

"그럼 이제 된 것 아니에요? 내가 조직도 눈이 멀지는 않았을 거라고 말했잖아요! 부중대장님 말씀이 맞아요. 일찍 입당하든 늦게 입당하든 입당하는 건 마찬가진데 한 달이 무슨 차이가 있겠어요!"

그가 말을 받았다.

"그래, 맞아. 그때는 내가 어리석었어. 하마터면 왕디처럼 자포자기할 뻔했잖아!"

말을 마친 그는 신바람이 나서 돼지우리 안으로 뛰어 들어가더니 우리가 분뇨 치우는 일을 도와주려 했다. 나와 '라오페이', '위안셔우'가 애써 그를 말렸다.

"다 끝나가요. 분대장님까지 손을 더럽힐 필요 없다고요"

"한 사람이라도 거들면 더 빨리 끝나지 않겠어?"

그러고는 한마디 덧붙였다

"오늘 여기 있는 사람들은 모두 '골간'들이잖아. 분대의 업무를 향상시킬 수 있도록 함께 상의해보자고"

이리하여 우리는 돼지우리에 쪼그리고 앉아 분대의 업무를 향상시킬 방법을 상의하기 시작했다.

5

우리 소대장은 약간 이상한 사람이었다. 종종 보통사람들과 다른 행동을 했다. 예컨대 잠자는 것도 그는 주로 낮에 잠자는 것을 좋아해 밤에는 이리저리 뒤척거리기만 했다. 환하고 눈이 부신 대낮에는 코를 골면서 곤하게 자다가도 밤만 되면 이리저리 몸을 뒤척이면서 잠을 이루지 못했다. 대부분의 병사들이 농촌 출신이라 평소에 집에 있을 때에는 낮에도 쉬지 못하고 밭에 나가 풀을 베야 했기 때문에 낮에 잠을 자는 습관을 가진 사람은 하나도 없었다. 하지만 소대장은 낮잠을 잤기 때문에 같은 방에 있는 사람들 모두 자리에 누워 옴짝달싹하지 말아야 했다. 밤이 되면 모두들 하루 종일 훈련을 받느라 지쳐 일찍 잠자리에 들고 싶었지만 소대장은 오히려 전과 다름없이 정신이 말짱했다. 침상에서 잠을 자지 않을 경우, 그는 둘둘 말아놓은 이부자리에 기대어 책을 읽었다. 탁상용 전등은 켜지 않고 양초에 불을 붙여 놓고 책을 읽으면서 그렇게 책을 읽다 보면 기름등 심지를 돋운 채 열심히 공부하는 듯한 정취를 느낄 수 있다고 말했다. 환한 양초 심지가 온 방을 아늑하게 밝혀주었다. 왕디가 말했다.

"우리 할머니가 밤에 솜을 잣는 모습과 똑같네요."

물론 소대장이 낮잠 시간에 잠을 자지 않는 경우도 있었다. 그럴 때면 그는 편지를 쓰거나 사람들을 훈계했다. 그가 편지를 쓰기 시작하면 내무반에 있는 모든 사람들이 마음을 졸여야 했다. 편지 한 통을 쓰기 위해 그는 대여섯 번을 다시 고쳐 쓰곤 했기 때문이다. 한 장을 쓰고 나서 한 번 훑어보고는 미간을 찌푸리며 박박 찢어버린 다음 다시 한 장을 쓰고 또 미간을 찌푸리며 박박 찢어 또 내던 지기를 반복하다가 기분이 나빠지곤 했다. 그가 기분이 나쁜 상태일 때는 누구도 감히 큰소리로 이야기를 할 수 없었다. 편지를 쓰지 않을 때는 훈시를 하거나 생활회의를 열었다. 지난번 왕디를 위한 생활회의를 열었을 때도 바로 낮잠 자는 시간을 이용해서 열었던 것이다. 이리하여 모두들 소대장이 낮과 밤을 뒤바꿔 자는 것이 아무리 안 좋다 해도 그렇게 하지 않는 것보다 낫다고 말했다. 낮잠 시간이 되면 모두들 소대장이 이부자리를 까는지 안 까는지 살피기 시작했다. 그러다가 그가 침상에 앉는 것을 보면 모두들 안도의 한숨을 내쉬었다.

버드나무가 새싹을 틔우고 있었다. 고비사막에 한바탕 드문 봄비가 내렸다. 찔끔찔끔 하루 종일 비가 내렸다. 훈련을 정상적으로 진행할 수 없게 되자 중대에서는 내무반에서 쉬라는 지시를 내렸다. 모두들 흐린 날은 잠자기에 아주 좋다면서 오늘은 푹 쉴 수 있을 거라고들 말했다. 낮잠 자는 시간이 되자 모두들 하품을 하면서 둘둘 말아놓은 이부자리를 깔고 잠 잘 준비를 하고 있었다. 이때 소대장이 황급히 뛰어 들어왔다.

"동작 그만. 오늘 낮잠 시간에 자지 않고 회의를 한다."

모두들 속으로 크게 실망하면서 소대장이 오늘 또 훈시를 하려나 보다 여겼다. 하지만 그의 얼굴을 보니 무척이나 흐뭇한 표정이었다. 모두들 무슨 사정인지 몰라 일제히 옷을 주워 입고 내무반을 정

리한 다음 한자리에 둘러앉아 소대장이 회의를 시작하기를 기다리
고 있었다.

소대장이 먼저 자기 잔에 차를 따라 '후후' 하고 두 번 불어 마시
고는 의자에 앉아 노트를 한 권 꺼내 펼치면서 말했다.

"방금 중대본부에서 회의가 열렸는데 스무날 남짓만 더 훈련하면
모든 훈련이 끝나게 되어 신병들의 배속 문제를 검토해야 하기 때
문에 지금 여러분들에게 이런 사실을 전하는 것이다……."

모두들 흥분되기 시작했다. 잠잘 생각도 싹 달아나 버렸다. 빙 둘
러 앉아 원을 점점 좁히며 긴장된 표정을 보였다. 방금 전까지만 해
도 전혀 무관심한 태도를 보이던 왕디마저도 눈을 동그랗게 뜨고
소대장을 쳐다보면서 귀를 쫑긋 세웠다. 신병 중대에서 석 달 동안
훈련을 받던 사람들이 곧바로 배속 문제에 직면하게 된 것이다. 자
신의 앞날에 관심이 없는 사람은 아무도 없었다.

소대장이 말했다.

"좋다. 각자 희망사항이 뭔지 생각해 봐라. 이제 훈련은 곧바로
실탄사격 시험 단계로 들어갈 예정이다. 모두들 각자 자신의 행동
을 조심하면서 좋은 성적을 내도록 노력해야 할 것이다! 중요한 시
기에 스스로 소극적인 모습을 보이면 안 될 것이다……."

소대장은 또 한바탕 연설을 늘어놓고 나서 물었다.

"모두들 자신 있나?"

소대원들 모두 한목소리로 대답했다.

"네, 자신 있습니다!"

소대장은 담배에 불을 붙이며 눈을 가늘게 뜨고 말했다.

"그럼 모두들 각자 하고 싶은 것이 뭔지 얘기해봐라."

모두들 분분히 자신의 생각을 말했다. 중대로 배속되고 싶다는 사람도 있었고 사격장에서 근무하고 싶다는 사람도 있었다. 창고를 지키고 싶다는 사람도 있었다. 소대장이 옆에 있던 '라오페이'에게 물었다.

"자네는 어디로 배속되었으면 좋겠나?"

'라오페이'는 너무 흥분한 나머지 숨까지 막혀 얼굴이 벌게진 채 대답했다.

"저는 군단장님 승용차를 몰고 싶습니다!"

모두들 "흐흥" 하고 웃으며 말했다.

"자기 꼴 좀 보고 말해라. 네가 어떻게 군단장님의 차를 몬다는 거야?"

소대장이 물었다.

"왜 군단장님의 차를 몰고 싶은 건가?"

"검열을 받던 날 군단장님을 뵈니 인상이 너무 좋았습니다."

소대장이 그의 머리를 가볍게 툭 치며 말했다.

"잘 해봐. 희망을 가지라고."

'라오페이'는 기뻐서 어쩔 줄을 몰라 했다. 회의가 끝나자 모두들 단단히 벼르고 있었다는 듯이 주먹을 문지르고 손을 비비면서 일제히 결의서를 쓰기 시작했다.

신병 중대 훈련에 또 한 차례 긴장감이 돌기 시작했다. 수류탄 투척과 사격은 곧바로 실탄사격으로 심사를 할 예정이었다. 밤에는 또 비상소집 훈련이 있었다. 이때는 이미 모두들 고참이 되어 있던 터라 이런 고생을 하고 싶지 않았다. 하지만 배속 문제를 앞둔 터라 모두들 처음 입대할 때처럼 진지하게 훈련에 임했다. 배속 역시 일종의 경쟁이라 좋은 중대로 배정을 받는 사람이 있으면 안 좋은 자리로 배정되는 사람이 있을 수밖에 없었다. 때문에 사람들 사이의 관계에도 긴장감이 없을 수 없었다. 겉으로는 웃고 있지만 마음은 편치 않았다. 원래 수류탄을 투척과 표적 조준 같은 항목은 모두들 함께 연습하는 것이 더 효과적이고 바람직했지만 저녁 식사를 마치면 모두들 각자 자기가 좋아하는 장소를 찾아 몰래 연습들을 했다. 그러다가 소등 시간이 다 되어서야 한 사람씩 내무반으로 돌아오기 시작했고 아무도 자신의 연습 성적을 입 밖에 내지 않았다. 리샹진이 나와 '라오페이', '위안셔우'를 한데 모아놓고 '골간' 회의를 열었다.

"모두가 서로 돕고 혼자만 잘 되려고 하지 않도록 설득하는 게 좋을 것 같네. 단결이 안 되면 내무반 업무도 향상될 수 없거든."

이어서 내무반 회의를 열어 모두들 평등하게 쉬는 시간에 함께 훈련을 하자고 제안했다. 그날 저녁 식사가 끝나자 리샹진은 분대원 전체를 집합시켜 함께 훈련장으로 가다가 도중에 부중대장과 마주쳤다. 부중대장이 물었다.

"이 시간에 열을 지어 무슨 짓을 하는 건가?"

리샹진이 대답했다.

"휴식 시간을 이용하여 보강 훈련을 하려고 합니다."

부중대장이 고개를 끄덕이며 말했다.

"좋아, 아주 좋아."

리샹진은 흥분을 감추지 못했다. 그러나 훈련장에 도착해서도 분대원들은 여전히 겉으로는 웃지만 속은 편치 않았다. 모두들 각자 자신의 수류탄을 힘껏 내던지면서도 남들에게 성적을 보여주지 않으려 애썼다. 리샹진만 이리저리 뛰어다니며 누구 몇 미터를 던졌는지 확인하고 있었다.

밤중에는 비상소집이 있었다. 이즈음 중대에서는 집합시간마저 단축시켜 놓았다. 예전에는 집합시간이 10분이었는데 지금은 5분으로 단축되어 있었다. 하지만 모두들 훈련에 적응된 고참들이라 규정된 시간에 맞춰 질서정연하게 잘 해낼 수 있었다. '위안셔우'도 신발을 바꿔 신는 일이 없었다. 오히려 '라오페이'에게 문제가 생겼다. 낮 동안 훈련을 받느라 너무 긴장한 탓인지 아니면 밤중에 잠을 제대로 못 자서인지는 알 수 없지만 그는 비상소집만 있었다 하면 놀라고 당황하는 모습을 보였다. 중대 전체가 이미 열을 다 맞춘 다음에야 간신히 허둥지둥 뛰어나왔고 배낭 역시 기준에 맞게 묶지 않았다. 한번은 바지를 뒤집어 입기도 했다. 분대장이 그를 불러 이야기를 나누면서 말했다.

"리성얼, 우리는 '골간'이라 절대 늦게 나오면 안 돼. 어떻게 생각하나?"

'라오페이'가 눈물을 머금고 말했다.

"내가 일부러 꾸물거리다 늦게 나온다는 말인가요? 전 그저 긴장을 했다 하면 동작을 아무리 빨리 하고 싶어도 빨리 움직이지 못하는 것뿐이에요."

리샹진이 말했다.

"예전에는 정말 빨리 나오지 않았나?"

"예전은 예전이고 지금은 어찌된 일인지 저도 모르겠어요. 온몸에 힘이 하나도 없다고요."

왕디가 '라오페이' 옆에서 자면서 자기 등 뒤에 있는 사람에게 말했다.

"'라오페이' 이 친구는 지병이 재발한 게 틀림없어. 밤만 되면 씨근대면서 입가에 게거품을 문다니까."

내가 이런 상황을 리샹진에게 보고했다. 리샹진이 물었다.

"예전에 그가 무슨 병을 앓았었나?"

"저는 그 친구가 어떤 병을 앓고 있는 것을 본 적이 없습니다."

나중에 또다시 비상집합이 훈련이 있자 '라오페이'는 하는 짓이 더더욱 가관이었다. 분대가 전부 간첩을 잡으러 출발했는데도 그는 여전히 내무반에서 엎치락뒤치락하고 있었던 것이다. 분대가 다시 한 바퀴 돌고 온 뒤에야 그는 밖으로 나가 사람들을 찾았지만 사람들이 보이지 않자 혼자서 어디로 가야할지 몰라 허둥대고 있었다.

리샹진이 말했다.

"보아하니 그 친구에게 정말로 지병이 있는 것 같군."

왕디가 말했다.

"틀림없이 간질이에요! 생각해보세요. 호각 소리를 듣자마자 입에 게거품을 물고 몸을 움직이지 못하는 걸 보면 간질이 아니고 뭐겠어요?"

리샹진은 나를 한쪽으로 끌고 가서 말했다.

"부분대장, 정말로 간질이라면 정말 골치 아픈 일이야. 상부에서 이런 사실을 알게 되면 그 친구를 쫓아내지 않을 수 있겠어! 군대에서는 간질병을 용납하지 않는다고 내가 신병일 때도 한 명을 돌려보낸 적이 있단 말이야."

내가 주위를 두리번거리며 말을 받았다.

"분대장님, 간질이든 아니든 우선 '라오페이'를 위해 비밀을 지켜주는 게 좋겠어요. 생각해보세요 벌써 두 달이나 복무를 했는데 그를 다시 돌려보낸다면 그가 어떻게 얼굴을 들고 다니겠어요?"

리샹진은 아래턱을 문지르며 곰곰이 생각에 잠겼다.

"게다가, 그의 간질은 그렇게 심각한 상태가 아니에요 부대에서 두 달 동안 있으면서 발작하는 걸 한 번도 못 봤단 말이에요 이번에 어쩌다가 한 번 발작한 걸 보면 간헐적인 것 같아요 어쨌든 이

십 여 일만 있으면 훈련이 다 끝나니까 그를 위해 비밀을 지켜주자 고요.”

리샹진이 한참을 고심하다가 말을 받았다.

“이번엔 어쩔 수 없으니 그렇게 하지. 나중에 또다시 비상집합 명령이 떨어지면 자네가 그를 좀 도와주게.”

나는 조용히 고개를 끄덕였다.

이때 ‘라오페이’가 얼굴이 온통 땀투성이가 되어 어둠속에서 헐레벌떡 돌아오고 있었다. 옷과 이불이 전부 흠뻑 젖어 있었다. 리샹진이 말했다.

“돌아왔나?”

왕디가 끼어들어 말했다.

“아직도 단독으로 행동하는 거야!”

‘라오페이’는 그 자리에서 숨이 차서 헐떡거리느라 대답할 여유도 없었다. 이튿날 오전에 나는 ‘라오페이’를 불러 이야기를 나눴다. 내가 물었다.

“‘라오페이’, 자네 간질을 앓고 있지?”

그가 말했다.

“부분대장, 우리 둘이 같은 마을에서 자랐는데 몰라서 그렇게 묻는 거야. 내가 무슨 간질이 있다고 그래?”

“나는 자네 아버지가 그 병을 앓았던 것도 기억하고 있어!”

그는 고개를 숙인 채 아무 말도 하지 않았다. 내가 다시 말했다.

“한 번이라도 간질이 발작하면 군대에서는 무조건 되돌려 보내게 되어 있어.”

이 말을 듣자 그가 울면서 말했다.

“부분대장, 내가 일부러 그러는 건 아니라고 나도 마음속으로 열심히 노력하고 있단 말이야.”

“너무 그렇게 조급해 하지 마.”

나는 다시 한 번 주위에 사람이 없는지 살펴본 다음 리샹진의 말을 그에게 전해주었다. 그러면서 스스로 발작을 최대한 억제하라고 주의를 주었다. 비상집합이 있을 때는 내가 돕겠다는 말도 잊지 않았다. 그는 감격한 얼굴로 나를 쳐다보았다.

“부분대장, 부분대장이랑 분대장님은 모두 좋은 사람들인 것 같아. 두 사람의 은혜를 절대로 못 잊을 거야. 만일 내가 군단장님 차를 몰게 된다면…….”

내가 그의 말을 잘랐다.

“군단장님 차를 몰건 안 몰건 간에 절대로 나쁜 마음을 먹어서는 안 돼.”

그는 연신 고개를 끄덕였다. 나는 또 분대원들을 일일이 따로 불러 절대로 안 좋은 마음을 먹어서는 안 되며 ‘라오페이’를 위해 반드시 비밀을 지켜야 한다고 말했다. 비상집합이 있을 때마다 나는 ‘라오페이’에게 옷을 입혀주고 그를 도와 배낭을 꾸렸으며 일부러 분대원들 한가운데 서게 하여 함께 행동하게 했다. 넘어져도 곁으로 그의 모습이 드러나지 않게 하려는 것이었다.

열흘이 지나도록 아무런 일도 일어나지 않았다. 모두들 안심했다. 나와 리샹진도 한숨 돌리게 되었다. '라오페이'는 마음속으로 모든 사람들에게 감격해마지 않으며 적극적으로 정성껏 업무에 임했다. 휴식시간에도 여러 번 바닥을 쓸었고 사람들을 대신해서 세숫물을 길어오고 치약을 짜주기도 했다. 얼굴이 땀범벅이 되도록 애를 쓰는 그가 측은해 보였다. 내가 말했다.

"'라오페이' 좀 쉬지 그래."

그는 애써 움직이면서도 힘든 내색을 하지 않았다.

"저 힘 안 들어요."

일이 이렇게 무사히 넘어갈 줄 알았는데 뜻밖에도 분대 안에 배신자가 하나 있었다. '라오페이'가 간질을 앓고 있고 가끔씩 발작을 일으킨다는 사실을 누군가 중대에 고발한 것이다. 중대에서는 소대장에게 조사와 심문의 책임을 맡겼다. 소대장은 낮잠 시간에 잠을 자지 않고 혼자 책상에 기대어 한참 동안 편지를 쓰다가 몇 장을 찢어버린 다음 나와 리샹진을 탁구실로 불러내 물었다.

"리셩얼이 간질을 앓고 있고 가끔씩 발작을 일으킨다는 사실을 자네들은 알고 있었나?"

나와 리샹진은 서로 얼굴을 쳐다보면서 심상치 않은 일이 생겼다는 것을 직감했다. 하지만 일단 얼버무리기로 마음먹었다.

"그런 애긴 못 들어봤는데요."

소대장이 다 쓴 편지를 탁구대에 '툭' 내던지며 말했다.

"자네들이 못 들어봤는데 누군가 중대에 고발을 했다는 건가!"

내가 다급한 어투로 물었다.

"누가 고발을 했습니까?"

소대장이 나를 노려보며 말했다.

"자네는 아직도 고발한 사람을 찾아볼 생각인가?"

나는 눈을 내리깔고 감히 입을 열지 못했다. 소대장이 말했다.

"그래 좋아. 나는 분대의 업무상태가 아주 훌륭하다고 여겼더니 알고 보니 간질 환자를 숨겨주고 있었구먼! 나까지 사건에 말려들게 하고 말이야! 어서 말들 해봐. 왜 진즉에 보고하지 않았나?"

리샹진이 용기를 내서 말했다.

"소대장님, 정말로 그가 발작을 일으키는 걸 본적이 없습니다."

내가 말했다.

"저는 그는 같은 마을 출신입니다."

소대장이 말했다.

"자네들은 끝까지 억지를 부릴 생각이로군. 병이 있는지 없는지는 내일 병원에 가서 검사를 해보면 알게 될 거다. 그때 가서 자네들과 다시 흑백을 가리기로 하지!"

리샹진과 함께 한바탕 훈계를 듣고 나와 내가 조용히 물었다.

"누가 그렇게 치사하게 중대로 달려가 동지를 팔았을까요?"

입으로는 말하지 않았지만 십중팔구 왕디를 꼽고 있을 것이 분명했다. 왕디는 원래 '라오페이'와 서로 마음이 맞지 않은데다 그가 자신의 '골간' 자리까지 빼앗아가는 바람에 앙심을 품었을 가능성이 컸다. 게다가 왕디는 낙후된 사고방식을 갖고 있어 분란을 일으키지 않으면 마음이 편치 않은 인물이었다. 그런 그가 이런 상황에서 재를 불어 불을 일으키지 않을 리 없었다. 간사한 배신자가 그가 아니라면 대체 누구란 말인가? 내무반으로 돌아와 왕디가 한쪽에서 웃고 노래하는 모습을 보자 정말로 그가 그런 짓을 한 것만 같았다. 나와 리샹진 둘 다 너무나 화가 났다. "한번 걸리기만 해라!" 하지만 그가 중대에 상황을 보고한 것은 적극적인 행동이라 지금 당장 그를 어떻게 할 수도 없었다. 단지 키가 작고 야윈 데다 얼굴이 누렇게 뜬 '라오페이'가 한쪽 구석에서 우거지상을 하고 앉아 내일의 운명이 달린 판결을 기다리고 있는 것이 너무나 측은해서 보고 있기가 괴로울 따름이었다.

이튿날 아침 일찍, '라오페이'는 삼륜 오토바이에 태워져 야전병원으로 끌려갔다가 저녁이 되어서야 돌아왔다. 그가 오토바이에서 내리는 순간 쓴 오이 같은 그의 얼굴을 보자마자 분대의 '골간'들은 군단장의 차를 몰고 싶어 하던 '라오페이'가 집으로 돌아가게 되리라는 것을 직감할 수 있었다! '라오페이'는 차에서 내리자마자 곧장 울기 시작했다. 내 손을 부여잡고 그가 말했다.

"부분대장, 우리는 그래도 같은 마을 사람이잖아!"

그러고는 다시 말을 이었다.

"누가 나를 고발했는지 모르겠어. 이곳에 올 때는 모두가 다 형제 같았는데 어떻게 군대 안에서 적이 된 거지?"

나도 속으로 참을 수 없어 입을 열었다.

"'라오페이.'"

'라오페이'가 말했다.

"나더러 여길 떠나라고 하면 내가 어떻게 얼굴을 들고 다닐 수 있겠어?"

옆에 있던 왕디가 말했다.

"여기서 얼굴을 못 들고 다닐 이유가 뭐가 있다는 거야? 이제 수류탄 던지는 것밖에 안 남았잖아!"

말을 마친 그는 엉덩이를 흔들면서 가버렸다. 우리 모두 울분을 참느라 몸을 부들부들 떨었다. 뒤에서 밀고해놓고 앞에서 또 그렇게 비아냥거리는 것을 보고 내가 그의 뒷모습을 가리키며 말했다.

"그래 좋아, 왕디, 어디 한번 두고 보자고!"

이때 '위안셔우'가 '라오페이'의 손을 부여잡고 위로하며 말했다.

"'라오페이', 너무 속상해하지 마. 우리는 그래도 '골간'이었잖아. 처음부터 함께 분대 생활을 잘 하고 싶었는데 이런 일이 일어나리라고 누가 생각이나 했겠어!"

'위안셔우'는 이렇게 말하면서 자신도 따라 울었다.

밤이 되자 모두들 '라오페이'를 가운데 두고 둘러앉아 이야기를 나누었다. 그를 위한 마음의 배웅이었다. 군모에서 금장과 모표를

떼는 '라오페이'는 멍한 표정을 짓고 있었다. 리샹진이 말했다.

"리셩얼 동지가 이 부대에 있었던 시간은 짧지만 업무에 있어서는 모두들 알다시피 '골간'을 맡을 정도였지……"

내가 말을 이었다.

"리셩얼 동지는 인품도 좋고 공명정대한 성격이라 누구처럼 남몰래 남의 흠을 찾는 짓은 하지 않았어."

그러면서 나는 왕디를 슬쩍 쳐다보았다. 왕디는 자기 자리에 누워 눈을 부라릴 뿐, 아무 말도 하지 않았다. '라오페이'가 말했다.

"저는 내일 떠납니다. 혹시 그동안 제가 잘못한 점이 있다면 모두들 너그럽게 용서하시기 바랍니다."

순간 몇몇 사병들이 울음을 터뜨렸다.

소대장도 들어와 자리에 앉더니 우리의 환송회에 함께 참여했다. 그는 허리춤에서 '따첸문(大前門)' 담배를 꺼내더니 전례를 깨고 '라오페이'에게 한 개비 건넸다. 그러고는 자신도 한 개비 꺼내 피우면서 말했다.

"리셩얼, 나를 원망하지 말게. 중대에서 이렇게 처리하는 거라 나로서도 달리 방법이 없었네."

그러면서 소대장은 또 '라오페이'에게 고무창을 덧댄 신발 한 켤레를 건넸다.

"집에 가서 신도록 하게."

'라오페이'는 고무창을 덧댄 신발을 품에 꼭 끌어안은 채 울면서 말했다.

"소대장님, 제가 소대장님 바지에 그렇게 오줌을 싸는 게 아니었는데 그랬어요."

이튿날 아침 일찍 '라오페이'는 돼지고기를 운송하는 중대 취사반 차량에 오르기 전에 내게 물었다.

"부분대장, 혹시 집에 전하고 싶은 말 없어?"

내가 말했다.

"없어. 집에 돌아간 뒤에 마을에서 지내기 힘들면 우리 아버지를 찾아가서 미장 일을 배우도록 해. 내가 아버지한테 편지 한 통 쓸 테니까 말이야."

그는 고개를 끄덕이며 눈물을 머금은 채 차에 올랐다. 차는 곧바로 출발했다. 모두들 차와 '라오페이'가 시야에서 완전히 사라진 뒤에야 몸을 돌렸다. 내무반으로 돌아온 우리는 다시 집합해 훈련장으로 가서 수류탄 투척 훈련을 했다. 모두들 아무런 의욕도 없었다. 나는 우리 분대에 있는 사람들 하나하나가 다 마음에 들지 않았다. 모두가 인품이 형편없는 사람들 같았다. 열일곱 여덟에 불과한 나이에 맥장에서 보리 작이나 해야 할 아이들이 사회에 발을 내딛는 순간 모두 이렇게 악하게 변하는 것인가 하는 생각이 들었다.

그래도 부대의 집합을 알리는 나팔소리가 울려 퍼지고 있었다.

6

‘라오페이’가 떠난 다음날 실탄사격 심사가 시작되었다. 실탄사격 심사가 끝나면 업무 배치를 받게 되어 있었다. 실탄사격 심사 성적은 업무 배치의 중요한 참고자료였다. 모두들 몹시 긴장했다. 실탄사격 심사는 먼저 수류탄 투척을 하고 나중에 총을 쏘는 식으로 진행되었다.

수류탄을 투척하기 전에 나는 왕디를 찾아가 그가 훈련용 수류탄 투척에서 30미터를 넘기지 못했기 때문에 실전용 수류탄을 던질 자격이 없다는 분대장의 말을 전했다. 그런 다음 그를 매섭게 비판했다. ‘라오페이’를 대신해 복수하려는 뜻도 있었다.

“소대장님과 분대장은 네가 평소에 게으름을 피우고 열심히 연습하지 않아서 분대와 소대 전체에 짐이 되고 있다고 하시더군. 대체 어떻게 할 건지 말해봐!”

왕디는 너무 초조한 나머지 온몸이 땀범벅이 되었다.

“내가 왜 실전용 수류탄을 던질 자격이 없다는 거야, 대체 왜? 내가 합격할지 불합격 할지 네가 어떻게 알아?”

내가 말했다.

“훈련용 수류탄으로도 합격하지 못했는데 실전용 수류탄으로 합격할 수 있겠어? 실전용 수류탄이 폭발해 네가 죽기라도 하면 누가 책임을 지란 말이야?”

왕디가 말을 받았다.

"훈련용 수류탄은 압박감이 없지만 실전용 수류탄은 압박감이 있으니까 한 번에 합격할지도 모르잖아."

내가 말했다.

"한 번에 합격한다고? 너는 두 번에도 합격하지 못했어. 내가 분대장과 상의한 끝에 네가 수류탄을 던지든 안 던지든 간에 먼저 분대에 검토서를 써서 왜 수류탄 투척 훈련을 열심히 하지 않았는지 자신의 사상적 동기를 검토하는 것으로 결정했어. 깊이 생각 좀 해보라고!"

왕디가 갑자기 팔꿈치까지 소매를 걷으며 말을 받았다.

"내가 왜 노력을 안 해? 이 팔을 좀 보라고!"

그러고는 울먹이는 목소리로 말했다.

"부분대장, 일부러 나를 괴롭히려고 그러는 건 아니겠지?"

내가 정색을 하고 말했다.

"널 일부러 괴롭히다니 그게 무슨 소리야? 사상이 잘못 됐잖아! 네가 열심히 노력하지 않은 데 대해 반성의 기회를 주려는 것은 너를 아끼기 때문이야. 그런데 어떻게 널 괴롭힌다고 말할 수 있어! 끝내 심사에 불합격해서 대대적으로 망신을 당해야겠어?"

이 말에 왕디는 눈물 콧물을 줄줄 흘리며 아주 서럽게 울었다.

"부분대장, 나한테 무슨 불만이라도 있어? 불만이 있으면 뒤에서 괴롭히지 말고 단도직입적으로 말해. 처음에 우린 유개화물차를 함게 타고 왔잖아! 부분대장, 나는 말을 함부로 한 적도 없고 크게 원칙을 어긴 적도 없단 말이야!"

내가 말했다.

"네가 원칙을 어겼는지 안 어겼는지는 나야 모르지. 난 소대장님과 분대장이 너에게 말을 전하라고 해서 전하러 온 것뿐이야. 다른 건 내가 함부로 말할 수 있는 사항이 아니라고. 누군가 중대본부에 보고해서 나도 집으로 돌아가게 되선 안 되잖아!"

왕디는 더 이상 울지 않았다. 펄펄 뛰던 그는 한참 동안 나를 쳐다보더니 다시 개구리처럼 내 앞에 바짝 몸을 낮췄다.

"그게 무슨 뜻이야? '라오페이'가 집으로 돌아간 일이 나와 관련이 있다고 의심하는 거야?"

"너와 관련이 있다는 말은 안 했어. 게다가 중대본부에 상황을 보고하는 것도 적극적인 태도긴 하지."

그가 갑자기 펄쩍펄쩍 뛰기 시작하더니 얼굴을 붉히며 내게 손가락질을 해댔다.

"좋아, 좋다고. 너희들 나를 의심하고 있었구나! 의심할 테면 해봐. 어디 마음대로 의심하라고! 부분대장, 이제 우리는 서로 모르는 사이인 셈 치자고! 이렇게 된 이상 네가 수류탄을 던지게 해준다 해도 꼭 던질 수 있는 것도 아니겠네!"

말을 마친 그는 쏜살같이 가버렸다. 나는 그 자리에 멍하니 서 있었다. 숙소로 돌아와 리샹진에게 상황을 보고하면서 말했다.

"분대장님, 중대에 밀고한 사람이 그가 아닐 수도 있지 않겠어요?"

리샹진이 아래턱을 만지면서 말했다.

"그가 아니면 또 누구겠어? 분대 사람들을 하나하나 다 따져 봐도 달리 떠오르는 사람이 없다고"

내가 일일이 따져 봐도 달리 생각나는 사람이 없었다. 리샹진이 갑자기 손뼉을 치면서 말했다.

"이 일은 이렇게 정리하도록 하지. 괜히 남에게 죄를 뒤집어씌우려는 수작이니 들을 필요도 없어. 왕디는 원래 품성이 좋지 않은 친구라 그가 고자질 한 게 틀림없어!"

이 일은 이렇게 일단락되었다. 리샹진이 다시 말했다.

"부분대장, 한 가지 상의할 일이 있어."

"무슨 일인데요?"

"자네가 보기에 훈련이 끝날 때쯤 조직에서 나를 통과시켜 줄 것 같은가?"

모든 일에는 실마리가 정말 많았다. 내가 한숨을 내쉬며 말했다.

"분대장님, 그 일은 더 이상 걱정할 필요 없어요. 그날 분대장님이 부중대장님 등을 밀어줄 때 부중대장님이 분명하게 말씀하시지 않았습니까?"

그가 고개를 끄덕이며 다시 말했다.

"'라오페이'의 문제 때문에 내게 영향이 있을까봐 걱정이야."

“‘라오페이’의 문제는 ‘라오페이’의 일이에요. 게다가 그는 이미 집으로 돌아갔는데 어떻게 다른 사람에게 영향을 미치겠어요?”

“이제 결정적인 것은 나 자신에게 달렸군. 분대의 업무를 향상시킬 방법을 찾아야겠어.”

여기까지 말하고 나서 그는 갑자기 몸을 일으켰다.

“부분대장, 아무래도 그에게 실전용 수류탄을 던지게 해야겠어.”

내가 깜짝 놀라 물었다.

“실전용 수류탄을 던지지 못하도록 결정한 것 아니었어요?”

리샹진이 말했다.

“그가 실전용 수류탄을 던지지 않으면 영점을 받을 것이 분명해. 그러면 분대의 성적에도 영향을 미치게 되거든! 분대에 영점자가 있으면 중대에서 책임을 추궁하지 않겠어?”

나는 그의 뜻을 이해할 것 같았다.

“그가 수류탄을 던져 30미터를 넘기지 못하면 위험할 수도 있을 텐데 어떻게 하지요?”

“실전용 수류탄은 훈련용보다 몇 량(兩)이나 가벼우니까 잘 던질 수도 있지 않겠어?”

내가 말했다.

“그럼 던지게 하자고요?”

“던지게 해봐. 그가 던질 때는 다른 병사들을 뒤로 좀 물러나게 하면 되지.”

나는 다시 왕디에게 실전용 수류탄을 던질 수 있다는 말을 전하러 갔다. 하지만 숙소 안팎 어디에서도 그의 모습이 보이지 않았다. 나는 그가 또 잘못된 생각을 갖고 어딘가 숨어서 울고 있을 거라고 짐작했다. 발길 가는대로 훈련장 모래언덕 뒤로 가서 찾아봤지만 그곳에도 없었다. 나는 속으로 몇 마디 비판을 좀 했다고 기분이 상해 꽁꽁 숨어버리다니 정말 말도 안 된다고 생각했다. 하는 수 없이 내무반으로 되돌아왔다. 문득 멀리 들판 위에 시커먼 그림자가 하나 나타났다. 그쪽으로 달려가면서 초승달의 달빛에 비친 모습을 살펴보니 아무래도 왕디인 것 같았다. 좀 더 다가가 "왕디!" 하고 불러봤지만 그림자는 대답하지 않았다. 하지만 왕디라는 것을 확실하게 알 수 있었다. 알고 보니 그는 혼자서 이리저리 뛰어다니며 수류탄 투척 연습을 하고 있었다. 내가 감동하여 말했다.

"왕디, 연습 그만해. 밤이 깊었어."

왕디는 대꾸도 없이 수류탄 투척 연습을 계속했다.

내가 다가가 그를 잡아당기며 말했다.

"왕디, 연습 그만해. 분대장이 실전용 수류탄을 던지게 한대."

그때제야 나는 왕디의 온몸이 흠뻑 젖어 있고 팔은 발효된 밀가루반죽처럼 부풀어 있는 것을 발견했다. 그는 화가 난 듯 내 팔을 뿌리치며 수류탄 투척 연습을 계속했다. 그러다가 갑자기 바닥에 엎드려 서럽게 울기 시작했다.

"부분대장, 이럴 줄 알았으면 난 군대에 오지 않았을 거야."

내 마음도 괴로웠다.

"왕디, 분대에서 일부러 너를 괴롭히려는 건 결코 아니야."

실전용 수류탄 투척이 시작되었다. 사격장은 산비탈을 등지고 있었다. 줄을 새끼손가락에 걸고 산비탈을 따라 몇 걸음 달려가다가 '휙' 하고 수류탄을 던지면 줄은 아직 새끼손가락에 걸려있고 산비탈 아래서는 '쾅' 하는 소리가 울렸다. 이때 모두들 재빨리 몸을 숙여야 했다. 그렇지 않으면 수류탄 파편에 부상을 입을 수도 있기 때문이었다. 성적 측정 기준은 30미터는 합격, 35미터는 양호, 40미터 이상은 우수였다.

가장 먼저 수류탄을 던진 사람은 리샹진이었다. 고참병인 그는 시범을 보일 뿐 성적을 매기지는 않았다. 리샹진은 큰 기대 없이 던졌는데도 아주 멀리 날아갔다. 수류탄이 터지는 소리가 들리자 모두들 박수를 쳤다. 리샹진이 팔을 툭툭 털면서 말했다.

"오랫동안 연습을 안 했더니 별로군. 예전에 신병일 때는 던졌다 하면 50미터 날아갔는데 말이야!"

이때 '위안셔우'가 한 발 앞으로 나서서 말했다.

"저도 분대장님을 본받아 한 번에 50미터를 던지도록 노력하겠습니다!"

두 번째로 던진 사람은 바로 나였다. 내 성적은 38미터였다. 다들 몹시 아쉬워했다.

"조금만 힘껏 던졌으면 우수인데."

리샹진이 말했다.

"괜찮아, 모두들 부분대장만큼만 하면 더 바랄 게 없겠어!"

중대에서 분대를 평가하는 기준에 따르면 분대원 전원이 양호 이상이면 단체 성적은 무조건 우수였다. 모두들 입을 모아 말했다.

"35미터만 던지면 되는 것 아니야? 던져보지 뭐."

이어서 다시 두 명이 수류탄을 던졌다. 한 명은 양호, 한 명은 우수였다. 모두들 또 박수를 쳤다.

다음 순서는 왕디였다. 리샹진이 물었다.

"왕디, 긴장돼? 긴장되면 잠시 쉬었다 하도록 해."

왕디는 대답하지 않고 곧바로 수류탄의 안전덮개를 돌리고 줄을 손가락에 걸었다. 깜짝 놀란 리샹진이 황급히 뒤로 물러났다.

"왕디, 제대로 해야 돼!"

왕디는 여전히 아무 대답 없이 앞으로 달려가면서 수류탄을 던졌다. 사람들이 깜짝 놀라 바닥에 엎드리면서 일제히 소리쳤다.

"이런! 죽고 싶어 환장했군!"

'쾅' 하는 소리가 들렸다. 다들 일어나 보니 왕디도 앞쪽에 엎드려 있었다. 사람들이 조용히 물었다.

"왕디, 괜찮아?"

왕디는 여전히 대답을 하지 않았다. 그저 조용히 일어나 미터기를 확인할 뿐이었다. 미터기 측정 결과 놀랍게도 36미터가 나왔다. 그는 몹시 기뻐했다. 리샹진이 다가가 왕디를 주먹으로 한 대 툭 치며 말했다.

"잘했어, 왕디! 네가 수류탄 투척에 재능이 있는 줄 몰랐다!"

왕디는 전혀 기쁜 내색을 하지 않았다.

"그러게. 하마터면 못 던질 뻔했잖아!"

말을 마치고는 몸을 돌려 제자리로 갔다. 리샹진은 여전히 흥분을 가라앉히지 못했다.

"그렇게 걱정했던 왕디가 '양호'를 받아 낼 줄이야! 이번에는 우리 분대가 '우수'를 받을 게 틀림없어!"

이어서 다시 몇 명의 병사들이 수류탄을 던졌고 모두 '양호' 이상의 점수를 받았다. 리샹진은 기뻐서 어쩔 줄 몰라 하며 담배를 한 갑 꺼내 사람들에게 권했다. 마지막으로 '위안셔우'만 남게 되었다. '위안셔우'는 훈련 때 가장 멀리 던졌기 때문에 모두들 그가 대단한 성적을 낼 거라고 기대했다. '위안셔우'도 마음속으로 그런 심산을 하면서 헛기침을 하면서 말했다.

"50미터 이상 던질게!"

리샹진이 준 담배를 다 피운 '위안셔우'가 투척에 나섰다. 모두들 그가 던지는 모습을 보기 위해 일제히 벙커 속에서 얼굴을 내밀었다. '위안셔우'는 침착하게 수류탄 덮개를 돌린 다음 줄을 손가락에 걸려다 말고 갑자기 물었다.

"분대장님, 줄을 엄지손가락에 거는 건가요?"

리샹진이 벙커 속에서 대답했다.

“새끼손가락에 걸어야지.”

이때 갑자기 ‘위안셔우’가 당황한 기색을 보였다.

“왜 내 줄은 다른 사람들 것보다 짧은 거지? 내가 폭사하는 건 아니겠지?”

리샹진이 말했다.

“던져. 수류탄은 다 똑같다고.”

모두들 일제히 웃었다.

“이제 보니 ‘위안셔우’는 훈련용은 잘 던지는데 실전용은 못 던지는구면.”

사람들의 웃음소리를 들으며 ‘위안셔우’가 앞으로 달려갔다. 몇 걸음 달려가 수류탄을 던지려는 순간 그가 외치는 소리가 들렸다.

“큰일 났어. 내 줄이 다른 사람보다 짧아. ‘쉭쉭’ 소리가 나!”

동시에 그의 팔이 풀리고 수류탄은 그대로 날아갔다. 큰일이 터졌다! 수류탄은 18미터밖에 날아가지 못하고 ‘위안셔우’ 바로 앞에서 연기가 피어올랐다. ‘위안셔우’도 멍한 표정으로 수류탄에서 연기가 피어오르는 것을 지켜보고 있었다. 벙커 안에 있던 리샹진이 ‘휙’ 하고 몸을 달리며 소리쳤다.

“엎드려!”

그렇게 ‘위안셔우’의 몸 위로 달려들어 두 사람이 함께 땅 위로 굴렀다. 동시에 수류탄이 터지면서 ‘쾅’ 하는 소리가 났다. 분대원 전체가 일제히 달려가 큰소리로 물었다.

“분대장님, ‘위안셔우’, 다친데 없지?”

리샹진이 땅바닥에서 일어나 흙을 뱉으면서 ‘위안셔우’를 노려보았다.

“새끼, 죽고 싶어 환장했어?”

‘위안셔우’도 땅바닥에 일어나 앉아 넋이 나간 표정으로 저 앞에 자신의 수류탄이 터지면서 생긴 구덩이를 멍하니 쳐다보았다. 한참을 쳐다보더니 결국 울음을 터뜨렸다.

“분대장님, 내 줄이 다른 사람보다 짧았어요!”

리샹진이 말했다.

“쓸데없는 소리 하지 마. 군수공장에서 특별히 네 것만 짧게 만들었다는 거야?”

측정 결과 ‘위안셔우’의 기록은 15미터였다. 모두들 일제히 한숨을 내쉬며 평소 실력이 허사가 되고 말았다고 말했다. ‘위안셔우’는 땅바닥에서 일어나 ‘엉엉’ 소리 내어 울었다.

“분대장님, 일부러 그런 게 아니에요! 평소 훈련할 때 분대장님도 봤잖아요.”

리샹진은 의기소침한 모습으로 연신 손을 내저었다.

“됐어, 됐어. 그만해. 네가 왕디보다 못할 줄 누가 알았겠어. 정작 실전용 수류탄을 보고 당황을 하다니 말이야.”

‘위안셔우’는 이 말을 듣고 더 크게 울었다.

실전용 수류탄 투척은 이렇게 유쾌하지 못하게 끝이 났다. 모두들 열을 맞춰 부대로 걸어가는 동안 기분이 좋지 않았는지 아무도 말을 하지 않았다. 숙소로 돌아오자 왕디만 신이 나서 콧노래를 흥얼거렸다. 그러고는 소총을 들고 밖으로 나가면서 다음번 실탄사격을 위해 조준연습을 하러 간다고 했다.

이날 밤 '위안셔우'는 밤새 잠을 자지 못했다. 다음날 이른 아침 그가 쾡한 눈으로 화장실 입구에서 나를 막아 세웠다.

"부분대장, 수류탄 투척 때문에 내 '골간' 자리를 빼앗는 건 아니겠지?"

내가 그를 위로하며 말했다.

"'위안셔우', 쓸데없는 생각 하지 말고 다음 실탄 사격준비나 잘하도록 해. 네 '골간' 지위는 철회되지 않을 거야."

그가 고개를 끄덕였다.

"혹시 내 부대 배치에 영향을 미치게 될까?"

그건 나도 대답할 수 없는 문제였다.

"그건 나도 모르기 때문에 함부로 얘기할 수 없어."

'위안셔우'가 눈물을 글썽였다.

"부분대장, 너와 분대장에게 미안해. '골간'으로서 15미터에 못던지다니 말이야!"

내가 다시 그를 위로했다.

"'위안셔우', 너무 그렇게 부담 가질 필요 없어. 다음번 실탄 사격에 영향을 주게 되면 더 안 좋다고"

그가 고개를 끄덕이며 눈물을 훔치더니 결단력 있게 말했다.

"부분대장, 두고 봐. 나 '위안셔우'는 절대 겁쟁이가 아니야. 언제 든지 넘어지면 다시 일어선다고!"

"아무렴, 그래야지. 나도 '위안셔우'를 믿어."

조준 연습을 할 때 '위안셔우'는 정오까지 쉬지 않고 연습에 매 진했다. 다른 사람들이 쉴 때도 그는 여전히 엎드려 연습을 했다.

실탄사격이 시작되었다. 사격은 거리에 따라 각각 200미터, 150 미터, 100미터로 나뉘었고 자세에 따라 각각 엎드려 쏴, 무릎 쏴, 서서 쏴로 구분했다. 평가기준은 60점은 합격, 70점은 양호, 80점 이상은 우수였다. 리샹진이 시험을 보인 다음 먼저 세 명의 병사가 사로에 올라섰다. 결과는 훌륭했다. 모두 70점을 넘겼다. 단지 병사 하나가 노리쇠를 당길 때 손이 끼어 피가 조금 났을 뿐이다. 리샹진 이 손수건으로 상처를 감싸주며 말했다.

"잘 했어, 잘 했어. 돌아가 쉬도록 해."

다시 세 명의 병사가 사로에 섰다. 그 중에는 왕디도 끼어 있었 다. 사격 결과 한 명은 합격 점수를 받았고 왕디와 다른 병사는 양 호를 받았다. 왕디 녀석은 운이 좋았다. 70점을 받았지만 한 발은 간신히 가장자리를 스친 것이었다. 리샹진은 한 명이 합격에 그친 것이 유감스러웠지만 지난번 수류탄의 교훈을 거울삼아 말했다.

"합격도 훌륭해. 불합격보다야 낫잖아!"

이때 왕디가 소총을 거꾸로 메고는 주머니에서 담배 한 갑을 꺼내더니 다른 사람들에게는 권하지 않고 혼자 한 개비를 꺼내 입에 물고 뻐끔뻐끔 피워댔다. 한참을 피우더니 갑자기 바닥에 주저앉아 목소리를 낮추고 '엉엉' 울기 시작했다. 다들 깜짝 놀랐다.

내가 말했다.

"왕디, 그만 해. 이제 됐다고."

리샹진이 말했다.

"울지마, 왕디, 너의 사격은 충분히 훌륭했어."

다시 세 명의 병사가 사로에 올라섰다. 그 중에는 '위안셔우'도 끼어 있었다. 나와 리샹진은 조금 걱정이 되었다. 내가 말했다.

"'위안셔우', 당황하지 말고 방아쇠를 천천히 당겨."

리샹진이 대장부의 풍모를 보이며 말했다.

"'위안셔우', 사격해. 잘 쏘면 네 덕이고 잘못 쏘면 내 탓이다!"

'위안셔우'가 고개를 끄덕이며 감격한 표정을 지었다. 하지만 입술은 여전히 바르르 떨리고 손가락도 계속 흔들렸다. 나와 리샹진이 말했다.

"당황하지 말고 몇 분만 쉬었다가 다시 하자."

그때 멀리서 과녁을 주시하던 소대장이 화를 냈다.

"왜 아직도 안 쏘는 거야? 거기서 병아리라도 품고 있는 거냐?"

세 사람은 하는 수 없이 바닥에 엎드려 사격을 했다. 사격이 끝나자 다들 환호하기 시작했다. '위안셔우'의 사격은 훌륭했다. 두 발은 9점, 한 발은 10점이었다. 나와 리샹진은 몹시 감격했다.

“그래, ‘위안셔우’, 그렇게 쏘면 돼!”

‘위안셔우’는 입을 꽉 다물고 진지한 표정으로 아무 대답도 하지 않았다. 일어나 총을 들고 50미터 앞으로 이동한 그는 그 자리에 쪼그려 앉았다. 이번 사격도 훌륭했다. 한 발은 8점, 한 발은 7점, 한 발은 10점이었다. 우리는 또다시 환호했다. ‘위안셔우’를 에워싸고 100미터 지점으로 이동했다. 이때 갑자기 ‘위안셔우’가 온몸에 땀을 흘리며 말했다.

“분대장님, 눈이 좀 침침해진 것 같아요.”

리샹진이 말했다.

“세 발 밖에 안 남았는데 눈이 침침하면 안 되지.”

‘위안셔우’가 다시 말했다.

“분대장님, 과녁지에 구멍이 많은데 어떻게 해야 명중시킬 수 있지요?”

리샹진이 말했다.

“마음 놓고 사격해, ‘위안셔우’. 아무리 명사수라도 그걸 명중시킨 사람은 없으니까 말이야.”

‘위안셔우’가 다시 말했다.

“과녁이 조금 삐뚤어진 것 같아요. 틀림없이 6점일 것 같아요.”

리샹진이 더 이상 참지 못하고 말했다.

“수류탄 투척 때의 버릇이 또 도진 거야?”

이때 소대장이 작은 깃발을 들고 달려와 ‘위안셔우’를 야단쳤다.

“왜 이렇게 꾸물거리는 거야? 깃발 들고 있다가 팔 저려 죽을 뻔 했잖아!”

‘위안셔우’와 나머지 두 병사들이 다시 총을 들었다. ‘탕’, ‘탕’, ‘탕’, 세 발의 실탄이 발사되었다. 그런데, 맙소사. ‘위안셔우’의 총알 두 발이 ‘픽’ 하고 과녁을 벗어났다. 다른 한 발은 과녁에 맞았지만 6점에 불과했다. 리샹진이나 나나 둘 다 할 말을 잃고 말았다. 뒤늦게 정신을 차린 리샹진이 서둘러 바닥에 쪼그리고 앉아 나뭇가지로 점수를 계산해보았다. 세 가지 자세를 더하자 도합 59점으로 합격선에 1점이 모자랐다. 리샹진도 ‘잘못 쏘면 내 탓’이라는 말을 잊고서 ‘위안셔우’를 질책했다.

“1점만 더 맞췄으면 됐잖아!”

‘위안셔우’도 한참을 멍하니 있다가 갑자기 거칠게 항변했다.

“눈이 침침하다고 말했는데 안 믿었잖아요 정말 눈이 침침했다니까요!”

소대장이 옆에 있다가 더 참지 못하고 말했다.

“됐어, 그만들 해. 자네가 멍석 깔아주면 못하는 줄 진즉에 알고 있었네. 수류탄을 던질 때도 눈이 침침했었나?”

‘위안셔우’가 입을 벌리고 울상을 지어 보였다. 그러나 소대장이 매섭게 노려보자 눈물이 쏙 들어갔다. 목구멍으로 눈물을 삼키면서 총을 들고 과녁을 바라볼 뿐이었다.

실탄심사가 끝이 났다. 분대의 상황은 그리 좋지 않았다. ‘위안셔우’가 수류탄 투척과 사격에서 모두 불합격을 받았기 때문에 분대 전체의 성적도 따라서 불합격이 되었다. 리샹진이 한숨을 내쉬며 끊임없이 같은 말을 반복했다.

“끝났어, 이제 끝이야.”

내가 말했다.

“우리 분대의 내무생활이나 대열은 괜찮은 편이잖아요.”

“다른 분대의 상황을 지켜보는 수밖에 없군.”

다시 이틀이 지나고 중대의 모든 심사가 끝이 났다. 다행히 불합격을 받은 분대가 세 곳이나 더 나왔다. 나와 리샹진은 한숨을 돌렸다. 하지만 아무리 계산해 봐도 우리 분대는 낙후된 편에 속했기 때문에 마음이 편치 않았다.

분대의 상황에 다시 약간의 변화가 발생했다. ‘위안셔우’가 두 번의 불합격을 받는 바람에 ‘골간’의 지위가 흔들렸다. 과거 왕디를 바라볼 때와 마찬가지로 모두들 그를 사람으로 여기지 않았다. ‘위안셔우’ 역시 의기소침하여 생쥐처럼 맥이 풀려 있었다. 결의서를 쓰고 언제든지 넘어지면 다시 일어서겠다고 맹세했지만 열흘 있으면 신병 훈련도 다 끝나는 판에 어떻게 다시 일어선단 말인가? 왕디는 수류탄 투척과 사격에서 모두 훌륭한 성적을 거두자 다시 기를 펴고 콧노래를 부르며 다른 사람을 비꼬고 속 쓰리게 하는 말을 하고 다녔다. 때로는 나와 리샹진마저 안중에 없는 듯 말투가 오만방자했다. 나와 리샹진은 그의 방자한 태도가 눈에 거슬려 함께 상의를 했다.

"실탄심사에서 좋은 성적을 거두기는 했지만 품성이 형편없군!"

이치대로라면 이런 상황에서 마땅히 '위안셔우'가 '골간'의 자리에서 물러나고 다시 왕디가 '골간'이 되어야 했다. 하지만 나와 리샹진의 생각은 그렇지 않았다. 나와 리샹진이 소대장을 찾아갔다.

"소대장님, 이제 열흘만 있으면 신병 훈련이 다 끝날 테니 '골간'을 조정하지 않는 것이 좋을 것 같습니다. 게다가 왕디는 다른 사람들을 비하하는 악습이 있어 그가 '골간'이 되면 쁘띠부르주아 근성이 되살아날 것 같습니다. 지난번에도 그가 중대장님께 노트를 드린 일로 병사들 사이에 여론이 분분했었습니다. 그 이후로도 분대의 업무에 먹칠을 하는 행동을 종종 해왔고요……."

소대장은 책상에 엎드려 편지를 쓰다가 한 장을 다 쓰고는 다시 읽어보더니 미간을 찌푸리고 몇 번을 만지작거리다가 찢어버렸다. 그러고는 우리에게 얼굴을 돌리며 말했다.

"뭐라고? 방금 뭐라고 했지?"

우리는 똑같은 얘기를 다시 한 번 반복했다. 소대장이 미간을 찌푸리고 잠시 생각하더니 손을 내저으며 말했다.

"그럼 그렇게 하도록 해."

이리하여 분대의 '골간'은 조정되지 않았다. 며칠 상황을 지켜보던 '위안셔우'는 자신이 '골간'에서 물러나지 않게 되자 다시 기운을 차리고 하루 종일 이리저리 뛰어다니면서 바닥을 쓸고, 세숫물을 떠 나르고, 화장실을 비우고, 돼지우리를 치우는 등 최선을 다했다. 왕디도 며칠 지켜보더니 자신의 지위가 승급되지 않자 기세가 조금 수그러들었다.

중대의 업무 배치가 시작되었다. 모두들 무척 긴장하기 시작했다. 자신이 어느 곳으로 배치될지 몰라 하루 종일 마음을 졸였다. 하지만 아무리 마음을 졸인들 아무 소용없었다. 어느 날 오전, 중대전체가 연병장에 집합한 가운데 배치 상황이 공포되기 시작했다. 모두들 두근거리는 가슴으로 하나같이 목을 길게 빼고 운명의 판결의 기다리고 있었다. 명단이 불리기 전에 지도원이 먼저 한 차례 연설을 하고, 곧이어 명단이 발표되었다. 명단 발표가 끝나자 대오 전체가 웅성거리기 시작했다. 하지만 지도원이 눈을 치켜뜨고 눈살을 찌푸리며 노려보자 대오는 곧 안정되었다.

우리 분대는 실탄심사에서 불합격했기 때문에 매우 안 좋은 곳으로 배치되었다. 몇 명은 난방실에 배치되고 몇 명은 창고를 지키는 초병으로 배치되었으며 또 몇 명은 전투중대에 배치되었다. 전체 분대원들 가운데 왕디가 가장 좋은 곳으로 배정되었다. 군단부의 공무원이 된 것이다. 공무원이라고 해도 물을 긷고 바닥 쓰는 것에 불과했지만 어쨌든 군단부가 아닌가! '라오페이'가 이루지 못한 염원을 왕디가 실현한 셈이었다. 우리는 모두 화가 치밀었다. 왕디가 심사에서 좋은 성적을 받긴 했지만 평소의 태도는 대단히 좋지 않았기 때문이다. 해산하고 나서 누군가 소대장을 찾아가 물었다.

"어째서 왕디 같은 녀석이 그렇게 좋은 곳에 배치되고 우리는 그렇게 형편없는 곳에 배치된 겁니까?"

소대장이 말했다.

"그는 조건이 충분하고 자네들은 조건이 부족하니까 그렇지."

"어째서 그는 충분하고 우리는 부족하다는 겁니까?"

"군단부에서는 키가 175센티 이상인 병사를 원했는데 우리 소대에서는 그가 가장 적격자였네!"

모두들 입을 벌리고 아무 말도 하지 못했다. 운명의 변화는 정말로 예측하기 어려운 것이었다!

'위안셔우'는 분대 전체가 안 좋은 곳으로 배정되게 한 장본인이었다. '위안셔우'가 하루 종일 아무리 일을 열심히 해도 사람들은 그를 용서하기 어려웠다. 그 자신도 분대 전체에서 가장 안 좋은 곳으로 배치되었다. 생산지에서 채소를 재배하는 일을 맡게 된 것이다. 명단이 불리자 '위안셔우'는 그 자리에서 흐느껴 울고 싶었다. 하지만 아무리 괴로워도 하소연할 곳이 없어 그저 묵묵히 울음을 삼킬 뿐이었다. 숙소로 돌아오자 분대 전체에서 가장 신이 난 왕디가 자신의 군장을 정리하면서 손짓발짓을 해가며 '위안셔우'에게 말했다.

"사실 채소를 재배하는 일도 괜찮아. '물가에 있는 누대에 가장 먼저 달빛이 비친다'고 하잖아!"

'위안셔우'는 눈을 치켜뜬 채 왕디를 쳐다보면서 아무 말도 하지 않았다. 나는 배치를 비교적 잘 받아 지도대에서 훈련을 받게 되었지만 분대의 적지 않은 동료들이 안 좋은 곳에 배치되어 마음이 편치 않았다. 게다가 왕디의 방자한 태도가 눈에 거슬렸다. 내가 한마디 맞받아쳤다.

"네가 군단부에 가는 것도 '물가에 있는 누대에 제일 먼저 달빛이 비치는' 셈이야. 군단장님을 자주 뵐 테니 무엇이든지 다 보고할 수 있잖아!"

왕디가 얼굴을 붉혔다.

"너……!"

그는 손가락으로 나를 가리키며 눈물을 글썽이면서도 아무 말도 하지 못했다. 저녁에는 중대에서 영화를 상영했다. 모두들 열을 지어 영화를 관람하러 갔다. '위안셔우'는 대열에 합류하지 않고 그냥 앉아 있었다. 내가 말했다.

"'위안셔우', 영화 보러 가자."

'위안셔우'가 나를 한번 힐끗 쳐다보고는 한참 동안 멍하니 있다가 입을 열었다.

"부분대장, 나는 그냥 열외로 해 줘."

이렇게 한마디 던지고서 그는 이불을 당겨 덮고 누워버렸다.

리샹진이 나를 잡아끌며 말했다.

"부분대장, '위안셔우' 기분 상하지 않도록 조심해. 자네는 영화 보지 말고 저 친구 옆에서 이야기 좀 나눠봐."

분대원들이 전부 나간 뒤에 나는 '위안셔우'를 침상에서 일으켜 세우고 함께 고비사막에 나가 이야기를 나눴다.

이미 봄이 와 있었다. 얼굴로 불어오는 바람에서 이미 한기가 느껴지지 않았다. 고비사막에서 보기 힘든 작은 풀 몇 포기가 몸부림을 치면서 싹을 틔우고 있었다.

'위안셔우'는 기분이 좋지 않았고 나도 잠시 적절한 화제를 찾을 수 없었다.

"'위안셔우', 인생의 길은 아주 멀어. 한두 번 좌절했다고 의지를 잃어서는 안 돼."

'위안셔우'가 한숨을 내쉬고서 말을 받았다.

"부분대장, 다른 건 둘째 치고 앞으로 더 좋지 못한 평판을 얻을까봐 걱정이야. 내가 군대에까지 와서 채소를 재배하게 될 줄 누가 알았겠어."

"왕디가 하는 헛소리에 귀 기울일 필요 없어. 그가 좋은 곳에 배치되었다고는 하지만 물 긷고 바닥 쓰는 일에 불과하다고. 게다가 그 친구는 품성이 안 좋고 뒤에서 남 흉보기 좋아하기 때문에 시간이 지나면 사람들도 다 알아챌 거라고."

'위안셔우'는 눈을 들어 나를 쳐다보았지만 말이 없었다.

내가 다시 그를 위로했다.

"네가 나쁜 곳으로 배치되긴 했지만 집으로 돌아간 '라오페이'에 비하면 그래도 나은 셈이지. '라오페이'를 생각하면 누군들 왕디를 미워하지 않겠어?”

그때 ‘위안셔우’가 갑자기 나를 끌어안는 바람에 나는 깜짝 놀라고 말았다. 그가 울먹이는 소리로 말했다.

“부분대장, 할 말이 있어. 이 얘기를 듣고서 날 미워하면 안 돼!”

“무슨 얘기인데 그래?”

“‘라오페이’ 일을 중대에 보고한 사람은 왕디가 아니야!”

나는 의아한 표정으로 다시 물었다.

“왕디가 아니면 누구란 말이야?”

‘위안셔우’는 잠시 머뭇거리다가 다시 입을 열었다.

‘나야!’

“뭐라고?”

나는 놀라움을 금치 못하며 ‘위안셔우’의 팔에서 빠져나와 멍한 표정으로 그를 쳐다보았다.

“네가 그랬다고? 어떻게 그럴 수가 있어? 왜 보고했던 거야?”

‘위안셔우’가 ‘엉엉’ 소리 내어 울기 시작했다.

“당시 ‘라오페이’는 오로지 군단장의 차를 몰 생각밖에 없었어. 그의 말을 듣고 괜찮은 일인 것 같아서 나도 군단장의 차를 몰고 싶어졌지. 그때 분대에서 ‘골간’은 우리 둘이었으니까 그가 못 가게 되면 분명 내가 가게 될 거라고 생각했던 거야. 경쟁 상대를 줄이기 위해 내가 그를 보고했던 거라고……”

“뭐야?”

나는 계속 멍한 표정으로 '위안셔우'를 쳐다보았다. '위안셔우'가 울면서 말했다.

"이렇게 벌을 받아서 채소밭으로 가게 될 줄은 몰랐어. 부분대장, 몇 달 동안 '골간'을 맡은 게 다 허사였어!"

"너, 너……."

내가 그에게 손가락질을 하면서 말했다.

"그건 너무 비열한 일이잖아!"

'위안셔우'는 바닥에 쪼그려 앉아 대성통곡을 했다. 한참을 울고 나서 우리 둘은 더 이상 아무 말도 하지 않았다. 멀리 병영에서 시끌벅적한 소리가 들렸다. 영화가 끝난 모양이었다. 내가 말했다.

"우리도 돌아가자."

'위안셔우'가 겁먹은 얼굴로 말했다.

"부분대장, 절대로 다른 사람들한테는 말하지 마. 너를 믿으니까 한 얘기야."

내가 그를 노려보았다.

"군단장의 차를 몰 수만 있다면 넌 누구라도 밀고했을 거잖아?"

'위안셔우'가 다시 '엉엉' 소리 내어 울면서 말했다.

"말하지 않아도 내 마음은 너무 괴로울 거야……."

"괴로움을 알아야 해. 그래야 앞으로 다른 사람을 밀고하는 일이 없을 테니까 말이야. 공연히 애먼 왕디만 오해했었네! 이제 보니 왕디는 꽤나 괜찮은 친구였어!"

말을 마친 나는 그를 혼자 내버려두고 병영으로 돌아왔다.

'위안셔우'가 어둠 속에서 절망적으로 소리쳤다.

"부분대장⋯⋯."

7

대엿새가 지나면 신병 중대 훈련이 끝날 무렵이었다. 어느 일요
일에 분대원들이 다 같이 다디엔(大點)으로 물건을 사러갔다. 다디엔
은 부대의 한 집진(集鎭)으로 복무사(服務社) 몇 곳이 있고 음식점 한
곳, 버드나무 몇 그루가 있었다. 하지만 주위는 여전히 끝이 보이지
않는 사막이었다. 모두들 그곳에서 노트를 사서 서로 주고받았다.
석 달 동안 함께 생활한 것을 기념하는 기념품인 셈이었다. 노트 속
표지에는 각자 하고 싶은 말을 한마디씩 적었다. 실은 서로 크게 다
르지 않은 말들이었다.

"우리 우정 영원하자." "진보를 축하해." "xxx야, 함께 힘내자"
등의 문구였다. 분대원들은 서로 선물을 주고받기도 했다. '위안셔
우'는 요 며칠 기분이 좋지 않은지 내내 고개를 숙이고 다녔다. 남
몰래 많이 울어서 그런지 두 눈이 잘 익은 복숭아 같았다. 하지만
그 역시 노트를 선물하는 데는 뒤지지 않았다. 노트를 한 무더기나
사서 모든 사람들에게 한 권씩 선물했다. 그가 내게 준 노트에는 삐
뚤빼뚤한 글씨로 "일생의 길은 큰길이 아니다. 부분대장, 함께 힘내

자.”라고 적혀 있었다. 이 글을 보고서 나는 그의 뜻을 이해할 수 있었다. 다디엔에서 돌아오면서 나는 그와 함께 걸었다. 한참을 걷다가 그가 갑자기 입을 열었다.

“부분대장, 나는 곧 채소를 심으러 갈 거야.”

나는 문득 괴로운 마음이 들었다.

“‘위안셔우’, 그곳에 가면 편지해.”

그가 길게 한숨을 내쉬고는 다시 말을 이었다.

“부분대장, 한 가지 부탁할 일이 있어.”

“무슨 일인데? 말해봐.”

“다른 사람들에게는 제발 말하지 말아줘. 다른 사람들이 알게 되면 난 정말 못 살 것 같아.”

내가 고개를 끄덕이면서 말했다.

“걱정하지 마.”

그가 잠시 주춤하다가 말했다.

“아차, 왕디에게 줄 노트를 안 준비했네.”

“누구한테 주고 안 주고는 네 자유야. 왕디도 사람들에게 노트를 선물하지 않았다고.”

왕디는 다디엔에서 돌아올 때 빈손이었다. 그는 노트는 한 권도 사지 않고 주머니 속에 우유사탕을 반근 사 넣고는 하나씩 입속에 넣고 깨물어 먹었다. 모두들 이구동성으로 말했다.

“왕디는 정말 이상해. ‘함께 힘내자’고 해서는 안 될 중대장에게는 '함께 힘내자'고 하더니 모두가 '함께 힘내자'고 할 때는 또 조용하니 말이야. 아마도 사령부로 배치를 받게 되더니 사람들을 깔보는 것 같아.”

뜻밖에도 왕디가 이 말을 듣고 말았다. 그가 가래에 사탕까지 내뱉으며 말했다.

“'함께 힘내자'는 무슨 얼어 죽을! 석 달 만에 하나같이 원수가 됐는데 무슨 '함께 힘내자'야!”

말을 마친 그는 어느새 멀리 달아나버렸다. 모두들 어리둥절해하며 오랫동안 아무 말도 하지 않았다. 저녁에는 모두 숙소에서 짐을 꾸리기 시작했다. 씻어야 할 것은 씻고 닦아야 할 것은 닦기 시작했다. 이때 리샹진이 들락날락 하며 초조한 듯 안절부절 하지 못했다. 나는 또 입당문제 때문이라는 것을 모르지 않았다. 이제 신병훈련이 곧 끝날 텐데 그는 아직 아무런 소식도 듣지 못하고 있었다. 숙소에 사람들이 없는 틈을 타서 내 주위를 배회하던 그가 갑자기 내 손을 붙잡고 말했다.

“부분대장, 어떻게 된 걸까? 곧 있으면 훈련이 끝날 텐데 왜 아직 아무런 소식도 없는 거지?”

내가 말했다.

“그러게 말이에요. 분명 소식이 있어야 할 텐데! 왜 아직 소식이 없는 거지?”

“부중대장이 나를 속인 건 아니겠지?”

내가 잠시 생각해보고 나서 말했다.

"부중대장님이라면 틀림없이 한 말에 책임을 지실 거예요."

그가 긴 한숨을 내쉬었다.

"이거 정말 초조해 죽겠네."

다음날 오전, 나는 분대원들을 이끌고 주변을 청소하러 갔다. 청소를 마치고 숙소로 돌아와 보니 리샹진이 혼자 자리에 누워 말없이 천장을 응시하고 있었다. 나는 그가 또 입당문제로 고민하고 있다는 것을 잘 알고 있었다. 내가 말했다.

"분대장님, 식사하러 가셔야지요."

뜻밖에도 그가 갑자기 벌떡 일어나 내 손을 붙잡더니 검붉은 입을 벌리고 환하게 웃으며 말했다.

"부분대장, 나 됐어, 됐다고!"

내가 의아한 얼굴로 물었다.

"뭐가 됐다는 거예요?"

그가 말했다.

"그거 말이야!"

나는 곧 그의 말뜻을 알아차리고는 덩달아 기뻐하며 말했다.

"입당이 통과됐군요?"

그가 그렇지는 않다는 듯한 표정으로 나를 힐끗 쳐다보았다.

"너도 정말, 이런 일은 전혀 모르는구나. 조직에서 먼저 나와 이야기를 나누는 게 순서야! 조금 전에 중대본부 통신원이 통지를 보내왔어. 점심 식사 후에 지도원이 나와 대화를 나누게 될 거라고 말이야. 생각해봐, 바로 그 일 때문이 아니겠어? 입당 문제가 아니라면 왜 나와 대화를 하겠냐는 말이야?"

"물론이지요!"

그는 나를 다시 문 뒤로 끌고 가서는 손바닥을 펼쳐 보이며 말했다.

"자, 봐, 어때!"

손바닥에는 그의 애인 사진이 쥐어져 있었다. 나는 마지못해 그 뚱뚱한 아가씨 사진을 들여다보면서 말했다.

"괜찮은데요, 분대장님."

그가 긴 한숨을 내쉬더니 내 어깨를 한 대 '툭' 치면서 말했다.

"한 달이나 편지를 못 썼어."

"그럼 이제 마음 놓고 써 봐요!"

"저녁에 써야겠다. 저녁에 꼭 써야지."

점심에 리샹진은 재빨리 밥을 먹어 치웠다. 밥을 다 먹은 그는 입을 한번 닦고는 작은 거울을 보면서 복장을 단정히 가다듬었다. 그러고는 나를 보면서 쑥스러운 웃음을 지어보이고는 중대본부로 달려갔다. 20분 뒤 우리가 휴식을 취하고 있을 때 그가 소리 없이 조용히 돌아왔다. 내가 하품을 하며 일어나 물었다.

"분대장님, 왜 이렇게 빨리 돌아왔어요?"

그는 손을 내저으며 말없이 자기 침상으로 건너가서는 움직이지 않았다. 나는 일이 잘 해결되어 그가 기쁜 마음으로 저녁에 애인에게 쓸 편지 내용을 생각하느라 정신을 열중하고 있는 거라고 생각했다. 그런데 뜻밖에도 갑자기 자리에서 '엉엉' 우는 소리가 들려왔다. 모두들 놀라움을 금치 못했다. 내가 황급히 다가가 그를 다독여주었다.

"왜 그래요, 분대장님?"

리상진은 주위 사람들을 개의치 않고 큰소리로 외쳤다.

"망할 놈의 x지도원!"

내가 깜짝 놀라 물었다.

"대체 무슨 일이에요?"

리상진이 울면서 말했다.

"부분대장, 이게 말이나 돼?"

"대체 무슨 일인데 그래요?"

"부중대장이 분명히 나를 입당시켜주겠다고 약속했는데 지도원이 나를 불러서는 입당을 못시키겠다는 거야……."

나는 깜작 놀라지 않을 수 없었다.

"지도원이 입당을 시키지 않겠대요?"

"입당을 안 시키는 것도 못자라 나를 그냥 제대시키겠대. 이렇게 아무 것도 없이 어떻게 집에 돌아가란 말이야, 안 그래!"

나까지 등골이 오싹해지면서 서늘한 기분이 들었다.

"아이고, 이렇게 될 줄은 생각도 못했는데……."

그가 다시 대성통곡하기 시작했다. 중대에서 집합을 알리는 나팔
소리가 울리자 분대원들은 모두 총을 들고 집합하러 나가고 숙소에
는 우리 둘만 남았다. 리샹진은 울음을 멈추고 침상 머리맡에 앉은
채 미동도 하지 않았다. 나도 옆에서 긴 한숨을 내쉬었다. 그가 팔
에 고개를 묻은 채 물었다.

"부분대장, 말해봐. 분대 안에서 내 태도가 어땠어?"

"훌륭했지요."

"동지들과의 단결은 어땠는데?"

"훌륭했어요."

"규범에 어긋나는 말을 했었나? 규범에 어긋나는 일을 했었어?"

"그런 적 없어요!"

"분대에서 작업할 때는 어땠어?"

"수류탄 투척이나 사격을 제외하고 다른 건 남들에게 조금도 뒤
지지 않았어요!"

"그러면 지도원은 왜 내게 이런 처벌을 내리는 걸까?"

나는 고개를 가로저었다.

"정말 알 수가 없네요."

그가 이를 악물고 말했다.

"지도원이 내게 사적인 불만을 갖고 있는 게 분명해!"

그러고는 벌떡 일어나 내무반 안을 왔다 갔다 하기 시작했다. 한
참을 그러더니 무언가에 홀린 듯 한곳을 물끄러미 바라보았다.

내가 그를 위로했다.

“분대장님, 안 좋은 생각은 다 털어버려요.”

리샹진은 말없이 한곳을 맴돌 뿐이었다. 그러다 갑자기 바닥에 쪼그리고 앉아서 또다시 두 손으로 머리를 감싸 쥐었다.

“이렇게 빈손으로는 죽어도 집에 못 돌아가.”

다시 일어선 그는 창문에 대고 소리를 질렀다.

“망할 놈의 x지도원 새끼!"

내가 황급히 그를 창문가에서 끌어냈다.

“사람들이 듣겠어요!”

그가 나를 매섭게 노려보았다.

“들으면 뭐 어때? 어차피 살고 싶지도 않은데!”

저녁이 되어서야 리샹진의 기분은 다소 진정되었다. 소등나팔이 울리자 모두들 그의 곁으로 모여 그를 위로했다. 그러자 그가 오히려 사람들을 격려해주었다.

“다들 그만 자.”

모두들 그의 기분이 안 좋은 것을 알고는 말없이 흩어져 각자 잠자리에 들었다. 왕디도 동정어린 표정을 보이며 한숨을 내쉬고는 자기 자리로 갔다가 바지를 벗고는 다시 리샹진의 자리로 기어가 말했다.

“분대장님, 사탕 좀 드세요.”

그러면서 먹다 남은 사탕 한 줌을 리샹진의 손에 쥐어주었다.

등이 꺼졌다. 모두들 더 이상 말을 하지 않았다. 다들 묵묵히 천정을 응시하면서 쉽게 잠들지 못했다. 군대에 들어온 이후로 가장 견디기 힘든 밤이었다. ‘라오페이’가 집으로 돌아가던 저녁에도 이렇게 힘들지는 않았다. 수시로 용변을 위해 들락거리면서도 모두들 발뒤꿈치를 들고 다녔다. 밤늦게까지 뒤척이다가 다들 새벽이 되어서야 몽롱하게 잠이 들었다. 이때 밖에서 ‘탕’ 하고 총소리가 들렸다. 모두들 놀라서 잠에서 깼다. 한밤중에 울린 총소리는 너무나 선명했다. 모두들 자다 일어나 서로 어떻게 된 일이냐고 물었다.

“어떻게 된 거야, 대체 무슨 일이야?”

곧이어 밖에서 ‘휘리릭’ 비상집합을 알리는 호각 소리가 울렸다. 다들 옷도 제대로 입지 못하고 벌 떼처럼 밖으로 뛰어 나왔다.

“무슨 일이지, 대체 무슨 일이야?”

어떤 사람은 특별임무가 떨어졌다고 했고 어떤 사람은 초병이 오발사격을 한 거라고 했다. 한바탕 혼란이 인 가운데 중대장이 손에 권총을 들고 숨을 헐떡이며 달려와서는 사람들을 진정시켰다. 그러고는 누군가 지도원에게 총을 쏘았다고 말했다. 모두들 웅성거리며 야단법석을 떨었다. 나는 가슴이 덜컥 내려앉았다. 이어서 부중대장도 총을 들고 달려와 말했다. 지도원이 본 바로는 범인의 모습이 리샹진 같다는 것이었다. 지도원의 부상은 그다지 심각하지 않았고 팔만 약간 다쳤을 뿐이었다. 모두들 서둘러 리샹진이 실탄이 장전된 총을 들고 도망치지 못하도록 붙잡아야 했다. 우리가 있는 곳은 국경선에서 수백 킬로미터밖에 떨어지지 않은 곳이었다.

　모두들 다시 웅성거리며 서둘러 대오를 정비하고 소총에 탄창을 끼운 채 병력을 몇 갈래로 나눠 리샹진을 붙잡기 위해 추격을 시작했다. 리샹진은 우리 분대였기 때문에 모두들 우리를 쳐다보았다. 우리 분대 사람들은 모두 고개를 숙였다. 나도 분대를 따라 뛰어가면서도 마음이 심란했다. 소대장도 총을 들고 앞에서 숨을 헐떡이며 뛰어가는 것을 보고서 다가가 물었다.

　"대체 어떻게 된 일입니까, 소대장님?"

　소대장은 손으로 땀을 훔치더니 고개를 가로저으며 한숨을 내쉬었다.

　"이게 모두 검증을 견디지 못해서 벌어진 일이야. 그가 총을 쏘고 도망칠 줄은 정말 생각지도 못했어!"

　"틀림없이 입당과 관련이 있을 겁니다!"

　소대장이 다시 한숨을 내쉬며 말했다.

　"사실 지부에서 이미 논의를 마치고 그를 곧 통과시키기로 했는데, 그런 사실을 그가 어떻게 알았겠나."

　내가 다급한 목소리로 물었다.

　"그럼 왜 그를 제대시키겠다고 말한 건가요?"

　소대장은 다시 고개를 가로저었다.

　"그것 역시 검증의 방법이었네. 지난번에 그를 통과시키지 않았을 때, 지도원이 그의 안색이 좋지 않다는 말을 했기 때문에 이런 방법을 생각해낸 걸세. 그런데 단번에 이런 문제가 터질 줄 누가 알았겠나!"

머릿속이 웅웅거렸다. 소대장이 말했다.

"검증이라는 것이 뻔히 보였는데 왜 그걸 생각하지 못했을까. 신병 중대에 병사를 제대시킬 권리가 어디 있단 말인가?"

머릿속이 다시 웅웅거리며 울렸다. 나는 속으로 눈물을 흘리며 소리쳤다.

"분대장님, 왜 그렇게 어리석었던 거예요!"

대오는 10킬로미터를 달려 포위망을 치기 시작했다. 부중대장이 보폭으로 거리를 측정해 10미터마다 한 명씩 총을 들고 얼음처럼 차가운 땅바닥에 엎드려 매복하면서 리샹진이 나타나기를 기다렸다. 부지도원이 다시 규율을 하달했다. 말을 하거나 기침을 해서는 안 되며 가능한 한 생포해야 한다는 것이었다. 하지만 만일 그가 계속해서 경고를 무시하거나 총을 들고 저항할 경우 발포하여 사살해도 무방하다고 했다. 뒤이어 포위망을 따라 '철컥' '철컥' 탄창을 끼우는 소리가 울렸다. 내 왼쪽에 있던 병사가 실탄을 장전했다. 내 오른쪽에 있던 병사도 실탄을 장전했다. 나도 실탄을 장전했다. 하지만 마음속으로는 그가 무사히 도망치기를 기도했다.

"분대장님, 도망쳐요. 제발 이쪽으로는 오지 말아요. 여기에 포위망이 쳐져 있단 말입니다."

동쪽이 점점 희끄무레하게 밝아왔다. 포위망을 따라 병사들의 위치가 선명하게 드러났다. 리샹진은 나타나지 않았다. 부중대장은 병사들을 다시 모아 병영으로 인솔하여 식사를 했다. 식사 후에는 다시 각자 흩어져 수색을 진행했다. 우리 분대의 임무는 고비사막에서 낙타가시(사막에서 생장하는 가시가 있는 관목)가 있는 구릉을 수색하는 것이었다. 나도 분대원들을 이끌고 수색에 나섰다. 모두들 말이 없었다. 왕디마저 말을 하지 않았다. 그가 한 말은 단 한마디였다.

"수색해서 그를 찾든 못 찾든 비극이긴 마찬가지야."

나는 그를 노려보면서 아무 말도 하지 않았다.

이렇게 하루를 수색했지만 리샹진은 찾지 못했다. 야간에 다시 포위망이 쳐졌다. 사흘이 지났다. 리샹진은 아직 붙잡히지 않았다. 이제 이 사건은 군단 전체에 알려졌다. 명령이 하달되었다. 앞으로 사흘 안에 반드시 도망자를 체포하되 그렇지 못할 경우 연대와 대대, 중대에 각각 책임을 묻겠다는 것이었다. 연대와 대대, 중대가 모두 당황하여 어리둥절했다. 지도원도 부상당한 팔을 받쳐 들고 수색 대열에 참여했다.

다시 하루가 지났다. 역시 찾아내지 못했다. 야간에도 중대본부에는 불이 환하게 밝혀져 있었다.

마지막 날, 결국 리샹진이 체포되었다. 수색해서 찾은 것이 아니라 그가 자진해서 손들고 투항한 것이었다. 알고 보니 그가 은신해 있던 곳은 멀리 떨어지지 않은 강가의 풀더미 속이었다. 그는 풀더미를 헤치고 나와 사람들을 향해 손을 들고 투항했다. 도망자가 체포되자 모두들 한숨 돌리면서도 몹시 화를 냈다. 리샹진은 이미 얼굴이 누렇게 뜨고 몹시 수척해져 있었다. 온몸에 풀이 달라붙고 군복은 여기저기 찢어져있었다. 휘장과 모표는 아직 달고 있었지만 체포되자마자 사람들이 떼어버렸다. 리샹진은 기진맥진한 상태로 곧장 중대본부로 이송되어 심문을 받았다. 부중대장이 물었다.

"왜 지도원에게 총을 쐈나?"

리샹진이 대답했다.

"그가 저에게 원한을 갖고 있었기 때문입니다."

"그가 왜 자네에게 원한을 갖고 있다고 생각하나?"

"제가 입당하지 못하도록 방해했습니다."

침묵이 흘렀다.

"입당하지 못하게 해서 총을 쐈다는 건가?"

리샹진은 억울한 마음에 '엉엉' 소리 내어 울었다.

"부중대장님, 제가 부중대장님께 등을 밀어드렸을 때, 분명이 저를 입당시켜주신다고 하셨잖습니까? 그런데 지도원이 입당하지 못하게 했지요. 이런데도 제게 원한을 갖고 있는 것이 아닙니까?"

부중대장이 얼굴을 붉히면서 '탁' 하고 탁자를 내리쳤다.

"리샹진, 자네와 관련된 문제는 이미 성격이 변했네. 자네는 도를 넘었어! 자네는 지도원에게 총을 쐈네! 총을 쏘고 나서 도망치려 하지 않았나? 이제 와서 투항한 이유가 뭔가?"

리샹진이 말했다.

“도망치려는 것이 아니라 강물에 빠져 자살하려 했던 겁니다!”

“아니—”

부중대장은 놀라움을 금치 못하며 리샹진을 한참 동안 바라보다가 다시 물었다.

“그렇데 왜 자살하지 않았나?”

리샹진이 대답했다.

“집에 계신…… 아버지가 생각났습니다.”

침묵이 흘렀다.

중대 본부에서 리샹진을 심문하기 위한 단체회의가 열리자 모두들 철저하게 그를 비판했다. 중대장이 대오 앞에서 연설을 했다.

“린바오와 다를 것이 뭐가 있습니까? 린바오는 마오(毛) 주석을 모살하려고 했고 리샹진은 지도원을 모살하려고 했습니다. 린뱌오도 도망을 치려했고 그도 도망을 치려고 했습니다……”

회의가 끝나고 리샹진은 돼지우리 옆에 있는 작은 건물로 압송되었다. 중대에서는 나와 ‘위안셔우’를 보내 총을 들고 지키게 했다. 돼지우리 옆은 우리가 전에 함께 착한 일을 했던 곳이었다. 작은 건물 앞에 이르자 리샹진이 우리를 한 번 쳐다보고는 한숨을 쉬면서 고개를 숙인 채 말없이 작은 건물 안으로 들어갔다. 녹초가 되어 의기소침한 리샹진의 모습을 보자 분대장이던 그가 이제 정말로 죄인이 된 것 같았다. 둘러싸고 구경하던 사람들이 모두 흩어지자 우리

세 사람만 남게 되었다. 리샹진이 말했다.

"부분대장, 어서 먹을 것 좀 갖다 줘. 대엿새나 굶었다고"

나는 막 입대해 저녁에 보초를 설 때 난방실에서 고참병인 그가 빠오즈를 구워줬던 기억을 떠올렸다. 내가 '위안셔우'를 가까이 불러 말했다.

"'위안셔우', 난 규율에 상관하지 않고 리샹진에게 먹을 걸 갖다 줄 생각이다. 보고하고 싶으면 보고해."

이때 '위안셔우'가 얼굴을 붉히며 '탁' 하고 소총에 장착된 대검을 떼어내 내게 건네며 말했다.

"부분대장, 내가 다시 그런 짓을 하면 그걸로 나를 찔러!"

내가 고개를 끄덕이며 말했다.

"좋아, '위안셔우', 너를 믿을게!"

'위안셔우' 혼자 남아 지키게 하고 나는 중대본부 주방에 가서 남은 국수 한 그릇을 몰래 훔쳐왔다. 리샹진은 음식을 보더니 생사의 문제는 잊은 채 얼굴에 잔뜩 묻혀가면서 두 손으로 허겁지겁 먹어댔다. 결국 음식이 목에 걸려 목을 길게 빼고는 다급히 두 주먹으로 가슴을 마구 두드렸다. 허둥대는 그의 모습을 바라보면서 나와 '위안셔우'는 눈물을 흘렸다.

한밤중에 리샹진은 건물 벽에 몸을 기대고 있고 나와 '위안셔우'는 밖에 나와 앉아 있었다. 내가 말했다.

"분대장님, 그래선 안 되는 거였어요!"

그러나 안을 들여다보니 그는 이미 벽에 몸을 기댄 채 잠들어 있었다. ‘위안셔우’가 소리쳤다.

“분대장님, 일어나봐요!”

하지만 아무리 소리쳐도 그는 깨어나지 않았다. 우리 둘은 눈물을 흘리기 시작했다. ‘위안셔우’가 말했다.

“부분대장, 나한테 한 가지 생각이 있어.”

“무슨 생각인데?”

“우리 분대장을 풀어주자!”

나는 깜짝 놀라 황급히 주위를 살피고는 얼른 다가가 그의 입을 막았다.

“목소리 낮춰.”

그가 목소리를 낮추며 다시 말했다.

“우리 분대장을 풀어주자고!”

내가 물었다.

“풀어주면 어떻게 되는데?”

그가 두 눈을 반짝였다.

“도망치게 해주자는 거지!”

내가 한숨을 내쉬었다.

“어디로 도망을 친단 말이야. 국경을 넘을 수나 있겠어?”

‘위안셔우’는 대답 대신 이를 악물었다가 한숨을 내쉬었다. 내가 말했다.

"‘위안셔우’, 너는 참 좋은 친구야."

리샹진의 단잠 속에서 하룻밤이 지나갔다. 다음날 이른 아침, 사단에서 군용 죄수 호송차가 와서 리샹진을 데려갔다. 리샹진은 잠이 덜 깨 몽롱한 상태로 죄수 호송차에 올랐다. 떠날 때는 고개를 돌려 나와 ‘위안셔우’를 쳐다보지도 않았다. 죄수 호송차가 ‘부릉부릉’ 하며 떠났다. 나와 ‘위안셔우’는 리샹진이 갇혀 있던 작은 건물 앞에 그대로 멍하니 서 있었다. 갑자기 ‘위안셔우’가 소리쳤다.

"부분대장, 저기 봐. 저게 뭐지?"

‘위안셔우’의 손가락이 가리키는 곳을 보니 건물 바닥에 사진이 한 장 떨어져 있었다. 나와 ‘위안셔우’가 들어가 집어 들고 보니 리샹진 애진의 사진이었다. 사진 속의 뚱뚱한 여자는 머리를 굵은 로프처럼 양 갈래로 땋고 우리를 보며 웃고 있었다.

8

사흘이 지나 상부에서 리샹진에게 15년의 징역이 선고되었다는 소식이 전해졌다.

소식이 전해졌지만 중대 안은 아무런 파문도 일지 않았다. 사흘 동안 리샹진은 이미 중대에서 철저하게 비판을 받았기 때문이다. 임무가 할당되고 각자 발언을 함으로써 한 명씩 관문을 통과했다. 모두들 린뱌오가 비판을 받을 때처럼 진지했다. 린바오가 비판을 받을 수 있다면 리샹진도 비판을 받을 수 있었다.

리샹진을 비판하는 과정에서 모두들 사심이 생기기 시작했다. 자신의 마지막 배치에 영향을 주지 않도록 하기 위해 모두들 매우 진지하게 비판을 했다. 리샹진이 우리 분대 출신이었기 때문에 우리 분대는 중점 재해구역이 되었다. 지도원과 중대장도 모두 우리의 비판대회에 참여했다. 모두들 처음에는 마지못해 대충 하더니 나중에는 곤경에 처한 사람을 무자비하게 달려들어 공격했다. 일상생활 속의 크고 작은 결점들이 하나씩 모이더니 순식간에 그는 극악무도한 죄인이 되어버렸! 마치 누가 더 많이 비판하는지, 누가 더 리샹진을 모른 척하는지 경쟁이라도 하는 것 같았다. 왕디는 원래 리샹진을 몹시 동정하면서 그의 처지가 비극'이라고 말했었지만 이제는 자신이 군단부에 배치되는데 영향을 받지 않기 위해 가장 먼저 발언을 했을 뿐만 아니라 그 수준도 아주 철저했다.

"리샹진이 도망을 친 데는 사상적 기초가 있습니다. 몇 년 전에 집에 다녀올 때도 그는 대검을 반출하여 처벌을 받은 적이 있습니다."

그의 발언을 듣는 동안 중대장과 지도원은 줄곧 고개를 끄덕였다. 발언이 시작되자 밑에 있던 사람들도 일제히 맞장구를 쳤다. 중간 휴식 때는 '위안셔우'마저 비판에 동요되어 나를 찾아와 상기된 얼굴로 말했다.

"부분대장, 나도 비판을 해야겠어."

내가 그를 쳐다보았다.

"하려면 해. 누가 못하게 했어?"

그의 얼굴이 더욱 붉어졌다.

"다들 비판을 하는데 나만 안 하면 불리할 것 같아. 아무래도 하는 척이라도 해야겠어."

이어서 회의가 다시 시작되자 '위안셔우'가 비판을 했다. 하는 척만 하겠다더니 그렇게 철저히 비판을 할 줄을 누가 알았겠는가!

"리샹진은 사상이 부패했습니다. 평소에 손에 늘 여자 사진을 쥐고 있었습니다. 수감되었을 때도 밤새 사진을 보았습니다."

중대장과 지도원이 모두 귀를 쫑긋 세웠다. 내가 더 이상 듣고 있을 수 없어 끼어들었다.

"그것은 그의 애인 사진이었습니다."

지도원이 말했다.

"애인 사진이면 봐도 된단 말인가?"

내가 말했다.

"지금은 볼 수 없습니다. 감옥에 있으니 애인이 더 보고 싶긴 하겠지요."

모두들 왁자지껄하게 웃었다. 웃고 나자 또 마음이 편치 않아 한동안 비판이 중지되었다. 점심식사 때, '위안셔우'가 내게 말했다.

"부분대장, 비판을 해선 안 되는 거였지?"

내가 몹시 화를 냈다.

“‘위안셔우’, 왜 그런 말을 하는 거야? 내가 하지 말라면 안 할 거야? 네가 그렇게 말하는 건 나를 불구덩이로 밀어 넣는 거라고.”

“부분대장!”

‘위안셔우’는 또다시 두 손으로 얼굴을 가리고 울었다. 리샹진을 비판함으로써 모두들 자신의 오명을 깨끗이 씻어냈고 배치를 받는 데도 아무런 영향을 받지 않았다. 군단부로 가야할 사람은 군단부로 갔고, 채소밭으로 가야 할 사람은 채소밭으로 갔다. 마지막으로 모두들 홍소육(紅燒肉)을 배불리 먹고 나서 일제히 신병 중대를 떠나 각자 배정된 부대로 갔다.

가장 먼저 신병 중대를 떠난 사람은 왕디였다. 위풍당당하게도 군단부에서 그를 데리러 왔다. 그를 태우러 온 차는 소형 지프차였다. 분대 안에서 몇 명이나 그런 소형 지프차를 타보았겠는가? 모두들 다가가 그가 차에 오르는 모습을 지켜보았다. 그는 사람들과 일일이 악수를 나누었지만 득의양양한 모습을 보이진 않았다. 그저 “시간나면 군단부로 한 번 놀러 와.”라고 말할 뿐이었다.

숙소에서 편지를 쓰던 소대장도 만지작거리던 편지 두 장을 찢어 버리고 왕디를 배웅하러 달려 나왔다. 왕디는 그를 본체만체하다가 마지막에야 겨우 그와 악수를 나누며 말했다.

“소대장님, 석 달 동안 적잖이 폐를 끼쳤습니다. 제가 변변치 못해서 ‘골간’ 자리를 빼앗기기도 했지요. 나중에 다디엔에 오실 때 시간 나면 군단부에 놀러 오십시오!”

소대장의 얼굴이 새빨개졌다. 지프차의 시동이 걸리자 왕디가 내 앞으로 다가와 말했다.

"부분대장, 그만 갈게."

"잘 가, 왕디."

순간 왕디가 내 손을 잡아끌고 한쪽으로 가더니 갑자기 눈시울을 붉히며 말했다.

"부분대장, 그곳에 가서 내가 맡게 될 임무가 뭔지 알아?"

"공무원이 되는 것 아니야?"

"말은 군단부에 보내 공무원을 시킨다고 했었지. 오늘에야 운전병이 내게 알려줬어. 사실은 군단장 아버지가 반신불수라서 내게 그분의 대소변 받는 일을 시킬 거라는 거야!"

이렇게 말하는 왕디의 두 눈에서 눈물이 흘러나왔다. 나도 놀라움을 금치 못하며 말했다.

"세상에, 정말 생각도 못한 일이군."

그가 한숨을 내쉬었다.

"내가 그동안 말실수 한 게 있다면 다 용서해줘."

내가 그의 손을 부여잡았다.

"왕디!"

그가 말했다.

"우리 할머니도 3년째 병상에 누워계신데 나는 아직 아무런 효도도 하지 못했거든!"

내가 말했다.

"어찌됐든 그곳에 가서 잘 지내도록 해."

그가 고개를 끄덕이며 한숨을 내쉬었다.

"이 이야기는 너만 알고 있어. 절대 다른 사람에게 말하면 안 돼. 이런 사실을 알면 다들 비웃을 거야."

내가 힘껏 고개를 끄덕였다.

지프차가 왕디를 싣고 떠났다. 차 꽁무니에서 한 줄기 하얀 연기가 뿜어져 나왔다.

이어서 생산지의 지도원이 '위안셔우'를 데리러 왔다. 지도원은 까무잡잡한 피부에 키가 작고 뚱뚱한 허난(河南) 사람으로 말투가 무척 시원시원했다. '위안셔우'는 채소밭으로 배치되어 몹시 실망했었다. 그런데 뜻밖에도 채소밭 지도원이 그에게 기쁜 소식을 한 가지 가져다주었다. 채소밭에 배치된 병사들은 모두 기준보다 부족한 병사들이기 때문에 신병 훈련에서 '골간'이 된 적도 있는 '위안셔우'가 상대적으로 우수한 편이라는 것이었다. 그래서 절름발이 가운데 장군을 뽑는 격으로 채소밭에 도착하기도 전에 그를 부분대장에 임명했다고 했다. 그야말로 전화위복이었다. '위안셔우'는 순식간에 사기가 고조되어 자신의 지도원에게 담배를 권하면서 이것저것 물었다. 지도원이 담배를 입에 물고서 말했다.

"채소밭은 입당이 비교적 빠른 것 외에는 별다른 장점은 없어."

'위안셔우'는 더욱 기뻐하며 어쩔 줄 몰라 했다. 다들 '위안셔우'

와 그의 지도원을 에워싸고 부러워했다. 채소밭에 가는 것이 군단부에 가는 것보다 더 좋은 것 같았다.

'위안셔우'가 두 번 헛기침을 하고는 사람들을 한 번 쳐다보더니 자신의 지도원에게 말했다.

"지도원님, 오늘 이후로 시키시는 일은 뭐든 다 하겠습니다. 분대의 동지들을 데리고 돼지 먹이를 주라고 해도 하겠습니다!"

지도원이 '하하' 호탕하게 웃었다.

"업무는 그곳에 가서 다시 얘기하세. 그렇게 성급해할 것 없네."

그날 오후, 부분대장 '위안셔우'는 양 분뇨를 나르는 생산지 트럭에 앉아 신바람이 나서 채소밭으로 갔다.

다른 병사들도 하나둘 인솔자를 따라 떠났다. 병사들이 모두 떠난 뒤에야 나도 군장을 챙겨 신병 중대를 떠났다. 다른 분대원들에 비해 나는 비교적 좋은 교도대(教導隊)에서 학습을 하게 되었다. 교도대는 신병 중대에서 비교적 멀리 떨어져 있어 작은 군용 기차역에서 기차를 타고 가야 했다. 소대장도 신병 중대를 떠나 고참 중대로 가기 위해 기차를 타야 했다. 덕분에 우리는 동행하게 되었다. 신병 중대를 떠나자 소대장도 허세를 내려놓고 나와 이런저런 이야기를 나눴다. 하지만 나는 내내 흥이 나지 않았다.

소대장이 물었다.

"표정이 왜 그러나?"

"소대장님, 실은 마음이 무겁습니다."

“왜 그러나? 리샹진 때문인가?”

내가 고개를 가로저었다.

“왕디 때문인가?”

이번에도 나는 고개를 가로저었다.

“‘위안서우’ 때문인가?”

이번에도 고개를 가로저었다.

“그럼 다른 동지들 때문인가?”

이번에도 마찬가지였다.

“그럼 도대체 왜 그러는 건가?”

“오늘 오후에 아버지로부터 편지를 한 통 받았습니다.”

“집에 무슨 일이 있는 건가?”

내가 또 고개를 가로저었다.

그가 눈을 크게 뜨고 물었다.

“그럼 왜 그러나?”

“‘라오페이’가 죽었답니다.”

“뭐라고?”

그가 놀라서 한 길 정도나 뛰어오르며 나를 쳐다보았다.

“어떻게 된 건가?”

나는 아버지에게서 온 편지를 그에게 건네주었다. 편지는 오후에
받은 것이었다. 아버지는 편지에서 ‘라오페이’가 부대에서 퇴출되어
돌아온 뒤로 아버지를 따라 미장 기술을 배우러 가지 않고 집에서

농사만 지었다고 했다. 한번은 사흘 동안 그가 보이지 않자 초조해진 식구들이 사람들에게 부탁해 팔방으로 수소문한 끝에 결국 둥베이(東北) 지역의 한 우물에서 그를 발견했다고 했다. 시신은 이미 발효된 밀가루반죽처럼 말랑말랑해져 있었다고 했다. 마을 사람들은 이구동성으로 물을 긷다가 간질이 발작한 것이라고 말했다.

소대장이 편지를 툭툭 치며 말했다.

"간질이 발작했으니 달리 방법이 있겠나."

내가 참지 못하고 울음을 터뜨렸다.

"소대장님, 저는 그를 잘 압니다. 결코 간질이 발작한 것이 아니에요."

"그럼 왜 죽었단 말인가?"

"그는 자살을 한 게 틀림없습니다!"

"아하 —."

소대장이 눈을 크게 떴다. 우리는 묵묵히 한참을 걸으면서 아무 말도 하지 않았다. 작은 기차역에 거의 다다랐을 때 소대장이 다시 물었다.

"얼마나 된 일인가?"

내가 말했다.

"편지에 따르면 보름이 다 되어 간다고 합니다."

"분대의 다른 동지들에게도 말했나?"

나는 고개를 가로저었다.

날이 이미 어두워져 있었다. 고비 사막의 하늘은 그토록 짙고 그
토록 파랬다. 동쪽 하늘에 얼음쟁반 같은 달이 떠오르고 있었다. 기
차가 '뚜우 뚜우' 기적을 울리며 역으로 들어오고 있었다.

"그만 가지."

소대장이 말했다.

우리는 군장을 메고 기차역을 향해 걸음을 재촉했다.

▸ 1987년 9월, 베이징 스리바오(十里堡)에서

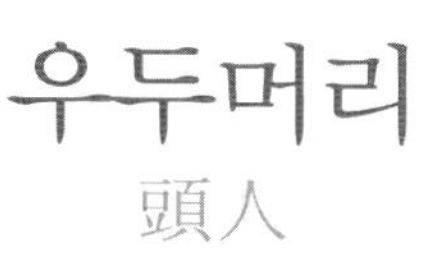

우두머리
頭人

우두머리 頭人

1

　선촌(申村)의 첫 번째 촌장은 우리 외할아버지의 아버지였다. '그의 아버지'는 지금까지 마을의 '조상'이 되어 있다. 모두들 옛날의 일들을 이야기할 때면 '조상 때는 어쩌고저쩌고'라고 말한다. 나는 비록 외할아버지 댁의 업둥이였지만 친척들을 똑같은 호칭으로 부를 수 있었다. 셋째 외할아버지 서열의 외삼촌의 말에 따르면 우리 조상은 아주 복이 많은 상이었고 위대한 인물들처럼 얼굴에 수염이 나지 않았다고 한다. 당시 나는 어린 아이였기 때문에 삼촌의 장난에 속아 넘어가고 말았다. 나중에 성인이 된 이후에 마을의 소지(燒紙 : 신령 앞에서 부정不淨을 없애고 소원을 비는 뜻으로 얇은 종이를 태위 공중에 날리는 일종의 제사행위)에 참여했다가 백 년 전 조상의 초상을 보고서야 조상의 얼굴에 수염이 있다는 사실을 알고는 마음을 놓았다.

하지만 우리 조상이 선촌을 세웠다는 것은 사실이었다. 우리 조상은 처음 이곳에 와서 염전을 개척하고 소금을 팔아 생활했다. 내가 세 살 무렵 이곳에 왔을 때는 온통 새하얀 소금밭이었다. 마을 서쪽의 낮은 언덕 위에는 소금을 말리던 연못이 잿빛으로 아직 남아 있어 외할머니가 붉은 고구마를 말릴 때 사용하곤 하신다. 조상들이 처음 이곳에 왔을 때는 사는 것이 무척 힘들었다고 한다. 하지만 우리 외할머니 말에 따르면 그녀의 시댁은 처음에는 생활이 비교적 힘들었지만 점차 살만해졌다고 했다. 이른 아침이면 문을 열고 외할아버지 네 형제를 밖으로 내보내 여기저기 다니면서 밥을 동냥하게 했다. 당시 외할아버지 형제들은 모두 일고여덟 살의 개구쟁이들이었다. 밥을 동냥해오면 기본적으로 하루는 배불리 먹고 나서 작은 빗자루로 발밑을 쓸고 나서 구들에 올라가 잘 수 있었다.

하지만 운 좋게 살아남은 넷째 외할아버지의 말에 따르면 당신이 어렸을 때는 생활이 여전히 어려웠다고 했다. 온 집안 식구가 어떻게 매일 밥을 동냥하는 것으로 세월을 보낼 수 있겠냐면서 당시에는 주로 우리 조상이 소금을 팔아 생활했다고 했다. 오경(五更 : 지금의 오전 세 시에서 다섯 시)에 닭이 울면 우리 조상은 소금수레를 밀고 이곳저곳 다른 마을을 찾아다니며 큰소리로 외쳤다.

“소금 사세요!”

저녁 무렵이면 외할아버지 형제들은 문지방에 쪼그리고 앉아 큰 길이 끝나는 곳을 눈이 빠지도록 바라보면서 아버지가 돌아오기를 기다렸다. 마침내 우리 조상이 돌아오면 형제들은 둥지 위로 고개를 내민 제비들처럼 신이 나서 큰소리로 물었다.

“아버지, 많이 팔았어요?”

큰길 어귀에서 늙은이의 지친 목소리가 들려온다.

“고구마 한 자루로 바꿔왔단다!”

이 한마디에 온 식구가 기뻐했다. 조상 할머니는 얼른 부엌에 내려가 불을 지폈고 곧 지붕 위로 연기가 피어올랐다.

“아버지, 많이 팔았어요?”

큰길 어귀에 아무런 대답 없이 어두운 얼굴이 보이면 모두들 아무 말도 하지 않고 방으로 돌아가 비질을 하고 잠자리에 들었다.

이 시기의 역사를 정확하게 기록한다는 것은 대단히 무미건조한 일이다. 어쨌든 외할아버지 형제들은 나중에 모두 성장하여 어른이 되었고, 어른이 된 뒤에는 모두 아내를 얻고 아이를 낳았으며 각자 집을 한 채씩 장만했다. 나중에 우리 조상은 마을의 촌장이 되었다.

촌장이 되던 해에 우리 조상은 쉰두 살이었다. 당시 마을은 이미 상당한 규모를 갖추기 시작했고, 송(宋), 왕(王), 진(金), 두(杜)씨 등 다른 성씨를 가진 사람들이 이주해와 백여 명이 한데 거주하게 되었다. 현(縣)과 향(鄕)에서는 소금밭이 마을 하나를 하얗게 뒤덮고 있는 것을 보고는 사람을 보내 전부(田賦)를 걷어 들이려 했다. 안타깝게도 이곳에 와서 힘들게 소금농사 지어 번 돈을 뜯어내고 싶은 사람은 아무도 없었다. 서로 미루다가 일이 결국 향 공소(公所)에서 취사를 담당하는 취사원에게 넘어가게 되었다. 실은 취사원도 이런 일로 우리 마을을 찾고 싶지 않았지만 더 이상 일을 떠넘길 사람이 없었기 때문에 하는 수 없이 다른 사람의 쇠사슬과 자물쇠, 등나무 지팡이 등을 챙겨 투덜거리며 십오 리 길을 걸어서 우리 마을에 오게 되었다. 그가 이곳에 도착했을 때는 이미 정오 무렵이라 마을에서 끼니를 해결해야 했다. 하지만 시골 사람들은 식견이 좁아 누구도 낯선 사람을 자기 집으로 데려다 식사를 대접하려고 하지 않았다. 결국 우리 조상이 그를 집으로 데려가 고구마 잎을 넣고 만든 궈빙(鍋餠 : 솥뚜껑처럼 큼직하고 두껍게 구운 밀가루 떡) 몇 덩이와 찐 마늘을 대접했다. 취사원이 마늘을 곁들여 궈빙을 다 먹고 나서는 거드름을 피우며 말했다.

"라오션(老申), 집집마다 통지를 해서 팔월 보름 이전까지 향 공소에 전조(田租)를 납부하라고 하세요. 납부하지 않는다고 강요하지는 않겠지만 현 사법과로 송치될 수도 있습니다!"

말을 마친 그는 우리 집을 나서 손에 든 쇠사슬과 자물쇠를 흔들면서 마을의 커다란 홰나무 아래로 가서 쪼그려 앉았다.

우리 조상과 마을 사람들은 그제야 온몸에 기름얼룩을 묻힌 이 사람이 대단한 인물이라는 것을 알고는 앞다투어 담배를 건넸다.

취사원이 담배를 거절하며 말했다.

"담배는 안 피웁니다. 우선 공무부터 처리합시다!"

모두들 말했다.

"나리, 한 대 피우세요. 벌써 얘기하셨잖아요. 팔월 보름이라고 하시지 않았습니까?"

담배 한 대를 다 피우고 나서 취사원이 다시 입을 열었다.

"이 마을은 정말 말이 아니군요. 도대체 규율도 없습니까? 하루 종일 바쁜데 내가 어떻게 매일 이런 잡다한 일까지 다 처리할 수 있겠습니까? 여러분이 촌장을 한 명 뽑도록 하세요!"

마을 사람들이 눈을 크게 뜨면서 물었다.

"촌장을 어떻게 뽑나요?"

취사원이 담배로 우리 조상을 가리키며 말했다.

"라오션, 당신이 하세요! 앞으로 당신이 상부를 대신해 전조를 거두고 마을의 모든 사건들을 판결하도록 하세요!"

우리 조상이 황급히 말을 받았다.

"나리, 그건 안 됩니다. 제가 어떻게 사건을 판결합니까. 제가 할 줄 아는 건 염토를 개간하는 일 뿐이라고요!"

취사원이 말했다.

"염토를 개간할 정도면 훌륭합니다. 얼마든지 판결도 할 수 있어요! 장산(長三)의 말이 일리가 있다고 생각되면 장산의 편을 들어주고 리쓰(李四)의 말이 일리가 있다고 생각되면 리쓰의 편을 들어주면 됩니다. 사람을 죽리고 물건을 약탈한 자는 현의 사법과로 보내도록 하세요!"

말을 마친 취사원은 쇠사슬과 자물쇠를 흔들며 자리를 떴다. 취사원 덕분에 우리 조상은 백여 명의 마을 사람들을 거느린 촌장이 되었다. 다들 처음에는 라오셴이 공무에 발목이 잡힌 것을 보며 남의 불행에 기뻐했었다. 그러다가 나중에 우리 조상이 정말로 촌장이 되고 마을 안팎을 뛰어다니며 장산리쓰의 이름을 부르는 것이 마치 대단한 인물이라도 된 것 같아 모두들 "어째서 라오셴이 우리를 관리하는 거지?"라고 하며 후회를 금치 못했다.

우리 조상이 막 촌장이 되었을 때는 태도가 비교적 온화했고 팔월 보름 이전에 집집마다 돌아다니며 전조를 거뒀다.

"형님, 상부에서 전조를 거둬오라네요."

풀이 죽은 말투로 사람들에게 부탁하는 모습이었다. 중간에 시어머니와 며느리 사이의 육박전이나 올케와 시누이 사이의 말다툼 같은 잡다한 사건이 발생하자 사람들은 취사원의 말대로 전부 우리 조상을 찾아가 시비를 가리려 했다. 우리 조상은 큰일은 작게 만들고, 작은 일은 아예 없던 일로 만들어 몇 마디 사과하는 것으로 화해를 유도했다. 우리 조상 할머니가 원망하여 말했다.

"당신이 사람들 하인이에요?!"

조상이 화를 내며 소리쳤다.

"상부에서 나를 지명했는데 난들 도리가 있겠소?!"

화를 낸 것은 낸 것이고, 팔월 보름이 되자 우리 조상은 그래도 거둬들인 전조를 싣고서 직접 일륜차(一輪車)를 밀고 향에 납부하러 갔다. 꽁무니가 빠지도록 십오 리나 되는 길을 수레를 밀자 얼굴이 온통 땀범벅이 되었다. 길을 물어 향 공소로 들어간 조상은 가장 먼저 눈에 띄는 사람에게 말했다.

"나리, 전조를 가져왔습니다."

하지만 다들 눈을 흘길 뿐, 그를 상대해주지 않았다. 마지막으로 조상은 화장실에 갔다가 앞치마를 두른 채 쪼그리고 앉아 똥을 누고 있는 사람을 만났다. 조상은 그가 지난번 션촌에서 화를 냈던 관리임을 알아보고는 무척 기뻐하며 허리를 굽히고 말했다.

"나리, 저 왔습니다."

그 사람은 고개를 들어 한참을 쳐다보고 나서야 우리 조상을 알아보고는 두꺼운 책을 찢어 엉덩이를 닦으며 말했다.

"무슨 일이시오?"

조상이 말했다.

"오늘이 팔월 보름입니다!"

그 사람이 바지를 추켜올리고 화장실을 나와 수레에 가득 실린 식량을 보고는 의아하다는 표정으로 물었다.

"아니 왜 당신이 직접 식량수레를 밀고 왔어요?"

조상이 대답했다.

"나리, 팔월 보름 이전까지 가져오라고 하시지 않았습니까!"

그 사람은 그제야 생각이 난 듯 자기 머리를 치더니 고개를 가로 저으며 탄식했다.

"아이고, 정말 촌장 하실 줄 모르네!"

그리고는 꽁무니가 빠지도록 주방으로 달려갔다.

"궈빙을 불 위에 올려놓고 그냥 왔네!"

조상은 그제야 그가 취사원이라는 사실을 알았다. 그 뒤로도 몇 차례 이런 일을 겪었다. 이듬해 여름과 가을에도 모두 조상이 혼자 일륜차를 밀고 전조를 납부하러 갔다. 취사원이 그를 보고 말했다.

"아이고, 정말 촌장 할 줄 모르시네!"

조상이 억울하다는 듯이 말했다.

"나리, 제가 못한다고 했는데도 나리가 저를 지명하시지 않았습니까!"

취사원이 말을 받았다.

"당신더러 촌장을 하지 말라는 말이 아니라 일륜차를 미는 일은 직접 하지 말고 촌정(村丁)들에게 시켜야 한다는 뜻입니다."

그리고는 탁자 위를 문지르면서 조롱박을 본떠서 바가지를 그리듯이 관리의 이치를 설명했다.

3년 뒤에 조상은 촌장이 될 수 있었다. 행동거지에도 촌장 티가 완연했다. 그동안 그는 세상물정도 알게 되었고 향에서 열리는 회의에도 몇 차례 참가하여 향장인 저우상선(周鄕紳)이 하는 말도 들었다. 그리고 다른 촌장들이 하는 것을 보고 배워서 드디어 촌장이 될 수 있었다.

조상이 가장 먼저 한 일은 마을에서 자신을 대신해 일륜차를 밀어줄 촌정을 찾은 것이었다. 이 촌정은 성이 루(路)씨로 이제 막 이주해온 외지 사람이었다. 그는 촌장이 자신에게 보정의 일을 맡기가 매우 기뻐했다. 이후 다시 여름과 가을이 되어 향에 전조를 납부할 때는 촌정 라오루(老路)가 일륜차를 밀고 조상은 빈손으로 그 옆에서 걸으며 밀짚모자로 부채질을 했다. 가는 길에 조상이 물었다.

"라오루, 수레가 무겁지 않나?"

라오루는 꽁무니가 빠지도록 수레를 미느라 얼굴이 땀범벅이 되어 있으면서도 목청을 돋우고 씩씩하게 대답했다.

"아니요, 안 무겁습니다. 식량 한 수레를 싣고 가면서 무겁다고 해서야 되겠습니까!"

마을에 사건이 발생해도 조상은 더 이상 동분서주하지 않았다. 조상은 사건의 판결을 위해 마을 서쪽의 낡은 절 안에 탁자를 설치했다. 조상은 탁자 위에 앉아 촌정을 통해 사람들에게 의사를 전달했다. 촌정 라오루는 양철판을 오려 길쭉한 나팔을 만들어서는 마을 서쪽의 사당에 서서 사람들에게 큰소리로 외치면서 그런 자신의 모습이 대단히 멋지다고 느꼈다. 다른 마을의 규율을 참고하여 사건을 판결하면서 조상은 각 성씨의 족장을 불러 배석하게 했다. 그런 다음 원고와 피고가 진술을 하게 하고 라오루를 시켜 발효된 밀가루 반죽을 구워 만든 러빙(熱餠) 몇 근을 족장들과 함께 나눠먹으며 시비를 가렸다. 사건을 판결할 때는 원고와 피고의 아명을 부르지 않고 일률적으로 존칭을 사용해 장산리쓰로 불렀다. 이런 방법은 무척이나 그럴듯해보였다. 조상이 러빙을 다 먹으면 샤오루가 외쳤다.

"장산리쓰가 모두 도착했습니다. 각 성씨의 족장들도 모두 도착했습니다. 촌장님께서는 사건을 판결해 주십시오!"

조상이 판결을 내렸다. 전하는 바에 따르면 조상은 사건을 판결하기 전에 먼저 눈을 크게 뜨고 원고와 피고를 한참 쳐다본 뒤에야 입을 열었다고 한다.

"사건의 진상을 말해 보시오!"

장산리쓰가 진술을 시작했다.

전하는 바에 의하면 조상은 장산리쓰의 진술을 들을 때의 표정이 매우 재미있었다고 한다. 입으로 줄곧 '스읍 스읍' 하고 숨을 들이마시면서 얼굴은 무처럼 새빨개졌다고 한다. 절도사건을 판결할 때 몹시 초조해하는 모습을 보면 마치 피고가 아닌 조상 자신이 물건을 훔친 것 같았다고 한다. 그는 진술을 다 듣고 나서는 원고든 피고든 상관하지 않고 누가 먼저 눈물을 흘리는지, 누구의 말이 이치에 맞는지 따졌다. 또한 논쟁을 벌이는 것을 싫어했던 조상은 양측의 논쟁이 시작되면 버럭 화를 내며 말했다.

"싸워요. 계속 싸우시오. 당신들은 모두 이치에 맞고 나만 이치에 맞지 않는 것 같구려!"

이렇게 잔뜩 화를 내며 자리를 박차고 나가려 했다. 그러자 두 사람이 황급히 조상의 앞을 가로막고는 얌전히 조상의 판결을 기다렸다.

그 이후로 마을에 토지구획으로 인한 다툼이나 부동산 분쟁, 상류탕즈(桑柳趟子 : 뽕나무와 버드나무가 잔뜩 심어져 있는 길)에서의 온갖 사건들, 형제간의 재산분할, 고부간의 싸움 등 잡다한 일들이 발생할 때마다 사람들은 항상 '관아(官衙)'로 조상을 찾아와 시비를 가렸다. 마을 서쪽의 낡은 절에는 사흘마다 밥 짓는 연기가 피어올랐다. 바로 촌정 라오루가 발효된 밀가루 반죽으로 러빙을 만들고 있는 것이었다. 러빙을 먹고 나면 조상은 숨을 들이마셨고 얼굴이 부풀어 올랐다. 숨을 들이마셔 얼굴이 부풀어 오르면 마침내 판결이 내려졌다.

"장산의 말이 이치에 맞으니 리쓰는 죄를 인정하도록 하시오!" 또는 "리쓰의 말이 이치에 맞으니 장산은 식량으로 배상하도록 하시오!"라고 판결이 내려졌고, 그것으로 사건은 마무리되었다.

이때 마을에 남녀가 사통한 사건이 발생했다. 상류탕즈에서 진(金)씨네 남편과 왕(王)씨네 마누라가 붙은 것이었다. 마을에 한바탕 양철 나팔이 울리고 조상이 사건을 판결해야 했다. 조상은 이런 사건을 판결해본 적이 없었다. 러빙을 다 먹은 조상은 탁자 뒤에 앉아서 손을 뒤로 하여 결박당한 채 바로 앞에 앉아 있는 남녀를 바라보며 입으로 '스읍 스읍' 숨을 들이마신 다음 얼굴이 돼지 간처럼 부풀어 오르자 얘기를 계속했다.

"좋아, 알았네, 밥을 배불리 먹었으니 그 짓도 해야 했겠지! 말해 보시오!"

두 사람이 대답하기도 전에 조상이 다시 화를 내며 말했다.

"말을 하든 말든, 이런 고약한 일을 저질렀으니 우선 두 사람에게 각자 붉은 수수 열 말씩을 벌금으로 내리겠소"

두 사람이 억울하다며 소리를 치자 조상이 곧장 자리에서 일어나 호통을 쳤다.

"당신들은 모두 이치에 맞고 나만 이치에 맞지 않구려!"

잔뜩 화를 내며 자리에서 일어나 나가버리려던 조상은 반쯤 가다가 다시 돌아와 말했다.

"내 능력이 부족한 탓에 이 사건을 판결할 수 없을 것 같소! 내가 판결할 수 없으니 두 사람을 현의 사법과로 보내도록 하겠소!"

라오루는 이 말을 듣고 곧장 몸을 일으켜 앞으로 나가더니 자신도 제법 사리를 안다는 듯이 말했다.

"맞아요, 맞습니다. 현의 사법과로 보내야지요"

그러자 두 남녀는 마음을 가라앉히면서 더 이상 변명을 하지 못했다. 결국 고개를 숙인 채 죄를 인정했다.

그 뒤로 이와 유사한 사건이 몇 번 더 발생했다. 장(張)씨네 여자가 몰래 서방질을 하지 않으면 리(李)씨네 집에 '헤진 신발(몸이 헤픈 여자를 말함)'이 등장하곤 했던 것이다. 이때는 마을이 적잖이 커져서 사람들도 많아지고 성도 다양해졌기 때문에 몹시 어지러웠다. 사람들은 모두 조상을 찾아와 시비를 가렸다. 조상이 어떻게 이런 일들을 매일 참아낼 수 있었겠는가? 급기야 조상은 양철 나팔을 불어 족장들을 불러놓고 회의를 열었다. 러빙을 먹으면서 남녀의 사통을 근절한 방법을 논의하려는 것이었다. 족장들은 러빙을 다 먹고서도 적절한 방법이 떠오르지 않았다. 모두들 이구동성으로 말했다.

"이 잡것들을 어떻게 해결하지요!"

"매일 그놈(그년)들을 감시하고 있을 수도 없고 말입니다!"

결국 촌정 라오루가 한 가지 방법을 생각해냈다. 앞으로 또 이와 유사한 불상사가 발생할 경우에는 붉은 수수를 벌금으로 부과하는 동시에 '우물 폐쇄'를 단행하자는 생각이었다. 즉, 사통하다 붙잡힌 남녀에게 이레 동안 우물에서 물을 긷는 것을 금한다는 것이었다. 조상은 이 방법을 듣고는 몹시 기뻐하며 말했다.

"좋아, 아주 좋은 생각이군. 라오루가 아주 좋은 방법을 생각해냈소. 사통한 자들에게 우물을 폐쇄함으로써 갈증의 고통을 감내하게 하는 것이오!"

그 뒤로 마을에서 사통을 하다 붙잡힌 남녀에게는 벌금으로 붉은 수수를 부과하는 것 외에 즉시 우물 폐쇄를 실행했다. 촌정 라오루가 우물가를 지키며 이들이 물을 긷지 못하게 했다. 처벌을 받은 남녀는 처음에는 괜찮았지만 시간이 가면서 이레 동안이나 물을 마시지 못하니 입이 마를 수밖에 없었고 그 가족들까지 힘들게 되어 여간 불쌍한 게 아니었다. 과연 '우물 폐쇄' 이후로는 마을에서 남녀가 사통하는 일이 줄고 규율이 크게 확립되었다.

또 한 가지 골칫거리는 마을에 절도사건이 끊이지 않는 것이었다. 장씨네가 돼지를 잃어버리지 않으면 리씨네 닭이 없어져 조상으로 하여금 골머리를 앓게 했다. '우물 폐쇄'에서 영감을 받은 조상은 이번에는 '낙인' 제도를 만들었다. 즉, 마을의 모든 가축의 머리를 주인에 따라 각기 다른 색으로 물들이는 것이었다. 이처럼 새로운 제도를 생각해낸 조상은 각 족장들을 불러 모아 회의를 열고 러빙을 먹은 다음 이 제도의 집행을 선포했다. 이리하여 장산과 리쓰의 가축을 확실하게 구별할 수 있게 되었다. 머리가 알록달록한 가축들이 거리를 걸어 다니자 과연 질서가 정연해지고 가축을 잃어버리는 일이 사라지게 되었다. 모두들 가축에 대해 마음을 놓게 되자 조상도 몹시 기뻤다. 조상은 거리를 걷다가 가축들을 보면 "아무리 뒤섞여도 다 찾을 수 있지!"라고 말하곤 했다.

조상이 촌장을 맡은 23년 동안 '우물 폐쇄'와 '낙인' 제도 덕분에 션촌은 그런대로 질서가 잘 유지되었고 촌정 라오루가 양철 나팔을 부는 횟수도 점차 줄어들었다고 한다. 비록 공금을 들여 추가로 작은 동바리를 구입하긴 했지만 토비(土匪)가 나타날 때 두드리는 것 말고 평상시에는 사용할 일도 없었다. 조상은 무척 만족했다. 들리는 바에 의하면 촌정 라오루는 약간 불만을 갖고 종종 사람들을 향해 "젠장, 또 보름 내내 러빙을 못 먹었네!"라고 툴툴댔다고 한다.

조상이 다시 향 공소의 회의에 참석했을 때 취사원이 그의 손을 붙잡고 말했다.

"라오션, 내가 촌장 되는 것이 그리 어렵지 않다고 말하지 않았습니까. 보세요, 배우니까 잘 할 수 있지 않습니까!"

한번은 향장 저우샹셴이 조상을 칭찬하며 말했다.

"저 사람 정말 촌장이 될 만하군."

이때 뒷짐을 진 채 마을을 걷고 있던 조상도 마음이 편해지기 시작했다. 마을 사람들 모두 자신의 밥그릇을 가리키며 말했다.

"촌장님, 이리 와서 같이 식사 좀 하세요!"

"촌장님, 제가 먼저 실례했습니다!"

조상도 편안하게 손을 흔들며 말을 받았다.

"괜찮습니다. 식사들 맛있게 하세요!"

이따금 마을에 어떤 사건이 발생하면 여전히 작은 동바리가 울리고 조상이 사건을 판결했다. 조상은 러빙을 먹고 탁자 뒤에 앉아 아주 점잖은 태도로 진술을 들었다. 더 이상 입에서 '스읍 스읍' 소리를 내지도 않았고 얼굴이 붉게 부풀어 오르지도 않았다. 파래지거나 하얘지기는 해도 더 이상 빨개지는 일은 없었다. 진술을 들은 뒤에는 과감하게 판결을 내렸다.

"장산의 말이 이치에 맞으니 리쓰는 잘못을 인정하도록 하시오!"
또는 "리쓰의 말이 이치에 맞으니 장산은 식량으로 배상하도록 하시오!”라고 판결을 내리면 사건은 곧 마무리되었다.

마을에 경조사가 있을 때면 사람들은 모두 우리 조상을 초청하여 상석에 앉혔다. 조상이 상석에 좌정하고 앉아야 비로소 경조사가 진행될 수 있었다. 조상이 취계단(臭鷄蛋 : 발효시킨 달걀)을 좋아했기 때문에 다들 상석에 취계단을 두 개씩 마련하여 조상이 먹을 수 있게 해주었다. 마을 사람들은 엄단(腌蛋 : 소금에 절인 계란)을 장독에 넣고 잘 흔들어 퀴퀴하게 잘 삭힌 다음 이를 언제든지 상석에 올릴 수 있도록 준비하고 있었다. 이는 션촌에 하나의 풍습으로 자리 잡게 되었다. 지금까지도 마을 어느 집에 경조사가 있을 때면 사람들은 취계단 두 개를 준비해 상석에 올렸다. 먹든 안 먹든 항상 취계단을 준비했다. 나는 취계단을 볼 때마다 우리 외가의 조상이 생각난다.

2

민국 20년(1931년), 우리 조상이 세상을 떠났다. 향년 75세로 촌장을 맡은 지 23년 만의 일이었다. 들리는 바에 따르면 장사를 지낼 때 관은 홰나무를 사용했고 대단하지는 않았지만 제법 성대하고 장중한 장례였다고 한다. 당시 마을은 이미 인구가 이백 명이 넘을 정도로 많이 발전해 있었다. 마을의 어른들과 아이들이 모두 나와 함께 소지에 참여했다. 그 중에는 예전에 조상에게 벌금으로 붉은 수수를 낸 사람들과 우물 폐쇄나 가축 낙인의 처벌을 받았던 사람들도 끼어 있었다. 관이 움직이기 시작하자 수많은 아녀자와 아이들이 울음을 터뜨렸다. 이 기간 동안 마을에는 또 몇 가지 일상적인 사건이 발생했지만 조상이 이미 돌아가셨기 때문에 판결을 내려줄 사람이 없었다. 사람들은 억울함을 호소할 곳도, 시비를 가릴 곳도 없게 되자 하늘이 무너진 것처럼 상심했다. 다행히 조상이 세상을 떠나기 전에 우리 외할아버지를 후임 촌장으로 지명했기 때문에 다들 조금은 마음을 놓을 수 있었다. 그리하여 49제가 끝나자 외할아버지는 상복을 벗고 조상을 대신하여 마을 서쪽의 낡은 절에서 사건을 판결하기 시작했다. 공교롭게도 이때 촌정 라오루도 장티푸스로 유명을 달리한 터라 세상을 떠나고 그 아들 샤오루(小路)가 새로운 촌정이 되었다. 사람들에게 전달할 일이 있을 때에는 변함없이 양철 나팔과 작은 동바리를 사용했다. 샤오루는 그의 아버지보다 목소리가 훨씬 낭랑했다.

나는 외할아버지를 한 번 본 적이 있지만 안타깝게도 잘 기억이 나지 않는다. 외할아버지가 1958년에 세상을 떠날 당시 나는 태어난 지 겨우 8개월이었다. 내가 들은 바에 따르면 그 어르신의 임종 전 가장 큰 소원은 벌거벗은 나를 자신의 이불 속에 뉘여 보는 것이었다고 한다. 외할머니가 곁에서 말했다.

"어딜 눕혀요. 당신 몸이 얼마나 더러운데!"

외할아버지가 말했다.

“그럼 한 번만 만져볼게!”

이리하여 엄마가 나를 안고 외할아버지에게 다가가 내 몸을 만져보게 해드렸다.

엄마의 말에 따르면 외할아버지는 몸이 비쩍 마르고 온화한 어른으로 얼굴에 염소수염이 나 있었다고 한다. 고기를 좋아하는 것 말고는 평생 달리 즐기는 것도 없었다. 어느 해 겨울, 왕씨 집에서 양을 한 마리 잡아 양의 위는 먹지 않고 뒷동산에 묻어두었다. 이튿날 우리 외할아버지가 밤에 양의 위를 파내다가 집으로 가져와 먹어버렸다. 외할아버지는 온화하시긴 했지만 후임 촌장을 맡을 수 있을 정도의 통솔력도 갖추고 있었다. 조상이 만들어낸 ‘우물 폐쇄’와 ‘낙인’ 제도 덕분에 마을의 질서는 큰 문제없이 계속 유지될 수 있었다.

외할아버지는 촌장이 되고 겨우 2년 밖에 되지 않아 다른 성씨의 어른에게 자리를 내어주고 말았다. 자리를 빼앗아간 사람은 숭(朱)씨였다. 숭씨네는 원래 우리 외할아버지 세대에 이주해온 외지인으로 짐 하나 달랑 메고 배 속에 든 아이와 함께 왔다. 하지만 이곳에 정착한 뒤로 남자는 오경이면 광주리를 등에 지고 똥을 푸러 다니는 등 부지런히 일했고, 여자는 등잔불 대신 겨릅대(껍질 벗긴 삼대)로 불을 밝히며 물레를 자았다. 그렇게 40년이 지난 뒤에는 제법 살림을 갖춰 소 세 마리에 나귀 두 마리, 밭 2경(頃)을 소유하게 되었다. 짐을 메고 다니던 사내가 이제 어엿한 지주가 되어 농번기에는 두 명의 일꾼도 고용할 수 있는 여유를 갖게 되었다. 이때 지주 라오쑹(老宋)은 길을 걸으면서 염전꾼에게 계속 촌장 자리를 맡겨 함부로 전조를 걷게 하는 것은 이치상 말이 되지 않는다고 생각하게 되었다. 이제 개혁을 단행하여 명칭을 촌장에서 보장(保長)으로 바꿀 때가 되었다는 것이 그의 생각이었다. 지주 라오쑹은 가늘게 빻은 참깨 두 말을 15리 밖에 있는 향장 저우샹션의 집에 가져다주고 문서 한 장을 들고 와서는 마을 서쪽의 낡은 절에 있는 외할아버지의 촌장 직은 더 이상 존재하지 않고 지주인 쑹위원(宋遇文) 자신이 보장을 맡게 되었다고 선포했다. 하지만 촌정은 변함없이 샤오루가 맡았고 이름만 보정(保丁)으로 바뀌었다. 사람들에게 애기를 전할 때 사용하는 도구 역시 양철 나팔과 작은 동바리였다.

외할아버지는 촌장 직을 잃게 되자 화가 나서 이틀 동안 끙끙 앓았지만 그 뒤로는 그런 변화에 전혀 개의치 않았다. 유독 외할아버지 형제 가운데 셋째 외할아버지가 성질이 거칠어 그런 변화에 승복하려 하지 않았다. 멀쩡히 자기 집에서 수십 년 동안 발효시킨 러빙을 먹다가 이제 다른 성씨에게 넘겨주려니 아무리 생각해도 참을 수가 없었다. 외할아버지가 그를 타일렀다.

"세상에 영원한 것은 없다. 상부의 지시이니 달리 방법이 없지 않겠느냐?"

셋째 할아버지가 눈을 부라리며 말했다.

"설사 자리가 바뀐다 해도 그놈의 몫은 절대 아니지요 이 마을은 우리 아버지가 만드신 거잖아요!"

그 뒤로 마을에서 사건의 판결을 알리는 양철 나팔이 울린 때마다 셋째 외할아버지는 퇴비를 들고 가서 마을 서쪽의 낡은 절 앞을 어슬렁거렸다.

지주 라오숭이 보장의 직책을 맡은 뒤에도 조상의 규율은 변함이 없었다. 우물 폐쇄와 낙인 제도는 여전히 시행되었고 원고와 피고는 사건이 판결되기 전에 여전히 자기 진술을 했으며 보정 샤오루는 발효시킨 러빙을 구웠다. 발효시킨 러빙이 다 구워지면 보장과 족장이 음식에 손을 대기도 전에 셋째 외할아버지가 거름을 지고 쇠 냄비 앞으로 가서 먼저 하나를 집어 자기 입 안에 넣었다. 보장인 지주 숭씨는 셋째 외할아버지의 손에 들린 퇴비를 보고서 얼굴이 붉으락푸르락해졌지만 아무 말도 하지 못했다. 다른 족장들도 아무 말 하지 않았다.

"어서 판결을 내리시지요."

러빙은 사람 수에 맞춰 구웠기 때문에 셋째 할아버지가 한 사람 분을 먹어치우자 보정 샤오루만 속이 상했다.

이후 여름과 가을에 전조를 거둘 때가 되자 보정 샤오루는 명령대로 각 집을 돌며 전조를 거뒀다. 션씨네 차례가 되자 셋째 외할아버지가 또다시 거름을 들고 문 앞에서 기다리고 있었다. 샤오루가 말을 꺼내기도 전에 셋째 외할아버지가 말했다.

"샤오루, 너와 네 아버지는 예전에 션씨네 밥을 먹던 사람들이 아니냐!"

샤오루가 얼굴을 붉히며 중얼거리듯 말했다.

"셋째 나리, 저한테 너무 그러지 마십시오. 지주 라오숭이 거둬오라고 하니 저라고 달리 방법이 있겠습니까?"

셋째 외할아버지가 손에 든 거름을 내려놓으며 말했다.

"빌어먹을 라오숭 놈 같으니라고! 그놈이 어떻게 보장 자리를 차지하게 됐는지 몰라서 그런단 말이냐!"

이 말은 나중에 지주 라오숭의 귀에 들어가게 되었다. 라오숭에게도 기골이 장대한 형제가 몇 명 있었다. 다들 셋째 외할아버지를 손봐주겠다고 단단히 벼르고 있었다. 라오숭이 손을 내저으며 말했다.

"참아라. 신경 쓸 것 없다."

이때 마침 '수수 잎' 사건이 발생했다. 숭씨네가 백 무(畝)의 수수를 심었는데 그해에 비가 많이 내려 수수 잎이 전부 큰칼처럼 아주 통통하게 자랐다. 수수 잎은 용도가 다양해 도롱이(농촌에서 짚이나 띠 따위를 촘촘히 엮어 비오는 날 사람들이 일을 할 때 허리나 어깨에 걸쳐 두르곤 했다)를 만들거나 둥근 방석을 엮을 수도 있고 지붕을 얹을 수도 있었다. 수수 잎을 베어내도 수수의 생장에는 전혀 영향을 주지 않았다. 7월이 되자 모두들 수수 잎을 벴다. 다른 사람들이 먼저 수수 잎을 베어가지 못하게 하기 위해 라오숭은 자신의 셋째 동생을 보내 밭을 지키도록 했다. 하지만 안타깝게도 숭씨네 셋째는 귀머거리였다. 그가 백 무의 수수밭 한쪽에 서있으면 다른 사람이 반대쪽으로 들어가 잎을 베어가도 전혀 듣지 못했다. 열흘 동안 다른 사람들이 잎을 절반이나 베어가자 라오숭은 몹시 화가 났다. 그날 셋째 할아버지의 서열의 외삼촌(열다섯 살임)이 마을의 악동들과 함께 숭씨네 수수밭으로 잎을 베러 갔다. 그런데 안타깝게도 이날은 숭씨네 셋째가 병이 나는 바람에 넷째가 대신 밭을 지키고 있었다. 넷째는 귀머거리가 아니었다. 외삼촌과 악동들은 잎을 베다가 넷째에게 붙잡히고 말았다. 넷째는 악동들이 손에 들고 있던 광주리를 모조리 빼앗고 외삼촌과 악동들을 마을 서쪽의 낡은 절로 데려가 샤오루에게 명령을 내렸다.

"어서 작은 동바리를 두드리고 양철 나팔을 불어서 사람들에게 알리도록 해라. 도둑을 붙잡았으니 보장이 처벌을 내릴 거라고 말이야!"

보정 샤오루는 감히 지체하지 못하고 서둘러 작은 동바리를 두드렸다. 아울러 보장과 족장들이 한데 모여 도둑을 처벌한다는 내용을 사람들에게 전했다.

이날 탁자 뒤에 앉은 지주 라오숭은 평소의 온화한 모습과 달리 새파란 얼굴로 눈을 부라리며 샤오루를 향해 말했다.

"광주리를 전부 박살내버리고 저 도둑놈들은 남쪽 벽을 향해 무릎을 꿇게 하라!"

이리하여 광주리는 박살이 나고 외삼촌과 악동들은 흙벽 앞에 무릎을 꿇어야 했다. 이때 셋째 외할아버지가 소 수레를 정비하다가 이 소식을 듣고는 거름을 들고 종종걸음으로 낡은 절 앞으로 달려 갔다. 절에 도착하여 광주리가 박살나고 외삼촌과 악동들이 무릎을 꿇고 있는 것을 보고는 지주 라오숭을 향해 눈길을 돌리며 말했다.

"라오숭, 우리 애들을 일으켜 세우고 광주리를 배상하면 없던 일 로 해주겠다."

뜻밖에도 라오숭은 이에 기죽지 않고 시선을 돌리며 말했다.

"도둑놈들의 손을 자르지 않은 걸 다행으로 알아라!"

셋째 외할아버지가 말했다.

"잘라, 어서 자르라고. 난 절대로 말리지 않을 테니까 말이야!"

이때 몇몇 족장들이 나서 상황을 수습하려 했다.

"라오산(셋째 외할아버지는 서열에 따라 부르는 말), 이제 됐으니 그 만 하게."

또 다른 사람이 나서서 라오숭에게도 말했다.

"보장님, 이제 그만 하십시오."

뜻밖에도 이때 라오숭이 말했다.

"수수 잎은 작은 일이지만 도둑질은 큰일입니다. 마을의 규율을 해쳐선 안 되지요! 누구든지 밭에서 멋대로 행동하게 놔둔다면 앞 으로 마을이 어떻게 되겠습니까? 이 도둑놈들을 별이 뜰 때까지 무 릎을 꿇게 하고 한 사람 앞에 다섯 말의 수수를 배상하도록 벌을 내리겠습니다!"

셋째 외할아버지가 거름을 손에 쥐고 말했다.

"그래 좋다, 라오숭, 판결 한번 잘 내렸구나. 어디 무릎을 꿇게 해봐. 어디 그따위 처벌을 내려 보라고!"

그런 다음 더 이상 라오숭과 실랑이를 벌이지 않고 거름을 든 채 집으로 돌아갔다.

'수수 잎' 사건이 있고 두 달이 지나 수수를 거둬야 할 때가 되었다. 모두들 이 사건을 잊은 지 오래였다. 숭씨 형제들은 몹시 기뻐하며 지주 라오숭에게 말했다.

"이번에 션씨네가 단단히 콧대가 꺾였을 겁니다!"

라오숭도 손에 싸구려 개화장(開化杖 : 개화기에 들어온 서양 지팡이로 '문명장文明杖', '양수장洋手杖'이라 불리기도 한다)을 손에 들고 말했다.

"누가 누구 자지를 틀어쥐는지 두고 보자고!"

마을 사람들도 하나같이 션씨네가 지고 숭씨네가 승리했으니 지주 라오숭의 지위가 훨씬 더 견고해진 것이라고 생각했다. 라오숭이 개화장을 들고 하늘빛 대괘자(大褂子 : 남자용 중국식 홑두루마기)를 입고 거리를 걸어가면 사람들이 일제히 자신의 밥그릇을 가리키며 말했다.

"보장님, 이리 와서 식사 좀 같이 하시지요!"

"보장님, 제가 먼저 실례했습니다!"

지주 라오숭도 개의치 않는 듯 손을 흔들며 말했다.

"괜찮습니다. 어서 식사들 하세요!"

시장에서 수수를 팔 때가 되었다. 이때 갑자기 한 가지 사건이
발생했다. 슝씨네 넷째가 장에서 수수를 팔고 돌아오는 길에 갑자
기 토비들에게 납치를 당한 것이었다. 이날은 달이 뜨지 않은 데다
넷째가 수수를 다 팔지 못해 아주 늦어서야 돌아오던 길이었다. 당
시만 해도 민생이 불안하고 토비들의 출몰이 빈번했다. 때문에 도
대체 어느 토비 집단에게 납치된 것이고 그들이 넷째를 어디로 데
려갔는지 한동안 분명하지가 않았다. 슝씨네 집안은 일시에 큰 혼
란에 휩싸여 잇달아 사람들을 보내 수소문을 해보았다. 마을 전체
가 난리였다. 사람들은 불안해서 하루도 살 수 없을 것 같았다. 사
흘이 지나서야 슝씨네 넷째한테서 전갈이 왔다. 자신의 목숨과 바
꿀 좁쌀 쉰 섬을 가져오라는 것이었다. 그러면서 토비들의 소굴에
서 몸을 나무에 매단 채 찬물을 끼얹는 등 말로 다할 수 없을 정도
로 고문에 시달렸으니 절대로 관아에 알려서는 안 되며, 관아에 알
릴 경우 자신은 죽은 목숨이라고 경고했다. 지주 라오슝은 온몸에
기운이 빠졌다. 마을을 이리저리 돌면서 손에 개화장을 들지도 않
았고 하늘빛 대괘자를 입지도 않았다. 이튿날이 되자 그는 결국 가
산을 팔아 좁쌀로 바꿔서는 다황포(大荒坡)에 가져다두고 넷째를 데
려왔다. 사람들에게 실려서 돌아온 넷째는 이미 몰골이 말이 아니
었다. 가죽이고 살이고 성한 곳이 한 군데도 없었다. 말로 다할 수
없을 정도로 참혹한 모습이었다. 라오슝은 황급히 가산을 더 팔아
넷째를 치료하는데 썼다. 한동안 보장의 업무도 제대로 돌보지 않

았고 마을의 사건도 심판하지 않았다. 마을에는 곧 큰 혼란이 일었다.

이때 누군가 납치사건의 주모자가 우리 셋째 외할아버지이고 집에 있던 새끼 암탕나귀를 팔아 토비에게 시킨 일이라는 소문을 퍼뜨렸다. 이런 사건은 직접 토비를 찾아 조사할 수가 없는 데다 사람들도 누가 한 일인지 말하기를 꺼린다는데 어려움이 있었다. 셋째 외할아버지는 어쨌든 당당히 가슴을 펴고 거리를 활보했다. 마을 사람들은 또 지주 라오슝의 지위가 아직 견고하지 않으며 션씨도 만만하게 볼 상대가 아니라는 추측을 하고 있었다. 이때 셋째 외할아버지가 거리를 걸어가는 것을 보고 모두들 일제히 자신의 밥그릇을 가리키며 인사를 건넸다.

“라오산, 이리 와서 식사 좀 같이 하세요!”

“라오산, 제가 먼저 실례했습니다!”

셋째 외할아버지는 당당히 가슴을 편 채 사람들을 똑바로 쳐다보지도 않고 말했다.

“실례는 무슨 얼어 죽을 실례, 좆 까고 있네! 전부들 주인이 바뀐 줄 알았지? 그래서 우리를 그렇게 업신여겼던 거지!”

셋째 외할아버지의 이런 태도에 사람들은 여간 난처한 게 아니었다. 결국 시비를 피하기 위해 모두들 약속이라도 한 듯이 그릇을 들고 문 앞에 나와 먹던 습관을 고치고 전부 집에 들어가 숨어서 밥을 먹었다. 식사 시간이 되면 거리에 사람이 보이지 않았다.

드디어 슝씨네 넷째의 상처가 다 치료되었다. 슝씨 형제들은 한숨 돌리고 나자 잇달아 셋째 할아버지에게 복수하자는 제안을 했다. 라오숭이 그들을 막았다.

"참아라. 그놈이 그랬다는 확실한 증거를 찾지도 못했는데 어떻게 처벌을 한단 말이냐?"

결국 이 사건은 이렇게 지나갔다. 라오숭은 다시 보장의 업무를 수행하기 시작했다. 샤오루가 작은 동바리를 두드리고 양철 나팔을 불어 사람들에게 알리면 마을 서쪽의 낡은 절에서 온갖 사건의 판결이 이루어졌다. 마을은 다시 정상적인 질서를 회복했다. 사건의 판결이 시작되면 셋째 외할아버지는 다시 거름을 들고 그곳을 어슬렁거렸다. 그의 손에 들린 거름은 판결의 정서에 큰 영향을 미쳤다.

중량절(重陽節 : 음력 9월 9일)이 되어 모두들 친척을 방문했다. 션 씨는 십 리 밖의 바리좡(八里莊)에 친척이 있었다. 이 친척은 셋째 외할아버지 문하라 그가 찾아다녀야 했다. 마침 셋째 외할아버지의 황소 한 마리가 장티푸스에 걸렸는데 바리좡의 한의사 하나가 가축도 진료할 줄 안다고 해서 셋째 외할아버지는 이 새끼 황소를 끌고 친척을 방문하러 갔다. 팔에는 친척에게 줄 만터우(饅頭 : 밀가루 반죽을 안에 소를 넣지 않고 찐 것으로 중국 북방 지역의 주식이다) 열 몇 개가 담긴 대나무 바구니가 결려 있었다. 셋째 외할아버지는 가는 길에 상류탕즈를 지나게 되었다. 그 옆은 끝없이 펼쳐진 삼밭이었다. 한참 걸어가고 있는데 탕즈에서 '쏴아 쏴아' 작물 포기가 쓰러지는 소리가 들렸다. 셋째 외할아버지는 문득 뭔가 생각난 듯 급히 내달리기 시작했다. 이때 외할아버지의 등 뒤에서 총소리가 울렸다. 총알 하나가 셋째 외할아버지의 어깨에 명중해 피가 '콸콸' 뿜어져 나왔다. 셋째 외할아버지는 계속해서 달렸다. 다시 총알이 하나 날아오더니 새끼 황소가 바닥에 쓰러졌다. 셋째 외할아버지는 삼밭으로 뛰어들어 간신히 목숨을 구했다. 그렇게 대담하고 거칠던 사내가 총소리에 놀라 기겁을 한 것이었다. 집으로 도망쳐온 뒤에도 어깨에서 피가 멈추지 않고 흘렀지만 셋째 외할아버지는 상처를 치료할 생각도 하지 못한 채 벌벌 떨기만 했다.

사건이 있은 후 총을 쏜 사수가 지주 숭씨가 대양(大洋 : 청대 말기에 통용된 1원짜리 은화) 열 개를 주고 고용한 사람이라는 소문이 돌았다. 들리는 바에 의하면 사수가 돌아오자 라오숭이 어떻게 상류탕즈처럼 길에서 가까운 곳에서도 조준을 제대로 하지 못하느냐며 원성을 높였다고 한다. 그래서 대양 다섯 개를 다시 돌려받았다는 것이다. 하지만 상처를 입힌 것만으로도 나쁘지 않아 라오숭은 한동안 마음의 안정을 찾을 수 있었다. 셋째 외할아버지는 집에서 석 달 동안 상처를 치료했다. 석 달 동안은 라오숭이 판결을 내릴 때 거름을 들고 낡은 절 앞을 어슬렁거리는 사람이 없었다.

석 달 뒤, 셋째 외할아버지는 총상이 완쾌되자 다시 거리를 돌아다니기 시작했다. 하지만 마을 사람들은 감히 그에게 총상에 대해 물어보지 못하고 그저 간단히 안부만 물을 뿐이었다.

"셋째 어르신 나오셨어요?"

사람들은 다시 집안에 숨어서 밥을 먹기 시작했다.

하지만 셋째 할아버지는 상처가 치료된 뒤로 많이 얌전해져서 더 이상 거름을 들고 낡은 절 앞에 가는 일은 없었다. 대신 집 앞에 쪼그리고 앉아 햇볕을 쬐며 하루하루 지냈다. 모두들 셋째 외할아버지가 온순해졌으니 대세는 이미 정해졌다고 생각하고는 다시 일제히 밥그릇을 들고 나와 라오숭을 보면 식사를 권하곤 했다. 뜻밖에도 한 달 뒤에야 셋째 외할아버지가 그의 열다섯 살 된 아들(즉 외삼촌)를 토비의 부하로 보냈다는 사실을 알게 되었다. 이 토비는 리샤오하이(李小孩)라는 인물로 소총 부대와 권총 부대로 구성된 유격대를 갖추고 있었다. 그의 부대는 평소에는 민중을 괴롭히지 않았지만 마음에 안 드는 일이 생기면 인정사정 봐주지 않았다. 이 토비는 확실한 세력을 구축하고 사방 오십 리를 통치하고 있었다. 그의 근거지 안에서는 다른 토비들이 와도 몰아내고 일본군이 와도 몰아내고 관군이 와도 몰아내고 팔로군(八路軍)이 와도 몰아냈다. 사람들이 공격해오지 않으면 그도 공격하지 않았다. 하지만 포로를 잡으면 특별대우 없이 일률적으로 생매장을 시켜버렸다. 사람 크기만하게 깊은 구덩이를 판 다음 사람을 거꾸로 처박아 놓고는 흙도 덮지 않고 아무렇지도 않다는 듯이 돌아갔다. 외삼촌은 리샤오하이 부대의 심부름꾼이 되었다. 심부름꾼이 된지 석 달 후 그는 모제르 소총을 등에 메고 뒤에 소총을 든 사람 몇 명을 거느린 채 마을로 돌아왔다. 이날 지주 라오숭은 마을 서쪽의 낡은 절 안에서 사건을 심문하고 있었다. 막 러빙을 다 먹고 두 손으로 얼굴을 받친 채 양측의 진술을 듣고 있는데 갑자기 외삼촌이 총을 멘 사람들 몇 명을 이끌고 멀리서 걸어오는 것이 보였다. 라오슝은 일이 잘못됐다는 것을 알고는 심문을 그만두고 얼른 일어나 도망치려 했다. 하지만 이미 늦은 뒤였다. 막 낡은 절의 모퉁이를 도는 순간 쫓아온 외삼촌에게 붙잡히고 말았다. 라오슝은 백주대낮에 옷이 다 벗겨져 실오라기 하나 걸치지 않은 상태로 뒷짐결박 당한 채 마을 뒤편의 언덕으로 끌려갔다. 라오슝에게 형제가 몇 명 있긴 했지만 리샤오하이의 부대를 보고는 굽실거리며 절을 해도 모자랄 판에 어디 큰소리를 내겠는가?

이렇게 해서 마을 뒤편의 언덕 위에서 셋째 외할아버지는 팔을 받치고 앉아 있고, 라오슝은 그 옆에 무릎을 꿇고 있었다. 리샤오하이의 부하 몇 명은 담배를 피우며 담소를 나누고 있었고 보정 샤오루는 그 옆에서 구덩이를 파고 있었다. 구덩이를 다 파자 셋째 외할아버지가 말했다.

"보장, 어서 들어가게."

라오슝은 처음에는 제법 경골한(硬骨漢)인 것처럼 무게 있는 어투로 샤오루에게 말했다.

"허리가 구부러지지 않도록 구덩이를 깊게 파라!"

그러다가 정말로 깊이 판 구덩이를 보고는 설사를 하더니 셋째 할아버지 앞까지 무릎으로 기어가 말했다.

“라오산, 제발 용서해주게. 나는 보장을 맡을 사람이 못 되네!”

셋째 외할아버지가 말했다.

“그게 무슨 말인가. 당연히 맡아야지. 지금까지 잘 해오지 않았나.”

라오숭이 말했다.

“나는 보장을 맡을 사람이 못 되네. 제발 나를 놔 주게.”

셋째 외할아버지가 호탕하게 말했다.

“애야, 그만 보장을 풀어줘라!”

외삼촌이 라오숭을 묶은 밧줄을 풀어주었다. 라오숭은 다시 이마가 땅에 닿도록 절을 하고는 재빨리 일어나 달아났다. 이때 셋째 외할아버지가 외삼촌의 손에 들려 있던 총을 빼앗아 라오숭의 벌거벗은 몸을 향해 방아쇠를 당겼다. 안타깝게도 그는 총을 사용해본 적이 없어 정확히 명중시키지는 못하고 라오숭의 꽁무니에다 연기만 뿜어냈다. 라오숭은 총소리를 듣고는 날듯이 달려가 눈 깜짝할 사이에 상류탕즈 안으로 뛰어 들어갔다. 셋째 외할아버지가 안타까운 듯 허벅지를 두드리며 말했다.

“끝났군, 끝났어.”

이때 ‘탕’ 하는 총소리와 함께 라오숭이 땅바닥 위로 쓰러졌다. 셋째 외할아버지가 고개를 돌려보니 사수들은 여전히 담배를 피우며 담소를 나누고 있었다. 도대체 누가 총을 쏜 것인지 알 수가 없었다. 셋째 외할아버지가 얼굴 가득 흘러내린 땀을 닦으면서 달려가 새파랗게 질린 라오숭을 쳐다보았다. 라오숭은 몸을 구부린 채 놀란 숨을 몰아쉬고 있었다. 셋째 외할아버지가 말했다.

"보장, 살아서 돌아가기는 어려울 게다!"

라오숭은 잠시 생각해보더니 살아남지 못할 것 같다는 생각이 들자 오기로 꽁지를 치켜들고 죽어갔다.

이 공개살인 사건이 라오숭주의 형제들에 의해 향장인 저우샹셴에게 보고되었다. 저우샹셴은 백주대낮에 보장을 살해했다는 이야기를 듣고는 몹시 격분하여 즉시 셋째 외할아버지를 처벌하려 했다. 하지만 나중에 셋째 외할아버지의 아들이 리샤오하이의 부하라는 사실을 알고는 기가 죽어 더 이상 이 일을 거론하지 않았다. 마을 사람들은 식사를 할 때 다시 문을 걸어 잠그기 시작했다.

사흘 뒤, 셋째 외할아버지가 빻은 참깨 두 말을 가지고 저우샹셴의 집을 찾아가 말했다.

"나리, 마을에 보장 자리가 빈 것 같습니다."

저우샹신이 연신 손을 내저으며 말했다.

"참깨를 도로 가져가시게. 당신네 셴촌 사람들은 정말이지 오합지졸이군. 수십 년이 지났는데 아직도 교화가 되지 않다니. 됐네, 됐어. 이 마을에는 보장을 둘 필요가 없을 것 같네. 그냥 제멋대로들 살게 놔두게. 대체 얼마나 제멋대로 되나 보자고!"

그 뒤로 셴촌에는 더 이상 보장이 나오지 않았다. 보정인 샤오루만 그대로 남아 전조를 거두는 일을 도맡았다. 우두머리가 사라지자 마을의 질서는 크게 혼란스러워졌다. 우물을 폐쇄하지도 않았고 수수를 벌금으로 요구하는 일도 없었으며 가축에 낙인을 새기지도 않았다. 이렇게 모든 것이 혼란스러워졌다. 마을 사람들은 억울함을 호소할 곳도 없고 시비를 가려줄 곳도 없게 되자 앞다투어 서방질과 계집질에 빠졌고 도둑과 마적(馬賊)들의 세상이 되고 말았다. 때마침 누리 떼가 날아와 하늘을 뒤덮더니 농작물을 모조리 먹어 치우고 사람에게까지 달려들었다. 셋째 외할아버지도 이 해에 누리 떼에게 잡아먹히고 말았다.

3

　해방군이 왔다. 해방이 되었다. 향장인 저우샹션은 끌려가 총살을 당했다. 셴촌 마을에 성분이 나뉘기 시작했다. 송씨네는 지주로 간주되었다. 라오숭은 죽었지만 자손과 형제들은 남아있었다. 우리 외할머니네는 평생 염토를 개간하고 소금을 팔아 생활했기 때문에 빈농으로 분류되었다. 조상이 거짓 촌장을 맡은 적은 있지만 당시에 모든 사건을 분명하게 판결했기 때문에 사람들의 원성도 높지 않았다. 게다가 지주인 가짜 보장 라오숭을 우리 셋째 외할아버지가 죽인 것이었다. 이때 셋째 외할아버지 서열의 외삼촌은 어느새 해방군 병사가 되어 있었다. 한동안 토비가 되어 리샤오하이 곁에서 심부름꾼 노릇을 한 적은 있지만 해방군이 와서 리샤오하이를 죽이자 외삼촌과 토비 무리는 투항하여 해방군이 되었다. 2년 동안 해방군에서 복무하고 제대한 외삼촌은 고향으로 돌아와 다른 사람들과 똑같이 마을을 걸어 다녔다.

이때 마을의 우두머리는 지서(支書 : 공산당 지부 서기의 준말)로 명칭이 바뀌었다. 지서는 전에는 이름도 들어보지도 못한 라오순(老孫)씨라는 사내였다. 키가 작고 사자머리에다 머리카락과 눈썹이 이어져 있었지만 지서를 맡은 기간은 짧지 않아 단숨에 16년이나 연임했다. 나는 여덟 살이 되던 해에 운 좋게 순지서와 함께 십 리 밖에 있는 마을로 조문을 하러 간 적이 있었다. 망자가 션씨와 순씨 두 집안과 모두 먼 친척관계에 있는 사람이라 동행을 하게 된 것이었다. 그는 커다란 짐을 메고 있었다. 그 안에는 십여 개의 검은 그릇이 들어 있었고, 그릇 안에는 갖가지 음식이 담겨져 있었다. 나도 작은 짐을 멨다. 내 짐에는 스무 개 남짓의 만터우가 들어있었다. 그날은 막 비가 내린 뒤라 길이 미끄러웠기 때문에 라오순과 나는 앞뒤로 나란히 걸었다. 제법 유쾌한 동행이었다. 라오순은 허세가 없는 사람이었다. 길을 가면서 그가 내게 물었다.

"그곳에 가면 울어야 할까?"

내가 말했다.

"사람이 죽었는데 어떻게 안 울겠어요?"

"그래서 걱정이야. 그런 장면을 보고도 눈물이 나지 않을까봐 말이야."

나중에 관 앞에 도착해 망자가 눈을 감고 입을 다문 채 하늘빛 이불 속에 누워 있는 것을 보고는 나도 울고 라오순도 울었다. 울고 나서 제사를 올리고 밥을 먹은 다음 나는 라오순과 함께 돌아왔다. 나는 이번 조문에 비교적 만족했다. 우리가 곡을 할 때 옆에 있던 집사(執事)가 길게 외쳤기 때문이다.

"선촌의 두 손님께서 제사를 올립니다.—"

위풍당당한 모습으로 망자의 모든 효자들이 새하얗게 바닥에 엎드려 우리와 함께 곡을 했다. 하지만 들리는 바로는 라오순이 이번 조문에 대해 약간 불만을 나타내며 옆 사람에게 말했다고 한다.

"음식이 엉망이군. 돼지 껍데기에 털도 몇 가닥 있잖아!"

라오순은 우리 삼촌 세대에서야 외지에서 이주해 온 사람으로 해방 전에는 밥을 동냥해 생활했다. 들리는 바에 의하면 애당초 그는 자신이 선촌의 우두머리가 되리라고는 전혀 생각지 못했다고 한다. 공교롭게도 토지개혁 공작대가 시골에 내려왔을 때, 장(章)씨 성을 가진 공작원이 그의 집을 찾아와 식사를 하게 되었다. 어느 집을 가도 밥을 얻어먹기가 어려웠고 얻어먹는다 해도 고구마와 소금물이 전부였다. 이처럼 거친 음식을 얻어먹은 장공작원은 그가 적극적으로 지주들에 대한 투쟁에 참여하도록 격려했고 나중에는 그를 공산당에 입당시켜주었다. 그는 노획한 물건을 나눠 집으로 가져가면서 흙항아리 하나를 더 가져갔다가 비판교육을 받고는 다시 돌려놓았다. 이를 계기로 장공작원은 회의를 열고 그를 지서로 선출했다. 당시 그는 울상을 지으며 장공작원을 향해 손사래를 치며 말했다.

"공작원님, 저는 밥 동냥은 할 줄 알아도 지서는 해 본 적이 없습니다!"

장공작원이 그를 비판하여 말했다.

"자네가 지서를 해 본 적이 없으면 자네 마을에서 누구는 지서를 해보았겠나? 밥 동냥을 해봤기 때문에 자네에게 지서를 맡긴 것일세. 밥 동냥하는 사람이 지서가 되어야 앞으로 동냥하는 사람이 없어지지 않겠나!"

이리하여 라오순은 지서가 되어 삼백여 명의 사람들을 이끌고 이런저런 일들을 처리하는 한편, 사람들을 이끌고 호조조(互助組)와 합작사(合作社), 인민공사(人民公社) 등에 드나들기 시작했다. 모두들 그를 처음에는 '라오순'이라고 했다가 나중에는 '지서님'이라고 불렀다. 라오순은 처음에는 사람들이 '지서님'이라고 부르는 것이 조금 불편했지만 점차 익숙해져 나중에는 마음대로 부르게 했다. 하지만 그는 밥을 동냥하던 것이 습관이 되어 지서가 된 뒤에도 게릴라적인 방법을 고치지 못했다. 그가 지서가 되자 마을에서 회의를 열 수 없었다. 회의가 열리면 그는 전날 저녁에 잠을 자지 못하고 몽유병에 걸린 사람처럼 마을 주위를 맴돌았다. 공산당은 회의가 많아 라오순을 무척이나 괴롭게 했다. 밤새 계속해서 잠을 못 잔 탓에 두 눈이 온통 빨갛게 충혈 되곤 했다.

마을에서 회의가 열리면 라오순이 연설을 했다. 라오순은 제대로 앉아있지도 못하고 온몸에 벼룩이 기어 다니기라도 하는 것처럼 안절부절 못하면서 고개는 푹 숙이고 엉덩이는 쳐든 채 두 문장만 반복했다.

"장서기님이 말씀하셨소. 단독으로 처리하지 말고 호조조에서 처리하도록 하시오!"

"장서기님이 말씀하셨소. 호조조에서 처리하지 말고 합작사에서 처리하도록 하시오!"

"장서기님이 말씀하셨소. 합작사에서 처리하지 말고 인민공사에서 처리하도록 하시오!"

모두들 호조조와 합작사, 인민공사에 참여하긴 했지만 라오순에 대한 평가는 그리 높지 않았다. 모두들 선 것도 엉성하고 앉은 것도 엉성한 것이 지서로서의 그럴 듯한 모습을 찾아볼 수 없다고 말했다.

"말할 때도 고개는 푹 숙이고 엉덩이는 쳐든 채 제대로 앉아있지도 못하는 것이 지서의 모양새라고는 찾아볼 수가 없더군!"

우두머리로서 모양새가 없다 보니 사람들을 통제하기가 쉽지 않았고 마을은 곧 혼란스러워졌다. 서방질과 계집질, 도둑 등은 원래 해방과 동시에 해방군에 의해 척결되었는데 이제 호조조와 합작사, 인민공사를 따라 다시 발전하기 시작했다. 마을이 혼란스러워지자 작업이 제대로 이뤄지지 않았고 라오순이 공사의 회의에 참가할 때마다 션촌의 작업량은 뒤에서 첫 번째였다. 장서기가 라오순을 비판하면서 그가 일을 철저하게 하지 못한다고 지적했다.

"라오순, 자네는 정말 밥 동냥은 할 줄 알아도 지서는 할 줄 모르는군!"

라오순이 얼굴을 붉히며 말했다.

"장서기님, 어떻게 해도 성과가 잘 나지 않습니다!"

장서기가 고개를 가로저으며 말했다.

"앞으로 더 노력하게!"

이때 마을의 촌정은 여전히 샤오루였다. 샤오루는 해방 전에 거짓 보정을 맡았었지만 성분을 나누면서 빈농으로 분류되었고 업무도 익숙한 데다 사람들의 원성도 높지 않아 라오순이 그를 촌정에 임명했다. 하지만 이제는 호칭이 바뀌어 촌정이라고 부르지 않고 촌무원(村務員)이라고 했다. 양철 나팔과 작은 동바리도 징으로 바뀌었다. 라오순이 공사에서 회의를 하고 돌아올 때면 촌무원 샤오루가 징을 두드리며 거리를 한 차례 지나갔다.

"회의요, 회의가 열립니다. 식사 후 마을 서쪽의 낡은 절에서 회의가 열립니다!"

회의가 열리면 라오순은 밤새 잠들지 못하고 돌아다녀야 하는 데다 고개를 숙이고 엉덩이를 쳐들어야 했기 때문에 종종 샤오루에게 화를 내곤 했다.

"징은 한 번만 치면 됐지 왜 이리저리 두드리고 마구 다니고 난리냐. 네 어미라도 죽었느냐?"

샤오루가 억울한 듯 말을 받았다.

"사람들이 모이지 않으면 또 저를 원망하실 것 아닙니까!"

라오순은 두 손을 맞잡고 비벼대며 더 이상 대꾸하지 못했다.

회의를 여는 것 말고도 라오순에게는 한 가지 임무가 더 있었다. 바로 삼백 명이 넘는 마을 사람들의 사건을 판결하는 것이었다. 형제들의 다툼에서 시작하여 시어머니와 며느리의 싸움, 샛서방, 화냥년, 도적 등의 잡다한 사건이 발생할 때마다 모두들 라오순을 찾아와 시비를 가렸다. 이 일들은 회의를 열고 호조조를 관리하는 것보다 더 라오순을 힘들게 만들었다. 라오순은 종종 마을 서쪽의 낡은 절의 탁자 뒤에 앉아 두 손을 맞잡고 말했다.

"어머니, 이 마을은 어쩌면 이렇게 다스리기가 어려운가요!"

게다가 이런 사건들은 차라리 그가 판결하지 않는 편이 나았다. 그가 판결을 내리면 점점 더 모호해져서 라오얼(老二)과 라오산(老三) 중에 도대체 누구의 말이 이치에 맞는지 분명하지 않아 둘 다 억울해했다. 라오얼과 라오산이 말했다.

"저 좆같은 라오순 새끼, 지서가 되어 가지고 사건 하나 제대로 판결을 못하나!"

마을은 점점 더 혼란스러워졌다. 라오순은 몹시 화가 났다. 나중에는 촌무원 샤오루의 건의를 받아들여 조상이 촌장일 때 만들었던 '우물폐쇄'와 '낙인' 제도를 부활시켰다. 과연 조상의 법보(法寶)가 효험이 있어 마을의 남녀와 가축들은 훨씬 규율을 갖추게 되었다.

사건의 발생률도 크게 줄어들었다. 라오순은 두 손을 마구 긁으며 말했다.

"진즉에 '우물 폐쇄'와 '낙인' 제도를 시행할걸 그랬어!"

공사의 장서기가 업무점검을 나왔다가 마을의 알록달록한 가축들을 보고는 의아한 표정으로 물었다.

"저게 대체 무슨 짓인가?"

이때 라오순은 유식한 말로 대답했다.

"촌민자치(村民自治)라고 하는 겁니다!"

대답을 들은 장서기도 웃으며 말했다.

"그래, 좋아. 촌민자치라!"

1959년으로 다시 돌아가 본다. 이날 역시 라오순이 공사에서 회의를 하고 돌아오자 샤오루가 징을 두드려 사람들을 모았다. 라오순이 탁자 위에 서서 말했다.

"장서기님이 말씀하셨소. 모두들 한 식구이니 한 솥으로 밥을 먹도록 하시오!"

회의가 끝나고 식량과 솥을 거두기 시작했다. 하지만 이 일에 있어서도 라오순은 다른 마을에 뒤지고 말았다. 식량과 솥을 철저하게 거둬들이지 못했던 것이다. 원래 마을에서는 연기가 한 가닥만 피어올라야 하는데 셴촌에서는 누군가 밤에 불을 피웠다. 이 일로 장서기가 불만을 갖고 회의에서 비판을 했다.

"어떤 마을은 낮에 연기를 피우고 밤에도 연기를 피우더군요!"

그러고는 다시 라오순에게 말했다.

"정말 쓸모가 없군, 쓸모가 없어!"

연기를 없애기 위해 장서기는 토비와 해방군을 지낸 적이 있는 우리 외삼촌을 기용했다. 그를 지도자 그룹으로 선발하여 치안요원을 맡긴 것이다. 외삼촌은 머리가 작았지만 눈빛은 몹시 날카로웠고 흥분하면 기침을 하면서 씨근거렸다. 그가 기침을 심하게 하며 장서기에게 말했다.

"장서기님, 걱정 마십시오. 사흘 후면 아무도 연기를 피우지 못할 겁니다!"

연기를 피우지 못하게 하기 위해 그는 촌무원 샤오루와 함께 밤을 새가며 어느 집에서 연기가 나는지 지켜보았다. 일단 어느 집에선가 연기가 나는 것을 발견하면 두 사람은 재빨리 달려가 식량을 뒤졌다. 식량이 나오지 않을 경우 사람을 마을 서쪽 낡은 절로 끌고 가 식량을 내놓을 때까지 매달아 놓았다. 외삼촌은 가족이라 해도 인정사정 봐주지 않았다. 둘째 외할아버지가 연기를 피우자 그는 둘째 외할아버지도 끌고 가 매달았다. 둘째 외할아버지가 들보 위에서 말했다.

"애야, 날 좀 풀어다오. 네가 어릴 때 내가 대추도 따 주지 않았느냐!"

외삼촌은 소총을 거꾸로 멘 채 둘째 외할아버지를 가리키며 말했다.

"대추를 따 주었기 때문에 할아버지를 매단 겁니다. 옛날 성격대로라면 할아버지를 구덩이에 파묻어 버렸을 거예요."

그 후로 션촌에서는 더 이상 함부로 연기를 피우는 일이 없었다. 외삼촌은 장서기에게서 표창을 받고 열성분자가 되었다. 외삼촌은 몹시 감격해하면서 총을 거꾸로 메고 마을을 이리저리 돌아다니다가 사람들을 만나면 기침을 해댔다. 배식 시간이 되면 한 집에서 한 사람씩 나와 마을 서쪽의 낡은 절 앞에 줄을 서서 식사를 배급받았다. 외삼촌이 이리저리 사람들을 밀치면서 질서를 잡았다.

"그만, 그만, 밀지 말라고요. 밥 먹는데 상모(喪帽)라도 빼앗는 것 같군요!"

모두들 그를 라오순보다 더 무서워했다. 그를 보면 모두들 표주박에 배급받은 식량을 서로 양보하며 말했다.

"조카님, 이리 와서 식사 좀 하세요!"

"조카님, 제가 먼저 실례했습니다!"

외삼촌은 씨근거리며 아무런 대꾸도 하지 않았다. 그저 가끔씩 예의상 한마디 던질 뿐이었다.

"괜찮습니다. 식사들 하세요!"

한 솥에 밥을 먹는 것도 처음에는 그럭저럭 괜찮았다. 밥이 나올 때도 있고 죽이 나올 때도 있으며 국이 나올 때도 있고 물이 나올 때도 있었지만 각자 자기 집 부뚜막에서 밥을 지어먹는 것보다 낫다고 생각했다. 자기 집 부엌에서는 아까워서 해먹지 못하고 다들 함께 식사를 할 때만 신나게 먹기 시작했다. 다들 이 방법에 몹시 만족했다.

"이제 집에서 밥을 할 필요도 없어!"

모두들 이구동성으로 말했다.

그러나 나중에는 여의치 않게 되었다. 큰 홍수가 마을을 휩쓸자 솥 안의 국물도 점점 더 묽어져 갔다. 당시 우리 외할머니는 취사원을 맡고 있었다. 외할머니는 삼백 명이 넘는 사람이 겨우 콩가루 일곱 근으로 한 끼를 때우다니 배고파서 안 된다고 말했다. 외할머니는 콩가루 일곱 근은 넣어야 한다면서도 말은 달랐다. 할머니는 "이 정도로는 아직 고생이라고 할 수 없지!" 또는 "고생이라니 말도 안 돼. 이 정도는 고생도 아니야!"라고 말했다.

우리 둘째 외할아버지는 이 해에 굶어서 돌아가셨다. 둘째 외할아버지는 체중이 이 백 근이 넘는 뚱보였다. 외할머니 말에 따르면 외할아버지는 열일곱 살에 12리 밖에 있는 옌툰(延屯)의 한 지주 집으로 머슴살이를 하러 갔는데 주인집에서 그에게 좁쌀 밥을 한 솥 지어 주었다고 한다. 둘째 외할아버지가 단숨에 열두 대접을 먹어 치웠는데도 집주인 할아버지의 어깨를 두드리며 이렇게 말했다.

"여기 남아서 일하도록 하게. 잘 먹으면 일도 잘 하겠지!"

하지만 1960년이 되자 둘째 외할아버지는 부종이 생긴 두 다리를 끌고 부엌으로 와서는 외할머니에게 말했다.

"형수님, 배가 고파서 못 참겠어요! 이제 머슴살이를 하고 싶어도 갈 곳이 없네요!"

우리 외할머니가 몰래 둘째 외할아버지의 손에 계란 국수 한 그 릇을 쥐어주자 그는 단숨에 입에 쏟아 넣고 그대로 삼켜버렸다. 그 날 저녁 외할아버지는 후원에 있는 멀구슬나무에 목을 매 죽었다. 시신을 거두던 사람의 말에 따르면 몸이 이미 아주 가벼워져 있었 다고 한다. 1960년에 굶어죽은 사람은 아주 많았지만 목을 매 죽은 사람은 그리 많지 않았다. 션촌에서는 둘째 외할아버지 한 사람뿐 이었다.

외삼촌은 장서기 덕분에 치안요원이 되어 있던 터라 이 해에도 굶어죽지 않을 수 있었다. 식사 배급 전에 그는 소총을 메고 주방에 와서는 솥에 든 콩 갈은 것을 함부로 집어먹었다. 또는 콩가루를 가 져다 직접 동전 크기만 한 떡을 만들어 주머니에 넣고 다니면서 소 총을 메고 거리를 걸어 다니며 시시때때로 입안에 집어넣었다.

"콩떡 두 개 만들어 먹은 것 같고 뭘 쳐다보고 그래! 젠장, 내가 간부가 되면 뭐하냐고!"

하지만 외산촌에게도 좋은 점이 있었다. 먹을 것이 생기면 혼자 만 먹지 외숙모나 아이들에게는 절대 가져다주지 않는다는 것이었 다. 외숙모와 아이들이 배고파서 몸도 움직이지 못할 지경이었지만 그래도 그는 먹을 것을 가져다주지 않았다. 사람들은 오히려 이런 외삼촌을 칭찬했다.

"먹어도 혼자만 먹지 마누라나 아이들은 절대 주지 않는다니까."

한번은 외삼촌이 콩떡을 하나 꺼내 지서인 라오순에게 건넸다. 겁이 많은 라오순이 두 손을 긁으며 말했다.

"다들 굶고 있는데 우리가 콩떡을 먹는 건 안 좋지 않겠나."

외삼촌이 곧장 콩떡을 거둬들이며 말했다.

"먹기 싫으면 관두세요. 콩떡이라도 먹지 않으면 굶어죽지 않겠요?"

라오순이 얼른 말을 바꿨다.

"그럼 하나 줘보게."

외삼촌은 그에게 다시 콩떡 하나를 건넸다. 들리는 바에 의하면 촌무원 샤오루도 그 떡을 하나 먹어봤다고 한다. 한번은 내가(당시 세 살이었다) 너무 배가 고파서 남쪽 벽 옆에 병든 닭처럼 축 늘어져 있는 것을 보고는 외삼촌이 콩떡 하나를 꺼내 내게 준 적이 있었다. 이때부터 나는 영원이 외삼촌이 좋은 사람이라고 말하게 되었다. 대재난의 해에 내게 콩떡을 하나 주었기 때문이다. 들리는 바에 의하면 외삼촌은 다른 사람에게는 콩떡을 주지 않았지만 마을의 부녀자들에게는 누구든 그와 잠을 한 번 자면 콩떡을 주었다고 한다. 이에 모두들 앞다투어 그와 잠을 자려고 했다. 나중에 외삼촌은 또 아줌마들에게는 콩떡을 주지 않고 처녀들에게만 주기 시작했다. 처녀한 명당 콩떡을 하나씩 준 것이다. 하지만 이해할 수 없는 것은 외숙모와 아이들에게는 콩떡을 하나도 주지 않았다는 점이다. 외숙모는 너무 배가 고파 두 다리를 움직일 수 없는 지경이었는데도 그에게서 콩떡을 받지 못했다.

이 해에 션촌의 질서는 나쁘지 않았다. 어떤 사건도 발생하지 않았고 라오순과 외삼촌에게 마을의 서쪽 낡은 절에서 시비를 가려달라고 청하는 사람도 없었다. 우물을 폐쇄하든 안하든 가축에 낙인을 새기든 안 새기든 모두들 규율을 준수했다.

나중에 마을에서는 결국 식사 배급을 중단하게 되었다. 라오순이 샤오루를 시켜 징을 울리고 사람들을 모이게 한 다음 말했다.

"마을에 콩가루가 떨어져 더 이상 식사를 배급할 수 없게 되었습니다. 어떻게 하면 좋을지 다들 의견을 말해 보십시오!"

어떤 사람이 잠시 생각해보고 나서 말했다.

"방법이 없잖습니까? 밥을 짓지 못하게 되었으니 동냥을 하는 수밖에요!"

그리하여 모두들 사방으로 흩어져 밥을 동냥하러 다녔다. 그러나 밥을 동냥하는데 있어서 누가 어느 마을로 갈 것인지 배분이 합리적으로 이뤄졌는가 하는 데 대해 의론이 분분했다. 하는 수 없이 라오순과 외삼촌이 마을 서쪽의 낡은 절에 다시 책상을 놓고 판결을 내려 새로 책임을 나눠주자 그제야 모두들 사방으로 흩어져 밥을 동냥하러 갔다.

라오순은 밥 동냥으로 먹고 살던 경험이 있었다. 그는 다른 사람들이 모두 떠난 뒤에야 밥그릇을 들고 떠났다. 그는 다른 곳에는 가지 않고 곧장 진(鎭)에 있는 공사로 가서 장서기 집의 문을 두드렸

다. 장서기도 배가 고픈 터라 문을 열고 밥그릇을 든 라오순을 보고
는 절로 탄식이 터져 나왔다.

"밥 동냥하는 사람이 지서가 되어야 앞으로 동냥하는 사람이 없
겠다고 했더니 지서가 된 뒤에도 동냥을 하게 될 줄 누가 알았겠는
가!"

라오순이 그릇을 두드리며 노래를 부르자 장서기가 당황하며 말
했다.

"그만, 그만하게. 라오순, 고구마 잎으로 만든 궈빙을 줄 테니 제
발 노래는 부르지 말게."

장서기는 라오순에게 고구마 잎으로 만든 궈빙을 주었다.

외삼촌은 기백이 넘치는 사람이라 소총을 던져두고 곧장 산시로
동냥을 하러 가서는 그곳에서 삼 년이나 머물렀다. 나중에 들을 바
에 의하면 스군(石磙)이라는 사내아이가 산에서 늑대에게 잡아먹혔
다고 했다. (그날 누군가 산에서 장작불을 피웠다). 1963년이 되어
외삼촌은 남은 사람들을 데리고 돌아왔다. 늑대가 스군을 잡아먹었
지만 외숙모는 강군(鋼滾)이라는 아이를 낳았다.

외삼촌이 돌아온 뒤로 마을에 몇 가지 변화가 발생했다. 사람들
은 다시 밥을 먹을 수 있게 되었다. 남은 사람은 이백여 명뿐이었지
만 다들 정상적인 번식을 회복하기 시작했다. 온 마을에 다시 연기
가 피어오르기 시작했다. 지서는 여전히 라오순이었다. 라오순은 예
전에 외삼촌이 만들어주었던 콩떡이 그리웠다. 그는 여전히 외삼촌

에게 치안요원 직을 맡겼다. 촌무원은 여전히 샤오루였다. 모두들 밥을 먹을 수 있게 되자 다시 사건이 발생하기 시작했다. 형제들의 다툼과 시어머니와 며느리의 싸움, 서방질과 계집질, 도둑질 등 잡 다한 사건들이 다시 일어나기 시작했다. 마을 서쪽의 낡은 절 앞에 다시 책상이 설치되었다. 외삼촌의 소총도 녹이 슬긴 했지만 그 자 리에 있었다. 외삼촌이 총에 콩기름으로 문지르자 다시 그럴듯한 모양새가 나타났다. 세 사람은 상의 끝에 '우물 폐쇄'와 '낙인' 제도 를 다시 실행하기로 했다. 외삼촌은 다시 소총을 베고 거리를 걸어 다니기 시작했다. 션촌도 다시 정상적인 질서를 회복했다.

4

　1966년, 션촌에 다시 한 번 왕조가 바뀌었다. 상부에서는 류샤오 치(劉小奇)를 타도하고 마을에서는 라오순을 타도했다. 라오순을 타 도하는 일은 그리 어렵지 않았다. 공사의 장서기도 타도되었는데 하물며 라오순 정도야 말할 것도 없었다. 라오순의 뒤를 이어 지서 가 된 사람은 진(金)씨의 후손은 신시(新喜)라는 사람이었다. 라오순 은 이상한 사람이었다. 지서에서 물러난 뒤에야 오히려 지서의 모 양새를 갖추게 되었다. 지서의 자리에 있을 때는 제대로 앉지도 서 지도 못하고 안절부절 못하면서 고개는 숙이고 엉덩이는 쳐들어 영 지서로서의 모양새를 갖추지 못하더니 지금은 우두머리가 아닌데도 우두머리의 위엄을 갖추고 적삼을 열어젖힌 채 팔자걸음으로 거리를 활보하고 있었다. 게다가 말투에도 용맹함이 넘쳐흘렀다.

"이 좆같은 지서를 내 진즉에 그만두고 싶었지!"

물론 두 손을 긁적이는 버릇은 여전히 고치지 못했다.

신시의 나이는 서른이 조금 넘었다. 학력은 중학교를 다닌 것이 전부였다. 들리는 바에 의하면 그는 어렸을 때 도벽이 있었다고 한다. 다섯 살도 안 된 나이에 일찍이 우리 외삼촌을 따라 지주 라오숭주의 수수밭에 들어가 수수 잎을 베다가 들켜 마을 서쪽의 낡은 절 앞에서 해가 뜰 때까지 무릎을 꿇고 있다가 붉은 수수 다섯 말을 벌금으로 내기도 했었다. 해방 후 학교에 들어가서도 등굣길이나 하굣길에 늘 또래 아이들과 오이나 대추를 훔치다가 라오순에게 심문을 당한 것이 한두 번이 아니었다. 하지만 성인이 된 이후에는 생활태도가 좋아져서 남의 물건을 훔치지 않았고 오히려 좋은 일을 했다. 예컨대 한밤중에 밭에 가서 수수를 베어다가 등에 지어 생산대의 탈곡장에 가져다놓기도 했다. 다음날 사람들은 밭에 가려고 나왔다가 이미 수수를 베어다 놓은 것을 보고는 신시가 한 일인 줄 알았다. 신시는 배운 것을 몸소 실천하는 열성분자가 되어 마을 서쪽의 낡은 절에서 사람들에게 이론을 어떻게 학습하고 경험을 어떻게 적용했는지 설명했다. 모두들 말했다.

"신시가 미친 것 같아. 이렇게 좋은 일만 하니 말이야."

오직 그의 어머니만 신시에 대해 안 좋게 말했다.

“게을러 빠져서 사흘이 되도록 요강 한 번 비우지 않는다니까.”

그러면 사람들이 도리어 그의 어머니에게 말했다.

“수수를 베느라 힘들 텐데 요강까지 비우란 말이에요?!”

나중에 신시는 공사에 가서 이론을 어떻게 학습하고 경험을 어떻게 적용했는지 설명했다가 새로 부임한 서기 라오저우(老周)의 눈에 들었다. 마침 라오저우는 선촌의 라오순의 소심한 태도나 머리카락과 눈썹이 이어진 모양새가 도무지 지서 같지가 않아 영 마음에 들지 않았었다. 이에 그는 각 집에 설치된 작은 스피커를 통해 라오순을 타도하고 신시를 새로운 지서로 선출한다고 선포했다.

신시는 위아래로 파란 교복 스타일 옷을 즐겨 입었고 상의 주머니에는 뚜껑이 큰 만년필을 꽂고 다녔다. 그는 지서에 임명된 뒤로 라오순의 악행(토지개혁 당시 옹기를 하나 더 가져가고, 합작사에 참여할 당시 몰래 참깨 2리터를 훔쳐간 일)을 철저히 고발했다. 그를 두 번이나 공격한 데 이어 외삼촌과 샤오루를 치안요원과 촌무원의 자리에서 물러나게 하고 대신 늘 한밤중에 수수를 베던 사람으로 교체했다. 그런 다음 마을 사람들을 조직하여 한밤중에 수수를 베는 선행을 실천했다. 당시 열 살이었던 나도 신시의 일행을 따라 함께 수수를 베러 갔었다. 한번 수수를 베기 시작했다 하면 별이 서쪽으로 기울 때까지 계속되었다. 내가 졸음을 참지 못하고 말했다.

“신시 형님, 전 졸려서 안 되겠어요”

그가 내 얼굴 가까이 몸을 기울이고 말했다.

"너무 졸리면 속눈썹을 하나씩 뽑아봐. 그러면 절대로 안 졸릴 거야."

그 뒤로 누구든 졸리다고 하면 속눈썹을 뽑게 했다. 그러자 나중에는 아무도 졸리지 않게 되었다. 한 무더기 또 한 무더기 수수가 쌓여 가자 모두들 감격을 금치 못했다. 그해의 수수는 큰 풍작을 거뒀다. 모두들 이구동성으로 말했다.

"다 신시 덕분이야. 선촌이 이렇게 번창한 적은 없었다고!"

라오순과 외삼촌, 샤오루, 라오숭의 남은 후손들은 이때 오류분자(五類分子 : 지주, 부농富農, 반혁명反革命, 우파右派, 악질분자 등 다섯 종류의 반동분자)로 분류되어 모두 불려가 수수를 베었다. 한 가지 다른 점이 있다면 다른 사람들은 수수를 다 베고 나면 탈곡장에 가져다놓고 잠을 자러 갈 수 있었지만 라오순 일행은 여전히 남아 계속해서 다리를 수리하고 길을 보수해야 한다는 것이었다. 신시가 그들에게 말했다.

"당신들은 오류분자들이야. 예전에 죄를 많이 지었으니 이제 다리를 수리하고 길을 보수하는 선행을 해야지!"

신시가 유일하게 하지 말았어야 하는 일은 외삼촌과 라오숭의 후손들을 한 조에 편성하는 것이었다. 다리를 다 수리하기도 전에 충돌이 발생했다. 외삼촌이 삽을 가져다 라오숭네 삼대손 푸인(福印)의 얼굴을 내려치자 커다란 상처가 나면서 피가 '철철' 뿜어져 나왔다. 마을의 작은 나팔이 울리고 신시가 사건을 판결했다. 신시가 외삼촌과 푸인을 향해 말했다.

"같은 부류끼리의 싸움은 큰일이 아니오. 둘 다 마을 서쪽의 낡은 절 앞에 가서 비행기를 타도록 하시오!"

외삼촌이 엉덩이를 하늘로 향한 채 비행기를 탔지만 여전히 분이 풀리지 않는 듯 푸인을 노려보며 말했다.

"옛날 성질대로라면 네놈을 구덩이에 파묻어 버렸을 거다!"

신시가 말했다.

"허, 대단하군. 그럼 내가 별이 서쪽으로 기울 때까지 비행기를 태워주지!"

별이 뜨기 시작하자 외삼촌은 비행기 타기를 더 견디기 어려웠다. 팔을 계속 머리 위로 올리고 있었더니 시간이 지나면서 고통이 말이 아니었다. 외삼촌이 말했다.

"신시, 비행기를 그만 내려주게. 우린 예전에 함께 오줌장난을 하던 사이가 아닌가!"

신시가 말했다.

"오줌장난을 했었어도 안 되지. 자네는 대단한 사람이 아닌가!"

그 뒤로 외삼촌은 감히 더 이상 사납게 굴 수 없었다. 과거에 성격이 그렇게 거칠었고 토비와 해방군에서도 복무했었으며 아무 것도 두려울 게 없던 그에게도 신시의 비행기만은 너무나 두려웠다. 이 이후로 그는 얌전하게 길을 보수했다.

당시 마을에는 여전히 형제들의 다툼과 시어머니와 며느리의 싸움, 서방질과 계집질, 도둑질 따위의 사건이 끊임없이 발생했다. 그는 '낙인'과 '우물 폐쇄' 제도 대신 분쟁이 발생하면 일률적으로 비행기를 태우는 처벌로 판결을 내렸다. 이것이 '낙인'과 '우물 폐쇄'보다 좋은 효과를 보이며 사회의 질서가 근본적으로 호전되었다. 모두들 신시에게 말했다.

"다 신시 덕분이야. 션촌이 이렇게 번창한 적은 없었어!"

공사의 저우서기가 종종 사람들을 이끌고 참관을 하러 왔다. 신시는 마을 서쪽의 낡은 절은 허물어져 세 칸짜리 기와집 건물로 새로 탄생했다.

신시가 지서가 된 지 이 년 만에 약간의 변화가 생겼다. 마을에서 수수 베기와 비행기 태우기를 실행한 덕분에 마을의 질서가 안정되고 사건이 줄어들자 신시의 몸에 살이 붙고 다리가 두꺼워지기 시작했다. 움직임이 불편해지자 신시 본인은 더 이상 수수 베는 일을 하지 않고 다른 사람을 시켰다. 그는 수수는 베지 않고 세 칸짜리 기와 건물에서 작은 나팔에 대고 소리쳤다. 동시에 언칭(恩慶)(예전에 함께 수수를 베었던 동료)이라는 사람을 부지서로 선발한 그는 사람들을 이끌고 수수를 베는 일을 언칭에게 위임하고 자신은 다시 기와집으로 돌아와 잠을 잤다. 다음날 요강도 비우지 않아 기와집 안에 독한 냄새가 진동했다. 다들 아무 말도 하지 못했지만 시간이 지날수록 언칭은 불만이 커졌다. 한번은 언칭이 말했다.

"신시, 이곳은 사무실인데 오줌 냄새가 진동하게 하지는 말게!"

신시가 버럭 화를 냈다.

"자네를 부지서로 선출하지 않았다면 자네도 지부에 오줌냄새가 난다는 말은 하지 못했을 거야."

하지만 언칭이 이야기를 한 뒤로 신시는 종종 요강을 비웠다. 때로는 다른 사람들이 수수를 베러 갈 때 그도 더 이상 나팔에 대고 소리만 지르지 않고 사람들을 따라가기도 했다. 하지만 더 이상 일은 하지 않고 밭두렁에 서서 지켜보기만 했다. 또는 여기저기 어슬렁거리다가 아무 집 후원에나 들어가 복숭아, 배 같은 과일을 따먹었다. 하지만 이제는 어릴 때 훔쳐 먹던 것과는 달리 먹고 나서 사람들에게 알렸다.

"아무개, 오늘 내가 자네 집 과일을 몇 개 먹었네."

아무개는 도리어 말했다.

"얼마든지 드십시오. 과일 몇 개가 아까워서 못 드리겠습니까?"

그 뒤로 아무개가 신시를 찾아가 일처리를 부탁하면 신시도 시원하게 처리해주고 다른 말은 하지 않았다. 모두들 이런 신시를 인정이 있는 사람이라고 칭찬했다.

"신시는 인정이 있어. 양심이 없는 사람은 아니야. 과일 몇 개가 고작이잖아!"

그 뒤로 모두들 그가 와서 과일을 따 먹는 것을 반겼다. 신시가 만족하지 못해 후원에 가지 않는 집은 어딘가 문제가 있는 것으로 여겨졌다. 과실수가 없는 집은 서둘러 과실수를 심었다. 라오순과 외삼촌, 샤오루, 라오숭네 오류분자 후손들도 복숭아나 배 같은 과일을 따면 항상 먼저 신시에게 가져다주었다. 신시도 누구의 것이 좋은지 나쁜지 따지지 않고 모두 받아 먹었다.

"저는 어릴 적부터 과일을 좋아하는 것이 병이지요!"

이런 행동이 모두를 기쁘게 했다.

공사의 저우서기는 여전히 업무를 감사하러 내려왔다. 저우서기가 오면 신시는 세 칸짜리 기와집을 깨끗이 청소하고 독한 오줌냄새가 나지 않게 했다. 그런 다음 저우서기를 앉혀 놓고 업무 보고를 한 뒤 닭고기를 대접했다. 저우서기는 업무를 처리하는 데 아주 패기가 있었다. 간부이긴 하지만 간부의 허세가 없었고 누구든지 만나면 자전거에서 내려 말을 건넸다. 닭고기도 즐겨 먹었다. 결국 신시가 대접하는 닭고기도 아주 맛있게 먹었다. 당시 마을의 촌무원은 신시 집안의 조카인 산쾅(三筐)이라는 사람으로 교체되어 있었다. 저우서기가 오자 산쾅은 기와집으로 가서 닭고기를 손질했다. 산쾅은 닭고기 손질에 뛰어났다. 수탉을 한 칼에 죽이고 끓는 물에 한 번 담갔다 꺼낸 다음 한 손으로 끝까지 훑으면 닭은 이내 벌거숭이가 됐다. 그런 다음 칼로 썰고 팔각과 후추, 소금, 고추 등을 넣고 두 시간동안 끓이면 신시의 업무 보고도 끝이 나고 닭도 푹 고아졌다.

"자, 어서 드십시오."

신시가 음식을 권하자 저우서기가 호탕한 어투로 말했다.

"먹어봅시다!"

그러고는 젓가락을 잠시 멈추고 한마디 덧붙였다.

"그런데 말이오, 신시. 닭 값은 당신이 계산하도록 하시오!"

신시도 호탕하게 말했다.

"알겠습니다. 제가 내지요! 드십시오!"

닭고기를 먹고 난 뒤, 신시가 돈을 들고 수탉 주인을 찾아갔다.

"아무개, 수탉 값이오!"

아무개가 불쾌한 표정을 지었다.

"신시, 수탉 한 마리도 주지 못해서야 앞으로 당신을 찾아갈 수 있겠소?"

신시는 돈을 도로 거두는 수밖에 없었다.

"좋아요, 그럼 나중에 다시 얘기하기로 하고 우선 먹도록 하겠소!"

점점 닭고기가 입에 익숙해져 저우서기가 오지 않을 때에도 신시는 혼자서 닭고기를 먹고 촌무원 산쾅을 시켜 닭을 손질하게 했다. 한번은 산쾅이 자리에 없자 신시는 하는 수 없이 다리를 수리하고 있던 샤오루를 불러왔다. 하지만 샤오루는 러빙을 구울 줄은 알아도 닭고기를 손질할 줄은 몰라 끓여낸 솥에 닭털이 가득했다. 게다가 닭고기도 제대로 익지 않았다. 신시는 그를 발로 걷어차 쫓아냈다. 저녁에 산쾅이 돌아와 새로 닭 한 마리를 끓였다. 때로 신시는 언칭을 불러 닭고기를 대접하기도 했다. 하지만 언칭은 어릴 때부터 양고기와 닭고기는 먹지 않았기 때문에 옆에 서서 구경만 했다.

그러자 신시가 재촉하며 말했다.

"어서 먹게. 닭고기 한 마리도 다 먹지 못하나!"

언칭의 태도가 신시를 몹시 불쾌하게 만들었다.

"안 먹으면 그만두게. 뼛속의 닭기름까지 빨아먹어야 다 먹었다고 할 수 있지!"

이후로 다시는 언칭을 불러 닭고기를 대접하지 않았다.

한번은 라오순과 우리 외삼촌이 다리를 수리하고 돌아오는 길에 기와집을 지나치게 되었다. 신시가 그들을 불러 세웠다. 라오순과 외삼촌이 황급히 멈춰 서자 신시가 말했다.

"집 안에 먹다 남은 닭 반 마리가 있는데 자네들이 들어가서 먹게나."

두 사람은 몹시 기뻐하며 안으로 들어가 고기를 다 먹고 국물까지 모조리 마셨다. 라오순이 입을 닦으며 외삼촌에게 말했다.

"우리는 그렇게 오랫동안 좆같은 간부로 일하면서 여태 닭 한 마리도 먹지 못했군!"

뜻밖에도 마당에 있던 신시가 이 말을 듣고 큰소리로 말했다.

"네 좆이 닭고기를 안 먹었으면 셴촌에서 그렇게 많은 사람들이 굶어죽지는 않았을 거다!"

라오순과 외삼촌은 서둘러 자리에서 일어나 더 이상 아무 말도 하지 못했다. 다음날 다리를 수리하면서 외삼촌이 라오순을 원망하여 말했다.

“왜 그런 좆같은 말을 하고 그래요! 이제 당신하고 닭고기 먹기는 틀렸네요!”

신시는 닭고기를 먹기 시작한 지 이 년이 지나면서 점차 복숭아, 배 같은 과일을 먹던 습관도 끊고 오로지 닭고기만 먹게 되었다. 그는 누구 집에 몇 마리의 수탉이 있는지 속으로 계산해보면 정확히 알아 맞출 수 있었다. 점차 거리의 수탉들이 신시를 보면 ‘얼이 빠지게’ 되었다. 신시는 얼이 빠진 수탉을 보면 화를 냈다.

“저 좆같은 머리통 좀 보게. 얼이 빠져 있으면 안 잡아먹을 줄 알고!”

나중에는 다른 집 수탉은 모두 먹어치워 언칭네 닭만 남게 되었다. 신시는 사흘 동안 닭고기를 못 먹자 마치 담배에 중독된 것처럼 견딜 수 없어 산쾅을 시켜 닭을 찾아오게 했다. 산쾅이 마을을 한 바퀴 돌고나서 돌아와 말했다.

“언칭네를 제외하고는 어디에도 수탉이 없습니다!”

신시가 침대 위에 누워 말했다.

“언칭이든 뭐든 간에 가서 닭을 잡아 오라고. 먹고 나서 돈을 주면 될 것이 아니냐!”

산쾅이 닭을 잡아오자 신시는 곧바로 먹어치웠다. 이 일로 언칭은 큰 불만을 느끼게 되었다.

“좆같은 신시 놈 같으니라고! 정말 말도 안 돼. 닭고기에 환장해서 내 것까지 넘보다니 말이야! 누구보다 수수를 많이 베고 좋은 일을 하던 그때 모습은 어디로 간 거야!"

이후로 그는 더 이상 기와집에 가지도 않았고 신시를 상대하지도 않았다. 나중에 신시가 업무 때문에 또 언칭을 불러 따귀를 한 대 때리는 일이 발생했다. 언칭이 몹시 화를 내며 말했다.

"좋아, 신시 이 놈, 두고 보라고. 네가 죽던지 내가 죽던지 어디 결판을 내보자고!"

그는 자료를 정리하여 신시를 현에 고발했다. 현에서는 선촌의 부지서가 지서를 고발해오자 황급히 조사반을 마을로 내려 보내 진상을 조사하게 했다. 하지만 조사반이 공사에 도착하자 저우서기가 그들을 막으며 말했다.

"신시 동지가 성격이 단순하기는 해도 업무는 잘 처리합니다. 단지 저와 마찬가지로 닭고기를 좋아한다는 것이 한 가지 흠이지요! 하지만 어느 누가 닭고기를 싫어하겠습니까? 이런 일은 제 선에서 처리하면 될 것을 좆같이 조사는 무슨 조사입니까!"

"그렇군요. 알겠습니다, 저우서기."

조사반 사람들은 연신 고개를 끄덕이며 다시 현으로 돌아갔다. 저우서기는 신시를 공사로 불러 한바탕 비판을 했다.

"앞으로 닭고기 먹는 일을 삼가도록 하시오! 한 번 더 닭고기를 먹었다가는 당장 쫓겨날 줄 아시오!"

신시는 연신 고개를 끄덕이고 저우서기를 보고 감격의 눈물을 흘렸다. 하지만 마을로 돌아와서는 오히려 길을 걸으면서 욕을 해댔다.

"좆같은 닭고기 좀 먹었다고 현에다 고발을 해! 이 마을은 정말 다스리기 어렵군, 어려워! 하지만 내가 능력이 부족한 탓이지 누굴 탓하겠나!"

이후로 그는 기와집에 누워 닭고기를 먹지도 않고 스피커에 대고 소리를 지르지도 않았으며 요강을 비우지도 않았다. 방안에는 역한 냄새가 가득했다. 우두머리가 사라지자 마을은 다시 혼란스러워졌다. 라오순와 외삼촌, 샤오루, 라오숭의 후손들은 오히려 싱글벙글 웃으며 더 이상 다리를 수리하지 않고 일제히 자신들의 자류지(自留地 : 사회주의 시절 중국에서 농업 집단화 이후에도 농민 개인이 경영할 수 있도록 허용한 약간의 자유 경작지)로 가서 씨를 뿌렸다. 마을에는 다시 서방질과 계집질, 도둑질이 나타났다. 언칭은 고발이 받아들여지지 않고 오히려 마을만 혼란스러워진 것을 알고는 창피해하며 집 밖에 나오지 않았다. 사람들도 모두 언칭을 원망했다.

"닭고기 좀 먹었다고 고발을 하다니 사람도 아니야! 잘한다, 잘해. 상부에서 우리 마을이 서로 싸우기만 하고 단결하지 못한다고 생각할 테니 이제 큰일 났네. 이제 오류분자들까지 날뛰기 시작했으니 말이야!"

사람들은 잇달아 역한 냄새가 진동하는 기와집으로 달려가 신시를 위로했다. 신시도 체면을 생각해서 일어나 업무를 주관하기 시작했다. 그가 다시 수수 베기와 비행기 태우기를 실행하자 마을의 기풍은 곧 좋아졌다. 라오순과 외삼촌 무리도 다시 얌전히 다리를 수리하러 가기 시작했다.

5

신시는 십일 년 동안 지서를 맡았다. 원래는 계속 맡을 수 있었지만 함부로 떠든 탓에 지서 자리에서 쫓겨나고 말았다. 이 해에는 공사의 서기도 바뀌어 저우서기는 좌천되고 새로 추이(崔)서기가 부임했다. 공사에서 회의를 개최한다는 통보가 왔다. 신시는 회의에 갔다가 저우서기가 추이서기로 바뀐 것을 보고 왠지 마음에 들지 않아 사람들에게 말했다.

"저우서기가 일은 참 잘 했었는데 좌천되고 말다니!"

사람들은 그를 상대해주지 않았다. 그는 작은 식당에 가서 두 냥(兩)의 술을 들이붓고는 곤드레만드레 취해버렸다. 마침 추이서기가 연설을 하면서 작업이 착실하게 이뤄지지 않은 마을들을 비판했다. 비판한 마을들 가운데는 션촌도 끼어 있었다. 과거 션촌은 늘 저우서기의 칭찬을 받았었는데 새로 부임한 추이서기가 비판을 하자 신시는 술기운을 빌어 벌떡 일어나서는 추이서기에게 말대꾸를 했다.

"추이서기님, 저는 더러운 놈입니다. 능력도 없는데 일인들 제대로 하겠습니까?"

추이서기는 이제 막 부임해 연설을 하는데 누군가 말대꾸를 하자 속으로 몹시 화가 났다. 게다가 신시가 곤드레만드레 취하기까지

한 것을 보고는 탁자를 내려치며 말했다.

"자네가 더러운 음식이라고 해서 이곳을 더럽혀도 되는 건 아닐세! 곤드레만드레 취한 걸 보니 지서를 맡겨서는 안 되겠군!"

회의를 열면서 추이서기가 말했다.

"가서 저 더러운 음식을 조사해보시오!"

공사에서 조사반을 꾸려 션촌에 내려가 신시의 조사하기 시작했다. 공사 서기의 명령이라 조사반은 집집마다 찾아다니며 아주 진지하게 조사를 진행했다. 언칭은 이런 기회를 놓치지 않고 득의양양하게 조사반을 찾아가 신시의 문제점을 폭로했다. 어떻게 닭고기를 먹었으며 어떻게 지부 사무실에서 오줌을 눴는지, 또 어떻게 사람들의 속눈썹을 뽑고 어떻게 남의 따귀를 때렸는지 낱낱이 고해바쳤다. 조사반 사람이 말했다.

"아이고, 세상에, 그런 사람이 지서를 맡았단 말입니까!"

마을 사람들은 상황이 신시에게 좋지 않게 기우는 것을 보고는 신시가 지서를 맡아서는 안 된다고 생각하면서 신시에게 복수할 생각을 했다. 아무개는 뒤에서 몰래 조사반에게 신시가 어떻게 닭고기를 먹고 돈을 주지 않았으며 어떻게 남의 후원에서 복숭아와 배 같은 과일을 따다 먹었는지 폭로했고, 심지어 어떤 노인은 신시가 어릴 때 도둑질을 하던 습관까지 모두 들춰내 까발렸다. 조사반은 자료를 한데 모아 추이서기에게 보냈다. 추이서기가 자료를 툭툭 치며 말했다.

“이것 보라고, 이것 봐. 순전히 무뢰한이었군! 라오저우는 안목도 없지, 어떻게 이런 자에게 지서를 맡겼단 말이야! 당에서 쫓아내지 않는 걸 다행인줄 알아야 할 거야!”

이리하여 작은 스피커를 통해 신시를 지서 직에서 해임한다는 소식이 선포되었다. 언칭은 신시를 폭로하는데 앞장선 공로로 부지서에서 지서로 승진했다. 신시는 자리에서 물러나자 공사의 회의에서 추이서기에게 말대꾸한 일을 몹시 후회했다. 하지만 이제 와서 후회한들 소용이 없었다. 그저 스피커에서 흘러나오는 얘기를 다 듣고 나서 엄숙하게 한마디 던질 뿐이었다.

“몇 년이나 지서를 맡은 것이 전부 헛일이 되었구나. 사람들에게 잘못했으니 물러나는 것이 당연할 수밖에!”

그는 마침 저녁에 우연히 역시 지서 자리에서 물러난 라오순과 마주치게 되었다. 그를 본 라오순이 물었다.

“신시, 밥 먹었나?”

신시는 허세를 부리지 않고 다가가 라오순의 손을 부여잡았다.

“숙부님, 이제 세상인심을 알 것 같습니다! 제가 지서로 있을 때 숙부님께 다리를 수리하게 하고 섭섭하게 한 일은 너그럽게 용서해 주세요!”

라오순이 대인답게 인자한 모습을 보이면서 두 손을 긁으며 말했다.

“젊어서 그런 걸 어쩌겠나. 이제 와서 따져봐야 아무 소용없는 일이지?"

언칭은 이때부터 지서가 되었다. 언칭은 지서가 된 뒤로 신시가 지서로 있을 당시의 병폐를 개혁하기 시작했다. 그는 작은 스피커에 대고 소리치지도 않았고 닭고기를 먹지도 않았으며 방에서 오줌을 누지도 않았고 남의 복숭아나 배 같은 과일을 따 먹지도 않았다. 단지 깊은 밤 사람들을 이끌고 수수를 벨 때 더우면 상의를 벗어던질 뿐이었다. 사람들도 그를 따라 상의를 벗어던졌다. 이렇게 어깨를 드러내고 일을 하는 것이 한때 션촌의 풍습이 되었다. 이 해에 수수가 한 무더기 한 무더기 탈곡장에 쌓이자 모두들 몹시 기뻐하며 말했다.

"역시 언칭이 신시보다 낫다니까. 지서가 되고서도 사람들과 함께 일하고 닭고기도 먹지 않잖아!"

마을에 자잘한 사건이 발생하자 언칭 역시 회의를 열고 비행기 태우는 처벌을 내렸다. 일단 회의가 열리면 그는 집집마다 통지를 했고 마을을 평온하게 다스렸다. 모두들 크게 기뻐하며 말했다.

"역시 언칭이 신시보다 낫다니까!"

언칭이 지서가 된 지 이 년이 되자 몸에 살이 붙고 다리가 두꺼워지기 시작했다. 하지만 예기는 예전 못지않아 기세등등하게 일을 처리했고 밭일을 할 때도 여전히 가장 먼저 나서 솔선수범했다. 땀이 나면 저고리를 벗어던졌고 회의가 열릴 때면 여전히 집집마다 통지를 했다. 그러나 이때는 사람들이 말이 달라졌다.

“지서가 된 지 이 년이 되었는데 아직도 지서의 모양새를 찾아볼 수 없군. 걸핏하면 저고리를 벗어던지고 말이야!”

“지서가 되어서도 지서의 모양새를 갖추질 못하는군. 회의를 열 때면 집집마다 통보를 다 하고 말이야!”

마침 이때 언칭은 아내와 다투고 집을 나와 세 칸짜리 기와집에서 지내게 되었다. 세 칸짜리 기와집에서 묵게 되자 언칭은 점점 지서의 모양새를 갖춰갔다. 밤에 아내와 다툴 일이 없이 혼자서 잠을 자니 다음날 아침에 늦잠을 자기 쉬웠다. 일할 시간을 지체하지 않기 위해 그는 신시가 쓰던 방법을 사용하는 수밖에 없었다. 작은 스피커로 사람들에게 소리쳐 다른 사람들에게 먼저 수수를 베러가게 했다. 그리고 자신은 다른 사람들이 한나절을 일한 뒤에야 침대에서 일어나 눈을 비비고 밭으로 갔다. 이른 아침에는 날이 추워 저고리를 벗지 않았다. 매일 같은 밥을 먹으니 비린 것도 먹고 싶고 복숭아나 배 같은 과일도 먹고 싶었다. 아침에 일어나 요강을 비우고 싶지도 않았다. 하지만 언칭은 자신을 억제하면서 이틀에 한 번은 요강을 비워 기와집에 독한 냄새가 진동하지 않도록 하기 위해 노력했다. 허기가 질 때는 들에서 산사나무 열매를 따먹고 메뚜기나 개구리를 잡아서 불에 구워먹었다. 그래도 참기 힘들 때는 총으로 산토끼를 한 마리 사냥해 삶아 먹었다. 마침 추이서기도 자주 업무를 감사하러 내려왔다. 그 역시 토끼 고기를 즐겨 먹었다. 이리하여 추리서기가 오면 언칭은 촌무원 바칭(八成, 본가의 형제다)을 보내 산

토끼를 잡아다 삶게 했다. 업무 보고가 끝이 나면 토끼가 푹 삶아져 있어 두 사람은 함께 토끼를 먹었다. 어쩌다 토끼를 잡아오지 못하면 하는 수 없이 남의 집에서 집토끼를 빌려와야 했다. 하지만 집토끼는 맛이 산토끼만 못했다. 이렇게 오랜 시간이 지나면서 언칭은 토끼 고기에 중독되어 하루라도 토끼를 먹지 않으면 온몸에 힘이 빠졌다. 추이서기가 오든 안 오든 바청을 시켜 이틀에 한 마리씩 토끼를 삶게 해야 했다. 하루는 살을 발라 먹고, 하루는 국물을 마셨다. 집집마다 토끼를 잡게 되자 모두들 신시가 돌아온 것 같다는 생각이 들면서 언칭에 대해 불만이 가득했다.

"언칭도 신시가 되어가는군!"

하지만 생각해보면 신시보다는 나았다.

"언칭은 먹어도 토끼만 먹고 그것도 이틀로 나눠먹으니 복숭아나 배 같은 과일에 닭고기까지 먹던 신시보다야 낫지!"

토끼들은 점점 언칭을 보면 얼이 빠지게 되었다. 하지만 언칭은 얼이 빠진 토끼를 보고도 욕을 하지 않고 상냥하게 대했다. 토끼를 먹으면 입에서 쉽게 비린내가 났다. 비린내를 없애기 위해 언칭은 술을 두 모금 마셨다. 마시다보니 중독이 되어 하루라도 마시지 않으면 턱에 경련이 일어났다. 진(晉)씨네 식당에 지서가 진 외상이 가득 기재되었다. 연말에 수금을 하러 오면 언칭은 그에게 기와집에 있는 수레바퀴를 들고 가게 했다. 나중에 사람들이 언칭을 찾아가 처리할 일이 있을 때는 형제들의 다툼이건 시어머니와 며느리의 싸움이건, 아니면 택지 문제나 결혼증서 발급에 관한 일이건 간에 항상 먼저 언칭을 집에 불러 '성의를 표시한' 다음에 일처리를 논의했다. 하지만 언칭의 음주에도 좋은 점이 있었다. 토끼를 먹고 나면 반드시 술을 마셨지만 술을 마신다고 절대로 토끼를 먹지 않는 것은 아니었다. 남의 집에서 밥을 먹으면서 어떻게 그렇게 일일이 따질 수 있겠는가? 소금에 절인 배추 쪼가리로도 술을 마실 수 있었다. 모두들 사건을 처리하기 전에 먼저 언칭을 집으로 불러 술을 대접하는 것이 점차 하나의 규율이 되었다. 술을 대접하지 않는 사람이 있으면 모두들 그를 인색하다고 비난했다. 언칭의 아내는 그가 술을 너무 많이 마실까봐 매일 거리를 헤매며 언칭을 찾아다녀야 했다.

"이 후레자식이 어디 가서 자빠져 있는지 모르겠네!"

"그렇게 남의 밥이 맛있고 남의 술이 달면 남의 집에서 살던지!"

그의 아내는 대접을 하던 주인도 난처하고 술상 앞에 앉아 있던 언칭도 난처하게 만들었다. 언칭은 아내와 다투고 집을 나와 혼자 지내던 터라 이런 말을 듣고는 분개하여 말했다.

"왜 안 죽고 이렇게 난리를 피우는 거야!"

아내가 울면서 말했다.

"어떻게 죽으란 말이에요?"

언칭이 말했다.

"전깃줄에 목을 매던지 우물에 뛰어들던지, 그것도 아니면 농약을 먹던지 마음대로 해. 나는 상관 안 할 테니까!"

아내는 '엉엉' 울면서 친정으로 돌아갔다. 아내가 친정으로 가자 언칭은 더 마음 놓고 술을 마셨다. 마음껏 마시다보니 오히려 몸에 해가 되었다. 결국 언칭은 알코올중독자가 되어 그때의 라오순처럼 밤새 잠들지 못하고 제멋대로 마을을 돌아다니기 시작했다.

술은 사람들의 성격을 변하게 만들었다. 이때 라오숭의 후손 가운데 메이란(美蘭)이라는 여자아이가 중학교를 졸업했다. (얼굴은 조금 길었지만 이목구비는 그런대로 괜찮았다.) 언칭은 그녀를 큰 그릇으로 키우기 위해 생산대의 본부로 보내 매일 아침 사람들에게 밭에 가서 수수를 베라고 소리치게 했다. 얼마 후 언칭이 라오숭네 처녀를 어떻게 했다는 소문이 돌았다. 하지만 모두들 어찌됐든 간에 자기네 처녀가 아니라는 생각에 아무도 상관하지 않고 그가 마음대로 하게 내버려두었다. 단지 외삼촌(당시 쉰여섯 살이었다)이 한 번 화를 낸 적이 있었다. 외삼촌은 오경에 닭이 울자 손에 거름을 들고 마을 서쪽의 기와집으로 가서는 발로 문을 걷어찼다. (문에 빗장도 걸려있지 않았다.) 들리는 바에 의하면 이불 속에 갇힌 남녀는 '꼬끼오' '꼬끼오' 하고 수탉처럼 울었다고 한다. 언칭이 손댄 것도 오류분자의 처녀였지만 두 사람의 일을 목격한 사람도 오류분자였다. 언칭은 원래 그를 상대로 투쟁대회(鬪爭大會 : 토지 개혁, 삼반오반三反五反 운동 때에 악질 지주들의 구악舊惡을 폭로, 규탄한다는 명목의 군중대회)를 열려고 했으나 다시 생각해보고는 침대 위에서 외삼촌에게 담배 한 개비를 던지며 말했다.

"됐네, 라오션, 돌아가게!"

다음날에는 외삼촌에게 큰 짐차 두 대 분량의 벽돌을 결재해주면서 벽돌가마터에서 가져가도록 허가했다. 당시 열여섯 살이던 나도 외삼촌과 그의 아들 바이옌(白眼)을 도와 함께 가축을 몰고 가서 이 벽돌을 날랐다. 당시 외삼촌은 몹시 기뻐하면서 이렇게 말했었다.

"이 벽돌만 아니었으면 옛날 성질대로 개 같은 연놈을 구덩이에 파묻어 버렸을 텐데!"

이때 마을 사람들은 모두 언칭에게 반대하기 시작했다. 모두들 탄식하여 말했다.

"이제 보니 언칭이 신시만 못하군! 술 마시고 토끼를 잡아먹는 것도 모자라 남의 집 처녀까지 범하다니 말이야! 신시는 복숭아나 배 같은 과일만 먹으면 그만 아니었나? 오히려 신시가 나았던 것 같아!"

하지만 신시는 그렇게 생각하지 않았다. 그가 언칭에게 말했다.

"아우, 자네가 지서 일을 나보다 잘 하는군 그래!"

언칭은 허세가 가득한 투로 말을 받았다.

"잘 해봐야 무슨 소용입니까. 이 좆같은 지서 일은 할 게 못 되는 것 같습니다!"

결국 누군가 언칭의 문제들을 현에 고발했다. 현에서 조사반을 꾸려 공사로 내려 보냈다. 공사의 추이서기는 저우서기처럼 그를 감싸주지 않았다.

"이 후레자식 같은 놈이 하루 종일 그렇게 편하게 지냈단 말입니까? 당장 가서 그놈을 조사하세요!"

하지만 조사반이 집집마다 찾아다니며 일일이 물어봤지만 언칭을 나쁘게 말하는 사람은 아무도 없었다. 모두들 언칭은 청렴결백한 사람으로서 지서가 되기에 충분하며 그가 아무것도 먹지 않고 아무 짓도 하지 않았을 뿐만 아니라 오로지 사람들과 함께 수수 베는 일밖에 할 줄 모른다고 말했다. 아무리 조사를 해도 언칭의 문제를 밝혀낼 수가 없었다. 언칭은 억울하다면서 지서 자리를 맡지 않겠다고 했다. 추이서기가 다시 찾아와 그를 위로했다.

"자네는 이미 빌어먹을 조사를 받지 않았나? 조사를 하고도 자네를 지서에서 물러나게 하지 않았는데 그렇게 완고하게 굴 필요가 있겠나? 계속 고집을 부리면 정말 자네를 해임해버릴 걸세!"

언칭은 그제야 아무 말도 하지 않고 황급히 촌무원 바청을 불러 토끼를 잡아오라고 시켰다.

당시 나는 이미 마을에서 시원스런 젊은이로 통했다. 내가 가축 사육장에서 담배를 입에 물고 라오얼과 라오산에게 말했다.

"둘째, 셋째 외삼촌, 뒷배가 그렇게 든든하면 왜 조사반을 보고 그렇게 겁을 먹었던 거예요?"

둘째, 셋째 외삼촌이 나를 노려보았다.

"너희 어르신들께서 누구든 언칭을 고발하는 자는 우리 션촌의 원수라고 했어! 언칭이 해임되고 지서가 개자식으로 바뀐다고 해도 언칭보다 낫다는 보장은 없지. 언칭이 술을 마시고 토끼를 잡아먹고 지주네 처녀를 범하기는 했지만 다른 놈으로 바뀌면 우리 가축을 잡아먹고 우리 집 처녀를 범할지도 모른단 말이다!”

그 뒤로 모두들 언칭을 보면 온화한 표정을 지었다. 언칭이 거리를 걸어가는 것을 보면 모두들 입을 모아 말했다.

“언칭, 이리 와서 식사 좀 같이 하게!”

“언칭, 내가 먼저 실례했네!”

언칭은 핏발이 선 눈으로 쉴 새 없이 하품을 하면서 말했다.

“괜찮습니다. 어서 식사들 하세요!”

그런 다음 어디로 가는지 아무에게도 말하지 않고 낡은 자전거를 타고 가버렸다. 때로는 아예 공개적으로 메이란을 싣고 장에 가서 샤오빙(燒餅)과 후라탕(糊辣湯)을 먹기도 했다. 모두들 이에 개의치 않았다.

언칭은 1982년까지 지서 자리를 맡았다. 이후 자리에서 물러난 뒤에는 간경화로 죽었다. 이것은 나중에 들은 얘기였다.

6

선촌의 현임 촌장은 쟈샹(賈祥)이었다. 이때 마을은 이미 인구 사백여 명 규모로 발전했다. 쟈샹과 나는 동갑으로 어릴 때는 응어리

머리였다. 내 기억에 의하면 그는 다황포에서 풀을 깎다가 사람들 사이에 싸움이 벌어지거나 사람들이 강물에 들어가 목욕을 할 때마다 옷을 지켜주곤 했다. 그가 성인이 되면서 유능해져 촌장이 될 줄은 미처 몰랐다.

나는 쟈샹의 부모와도 잘 아는 사이였다. 나는 그의 아버지를 류(留)외삼촌이라고 불렀고 그의 어머니를 류외숙모라고 불렀다. 류외삼촌은 방귀를 자주 뀌었다. 길게 뀌면 마을 동쪽에서 서쪽까지 이어질 정도로 길었다. 류외숙모는 밤에 잠을 잘 때 숨이 막힐까봐 겁이 나서 쟈샹에게 이불을 덮어줄 수가 없다고 말했다. 류외숙모는 눈이 반쯤 멀어 방향을 제대로 알지는 못했지만 역사에 통달했기 때문에 종종 낫으로 땅을 긁어가며 고구마 밭에 앉아 우리들에게 '오운소(伍雲昭)의 서역 정벌'에 관한 이야기를 들려주었다. 동작은 별로 정교하지 못했다. 쟈샹의 말에 따르면 한번은 식구들이 부뚜막에 둘러앉아 함께 밥을 먹는 자리에서 류외숙모가 정신없이 먹다보니 생쥐까지 먹어버렸다고 한다. 쟈샹이 스무 살 되던 해에 류외삼촌과 류외숙모는 잇달아 세상을 떠났다. 두 사람은 쟈샹에게 낡은 초가집 한 채와 '꼬꼬댁' 하고 우는 늙은 암탉을 한 마리 남겨주었다. 마당에는 멀구슬나무도 몇 그루 있었지만 쟈샹이 이를 베어 부모의 관을 만드는데 사용했다. 그런 다음 쟈샹은 사람들을 따라 목공일을 배우기 시작하더니 작은 의자나 네모난 탁자, 침대, 창살 등을 만들 수 있게 되었다. 목공일을 시작하고 오 년이 지나자 그는 공구를 메고 농민 건축대에 들어가 천리 밖에 있는 톈진(天津)의 탕구(塘沽)로 집을 지으러 갔다. 봄에 다시 돌아온 그는 적잖이 우쭐댔다. 새 옷에 새 모자뿐만 아니라 허리에 표주박 공 같은 라디오를 차고서 어디를 가든 틀고 다녔다. 건축대에서 이 년을 지내자 쟈샹은 더욱 유능해져 표주박 공 같은 라디오는 더 이상 갖고 다니지 않았다. 그는 직접 갑방(甲方)과 계약을 체결하고 션촌에서 인원을 모아 새로운 건축대를 조직하기 시작했다. 수하에 대공(大工)과 소공(小工), 도공(刀工), 기와공, 시멘트공, 목공 등을 두어 역할도 세분화했다. 쟈샹이 말했다.

"저쪽은 갑방이니 우리는 을방(乙方)이라고 하지!"

마을 사람들이 잇달아 말했다.

"쟈샹이 을방을 세웠대. 쟈샹이 을방을 세웠어!"

사람들은 그를 괄목상대하여 보게 되었다. 쟈샹은 을방을 세운 뒤로 을방의 모양새를 갖췄다. 거리를 걸을 때 과거에는 자주 팔짱을 끼곤 했지만 지금은 팔짱을 끼는 대신 뒷짐을 졌고 머리도 떡이지지 않았다. 마을 사람들은 그를 보면 모두들 밥그릇을 가리키며 말했다.

"쟈샹, 이리 와서 식사 좀 하게!"

"쟈샹, 내가 먼저 실례했네!"

쟈샹이 뒷짐을 지고 말했다.

"괜찮습니다. 식사들 하세요!"

이제는 쟈샹이 목욕을 하면 다른 사람들이 그의 옷을 지켜주었다. 들리는 바에 의하면 쟈샹이 탕구에 을방을 연 뒤로 갑방에 염전 하나를 파내고 가건물을 지어줬다고 한다. 하지만 이때 쟈샹은 탕구에 주로 머물지 않고 본가의 숙부를 부을방(副乙方) 자리에 앉혀 직원들과 업무를 관리하게 하고 자신은 종종 혼자 기차를 타고 돌아와 농사를 지었다. 하지만 이때 그의 밭은 자신이 직접 농사를 지을 필요가 없었다. 마을에서 누군가 먼저 그를 대신해 농사를 지었기 때문이다. 누가 농사를 지었는지도 이야기하지 않았다. 마치 예전에 신시와 언칭이 수수를 베는 선행을 베풀었던 것과 같았다. 쟈샹도 크게 주궁하지 않았다. 을방을 경영한지 이 년이 되자 쟈샹은 더 이상 부모가 물려준 초가집에 살지 않고 직접 마을 서쪽의 지부 사무실 곁에 나란히 일곱 칸까지 기와집을 짓게 되었다. 기와집 천장에는 커다란 대들보 대신 철근을 사용했다. 상량(上梁)을 하던 날 사람들이 구경을 하러 갔다. 쟈샹은 몇 천 위안을 들여 경운기 한 대를 장만해 아내와 아이들을 태우고 친척집을 방문하러 갔다. 마을의 누군가는 가는 길에 경운기를 얻어 타기도 했다. 쟈샹이 마을 사람을 태워주며 말했다.

"어디서 내릴지 미리 알려주셔야 세우기 좋습니다!"

마을 사람이 말했다.

"쟈샹 그 아이가 이렇게 유능해 질 줄 몰랐군 그래. 예전의 지주 라오숭보다 더 호사스럽다니까!"

이때 마을에는 오류분자가 없어진지 오래였다. 라오순과 외삼촌, 라오숭의 형제들 등 노인들은 모두 세상을 떠났다. 살아있는 사람들은 모두 오명에서 벗어났다. 들리는 바에 의하면 라오순은 죽기 전에 이미 정신이 흐려져 다시 동냥하는 노래를 부르기 시작했고, 이를 본 외사촌이 독살스럽게 한마디를 내뱉었다고 한다.

"젊을 때 성질대로라면 저 놈을 진즉에 구덩이에 파묻어 버렸을 텐데!"

침대 맡에서 시중을 들던 사람을 깜짝 놀랐다고 한다. 하지만 '저 놈'이 대체 누구를 가리키는 것인지는 아무도 짐작하지 못했다.

라오순과 라오셴, 라오숭은 모두 푸인과 산싼쾅, 바청, 바이옌 같은 자식들을 남겼다. 자식들은 노인들을 땅에 묻고 모두들 쟈샹의 농민 건축대에 들어가 탕구에 염전을 파러 갔다. 지주 라오숭의 여자 후손인 메이란은 과거 지부 사무실에서 스피커로 공지사항을 알리는 일을 맡았었지만 이제는 스피커도 망가지고 언칭도 간경화를 얻어 일없이 집에 머물게 되자 역시 쟈샹을 찾아갔다. 하지만 그녀는 탕구로 가지 않고 쟈샹의 집에서 밥을 짓게 되었다. 전 지서인 신시는 이때 마흔이 조금 넘었으니 그리 늙은 편이 아니라 역시 쟈샹의 건축대에 들어가 탕구로 갔다. 그는 당원이었기 때문에 쟈샹은 그에게 공사감독을 맡겨 공사장에서 자를 들고 다니며 토방(土方)의 크기를 재게 했다. 하지만 들리는 바에 의하면 그는 탕구에 가서도 닭고기를 즐겨먹었다고 한다. 한번은 그에게 야채구입을 맡겼더니 부식비를 가로채 통닭을 사먹다가 고기를 뜯다가 사람들에게 발각되어 하마터면 산쾅과 바청 등에게 떠밀려 염전에 빠질 뻔했다. 이때 언칭은 이미 간경화를 얻었지만 여전히 마을에서 지서를 맡고 있었다.

이때 마을과 공사에서는 기관개혁을 단행해 공사는 향, 대대는 촌, 지서는 촌장으로 개칭하고 땅은 개인에게 분배하여 각자 경작하게 했다. 모두들 처음에는 이에 익숙하지 않아 고쳐 부르자니 해방 전으로 돌아간 느낌이라며 어려워했지만 시간이 지나면서 점차 익숙해졌다.

"그래도 촌이나 향이라고 부르는 게 더 어울리지!"

뒤이어 마을의 우두머리도 교체하게 되었다. 이때 언칭은 이미 간경화 후기라 누렇게 뜬 얼굴로 항상 솜저고리를 걸치고서 지부 사무실 문 앞에 술병을 끼고 앉아 햇볕을 쬐곤 했다. 마을 사람들은 인정이 야박해서 누구 하나 언칭을 불러 토끼와 술을 대접하는 사람이 없었다. 언칭은 토끼를 사냥하고 싶어도 기력이 없어서 토끼는 먹지 못하고 술만 마시는 수밖에 없었다. 큰 스피커가 고장 나서 사용할 수 없게 되자 메이란도 지부에 오지 않았고 언칭도 집으로 돌아가 머물렀기 때문에 햇볕을 쬘 때만 이곳에 올 뿐이었다. 반면에 쟈샹은 언제든지 탕구에서 돌아와 누런 얼굴의 지서를 만나면 그를 집으로 초대하고 취사원 메이란을 시켜 토끼 고기를 삶아 대접했다. 토끼 고기에서 더운 김이 나 메이란의 얼굴이 붉어졌지만 언칭은 고개를 숙인 채 술을 마시면서 토끼 고기를 먹을 뿐이었다. 마을의 기관개혁이 단행된 뒤에도 언칭에게 계속해서 촌장을 맡기려고 했지만 쟈샹은 간경화를 앓는 사람에게 공인(公印)을 쥐어져 일 년에 한 차례씩 그의 을방과 계약을 체결하도록 하는 것이 조금은 부적절하다고 느껴졌다. 술상 앞에서 그가 언칭에게 말했다.

"언칭 숙부님, 이제 숙부님 연세도 적지 않은 데다(이때 마흔여덟 살이었다) 지병도 있으시니 너무 그렇게 마음 쓰시는 일을 할 필요 없어요. 정 힘드시면 제가 그 일을 대신할 테니 숙부님은 정저우(鄭州)로 내려가 요양을 하도록 하세요! 숙부님만 좋다고 하시면 제가 당장이라도 향에 보고를 하겠습니다!"

뜻밖에도 누런 얼굴의 언칭이 토끼 다리를 땅에 내던지며 말을 받았다.

"이런 좆같은 새끼!"

그러고는 자리를 떴다. 쟈샹은 몹시 난처했다. 원래 잘 해보려고 했던 것인데 일을 그르치고 말았다. 이에 쟈샹은 더는 고민하지 않고 을방을 경영하는 일에만 신경을 썼다. 그런데 뜻밖에도 향에서 새로운 방법을 제시하며 이번 촌장 선출은 경쟁 방식을 채용하여 두 명의 후보자 가운데 한 명을 뽑도록 하겠다고 공포했다. 이 소식을 들은 마을 사람들은 몹시 화를 냈다.

"어떤 후레자식이 이런 나쁜 방법을 생각해낸 거야. 둘 중에 하나를 뽑는다니 자기는 아무 신경 안 쓰고 일을 전부 남들에게 미루겠다는 말이잖아! 조상 때부터 지금까지 둘 중에 하나를 뽑는다는 말은 들어보질 못했다고!"

쟈샹은 소식을 듣고 기뻐하면서 여기저기 떠벌리고 다녔다.

"우리도 경쟁 선발을 실행한대요. 우리도 경쟁 선발을 실행한다고요!"

이리하여 사람들이 언칭과 경쟁을 하게 되었다. 경쟁 선발 자체는 결코 복잡하지 않았다. 사람들의 자손들이 모두 쟈샹의 을방에서 일하고 있는 데다 언칭은 병을 앓고 있을 뿐만 아니라 술을 마시고 토끼 고기를 먹으며 남의 처녀를 범하기까지 했으니 쟈샹에 비해 부족한 점이 훨씬 많았다. 향에서는 쟈샹이 일찍이 이 천 위안이라는 거금을 기부해 초등학교를 수리하는 등 품행이 훌륭한데다 언칭은 이미 간경화 후기인 것을 보고는 쟈샹을 선출하는 것으로 뜻을 모았다.

이때부터 쟈샹이 촌장이 되었다. 날인을 받을 때 더 이상 언칭을 찾아갈 필요가 없었다. 쟈샹은 촌장이 되기 전에는 마을에서 머무는 시간이 확실히 많았는데 촌장이 된 이후로는 탕구에 머무는 시간이 더 많았다. 마을 사람들은 여전히 그를 을방이라 불렀고 탕구 사람들은 도리어 그를 촌장이라고 불렀다. 언칭은 촌장 선출에서 밀린 뒤로 작은 얼굴이 더욱 누렇게 변했다. 온종일 하는 일 없이 집 문 앞에 앉아 햇볕을 쬐는 시간이 많아졌다. 물론 지부 문 앞이 햇볕을 쬐기에 더 좋았지만 그는 무슨 일이 있어도 더는 그곳에 가지 않았다. 사람들은 그가 자기 집 문 앞에 앉아 두 손으로 간 부위를 움켜쥐고 햇볕을 쬐고 있는 모습을 보고는 오히려 불쌍히 여기면서 말했다.

"언칭도 예전에 마을을 위해 좋은 일을 적잖이 했었는데!"

또 쟈샹이 촌장으로 선출된 것에 대해 약간 분노하며 말했다.

"우리 손으로 저런 놈을 뽑아줬다니!"

"빌어먹을 놈이 탕구에서 일은 안 하고 일곱 칸짜리 기와집을 짓더니만 촌장이 되고 나서는 마을에 붙어 있지도 않는군. 모든 일을 그에게 맡기는 게 좋겠어!"

물론 이런 말도 뒤에서 수군거릴 뿐이고 쟈샹을 만나면 여전히 을방이라고 불렀다.

이때 향의 우두머리가 우(吳)향장으로 바뀌었다. 우향장은 쟈링(嘉陵 : 중국 오토바이 상표)을 즐겨 탔다. 거리에 '부릉부릉' 소리가 들리면 영락없이 우향장이 온 것이었다. 우향장은 마을에 왔다 하면 곧 쟈샹을 찾아갔다. 우향장은 일을 매우 잘했다. 그는 마을에 올 때마다 말했다.

"우리는 상품의 생산을 발전시켜야 합니다!"

그는 쟈샹의 집에 들어가 그와 함께 돼지 위를 안주로 맥주를 마셨다. 주량이 맥주 네 병인 우향장은 술을 마시고 나면 얼굴이 빨개졌다. 주량이 맥주 세 병인 쟈샹은 술을 마시고 나면 머리를 쓰다듬었다. 하나는 얼굴이 빨개졌고 하나는 머리를 한참 쓰다듬었다. 그러고는 둘 다 '헤헤' 웃다가 우향장은 '쟈링'을 타고 돌아갔다. 작년에 우향장이 집을 지을 때 쟈샹이 일을 도와주고 철근으로 된 들보도 몇 개 얹어주었다. 쟈샹의 아내가 병이 났을 때는 쟈샹이 탕구에 가느라 집에 없었다. 그러자 모두들 말했다.

"우향장한테 가봅시다. 우향장한테 가보자고!"

사람들은 쟈샹의 아내를 데리고 우향장을 찾아갔다. 우향장은 곧 쟈샹의 아내를 병원에 입원시키라는 지시를 쪽지에 적어주었다. 모두들 말했다.

"우향장은 인의가 있는 사람이라고. 쟈샹을 난처하게 하는 일은 없을 거야!"

이때 언칭은 간경화가 악화되어 간 전체가 돌덩이처럼 딱딱해졌기 때문에 더 이상 거리에 나와 햇볕을 쬘 수 없게 되었다. 한번은 쟈샹이 탕구에서 돌아와서는 경쟁 선발 때의 원한을 따지지 않고 직접 경운기를 몰고서 언칭을 향에 데려가 진료를 받게 했다. 경운기에 누운 언칭은 감격하여 간 부위를 움켜쥐고서 눈물을 흘렸다.

"쟈샹, 이럴 줄 알았으면 진즉에 자네에게 양보할 것을 그랬네. 빌어먹을 경쟁 선발이 다 뭐란 말인가!"

쟈샹이 말을 받았다.

"그래도 경쟁을 해야지요."

향에 도착한 쟈샹이 다시 우향장을 찾아가자 그는 언칭에게 엑스레이를 찍어주라는 지시를 쪽지에 적어주었다. 엑스레이를 찍고 나서 언칭은 며칠을 더 버티다가 결국 세상을 떠나고 말았다. 들리는 바에 의하면 임종 때에도 그는 손에 술병을 쥐고서 입으로 신시의 이름을 불렀다고 한다.

하지만 이때 신시는 탕구에서 공사감독으로 일하고 있어 언칭이 무슨 말을 했는지 알지 못했다. 나중에 마을의 남녀노소가 모두 가서 소지를 했다. 예전의 정부였던 메이란도 갔지만 울지는 않아 사람들의 원성을 샀다. 쟈샹도 장례에 참석하고 언칭의 무덤 앞에 삶은 토끼 한 마리를 놓고 제를 올렸다.

일어나서는 안 될 일이 일어났다. 언칭이 죽고 석 달이 지난 어느 날 쟈샹이 다시 탕구에서 돌아와서는 갑자기 마을에 아내와 이혼하고 메이란과 결혼하겠다는 뜻을 밝혔다. 메이란은 예전에 언칭의 스피커를 지킨 적이 있기 때문에 사람들은 모두 쟈샹이 인의가 없는 사람이라고 말했다. 언칭이 죽은 지 이제 석 달 밖에 되지 않았는데 이런 문제를 일으키다니, 정말 인정 없는 짓이 아닐 수 없었다. 메이란이 자기 집에 가서 밥을 며칠 지었다고 남의 여자를 탐내다니 정말 인지상정에서 벗어난 짓이었다. 어떤 사람은 쟈샹에게 아내에게 미안하지도 않느냐고 묻기도 했다. 하지만 쟈샹은 그래도 이혼하려 했다. 아무도 그를 설득할 수 없었다. 이때 마을의 촌무원은 다시 샤오루로 바뀌어 있었다. 샤오루는 이미 수염이 한 자나 자라고 목소리도 거칠어져 있었다. 한번은 그가 돼지우리에서 징을 손에 들고서 말했다.

"쟈샹 동생, 이혼은 하지 말게. 제수씨는 현숙한 사람이 아닌가. 게다가 메이란은 예전에 언청이 사용했던 물건이란 말일세!"

쟈샹이 몹시 화를 냈다.

"개소리 집어치워! 당신 집도 당신 아버지가 썼던 물건 아니야? 그런데도 여전히 살고 있잖아!"

쉰이 넘은 샤오루는 몹시 난처해하며 징을 들고서 돼지우리를 뛰쳐나왔다. 그러고는 사흘 동안 쟈샹 곁에 가지 못하고 투덜거리기만 했다.

"이혼할 테면 하라지. 누가 말리겠어?"

쟈샹은 어떻게 해서든지 이혼을 하고 싶었지만 쟈샹의 아내는 이혼을 원치 않았다. 몇 달이나 애쓴 뒤에 쟈샹이 말했다.

"이 만 위안을 줄 테니 아이들하고 떠나도록 해!"

쟈샹의 아내는 잠시 생각에 잠기더니 한바탕 눈물을 쏟아내고는 이혼에 동의했다.

이혼하던 날 모두들 나와 두 사람을 구경했다. 쟈샹이 아내와 아이들을 태우고 경운기를 운전해 향에 가서 이혼증서를 받았다. 이혼증서를 받고난 뒤 아이가 탕후루(糖葫蘆 : 산사山査 또는 해당海棠의 열매를 꼬치에 꿰어 사탕물을 묻혀 굳힌 과자) 파는 노인을 보고는 손을 뻗으며 사달라고 졸랐다. 사주지 않으면 금방이라도 울음을 터뜨릴 것 같았다. 쟈샹은 경운기를 세우고 아이에게 탕후루를 사주었다. 아내가 경운기에 앉아 아이를 달랬다.

"애들아, 울지 마. 아빠가 탕후루 사다주실 거야!"

쟈샹은 경운기를 끌고 마을로 돌아왔다. 일곱 칸짜리 기와집에서 쟈샹의 아내와 아이들이 세 칸을 사용하고 나머지 네 칸은 쟈샹과 메이란이 사용했다. 하지만 메이란은 결혼한 뒤에도 여전히 전과 다름없이 행동했다. 조금도 까다롭게 굴지 않았고 여전히 밥을 지었으며 여전히 돼지에게 먹이를 주고 토끼 고기를 삶아야 할 때는 토끼 고기를 삶았다. 또한 들어올 때나 나갈 때나 쟈샹과 웃으며 이야기를 나눴다. 다들 그런 모습을 보고서 화를 가라앉히며 무척 만족스러워했다.

"저런 모습도 나쁘지 않군. 메이란도 이제 의지할 곳을 찾았어. 쟈샹 아내만 안 됐군 그래!"

어떤 사람은 또 이렇게 말했다.

"전 마누라는 몹쓸 인간이었어. 두레박 좀 빌려 달랬더니 안 된다면서 빌려주지 않더라니까!"

마을에 세 칸짜리 벽돌 기와집이 있었다. 예전에 지부 사무실로 쓰던 것인데 지금은 촌 사무실로 바뀌었다. 쟈샹은 탕구에서 돌아오면 공무를 처리하고 나서 촌 사무실에서 머물렀다. 하지만 이때 사무실은 몹시 깨끗해서 독한 오줌냄새는 사라지고 맥주냄새로 바뀌어 있었다. 쟈샹은 우두머리가 된 이후 사람들에게 수수를 베게 하거나 비행기를 태우는 처벌을 내리지 않고 대신 녹음기를 사용하여 마을을 다스렸다. 향에서 회의가 열리면 '홍등(紅燈)'표 녹음기를 가져가 우향장의 하는 말을 녹음했다. 그런 다음 돌아와서는 샤오루를 시켜 징을 쳐서 마을의 남녀노소를 한데 모은 다음 녹음기를 틀어주게 했다. 이리하여 그가 말을 다시 전달할 필요가 없었다. 그는 한쪽에 숨어서 맥주만 마셨다. 세 병을 마시고 나면 녹음한 내용도 끝이 났다. 그는 머리를 쓰다듬으며 말했다.

"잘들 알아들으셨지요?"

사람들이 이구동성으로 말했다.

"잘 알겠습니다요!"

회의는 금방 끝이 났다. 모두들 만족해했다. 우향장도 션촌에서 그가 녹음한 것을 틀어준다는 이야기를 듣고 만족해했다.

이때 션촌에는 평소처럼 온갖 사건이 발생학하기 시작했다. 서방질과 계집질, 도둑질 등 잡다한 사건들이 연이어 일어났다. 하지만 쟈샹은 이런 일에 일절 관여하지 않았고 탁자를 설치해 사건을 심문하지도 않았다. 촌무원 샤오루는 약간 불만이었다.

"쟈샹, 사건을 심문해야하지 않겠나!"

쟈샹이 말했다.

"서방질이나 계집질을 한다고 해서 사화(四化 : 조직의 군사화, 생활의 집단화, 행동의 전투화, 관리의 민주화)에 영향을 주지는 않아요!"

그러고는 탕구로 달려갔다.

그가 떠나고 나면 마을은 더욱 혼란스러워졌다. 션촌은 서방질과 계집질, 도둑질의 천지가 되었다. 한번은 백주대낮에 남녀 한 쌍이 보리 짚더미에서 정을 통하다 사람들에게 붙잡히는 사건이 발생했다. 모두들 고개를 가로저으며 탄식했다. 사람들이 쟈샹에게 불만을 터뜨렸다. 그가 을방이나 할 줄 알지 촌장은 할 줄 모른다며 멀쩡하던 마을을 엉망으로 만들어놓았다고 비난했다. 이런 소식이 향까지 전해져 우향장 역시 그에 대해 불만을 갖게 되었다. 한번은 쟈샹이 탕구에서 돌아오자 우향장이 그를 향으로 불러 비판했다.

"쟈샹, 이래서는 안 되네. 마을이 엉망이지 않은가. 상업경제라고 해서 당의 영도가 필요 없을 것 같은가? 어서 마을을 다스릴 대책을 강구해 오게!"

제 머리를 쓰다듬으면서 비판을 다 듣고 난 쟈샹이 화를 냈다.

"다스리라면 다스리지요. 돌아가는 대로 잘 다스리도록 하겠습니다! 그 후레자식들을 잘 통제하면 될 것 아닙니까! 이 후레자식들에게 자유를 줬더니 자유를 누릴 줄도 모르는 군요. 돌아가는 대로 확실하게 다스리겠습니다!"

하지만 쟈샹은 마을로 돌아와서도 사람들을 다스릴 수 없었다. 빌어먹을 서방질과 계집질, 도적질을 어떻게 다스린단 말인가? 매일 그놈(그년)들을 지켜보고 있을 수도 없고 말이다. 이때 촌무원 샤오루가 다시 돼지우리에서 징을 들고 서서 그를 설득하면서 조상의 '낙인'과 '우물 폐쇄' 제도를 다시 실행할 것을 제안했다. 샤오루가 말했다.

"쟈샹, 한번 해보게. 해보고 잘 되면 어지러운 세상을 엄격한 제도로 다스릴 수 있지 않겠나!"

쟈샹도 이번에는 욕을 하지 않고 공손하게 말했다.

"좋습니다. 가축에 낙인을 찍고 우물을 폐쇄해서 이 연놈들을 목 말라 죽게 하지요!"

과연 낙인을 찍고 우물을 폐쇄하자 마을은 곧 잘 다스려졌다. 쟈 샹은 일반 우물이 아닌 펌프형 우물을 폐쇄했다. 물을 마시는 것은 물론이고 밭에 물을 대지도 못하게 했다. 샤오루는 한 손에는 삽을 들고 한손은 허리를 짚은 채 매일 밤낮으로 모터 우물을 지켰다. 마을에 석 달 동안 서방질과 계집질이 벌어지지 않자 모두들 한숨 돌리게 되었다. 사람들이 이구동성으로 말했다.

"마을은 이렇게 다스리는 거야!"

팔월에는 비가 자주 내렸다. 한번 내렸다 하면 사흘을 연속으로 내렸다. 그런데도 밭의 농작물이 침수되지 않고 집에 빗물도 새지 않자 모두들 마음을 놓았다. 하지만 이날 하늘이 무너지지도 않았는데 '쿵' 하는 소리와 함께 마을 서쪽의 세 칸짜리 촌 사무실이 무너져 내렸다. 모두들 깜짝 돌라 우르르 사무실로 달려갔다. 짙은 안개 속에 건물은 이미 기둥과 창문을 분간할 수 없는 폐허더미가 되어 있었다. 폐허 속에서 새까만 서까래 몇 개가 고개를 내밀고 있었다. 이런 소식이 향에 전해지자 우향장도 깜짝 놀라 '쟈링'을 타고 달려와 현장을 살펴보았다.

"마을에 사무실이 없으면 안 되니 쟈샹을 불러오도록 하시오!"

쟈샹이 탕구에서 돌아오자 우향장이 그를 향으로 불렀다.

"마을에 사무실이 없으면 안 되니 서둘러 사람들에게서 돈을 걷어 다시 하나 짓도록 하시오!"

마을 서쪽에 적당한 공간이 있어 사람들은 이미 자발적으로 자금을 모아 세 칸짜리 토묘를 지었다. 안은 토벽으로 마감하고 밖에는 벽돌을 쌓았다. 고개를 내민 서까래도 페인트를 칠해 조상 시절의 낡은 절보다 훨씬 좋아졌다. 쟈샹이 말했다.

"알겠습니다. 다시 하나 짓도록 하지요. 사람들에게서 자금을 각출하도록 하겠습니다!"

하지만 그는 향에서 돌아온 뒤에도 사람들에게서 돈을 걷지 않고 자신의 돈 몇 만 위안을 들여 폐허 위에 이층짜리 작은 건물을 지었다. 그곳은 촌의 사무실 겸 그와 메이란의 새로운 거처가 되었다. 마을 사람들 모두 무척 기뻐했다. 각자 돈을 들이지 않고도 일이 해결되었다. 모두들 쟈샹 촌장이 인의가 있는 사람이라고 말했다. 이후 쟈샹은 공무를 처리하거나 가끔씩 '낙인'이나 '우물 폐쇄' 등의 판결을 내릴 때마다 모두 이 건물에서 처리했다. 향에서 회의가 열리면 우향장의 말을 녹음해 와서는 샤오루에게 징을 치게 하여 사람들을 건물에 불러 모은 다음 녹음기를 틀어주었다.

1988년 1월 4일, 또 한 가지 사건이 발생했다. 쟈샹이 향에서 회의를 하고 온 뒤에 사람들은 또 이 건물에 모여 녹음 내용을 들었다. 이날은 사람들이 특별히 많이 모였다. 일층에 모두 수용할 수 없게 되자 쟈샹은 메이란을 시켜 계단 문을 열고 마을사람에게 위층으로 올라가 녹음 내용을 들을 수 있게 했다. 그런데 이층 바닥이 보기에는 시멘트라 튼튼할 것 같았는데 속이 비어있을 줄 누가 알았겠는가. 속이 빈 시멘트 바닥은 마을사람들의 무게를 견디지 못했다. 모두들 한창 녹음 내용을 듣고 있는데 갑자기 바닥이 무너지면서 마을 사람들이 아래로 떨어졌다. 그 자리에서 세 사람이 죽고 마흔여덟 명이 부상을 당했다. 메이란은 아래층에서 토끼 고기를 삶고 있다가 무너진 건물과 사람들에 깔려 죽었다. 촌장 쟈샹은 녹음기를 붙잡고 머리를 쓰다듬으며 맥주를 마시다가 역시 아래층으로 떨어졌다. 작은 경운기로 죽은 사람과 다친 사람들을 데리고 향으로 가자 우향장이 사람들을 병원에 입원시키라는 지시를 쪽지에 적어주었다. 하지만 쟈샹은 입원하지 않았다. 한쪽 팔을 다친 그는 다른 팔로 다친 팔을 받치고 탕구로 갔다.

올봄에 나는 션촌으로 돌아왔다. 건물 붕괴 사건이 발생한지 이미 두 달이 지난 뒤였다. 사망자는 이미 모두 땅에 묻히고 다친 사람들은 모두 치료되었으며 무너진 건물 바닥도 전부 수리를 마친 상태였다. 탕구에서 돌아온 쟈샹도 팔을 자유롭게 움직일 수 있게 되었다. 비록 팔을 아래로 축 내리고 걷는 습관이 생기긴 했지만 촌장의 업무에 지장을 주지는 않았다. 단지 머리에 다시 떡이 지기 시작했고 길을 걸을 때 알록달록한 가축 무리가 있으면 뒤에 서서 샤오루를 따라가곤 했다. 하루는 내가 우연히 그를 만나 건물 붕괴 사건에 관해 얘기를 꺼냈다.

"정말 공교로운 일이었네."

샤오루가 옆에서 말했다.

"그렇게 많은 사람이 올라가면 인민대회당이라 해도 견디지 못하고 무너질 걸세!"

쟈샹이 한숨을 내쉬며 말했다.

"메이란이 죽었네."

내가 말했다.

"자네는 운이 아주 좋군."

쟈샹은 떡진 머리를 쓰다듬으며 아무 말도 하지 않았다. 샤오루가 뒤에서 대신 말했다.

"우향장님도 쟈샹은 죽으면 안 된다고 말씀하셨다네. 쟈샹이 죽어서 마을이 혼란스러워지면 다음에는 자신이 촌장을 맡아야 한다고 말일세."

쟈샹이 샤오루를 노려보면서 내게 말했다.

"어휴, 이 좆같은 사람들은 정말 다스리기가 쉽지 않군!"

그러고는 자리를 떴다.

▶ 1988년 10월, 베이징 스리바오(十里堡)에서

황토고원의
북소리
가락 :

土塬鼓点后
理查德·克萊德曼

리차드 클레이더만

황토고원의 북소리 가락 : 리차드 클레이더만

土塬鼓点后 : 理査德 · 克萊德曼

- 친구를 위해 쓴 여행일기

내가 베이징(北京)을 떠나 산시(山西)의 리바오촌(李堡村)으로 가고 있을 때, 리차드 클레이더만은 프랑스 니스에서 비행기를 타고 베이징으로 오고 있었다. 자신의 '동양 정조(情調)' 피아노 독주회를 위해서였다. 일주일 후 중국 음악계의 전문가들은 연주 기교에 있어서 클레이더만은 그다지 특별하게 뛰어난 구석이 없다는 평을 내렸다. 하지만 여전히 산시의 리바오촌에 머물고 있던 나에게는 이 점이 그다지 중요하지 않았다. 나는 황토고원인 반포(半坡)의 요동(窯洞 : 산벼랑에 굴을 파서 만든 중국 산시 지역 특유의 주거양식)에서 흑백텔레비전으로 본 클레이더만은 모습이 아주 마음에 들었다. 그리하여 나는 중국 음악전문가들이 뭐라고 말하든 간에 클레이더만은 우수한 예술가임에 틀림이 없다는 판정을 내렸다. 내가 몸으로 체득한 바에 따르면 우수한 구기 종목 운동선수나 연기자, 피아니스트, 바이올리니스트, 작가, 그리고 기예로 먹고 사는 세상의 모든 사람들은 대부분 마음이 넓고 기예가 뛰어나기만 하면 모두가 멋져 보였다. 물론 여기에는 일부 정치가(간디 같은)나 종교계 인사(투투 주교 같은)들도 포함된다. 피부가 검지만 온후하면서도 천진하고 뭔가에 집착하면서도 억지로 꾸미지 않는 모습, 허우대가 크면서도 허세를 부리지 않고 사람들의 일에 관여하기 좋아하면서 적당히 이를 피할 줄도 아는 모습, 화를 잘 내긴 하지만 또 관용을 베풀 줄도 알고 웃기를 좋아하지만 또 때와 장소를 가리지 않고 실실 웃지는 않는 그런 모습들이 바로 이들에게서 볼 수 있는 모습들이다. 축구 선수로는 펠레나 프랑크 레이카르트, 루드 굴리트 같은 사람들이 바로 이런 경우에 해당한다. 물론 멋있다고 해서 반드시 잘 생긴 것은 아니고, 잘 생겼다고 해서 반드시 멋있는 것도 아니다. 멋있다고 해서 반드시 우수한 것도 아니다. 멋진 모습을 한 사람들 중에도 악독한 사람이 수없이 많다.

나는 리바오촌에서 가족 전체가 아주 잘 생긴(내 눈이 그다지 높거나 까다롭지 않다) 주인집에서 묵었다. 집주인의 가족들 전부가 아주 잘 생겼음에도 불구하고 나는 그 집에서 감기에 걸리고 말았다. 이번 감기는 두 주일이나 끈질기게 지속되면서 갖가지 증상이 전부 쏟아져 나왔다. 사후에야 알게 된 것이지만 감기가 시작된 원인은 집주인의 커다란 구들 위에 침구가 너무 얇게 깔려 있었던 것이었다. 한 편의 소설에 비유하자면 구도는 아주 크게 설정해 놓고서 복선이 너무 얇고 단순하여 문제가 생기기 쉬운 것과 같았다. 게다가 마오(毛) 주석처럼 너무 옷을 많이 벗고 잤으니 어떻게 감기에 걸리지 않을 수 있었겠는가? 밤중에 나는 휴지로 코를 풀었고, 코를 푼 휴지를 함께 와서 같은 구들 위에서 자던 친구의 얼굴 위로 던져버렸다. 다음 날 아침, 잠에서 깬 친구는 우선 화부터 냈다. 그러고는 구들 위에 가득한 휴지를 보고서는 놀라움을 금치 못했다.

"도대체 이게 뭐야? 무슨 재주를 부린 거야?"

나는 그에게 코를 푼 것일 뿐이라고 말해주는 수밖에 없었다. 그리고 그 자리에서 코 푸는 모습을 보여주었다. 하지만 그는 여전히 이리저리 눈알을 굴리며 한참이나 의혹의 눈길을 풀지 않았다. 이 친구도 외모가 제법 멋있게 생겼지만 마음속은 아주 음침하고 어두웠다.

자료의 소개에 따르면 프랑스 남부에 위치한 니스라는 마을은 풍경이 아름답고 기후도 쾌적하며 햇볕도 충분하다고 한다. 마을 옆에는 또 현대화된 국제공항도 있다고 했다. 사람들이 물었다.

"리차드 씨, 왜 파리를 떠나시려는 건가요?"

리차드가 대답했다.

"열광한 청중들이 던지는 빈병과 고함소리를 피하기 위해서지요.

게다가 저는 니스의 햇볕을 특별히 좋아합니다. 반면에 파리는 항상 흐린 날씨지요. 니스에는 국제공항도 있어서 제 해외 공연에 안 좋은 영향을 미치는 일도 없을 겁니다.”

중국 산시성 남부에 위치한 리바오촌도 풍광이 아름답고 햇볕이 풍부했다. 구릉과 황토고원의 경작지, 그리고 며칠을 걸어도 벗어날 수 없는 첩첩의 뤼량산(呂梁山)이 웅위한 기세를 뽐내고 있었다. 들과 산에는 복숭아꽃이 가득하여 때마침 찬란하게 꽃을 피우고 있었다. 또한 물속의 바위까지 훤히 들여다보일 정도로 물이 맑고 깨끗한 강이 마을을 에돌아 흐르고 있었다. 내가 리바오촌에서 열흘을 지내는 동안에는 시끌벅적한 분위기도 있었고 고요한 적막도 있었다. 햇빛 찬란한 날도 있고 흐린 날도 있었다. 내가 물었다.

“이곳은 항상 날이 흐린가요?”

집주인 형님이 대답했다.

“흐린 날이 얼마나 좋은데 그래. 날이 흐려야 밭에 나가지 않고 집에서 잠을 잘 수 있다고.”

내가 또 물었다.

“마을 안은 항상 시끌벅적한가요?”

“시끌벅적한 게 얼마나 좋은데 그래. 시끌벅적해야 다들 흥청거리며 놀 수 있지.”

흐린 날과 시끌벅적함에 대한 집주인과 리차드는 전혀 다른 견해를 보이고 있었다. 나도 이 적막하고 조용한 산촌에서 날이 흐리지도 않고 시끌벅적하지도 않다면 개마저도 꼬리를 접고 시원한 그늘 아래 누워 혀를 내밀고 숨을 쉬게 될 것이라는 사실을 깨달았다. 집주인 형님과 멋지게 생긴 일가족은 매일 소택지에서 연뿌리를 심고 캐는 고된 노동을 했다. 일하는 중간 중간 짬이날 때마다 온 가족이 죽어라고 싸구려 담배를 피우고 질 낮은 대엽(大葉) 차를 마셨다. 이러니 흐린 날과 시끌벅적한 분위기를 기다리지 않는다면 생활에 어떤 의미가 있겠는가? 생활의 의미는 무엇인가? 다름 아닌 기대와 기다림이다. 기다림이란 무엇인가? 다름 아닌 이상과 추측, 꿈, 영원히 손에 넣지 못할 진귀한 음식 같은 것들이었다. 물론 절대적인 것은 아니었다. 생활 속의 기대와 기다림은 한 가지로 그치지 않았다. 결혼과 출생을 기대할 수도 있었고 파란 벽돌로 양옥집을 짓거나 새까만 당나귀를 끌고 매년 연못에서 충분한 수확을 거둬들이는 것도 기대할 만한 일이었다. 하지만 이 모든 것들이 흐린 날과 시끌벅적함을 대신하지는 못했다. 의미도 다르고 차원도 다르며 기대의 내용과 방향도 다르기 때문이다. 나는 햇볕과 조용함에 대한 리차드 클레이더만의 견해에 찬성하는 동시에 집주인 형님이 이 문제에 있어서 자신이 중국 산시 남부의 한 보통 농민이라는 사실을 잊지 않고 있다는 것도 칭찬해 마지않았다. 이런 농민이 중국에는 9억 명이나 있다. 하나가 늘어나면 하나가 줄고 하나가 태어나면 하나가 죽는다. 조용히 사라지든 갑작스런 병으로 죽든 간에 리차드가 감기에 걸리는 것보다 더 큰 의미를 갖지는 못한다. 이 세상은 오로

지 상류사회의 세계인 것이다. 그런 의미에서 집주인 형님의 기대
도 너무 커서는 안 된다. 흐린 날과 시끌벅적함도 지나치게 잦아선
안 된다. 가장 좋은 것은 중국 산시 남부에 매일 프랑스 남부의 니
스처럼 햇빛이 가득한 것이다. 니스에 햇빛이 가득한 것은 리차드
의 코를 말리기 위해서이고 리바오촌에 햇빛이 가득한 것은 집주인
형님이 연못에서 많은 연근을 캐내게 하기 위해서이다. 보통 농민
인 형님이 리바오촌을 떠나 베이징으로 갔다. 그는 머릿속으로 자
신이 연못에서 하는 노동으로 얼마나 많은 사람들을 먹여 살려야
하는지 생각하고 있었다. 때문에 내가 햇빛 찬란한 리바오촌에서
감기에 걸렸을 때, 나의 감기는 집주인 형님과 집주인 일가로부터
아무런 동정도 받지 못했다. 가족 전체가 구들에 깔린 이부자리가
너무 얇다는 데 대해 책임을 지려는 태도를 전혀 보이지 않았다. 이
것이 나와 리차드의 차이이기도 했다. 집주인 형수가 손에 담배를
들고 내 친구에게 말했다.

“저 사람은 나랑 마찬가지에요. 낮이나 밤이나 잠만 잔다니까요.”

이때 내 친구는 구들 밑의 종이 뭉치 안에 콧물 말고 다른 것이
들어있지 않다는 것을 확신하게 되었다. 그러고는 나를 위해 한마
디 던졌다.

“저 친구 아주 독한 감기에 걸렸어요.”

이때 고원 경작지에서 요란한 북소리 가락이 울렸다. 처음에는
한 가지였다가 아내 두 가지, 세 가지로 늘어나더니 나중에는 아주

다양한 북소리 가락이 밀집되어 울려댔다. 북소리는 점차 뒤섞이더니 아주 장엄하고 위풍당당한 북과 꽹과리의 협주로 변했다. 갑자기 큰 북채로 두드리는 소리가 나더니 이내 모든 소리가 잦아들면서 그다지 많지 않은 사람들이 웃고 떠드는 소리가 들렸다. 이어서 태평소의 높은 음이 요란하게 울려대더니 마치 날카로운 화살처럼 곧장 밤 구름과 사람들의 영혼에 꽂혔다. 태평소 소리는 무척 높은 고음이면서도 처량한 분위기를 내는 것이 마치 뭔가를 애기하고 있는 것 같았다. 이렇게 반쯤 뭔가를 애기하는 것 같더니 갑자기 뚝하고 멎어버렸다. 마을도 갑자기 정적에 휩싸였다. 집주인 형님과 그의 가족들이 모두 돌아왔다. 얼굴이 모두 불그레한 것이 흥분한 기색이 역력했다. 그 흥분 속에는 기대와 만족감도 담겨 있었다. 그리고 또 그 안에는 마을 사람 전체의 흥분의 감염이 담겨 있었다. 나는 갑자기 오늘 날이 흐리지도 않고 오히려 해가 높이 떠 있었지만 그럼에도 마을에 시끌벅적한 분위기가 나타나게 된 이유를 알 것만 같았다. 내가 구들 위로 기어 올라가 어떻게 된 일인지 묻자 집주인의 비쩍 마른 둘째 딸이 대답했다.

"쿠이성(奎生)이 왔어요."

내가 놀란 표정으로 되물었다.

"쿠이성이 누군데? 쿠이성이 누구이기에 그가 왔다고 모두들 저렇게 흥분하는 거야?"

둘째 딸이 못마땅한 듯한 표정으로 대답했다.

"쿠이성도 모른단 말이에요?"

이때 집주인 형님이 나서서 쿠이성은 현지의 유명한 금고악(金鼓樂) 고수라고 알려주었다. 내가 왜 북을 치느냐고 묻자 집주인 형님이 말했다.

"마을에 누가 죽었거든."

순간 내 마음속에서 뭔가 '쿵' 하고 내려앉았다.

리차드 클레이더만이 니스에 있는 자신의 호화롭고 편안한 피아노 방에서 〈양축(梁祝)〉과 〈태양은 가장 붉고 마오 주석님은 가장 친근하시네〉를 연습하고 있을 때 중국 산시성의 리바오촌에서는 올해 일흔셋의 보통 시골 아낙네 하나가 조용히 세상을 떠났다. 이미 엿새가 지난 터라 내일이면 출상을 할 예정이었다. 내가 감기를 무릅쓰고 조사해 보니 그녀의 이름은 왕즈화(王枝花)였다. 왕즈화 할머니는 생전에 진흙 연못의 집주인 형님처럼 살기를 원했다. 평생 노동을 하면서도 리차드가 39년 동안 아무 때나 마음대로 남겨 버리는 음식조차 마음껏 먹지 못했다. 그녀의 몸은 이미 변형이 시작되어 거무튀튀해지면서 주름이 잡히고 있었다. 손도 닭발처럼 수축되어 있었다. 그녀와 리차드는 이 지구의 시공에서 한 번도 서로 스쳐 지나간 적이 없는 것 같았다. 그녀가 가진 이 모든 것들은 일찍이 그녀와 조석으로 함께 했던 리바오촌 촌민들의 동정을 사지도 못했다. 그녀의 죽음에 대해 누구도 비통함을 느끼지 않았고 습관처럼 일상적인 일로만 여겼다. 모두들 흥미는 느낀 것은 그녀의 죽음으로 인해 고대(鼓隊)와 태평소, 쿠이성이 등장하게 된 것이었다. 그녀의 죽음은 모든 사람들에게 떠들썩하게 놀 수 있는 기회와 이런 오락의 장소를 제공할 뿐이었다. 이것이 그날 저녁 내가 그 노인네의 관 앞에 울려 퍼지던 북소리와 태평소 소리 속에서 느낀 감상이었다. 북소리와 태평소 소리 때문에 모두들 흥분되어 있었고 신나는 웃음소리와 이야기 소리가 그치지 않았다. 나와 왕즈화 할머니가 서로 전혀 알지 못하는 사이였고 서로 일면식도 없었기 때문에 모두들 이렇게 할 수 있었을 뿐만 아니라 나도 다른 사람들을 대신해서 비통함을 느끼지 않는 데 대한 도덕적 책임을 느낄 필요가 없었다. 이리하여 그녀의 죽음은 감기에 걸린 내게 있어서 전혀 중요하지 않은 일이 되고 말았다. 이 일 덕분에 나는 이 황토고원에 사는 민간 기예인들과 반경 백리 안에 사는 유명 인사들, 그리고 10여 만 명이나 되는 사람들의 마음속에 즐겁고 떠들썩한 분위기를 만들어 주는 사람으로 알려진 인물들과 10여 만 명의 사람들의 마음속에 있는 리차드 클레이더만을 알고 교류할 수 있었다. 이곳에 사는 10여 만 명의 사람들에게 있어서 리차드 클레이더만은 아주 낯선 데다 돌아가신 왕즈화 할머니만큼이나 영향력이 없는 사람이었다. 그들의 마음속에 베이징 수도체육관에서 '동양 정조'의 음악회 개최를 준비하고 있는 세계 최고의 유명한 '낭만 왕자'는 키가 167센티이고 비쩍 마른 데다 얼굴이 거무튀튀하지만 제법 잘생겼으며 1957년 출생하여 현재 나이 서른셋인 쿠이성과 다를 바 없었다.

리차드 클레이더만은 1953년에 태어나 쿠이성보다 여섯 살이 위였다. 쿠이성이 태어날 때 리차드는 파리에서 담임 피아노 교사인 부친을 따라 1년간 피아노를 배웠고 이때 이미 손가락 사용이 빠르고 민첩해져 있었다. 이어서 그는 파리 콩세르바투와르 음악원에서 수학하고 열여섯 살에 졸업하면서부터 직접 작곡을 할 수 있었다. 리차드의 기억에 의하면 이 학교는 교육조건이 매우 양호하고 환경도 깨끗했으며 단체급식도 아주 훌륭했다. 졸업 후 리차드는 쇼팽과 라벨, 드뷔시 등의 작품 연주에 뛰어난 실력을 보였다. 그러나 이어서 ('그러나 이어서'는 대단히 중요한 말이다.) 그는 대중음악에 대해 흥미를 느끼기 시작하면서 주위의 반대에도 아랑곳하지 않고 갑자기 방향을 바꿔 처음으로 미쉘 사르두를 위해 반주를 전담하면서 자주 그의 녹음실을 드나들게 된다. 이를 통해 그는 프랑스 대중음악계에서 가장 환영받는 작곡가 올리비에 투생과 인연을 맺게 된다. 때는 이미 1977년 초였다. 리차드의 피아노 기교와 깊고 중후한 음악적 감각은 투생에게 인정을 받게 된다. (중국 음악계에서는 아직 인정을 받지 못했지만) 1977년 리차드는 독주자로서 처음으로 무대에 올라 투생이 준비한 악보에 따라 〈아드린느를 위한 발라드〉를 연주한다. 이 연주로 일거에 명성을 얻은 그는 전 세계를 돌면서 연주회를 갖게 된다.

리차드의 명성은 투생을 알게 된 사건과 밀접한 관련이 있다. 한편 쿠이성의 예술적 성장은 리차드와 사뭇 다르다. 쿠이성은 다섯 살 때 부친을 여의고 여섯 살 때 재혼하는 엄마를 따라 허둥(河東)으로 갔다. 시골에서 초등학교 3학년까지 다닌 그는 엄마와 계부가 싸우는 것을 보고는 학교를 그만두었다. 이때부터 풀을 베고 소를 먹이면서 식구들이 먹다 남은 밥을 먹는 고단한 생활을 시작했다. 아홉 살 때 집을 나온 그는 현지의 유명한 기예인인 왕즈파(王之發)을 사부님으로 모시게 되었다. 이때부터 그는 대고와 태평소를 배우면서 유랑 기예인의 생애를 시작했다. 평소에는 굶기를 밥 먹듯이 하다가 어느 마을에서 혼사나 상례가 있으면 찾아가 자신의 기예를 발휘하고 밥을 얻어먹는 그런 생활이었다. 혼사나 상례가 없을 때는 집으로 돌아가 연못에서 연근을 캤다. 그의 예술이 성장하는 과정에는 파리 음악학원이 기다리고 있지 않았다. 그를 기다리고 있는 것은 끝없이 이어지는 황토고원의 경작지들과 다른 데로 옮겨 놓을 수 없는 뤼량산뿐이었다. 그는 견대를 메고서 수많은 강을 건너고 산을 넘어 다니면서 들판에 불타듯 찬란한 단풍과 복숭아꽃을 보았다. 쿠이성은 내게 자신이 열 살이 조금 넘었을 때부터 태평소를 불 수 있었고 열두 살 때부터 북 가락을 탈 줄 알았으며 십 리 팔 리의 모든 마을마다 태평소를 불고 북을 치는 아이 쿠성을 모르는 사람이 없었다고 말했다. 그 후로는 어른들도 감히 그를 때리지 못했다. 위풍당당한 북과 꽹과리를 치는 방법은 아흔 가지가 넘었지만 쿠이성은 열다섯 살 때 이미 그 가운데 일흔 가지를 습득한 상태였다. 이런 기예를 배우느라 그의 몸에는 사부가 버드나무가지로 때린 생선 비늘 같은 상처가 가득했다. 1977년, 스물네 살의 리차드 클레이더만은 대단한 명성을 얻게 되었고 1978년에 쿠이성은 사부 왕즈파가 고취수(鼓吹手)를 초청하여 치루는 상연(喪宴)에서 알코올중독으로 사망하자 열아홉 살의 나이에 느슨해진 기예반의 반주가 되었다. 이듬해에 쿠이성은 기예반을 이끌고 어느 집 결혼잔치에 갔다가 꽹과리와 북을 무려 일곱 시간이나 쉬지 않고 연주하여 수천 명의 마을 사람들로 하여금 입을 다물지 못하게 했다. 이때부터 그의 명성은 나날이 높아져 갔다.

쿠이성의 명성은 그의 체력 덕분이었다.

쿠이성이 명성을 얻었을 때의 나이가 스무 살이었으니 클레이더만보다 4년이 빠른 셈이었다.

그리하여 1992년 3월 29일 저녁, 리차드 클레이더만은 중국 베이징의 수도체육관에서 자신의 '동양 정조' 독주회를 정식으로 개최했고, 그날 저녁 쿠이성은 중국 산시 남부의 리바오촌에서 왕즈화 할머니의 상례를 위해 황토고원 전체를 진동시키면서 고향 사람의 저승길을 북소리로 인도했다. 나는 리바오촌에 있었기 때문에 수도체육관에서 리차드의 공연을 볼 수 없었다. 리차드가 〈태양은 가장 붉고, 마오 주석님은 가장 친근하다〉를 어떻게 연주하는지 볼 수도 없고 들을 수도 없었다. 그저 쿠이성이 연주하는 격렬한 상례음악을 보고, 듣고, 몸으로 느낄 수 있었을 뿐이다. 내친김에 한마디 더 하자면, 이날 저녁 나는 치아가 누렇고 피부가 거무튀튀한 수천 명의 산시 농민들 가운데 하나였다. 내 머리가 눈에 띄었는지의 여부는 애기할 거리도 되지 않았다. 사람들이 앞에서 가리고 뒤에서 덮치는 바람에 쿠이성의 풍채도 제대로 완전하게 볼 수가 없었다. 그의 모습은 시종 보이다 말다 했다.

그 불안전한 풍채를 묘사하기 전에 먼저 리차드와 쿠이성의 결혼에 관해 애기하고자 한다. 내가 알기로 두 사람의 결혼은 두 사람의 피아노와 북과 밀접히 연관되어 있기 때문이다. 북을 두드리는 일이나 피아노를 치는 일도 축구를 하고 글을 쓰고 치국평천하를 하고 외지에 나가 무를 파는 것과 마찬가지로 전부 결혼과 밀접히 연관되어 있었다. 우리는 항상 남들의 불행에 관해 애기하곤 한다. 하지만 그럴 때 우리 자신도 불행 속에 있는 경우가 대부분이다. 리차드 클레이더만에게는 두 번의 결혼 경험이 있었다. 이전 부인의 이름은 무엇이었는지 모르겠지만 지금의 아내는 크리스티라고 했다. 리차드에게는 두 명의 자녀가 있었다. 하나는 일곱 살의 사내아이로 이름이 피터이고 하나는 열아홉 살의 여자 아이로 이름이 모드였다. 리차드는 서른아홉 밖에 안 되는 나이에 이미 열아홉 살난 딸이 있었던 것이다. 이 역시 피아노와 관련이 있는 것일까? 피아노와 관련이 있는 미스 모드는 리차드의 전처가 낳은 딸이었다. 누군가 물었다.

"지금의 아내와는 어떻게 알게 되었나요?"

리차드가 대답했다.

"1977년에 저는 다이엘리 르 루롱 악단에서 파아니스트로 있었고 크리스티의 모친이 악단의 의상 담당 큐레이터였기 때문에 그녀가 자주 악단에 놀러오면서 자연스럽게 알게 되었습니다."

자료에 따르면 크리스티는 아주 귀엽고 매력이 넘치는 아가씨로 머리 스타일을 즐겨 바꾸곤 했다고 한다. 이는 리차드와 우리를 기쁘게 하는 일이었다. 유일하게 우리를 불안하게 했던 것은 1977년 리차드와 크리스티가 서로 알게 되었을 때, 그가 그의 아내와 이미 이혼을 한 상태였나 하는 것이었다. 새로 사람을 만나고 나서 이혼을 한 것인지 아니면 이혼을 위해 새로운 사람을 사귄 것인지 분명치지 않았기 때문이다. 물론 이것이 리차드에게는 그다지 중요하지 않았지만 우리에게는 커다란 상상의 여지를 남겼다. 쿠이성(나는 하마터면 미국 부통령 퀘일이라고 쓸 뻔했다)은 리차드와 달랐다. 쿠이성의 아내 후차이펑(胡采鳳)은 쿠이성의 기예반에서 활동하던 여자로 기예반을 따라다니며 기예반이 고취악을 연주할 때 구경하는 사람들 틈에 서서 포극(蒲劇 : 산서성 지방극)의 창(唱)을 하고 뺨을 두드리면서 생(笙)을 부는 재주를 부리기도 했다. 단지 얼굴이 너무 못생긴 것이 흠이었다. 눈이 튀어나온 데다 입도 삐죽 나와 있고 치아는 누런 데다 얼굴이 크고 귀는 작았다. 담배를 즐겨 피웠고 몸집이 작긴 했지만 절대로 귀엽고 매력 있는 모습은 아니었다. 그녀가 머리 스타일을 바꾸는 것은 한 번도 볼 수 없었다. 이 또한 틀림없이 쿠이성이 북을 치고 태평소를 부는 것과 관련이 있었다. 내가 물었다.

"옛날 사부님의 따님인가요? (나는 수많은 중국 소설들의 사유모식에서 출발하여 이렇게 쓴다)

쿠이셩이 말했다.

"아니에요."

"그럼 기예를 배우는 과정에서 알게 되어 서로 사랑하게 된 사이인가요?"

"아니에요."

내가 놀라움을 금치 못하며 다시 물었다.

"그럼 어떻게 결혼하게 되었나요?"

쿠이셩이 말했다.

"우리 이모가 중간에서 소개해준 겁니다."

"그럼 그녀는 왜 생을 연주하고 창희(唱戲)를 하는 건가요?"

"저를 따라 기예반에 들어온 뒤로 다 배우게 된 겁니다."

나는 더 이상 물어볼 수가 없었다. 아쉬움이 남기도 했고 다소 실망감이 들기도 했다. 이때 나는 리차드와 쿠이셩이 연주 풍격과 자신의 심정을 토로하는 출발점에서 사뭇 다르다는 것을 확실히 알게 되었다. 한 사람은 온 마음을 다했고 한 사람은 대충 마음 가는 대로 했으며 한 사람은 부유했고 한 사람은 찢어지게 가난했다. 한 사람은 살롱에 있었고 한 사람은 들판에 있었으며 한 사람은 수선화 같았고 한 사람은 강아지풀 같았다. 한 사람은 피부가 희고 부드러웠고 한 사람은 피부가 거무튀튀하고 거칠었다. 한 사람은 예술적 창의성이 뛰어났고 한 사람은 영혼의 깨달음에 능했다.

　이때 쿠이성의 북소리 가락이 시작되었다. 쿠이성은 키가 작은 데다 산시 지방의 털옷과 저고리를 입고 있었다. 모든 명사들과 마찬가지로 북 연주가 시작되기 전에 그는 의자에 앉아 사람들을 거들떠보지도 않았고 신이 나서 웅성거리는 주위의 관중들이 떠드는 소리도 귀를 막고 듣지 않았다. 그저 가끔씩 바로 옆에 앉아 판(板 : 중국의 민속음악이나 지방극에서 주로 리듬을 맞추는 데 쓰이는 악기)을 맡고 있는 동료에게 낮은 소리로 뭔가를 얘기하면 동료는 연신 고개를 끄덕였다. 기예반에 있는 다른 젊은이들이나 중년 및 노년의 성원들은 쿠이성과 달리 주변 사람들과 함께 마음대로 고개를 끄덕이며 웃고 떠들며 인사를 건넸다. 심지어 서로 눈짓을 하며 다른 사람들, 특히 남달리 친한 사람들을 위해 자신들의 북소리를 들려줌으로써 흥을 돋우곤 했다. 이때 이미 날이 어두워지기 시작하자 높은 곳에 매달린 3백 와트짜리 커다란 전등이 켜졌다. 상례를 주재하는 사람이 빽빽이 들어찬 사람들 사이로 비집고 쿠이성에게 다가가 뭐라고 한마디 하자 쿠이성은 고개를 끄덕였다. 그러고는 곧장 몸을 돌려 판을 맡고 있는 동료에게 뭔가를 지시했다. 판을 맡은 동료는 곧장 판을 높이 치켜들었다. 마치 커다란 음악당 안에서 연미복 차림의 지휘자가 손에 든 지휘봉을 높이 치켜든 것 같았다. 기예반의 모든 예인들이 일제히 제자리에서 생과 적(笛), 징과 발(鈸), 태평소와 대고를 연주하면서 정신을 동료의 손에 들려 있는 판에 집중하기 시작했다.

이는 수천 명을 수용할 수 있는 리바오촌의 황토고원 경작지에서 일어난 일이었다. 이 경작지는 이미 세상을 떠난 왕즈화 할머니의 집 문 앞에 있었다. 모든 경작지와 사람들, 음악과 번화함이 왕즈화 할머니에게는 조금도 중요하지 않았다. 할머니는 틀림없이 하늘나라에서 미소 지으며 이 세상을 내려다보고 계실 것이었다. 이 모든 것들을 중시하는 사람들은 아무 것도 모르고 야릇한 흥분에 젖어 있는 세계의 변방에 있는 우리 무지렁이 시골 관중들이었다.

마침내 높이 들려 있던 판이 내려왔다. 곧이어 청아한 죽판 소리가 울리면서 기예반의 예닐곱 예인들의 손에 들려 있던 생과 적, 징과 발, 태평소와 대고가 동시에 소리를 내뿜기 시작했다. 음악은 전부 우리에게 익숙한 것들이었다. 구사회의 음악도 있었고 신사회의 음악도 있었다. 고전음악도 있었고 현대음악도 있었으며 문화대혁명 시기의 음악도 있었고 항일전쟁 시기의 음악도 있었다. 〈태양은 가장 붉고, 마오 주석님은 가장 친근하시네〉만 없었다. 이 음악들은 몇 세대를 거쳐 성장해온 것이기 때문에 여러 세대가 동시에 만족을 얻을 수 있었다. 때문에 수천 명의 사람들이 숨을 죽인 채 조용하게 앉아 도취한 듯이 음악에 몰입하고 있는 것이었다. 한 단락 들으면 또 한 단락이 이어지고 산 하나를 넘으면 또 다른 산이 이어졌다. 수도체육관의 리차드 클레이더만이 이미 도취한 듯 연주에 몰입하여 관중들과 감정의 교감을 진행하면서 흥분을 이기지 못한 듯 불어로 "여러분들께 한 악장을 더 연주해드리겠습니다."라고 말했을 때 중국 산시 리바오촌의 경작지 공터에 있던 명사 쿠이성은 무대에 나서지 않고 있었다. 이것이 중국과 서양 예술인들이 차이이자 문화의 차이, 피아노 연주와 태평소 및 대고 연주의 차이였다. 쿠이성은 여전히 의자에 앉아 말없이 담배만 피우고 있었다.

마침내 한 곡이 절반 정도 연주되었을 때, 쿠이성이 담배를 집어 던지고 엉덩이를 털며 일어섰다. 그러고는 동료의 손에서 태평소를 건네받았다. 그가 일어서자 서로 경쟁하듯 수많은 꽃들이 한꺼번에 봉오리를 떠드리는 것만 같던 모든 동료들의 연주가 갑자기 반주로 변하는 것을 아무 것도 모르는 우리 청중들도 충분히 감지할 수 있었다. 그 모든 반주 소리가 한순간에 잦아들고 속도가 늦어지더니 쿠이성이 연주하는 태평소 소리가 크게 울려 퍼지기 시작했다. 나는 갑자기 모든 소리의 절제와 느린 속도가 수많은 명인들이 기예인으로서의 삶 속에서 갈고 닦은 것임을 깨닫게 되었다. 절제되지 않고 늦춰지지 않으며 기다리지 않는 상태에서 절제되고 속도가 늦춰지고 기다리는 상태로의 변화과정이 있었기 때문에 가능한 음악이었다. 이것이 스타와 보통 사람들의 차이이자 축구스타와 보통 선수와의 차이이며 위대한 작가와 보통 작가와의 차이였다. 이러한 차이는 불평등과 수많은 사람들의 영혼에 대한 억제를 대가로 생긴 것이지만 객관적인 존재로서 사람들의 의지를 통해 전이되지는 않았다. 이러한 억제와 느림이 있었기 때문에 쿠이성의 태평소가 쏟아내는 맨 처음 소리가 특별히 맑고 청아하며 깊이가 있어 황금 비단을 찢고 높은 하늘의 구름을 찢어 우리 영혼들의 오랜 기다림을 풀어주고 촉촉하게 적셔줄 수 있는 것이다. 그가 취주하는 것이 무엇인지는 이미 중요하지 않았다. 중요한 것은 그가 취주하고 있다는 것 자체였다. 우리는 아주 절실하게 그가 연주하는 모습을 보고 그가 연주하는 소리를 들으며 그의 풍채를 느낀다. 그러면서 우리는 만족감과 함께 위안을 얻고 그와 하나가 된다. 우리는 기꺼이 그의 음악의 노예가 되기를 원하고 끓는 물과 타는 불에 뛰어 들어가듯이 이 모든 것에 흠뻑 빠져 떨어지지 않기를 바란다. 우리에게는 분위기가 대단히 중요하다. 어떤 분위기에서는 우리가 겁쟁이가 될 수도 있고 어떤 분위기에서는 영용하고 두려움이 없는 전사가 될 수 있다. 우리는 기꺼이 이 음악 속에서 삶을 찾고 죽음을 찾으며 음악을 취주하는 사람을 따라 함께 하나하나 높은 산들을 기어오르고 하나하나 황토고원을 오르며 하나하나 빙하들을 건너 산과 들판을 가득 메우며 흐르러지게 피어 있는 찬란한 꽃들을 보기를 원한다.

　하지만 쿠이성은 우리를 지나치게 흥분시키지 않았다. 한 곡이 끝나자 실망스럽게도 그는 태평소를 탁자 위에 내려놓았다. 그는 우리의 흥분과 침잠에 관심을 갖지 않았다. 그는 리차드 클레이더만처럼 우리 신경의 흥분상태를 놓치지 않고 두 손가락을 치켜들면서 "여러분들께 한 단락을 더 연주해드리겠습니다."라고 말하지 않았다. 그는 흥분된 우리의 신경을 높이 들어올렸다. 그런 다음 우리를 정감의 진흙탕 속에 던져버렸다. 그러고는 아무 것도 책임지지 않고 손을 털고 가버렸다. 이 모든 것이 자신과는 무관하다는 것 같았다. 이렇게 그는 우리 모두를 흥분의 진흙탕 속에서 발버둥 치면서 빠져나오지 못하게 했다. 이때 그의 동료들이 그가 연주하던 악곡의 뒷부분을 계속 연주하면서 창을 하기 시작했다. 우리는 그제야 우리가 먼 길의 끄트머리에 와 있으며 다른 음악의 위무를 받으며 왔던 길을 돌아가야 한다는 사실을 깨달을 수 있었다. 이리하여 우리 수천 명의 관중들은 자조적인 표정으로 서로를 쳐다보면서 편안함 마음으로 미소를 지었다. 쿠이셩의 취주를 듣고 나니 그 동료들의 취주는 더 이상 우리에게 이야기 거리가 되지 못했다. 우리는 한순간에 쿠이셩과 마음이 통하는 친구가 되어 서로 평등하게 상대하면서 그의 동료들을 내려다볼 수 있는 위치가 된 것 같았다. 그리하여 사람들은 웅성거리기 시작했다. 기침소리가 나기 시작하고 서로 뭔가를 의논하는 소리가 들렸다. 마치 벌 떼가 '옹옹'거리는 것 같았다. 이때 우리는 또 쿠이셩에게 감사하고 있었다. 쿠이셩은 신이었다. 쿠이셩은 사람이었다. 우리는 다시 사람들이 '옹옹'거리며 뭔가를 의논하는 소리 속으로 되돌아갔다.

이렇게 한 시간쯤 '옹옹'거렸다. 한 시간쯤 마음을 편하게 풀어놓았다. 그러다가 입에 고인 침을 다시 배 속으로 삼키고 흥분한 땀을 깨끗이 닦았다. 이때 쿠이셩이 다시 무대에 등장했다. 그는 커다란 북 하나를 자기 이마에 매달고 있었다. 그가 북을 매달자 그의 동료

몇 명도 대고를 각자 이마에 매달았다. 사람들은 또다시 긴장하기 시작하며 모두들 또 북을 치나 보다고 말했다. 사람들은 또다시 흥분하여 숨을 죽이기 시작했다. 이번에는 쿠이성이 직접 구령을 넣어가며 북을 치기 시작했다. 그가 북채를 공중에 높이 들어 올리자 모든 동료들이 그를 바라보면서 손에 든 북채를 일제히 허공을 향해 들어올렸다. 그 모습이 마치 나무숲 같았다. 쿠이성이 북채를 내릴 때마다 한 번, 두 번, 세 번, 여러 북채들이 호응하여 함께 북을 때렸다. 마치 빗줄기가 파초 잎을 두드리는 것 같았다. 북소리는 갈수록 장중해지고 격렬해졌다. 격렬해진 다음에는 다시 정제된 소리로 환원되면서 아주 웅장하게 사방을 향해 위풍을 과시하는 징소리와 북소리의 가락으로 변했다. 열 개가 넘는 대고가 한꺼번에 소리를 뿜어댈 때는 고변(鼓邊)을 두드리는 깨끗한 소리가 사람들의 귀를 즐겁게 하면서 정신을 고양시켜주었다. 동시에 사람들의 마음을 차분히 가라앉히면서 감동의 전율을 안겨주었다.

"이 북의 이름은 뭔가요?"

"오호파산(五虎爬山 : 다섯 마리의 호랑이가 산을 기어오른다는 뜻)이라고 합니다."

이때 모든 고수들이 정말로 산에서 나고 자라 자유롭게 산을 기어오르는 호랑이들 같았다. 갑자기 북소리가 여러 갈래로 나뉘었다가 또 갑자기 하나로 합쳐지기를 반복하는 가운데 그 옆에서는 태평소와 생, 적 등이 소리의 맛을 더했다. 이때 쿠이성은 어린 소년의 모습으로 돌아와 천진하고 돈후한 모습을 하고 있었고 머리는 온통 땀과 흙으로 뒤범벅이 되어 있었다. 머리가 온통 흙투성이면서 땀이 줄줄 흘러내렸지만 얼굴에는 만족스런 표정과 득의양양한 미소가 번졌다. 북을 치는 동안 그의 손에서 북채가 화려하게 모양을 바꾸는 바람에 사람들의 눈이 어지러울 지경이었다. 고수들이 어깨를 떨고 허리를 감싸 쥐고 발을 들어 올리고 사타구니를 쳐드는 등의 모든 동작들이 사람들의 온몸을 들썩이게 했다. 이런 금고악(金鼓樂), 이런 노행고(路行鼓)의 모든 북채가 사람들의 마음 깊은 곳을 두드렸다. 우리는 긴 노래를 흐느낌으로 여길 수 있었고 손바닥을 어루만지며 크게 웃을 수 있었다. 우리는 술에 취할 수 있었고 손으로 경작지를 하나하나 평평하게 다질 수 있었다. 기꺼이 진흙탕이 되어 마땅히 뿌려져야 할 사람들의 얼굴에 뿌려질 수도 있었다.

삼형제별이 서쪽으로 기울 때쯤 북 가락 마당은 막을 내리게 되었다. 한동안 사람들이 흩어져 돌아가는 발걸음 소리와 웅성웅성 의논하는 소리, 엄마가 아이를 찾고 아이들이 엄마를 부르는 소리로 떠들썩하다가 이내 모든 것이 조용해졌다. 이때의 마을은 너무도 적막했다. 가끔씩 개 짓는 소리가 몇 번 울렸다. 고립무원의 처지에서 몹시 조심스러워하는 소리였다. 나는 마을 주위의 개울에 가서 오줌을 갈겼다. 오줌을 갈기고 나서 곧장 집주인 형님의 집으로 돌아왔다. 집으로 돌아온 나는 이런 시각에 잠자리에 누워 잠을 청한다는 것이 왠지 적절하지 않은 것 같다는 생각이 들었다. 잠을 자선 안 될 것 같고, 잔다고 해도 편하지 않을 것 같았다. 말을 하고 싶었지만 또 그만 두기로 했다. 나는 자발적으로 집주인 형님네 흑백텔레비전을 켰다. 텔레비전 안에서는 쿠이성을 찾을 수 없었다. 이때쯤이면 베이징 수도체육관에서의 리차드 클레이더만의 피아노 독주회도 이미 끝났을 것이었다. 게다가 텔레비전에서 이를 중계방송할 가능성도 없었다. 하지만 그럼에도 불구하고 나는 드륵드륵 이리저리 채널을 돌리다가 중국 중앙방송국 제8채널에서 리차드 클레이더만을 찾아냈다. 방송에서는 마침 클레이더만이 연주하는 〈부드러움〉의 음악에 맞춰 배경풍경의 영상자료를 방영하고 있었다. 그의 고향인 프랑스 남부 니스에서 촬영한 것임에 틀림이 없었다. 프랑스의 일류 사진사가 일류의 구도로 일류의 색채를 구현하고 있었다. 물론 이를 위해 돈도 일류로 썼을 것이다. 피아노가 아름다운 포도원 안에 놓여 있고 포도원의 포도 알들은 탱탱하게 살이 오른데다 하나같이 맑은 이슬을 머금고 있었다. 피아노는 또 파리의 거리, 거대한 백색 카펫이 깔려 있는 광장에 놓여 있었다. 또 잠시 후에는 공중에 떠서 비행기 날개 위에 놓였다. 하지만 이 모든 것들이 조금도 중요하지 않았다. 중요한 것은 리차드의 신변에 그에게 플루트로 반주를 해주는 아름답고 매력적인 프랑스 아가씨가 함께 있다는 사실이었다. 그녀는 긴 치마를 입고 석양의 한 귀퉁이에서 문득 고개를 돌렸다. 그 신비한 자태가 사람들을 허공에 뜨게 만들고 정신을 잃게 했다. 그녀와 리차드는 또 피아노와 플루트 소리 속에

서 가벼운 기분으로 인파로 빽빽한 파리의 거리를 걸으며 자연스럽
게 담소를 나눔으로써 남다른 자신감과 만족감을 드러낼 것이다.
아무데서나 택시를 잡을 수 있고 마음대로 어느 고급 레스토랑에
들어가 식사를 하면서 외부의 어떤 사물에도 개의치 않는 자유로운
정신을 보여줄 것이다. 때문에 그들의 대화는 서로에게 집중하는
모습을 보일 것이고 생동적이고 감동적일 것이다. 그들이 고용하는
촬영기사들은 틀림없이 그들의 친구들일 것이다. 그래서 그들은 그
토록 자연스럽고 즐겁게 웃을 수 있고 촬영의 각도도 정확하게 잡
을 수 있을 것이다. 해는 반드시 그들의 등 뒤에서 떠올라 아가씨의
길게 기른 머리칼 아래로 질 것이다. 두 사람의 발밑에서 떠올라 다
시 그들의 정수리 아래도 질 것이다. 피아노와 플루트가 세계 전체
를 독점하고 지배할 것이다. 이때 나는 갑자기 리차드와 쿠이셩의
차이를 알게 되었다. 나는 안심하고 편안하게, 슬프면서도 또 슬프
지 않게 잠을 잘 수 있게 되었다.

하지만 이 모든 것들이 내가 지금 앓고 있는 감기와는 전혀 무관
한 일이었다. 리차드와 쿠이셩을 알게 된 뒤로 나의 감기는 더욱 심
해졌다. 또 다른 요동에서는 이미 집주인 형님 일가의 장단이 일정
치 않은 휘파람 소리와 코 고는 소리가 들려오고 있었다. 나는 자신
의 기침과 발열을 감지할 수 있었지만 줄곧 정신이 몽롱하고 혼미
한 상태에 있었다. 이때 나는 자신이 거대한 수영장 안에 와 있는
꿈을 꾸었다. 물은 초록빛으로 아주 맑았고 사방에 수를 셀 수 없을

정도로 많은 좌석이 마련되어 있었다. 나는 그곳에 앉아 누군가와 마음의 대화를 하고 있었다. 마음을 터놓고 많은 얘기를 나누고 있었다. 나는 또 갑자기 거대한 여객선 갑판 위에 와 있었다. 하늘에는 별이 가득하고 우리는 나란히 놓여 있는 침대의자에 누워 있었다. 나는 흰 타월을 몸에 덮고 있었다. 이때 나는 마음속으로 커다란 위로와 안위를 얻은 것 같았다. 자신도 모르게 두 눈에 눈물이 고였다. 그 사람의 얼굴은 분명하지 않았다. 리차드 같기도 하고 쿠이성 같기도 했다. 오랫동안 만나지 못한 친구 같기도 했다. 친구야, 정말 오래 만나지 못했지. 네가 정말 그립다.

▶1992년 11월, 베이징 스리바오(十里堡)에서

전갈

口信

전갈 口信

1

1927년 옌라오요우(嚴老有)는 당나귀를 사고파는 라오추이(老崔)에게 커우와이(口外 : 만리장성 이북 지방)에 가서 전갈을 좀 전해달라고 부탁했다.

커우와이는 산시(山西)에 있는 옌쟈좡(嚴家莊)에서 2천 리 넘게 떨어져 있는 곳이었다. 커우와이는 원래 네이멍구(內蒙古)를 지칭하는 말이었으나 1927년 당시 산시에서는 허베이(河北)의 장자커우(張家口)를 가리키는 말로 쓰이고 있었다. 옌라오요우의 큰아들 옌바이하이(嚴白孩)는 커우와이에서 가축을 거세하는 일을 하고 있었다.

옌라오요우는 옌쟈좡에서 지주인 라오완(老萬) 집안의 소작농이었

다. 소작농이기는 하지만 말하는 것을 좋아하고 사람을 보면 말참
견하기를 좋아해 친구가 무척 많아 보였다. 1923년 옌바이하이가
열네 살 되던 해에 옌라오요우는 그에게 숭쟈좡(宋家莊)의 목수인
라오숭(老宋)에 밑에 들어가 견습공이 되게 했다. 옌라오요우는 라오
숭과 잘 아는 사이였다. 아무리 잘 아는 사이라 해도 스승으로 모시
게 되자 라오숭에게 도살한 양 반 마리를 보냈다. 일 년이 지나 옌
바이하이는 작은 나무 걸상을 만들 수 있게 되었다. 하지만 그해 여
름 옌바이하이는 라오숭을 저버리고 돼지와 가축을 거세하는 라오
저우(老周)를 따라 도망쳤다. 옌라오요우는 라오저우와도 잘 아는 사
이였다. 하지만 그는 목수를 정상적인 직업으로 여기면서 가축이나
돼지를 거세하는 일은 사람들에게 말하기 어려운 부끄러운 직업이
라고 생각했다. 옌라오요우는 옌바이하이를 잡아다 라오숭에게 보
내려 했다. 하지만 라오숭은 오히려 이렇게 말했다.

"됐네, 그 애는 오래 붙어 있지를 못하네."

옌라오요우는 옌바이하이를 붙잡아 집으로 데려와서는 집안에
있는 나무 걸상에 닷새 동안 묶어놓았다. 여섯째 날 라오숭을 불러
와 걸상에 앉아 있는 옌바이하이를 가리키면서 말했다.

"자 보게. 잘 앉아 있지 않나."

걸상에 앉아 있던 옌바이하이가 상상도 못했던 말을 꺼냈다.

"아버지, 저는 사부님과 성격이 안 맞아 말도 잘 안 해요."

옌라오요우가 손바닥으로 아들을 후려쳤다.

“그러면 돼지 거세하는 그 인간하고는 말을 한단 말이냐?”

옌바이하이가 말했다.

“그분하고도 말을 안 해요. 하지만 저는 돼지 울음소리 듣는 것이 좋아요.”

그러고는 곧바로 목청을 돋우어 돼지가 거세당할 때 내는 소리를 흉내 냈다.

“꽤엑— 꽤엑—”

옌라오요우는 길게 한숨을 내쉬고는 라오숭의 손을 어루만지며 말했다.

“이 짐승 같은 놈은 절대로 못 고치겠네!”

라오숭은 문틀에 대고 담배통을 한 번 탁탁 치고는 몸을 일으켜 돌아가려 했다. 옌라오요우는 이번에는 둘째 아들인 옌헤이하이(嚴黑孩)를 라오숭 앞으로 데려왔다. 옌헤이하이는 옌바이하이보다 한 살 어렸다. 옌라오요우가 옌헤이하이를 가리키면서 라오숭에게 말했다.

“아니면 이놈을 데려가게. 이 놈은 좀 미련하거든.”

옌바이하이가 도망쳤을 때에도, 방금 옌바이하이가 돼지 우는 소리를 흉내 냈을 때에도 화를 내지 않던 라오숭이 이 순간만큼은 화를 내면서 말을 받았다.

“미련해야 목수가 될 수 있다는 건가? 자네는 목수들이 다 미련하다고 생각하나 보지?”

라오슝은 옌라오요우를 한번 째려보고는 금방이라도 쓰러질 것처럼 몸을 휘청거리면서 가버렸다.

돼지와 가축을 거세하는 라오저우는 대담한 사람이었다. 인근 마을 돼지들을 다 거세하고 가축을 다 거세하고 나자 그는 갑자기 커우와이로 가야겠다는 기발한 생각을 하게 되었다. 산시의 당나귀는 모두 다 커우와이에서 들여온 것이었다. 그곳이라면 가축이 더 많을 것이고 가축을 거세하는 일도 얼마든지 있을 것 같았다. 옌바이하이는 라오저우를 따라 커우와이로 떠나기 전날 어머니는 울고 아버지는 자신을 나무 걸상에 묶어둘 것이라고 예상했다. 그러나 예상과 달리 어머니는 울지 않았고 아버지도 그를 붙잡아 묶어두지 않았다. 어머니는 참기름 등불 아래서 커우와이로 가는 거리를 셈하다가 갑자기 놀라움을 금치 못하며 말했다.

"이천 리가 넘네, 하루에 칠십 리를 걷는다 해도 한 달이 더 걸리겠는 걸."

어머니는 아들 옌바이하이 때문이 아니라 이 먼 여정 때문에 울었다. 옌라오요우가 문틀에 담뱃대를 털면서 말했다.

"커우와이는 너무 낯선 곳이고 익숙하지도 않을 게다."

옌바이하이가 말했다.

"처음 이틀은 익숙하지 않겠지만 지내다보면 익숙해질 겁니다."

"정 그렇다면 외지에서 죽도록 해라. 오늘 이후로 우리 둘은 부자지간이 아니니 다시 만나게 된다면 고작 아는 사람이 하나 생긴 셈 치자.”

옌바이하이는 라오저우를 따라서 커우와이로 갔다. 한번 떠난 후 삼 년이 되도록 기별조차 없었다. 생각해보니 옌바이하이의 나이가 벌써 열여덟 살이 되었을 것 같았다. 옌바이하이가 떠나고 두 번째 해가 되었을 때 옌라오요우는 옌헤이하이를 웨이쟈좡(魏家莊)에서 두부를 만드는 라오웨이(老魏)에게 제자로 보냈다. 옌헤이하이는 미련하기는 해도 속으로는 모든 걸 다 깨우치고 있었다. 두부 만드는 법을 배우려면 삼 년의 기한을 채워야 했지만 옌헤이하이는 일 년 반을 배우고 나서 집으로 돌아와 두부 공방을 차렸다. 열여섯 일곱 살이 된 아이가 두부 멜대를 메고 산등성이를 따라 마을 어귀를 돌면서 소리를 질러댔다.

“두부 사려.—”

“옌쟈좡 두부요.—”

1926년과 1927년에 산시성에는 동남풍이 불고 비가 순조롭게 내렸다. 옌라오요우는 지주인 라오완 집에 농사를 지어줬고 옌헤이하이는 멜대를 지고 다니면서 두부를 팔았다. 이렇게 이 년이 지나자 마침내 집안에 은자(銀子) 오십 냥이 모이게 되었다. 두 부자가 계산을 해보니 살던 집을 헐고 세 칸짜리 양옥집을 지을 수 있었다. 새 집과 정원을 보면서 옌라오요우가 말했다.

“에이 씨!”

그해 가을, 함께 라오완 집에서 소작농을 하던 라오마(老馬)가 폐

기종으로 숨이 막혀 세상을 떠났다. 라오마는 평생 말하는 것을 싫어했다. 생전에 술 마시는 것을 좋아한 것 말고는 겨울철 농한기마다 읍내로 가서 사람들이 귀뚜라미를 가지고 내기하는 것을 구경하는 것이 유일한 즐거움이었다. 보다가 못해 그는 자신도 내기에 빠지고 말았다. 나중에는 다른 사람들보다 귀뚜라미와 더 가까이 지냈다. 집에 있는 찢어진 모전으로 만든 모자까지도 들고 읍내로 가서는 내기에 걸었다. 그가 세상을 떠나고 난 뒤에는 관을 살 돈조차 남아있지 않았다. 그의 부인과 아이는 그를 거적에 싸서 매장할 준비를 하고 있었다. 옌라오요우는 라오마에게 얇은 나무 관을 사주기 위해 대양(大洋) 두 닢을 내놓았다. 라오마의 아내는 무슨 말을 할지 몰랐고 지주인 라오완은 이 일로 크게 감동을 했다. 라오완이 옌라오요우를 불러 예전 일에 관해 물었다.

"자네는 라오마와도 친구 사이였나?"

옌라오요우가 말했다.

"아니요. 살아있을 때는 아주 고약한 사람이었지요. 우리는 서로 잘 안 맞았어요."

라오완이 물었다.

"서로 가까운 사이도 아니었으면서 왜 그에게 관을 사주었나?"

"토끼가 죽으면 여우가 운다는 말이 있지요. 처지가 딱하지 않습니까. 머슴살이를 같이 한 세월만 십수 년이니 친구가 아니었다 해도 친구인 거나 마찬가지지요."

라오완은 머리를 툭툭 치면서 생각에 잠기더니 고개를 끄덕였다. 그러고는 경리를 불러 오게 해서는 대양 다섯 닢을 꺼내 라오마의 장례에 쓰라고 건넸다. 출상하는 날 술자리에는 탁자 네 개가 놓여 있었다. 지주인 라오완도 직접 와서 조문을 했다. 라오마는 생전에는 다른 사람들과 친분이 거의 없었지만 세상을 떠난 뒤에는 오히려 지극한 영예를 누렸다. 출상하는 날 밤에 라오마의 부인이 옌라오요우를 찾아왔다. 라오마의 아내는 곰보였다. 라오마의 아내가 말했다.

"라오옌(옌라오요우를 친하게 부르는 말), 관을 묻게 되고 보니까 제가 과부라는 사실이 실감이 나네요."

옌라오요우는 그녀가 관을 드는 것을 보면서 서둘러 말했다.

"돈 문제라면 아무 말도 하지 않아도 됩니다. 지주 어른 댁에도 아무 말 하지 말아요. 다들 친구니까요."

라오마의 아내가 말했다.

"라오마의 친구시라면 그의 아내인 저에게 한 번만 더 약속을 해주세요."

"무슨 약속인지 말해 봐요."

라오마의 아내가 말했다.

"큰 딸아이가 열여섯인데 댁의 며느리로 받아주세요."

옌라오요우는 순간 멍한 표정을 지었다. 라오마의 아내가 말을 이었다.

“제 얼굴에는 곰보자국이 있지만 딸애 얼굴에는 없습니다.”

라오마의 아내가 자리를 뜨자 옌라오요우의 아내가 웃으면서 말했다.

“대양 두 닢으로 며느리를 샀으니 괜찮은 장사네요.”

옌라오요우는 아내의 얼굴에 대고 침을 뱉으면서 욕을 했다.

“저 여자가 우리에게 며느리를 보낸 거라고 생각해? 자기 집안 전부를 보낸 거라고!”

그러고는 또다시 고개를 내저었다.

“라오마가 평생 마음을 곱게 쓰지 않았으니 나도 그의 마누라를 업신여길까보다.”

그는 또다시 이제 막 헐고 새로 지은 서쪽 곁채를 바라보면서 말했다.

“모든 사람이 이 집을 떠들썩하게 만드는군.”

라오마 아내의 생각은 지금이 시월이라 섣달까지는 두 달이 남았으니 세밑 전에 혼사를 치르는 것이었다. 혼사를 치를 수는 있겠지만 어느 아들과 혼사를 치르게 할 것인가 하는 문제를 놓고 옌라오요우는 몹시 망설였다. 나이로 따지자면 당연히 옌바이하이와 혼사를 치러야 하겠지만 그는 지금 커우와이에 있었다. 집안에서의 공로를 놓고 따지자면 당연히 옌헤이하이에게 혼사가 돌아가야 했다. 서편 곁채를 짓는데 들인 돈의 절반은 두부를 팔아서 번 돈이었다. 옌헤이하이 역시 요 며칠 무척 소란을 피워댔다. 그날 오경 무렵인 새벽 옌라오요우가 자다가 일어나 뒷간에 가는데 정원의 달빛 아래서 그림자 하나가 어른거리는 것을 보게 되었다. 올라갔다가 내려가기를 반복하는 그림자를 보고 옌라오요우는 깜짝 놀라고 말았다. 가까이 다가가 살펴보니 옌헤이하이가 혼자 그곳에서 천지신령과 부모님께 절을 올리는 혼례 연습을 하고 있는 것이었다. 방앗간에서는 작은 당나귀가 아무 소리도 내지 않고 묵묵히 돌절구를 끌면서 콩을 갈고 있었다. 그가 혼례 연습을 하지 않았더라면 옌라오요우는 먼저 그를 장가보내야겠다고 생각했을 터였다. 하지만 그가 몰래 혼례 연습을 치르고 있는 것을 보자 화가 치밀어 올랐다. 옌라오요우가 그의 다리를 걸어차면서 말했다.

"멍청한 자식 같으니라고! 보리가 먼저 익지 밀이 먼저 익는다고 하더냐?"

결국 옌라오요우는 옌바이하이를 먼저 장가보내기로 마음먹었다. 하지만 옌바이하이는 이천 리나 떨어진 커우와이에 가 있는데 어떻게 그에게 이런 결정을 알려준단 말인가? 마침 이튿날 당나귀 장수 하나가 마을을 지나가게 되었다. 당나귀 장수는 허난(河南) 사람으로 성이 추이(崔)였다. 게다가 일꾼을 하나 거느리고 있었다. 두 사람은 가축을 사러 커우와이로 가는 도중에 옌쟈좡을 지나다가 날이 어두워져 마을에서 잠깐 쉬기 위해 지주인 라오완의 축사에 묵고 있었다. 밤이 되어 옌라오요우는 라오완의 축사로 당나귀 장수 라오추이를 만나러 갔다. 두부 한 모를 품안에 넣고 파 두 뿌리와 고구마로 담근 고량주 반병을 함께 담아서 들고 갔다. 당나귀 장수 라오추이의 일꾼은 축사 안에 벽돌 몇 개를 받쳐놓고 그 위에 솥을 얹어 아래서 불을 지핀 다음, 자루에서 두 줌의 쌀을 부어 밥을 짓고 있었다. 바닥에는 짚 멍석이 깔려 있고 볏짚이 이불을 대신하고 있었다. 라오추이는 뒤통수를 깍지 낀 두 손으로 받친 채 짚 멍석 위에 누워서는 가축들이 풀을 먹고 있는 모습을 바라보고 있었다. 그가 고개를 돌리는 순간 옌라오요우는 커다랗게 튀어나온 그의 귀를 보았다. 라오완의 집에는 가축을 키우는 라오우(老吳)라는 사람이 있었다. 벙어리였다. 평소에 옌라오요우가 쉬지 않고 떠들어대는 것을 싫어했던 그는 옌라오요우가 들어오는 것을 보고는 그를 한참 노려보다가 여물을 뒤섞는 막대기를 던져두고는 밖으로 나가버렸다. 옌라오요우는 그런 그를 안중에 두지 않았다. 뜻밖에도 당나귀 장수 라오추이가 옌라오요우가 들어오는 것을 보고는 손에 음식을 든 채 놀란 표정으로 짚 멍석에서 몸을 일으켰다. 그러고는 옌라오요우를 한참동안 유심히 쳐다보다가 말했다.

“처음 뵙는 분입니다만,”

옌라오요우가 말했다.

“저 아주 괜찮은 사람입니다.”

라오추이는 커다랗게 튀어나온 귀를 흔들며 신이 나서 밥을 짓고 있는 일꾼을 가리키며 말했다.

“이 친구는 샤오류(小劉)라고 합니다.”

난쟁이인 샤오류는 머리가 둥그스름했다. 그가 옌라오요우를 향해 빙긋이 웃어보였다. 보아하니 착실한 아이 같았다. 옌라오요우는 샤오류에게 두부에 파를 썰어 버무리게 하고 작은 그릇 두 개를 가져오라 한 다음 짚 멍석에 앉아 라오추이와 술을 마셨다. 술이 세 순배쯤 돌고 나자 옌라오요우가 말을 꺼냈다.

"들자하니 형씨께서는 커우와이에 당나귀를 사러 가신다고요?"

라오추이가 고개를 끄덕였다.

옌라오요우가 다시 말했다.

"커우와이로 가신다니 이 아우가 부탁 하나 드리겠습니다."

라오추이가 그의 말을 가로막았다.

"그렇게 먼저 말씀하시지 말고, 형씨는 무슨 띠입니까?"

옌라오요우가 말했다.

"용띠입니다."

라오추이가 말했다.

"형씨가 용띠이고 전 겨우 닭띠니까 제가 동생인 셈이네요."

옌라오요우가 웃으며 말했다.

"그럼 아우, 이 형님이 자네에게 부탁 하나 하는 걸로 하세."

"말씀해 보세요. 혹시 가는 김에 당나귀 두 마리를 가져다 달라는 말인가요?"

옌라오요우는 고개를 저었다.

"당나귀를 가져오라는 게 아니라 어떤 사람에게 전갈을 좀 해달라는 걸세.”

라오추이가 말했다.

“무슨 전갈인데요?”

옌라오요우가 말했다.

“사람 구실 못하는 내 큰아들이 커우와이에서 가축 거세하는 일을 하고 있네. 자네가 혹시 커우와이에서 그 애와 마주치거든 그 애더러 서둘러 집으로 돌아오라고 해주게. 나이가 열여덟이라 이제 혼사를 치러야 하거든.”

라오추이가 웃으며 말했다.

“알고 보니 바로 그런 일이었군요. 전해드리죠, 뭐.”

이때 밥을 짓던 샤오류가 끼어들었다.

“커우와이가 그렇게 넓은데 어디에서 그를 만난다는 거죠?”

옌라오요우가 라오추이를 향해 둔 손을 모으고 읍을 하면서 말했다.

“내 아들을 찾는 게 아주 성가신 일이겠지만, 일이 워낙 급해서 말이야!”

일꾼인 샤오류가 다시 뭔가 말을 하려고 하자 라오추이가 손을 내저어 샤오류의 말을 막으면서 옌라오요우에게 말했다.

“단번에 아드님을 찾기는 어려울 겁니다. 우선 산시 사투리를 쓰는 사람을 찾아야겠지요. 산시 사람을 하나 찾아내면 산시 사람 전부를 찾은 것이나 다름없으니까요. 한번 해보죠 뭐.”

옌라오요우가 라오추이에게 술을 한 잔 따라주며 말했다.

"보아하니 아우는 항상 밖으로 돌아다니다 보니 나보다 견문이 넓은 것 같네. 내 아들 이름은 옌바이하이이고 왼쪽 눈초리에 큰 사마귀가 있다네."

라오추이가 말했다.

"그 아이에게 언제쯤 돌아오라고 전할까요?"

"세밑 전에는 반드시 돌아와야 한다고 전해주게. 신부가 기다리고 있다고 말이야."

라오추이가 술잔을 단번에 들이키면서 말했다.

"안심하십시오. 틀림없이 찾아내서 말씀을 전할 테니까요."

옌라오요우 역시 술잔을 단숨에 들이켜고 나서 말했다.

"앞으로 또다시 옌쟈좡에 들르게 되면 이곳이 바로 자네 집이라고 생각하게."

이날 저녁 옌라오요우와 라오추이 둘 다 술에 취했다.

2

라오추이의 고향은 허난 지위안부(濟源府)였다. 라오추이의 할아버지는 농사를 지었고 라오추이의 아버지는 소금을 팔았는데 라오추이 대에 이르러 당나귀를 사고파는 일을 하게 된 것이다. 라오추이가 당나귀를 사들여 되파는 일은 혼자서 밑천을 대고 벌이는 장사가 아니었다. 그에게는 친한 두 친구가 있었다. 하나는 라오장(老蔣)이고 다른 하나는 라오싱(老邢)이었다. 이 세 사람이 함께 투자한 밑천으로 라오추이가 이리저리 장사를 하며 돌아다녔던 것이다. 허난에서부터 커우와이까지 걷다 서기를 반복하면서 가다 보면 보통 두 달 남짓 걸렸고, 돌아올 때는 가축을 뒤에서 몰고 오느라 더 늦어지기 때문에 석 달이 넘게 걸렸다. 일 년 열두 달 동안 두 번씩 이런 길을 왕복해야 했다. 일꾼으로 데리고 다니는 샤오류는 라오장의 오촌 조카로 라오추이를 따라다니며 당나귀를 사고파는 일을 배운지 벌써 두 해가 되었다. 라오추이는 원래 웃고 떠드는 것을 좋아하는 사람이었지만 일 년 내내 밖에서 당나귀 사고파는 일을 하다 보니 가족들을 제대로 돌보지 못했다. 어느 해 세밑이 되어 집에 돌아와 보니 마누라는 이미 황아장수를 따라 도망쳐버린 뒤였다. 라오장과 라오싱이 그에게 도망친 마누라보다 더 젊은 아내를 얻어 주었음에도 불구하고 이때부터 사람들이 곁에 있을 때에는 신나게 웃고 떠들던 라오추이도 사람들이 없을 때면 종종 우두커니 앉아 시름에 잠기곤 했다. 라오싱이 라오추이에게 말했다.

"정 그러면 자네가 이 년 정도 쉬도록 하게. 내가 대신 다녀올 테니 말일세."

라오추이가 말했다.

"아닙니다. 제가 갈게요. 이미 적응이 됐거든요. 노숙하는 것도 그런대로 괜찮아요. 집에만 계속 있으면 더 답답할 것 같아요."

라오추이는 올해 마흔 한 살이었다. 사람이 마흔 살이 넘으면 성격도 느긋하게 변하기 마련이었다. 샤오류는 이제 갓 열일곱 살이 된 터라 성격이 여간 급한 것이 아니었다. 두 사람이 길을 재촉하고 있을 때에도 라오추이는 오후만 되면 노숙을 하려 했지만 샤오류는 더 가자고 채근하기 일쑤였다.

"해가 아직 높이 떠 있는데요."

한번은 샤오류가 계속 재촉하는 바람에 날이 어두워졌는데 마을도 여관도 보이지 않고 추운 데다 배까지 고픈데 어디 묵을 곳이 하나도 없는 상황에 부딪치고 말았다. 라오추이가 샤오류에게 욕을 해댔다.

"이런 애비가 죽어 상 치르러 갈 놈 같으니라고!"

샤오류가 웃으며 말을 받았다.

"아저씨, 밤에도 계속 길을 가면 되잖아요!"

이튿날 아침 일찍 라오추이와 샤오류는 작별인사를 하고 옌쟈촹을 떠났다. 라오추이는 어깨에 견대를 짊어졌고 샤오류는 어깨에 요와 이불 그리고 쌀자루를 멨다. 옌라오요우도 그들을 십리 밖까지 배웅했다. 산마루를 넘자마자 앞에 창즈(長治)의 경계가 나타났다. 라오추이가 옌라오요우에게 말했다.

"형님, 그만 돌아가십시오."

옌라오요우는 옛 문사(文詞)를 흉내 내어 말했다.

"앞에는 높은 산이 있고 갈 길은 머니, 형제여 몸조심해서 다녀오시게."

그러고는 두부 한 덩이를 샤오류에게 건네면서 라오추이에게 재차 부탁했다.

"자네 조카의 일을 절대 잊어서는 안 되네."

라오추이가 말했다.

"염려 마세요. 세밑 전에 반드시 돌아오도록 할 테니까요."

당시는 중국의 농촌에는 악수가 전해지지 않았을 때였다. 두 사람은 산등성이에서 서로 마주보면서 두 차례 고개를 숙여 인사를 주고받았다. 라오추이와 샤오류가 산 아래로 내려가 뒷모습이 점점 멀어져가는 것을 지켜보고 있던 옌라오요우는 두 사람이 두 개의 검은 점이 되는 것을 보고서야 발길을 돌려 옌쟈쫭으로 돌아왔다.

라오추이와 샤오류는 커우와이를 향해 길을 재촉했다. 걷다 서기를 반복하면서 하루에 팔구십 리도 갈 수 있었다. 열흘 후 두 사람은 양취안부(陽泉府)에 도착했다. 이때 라오추이가 설사를 하기 시작했다. 샤오류가 밥을 지을 때 손발을 깨끗이 씻지 않아서인지 아니면 노상에서 감기에 걸린 탓인지, 그것도 아니면 물을 갈아먹어서인지 원인은 분명하지 않았다. 결국 여관에 묵게 되자 라오추이가 샤오류를 욕하기 시작했다.

"젠장, 밥도 깨끗하게 못 만들면서 무슨 일을 배우겠다는 거야?"

샤오류는 목에 핏대를 세우면서 항변했다.

"강물에 쌀을 다섯 번이나 일었단 말이에요! 그럼 우리 둘이 똑

같은 밥을 먹었는데 전 어째서 설사를 않는 건가요?”

라오추이가 화를 냈다.

“그래 이번에는 깨끗하게 했다고 치자. 지난번에 홍동(洪洞)에서 죽을 먹을 때 쥐가 나왔던 일은 어떻게 설명할래?”

샤오류는 입을 삐죽 내밀고는 더 이상 아무 말도 하지 않았다. 라오추이는 설사를 한두 번 하고 말거라고 대수롭지 않게 여겼다. 그날 밤 여덟 번이나 설사를 하리라고는 상상도 하지 못했다. 다리를 비비 꼬면서 변소로 달려가 쪼그리고 앉자마자 밑에서 물이 ‘촤아’ 하고 쏟아졌다. 이튿날 아침에 잠자리에서 일어난 그는 사지에 힘이 없고 눈앞이 어질어질했다. 할 수 없이 양취안부에서 가던 길을 멈추고 여관에서 몸조리를 해야 했다. 샤오류는 라오추이를 위해 한약을 한 첩 지어다 여관에 있는 약탕관을 빌려 약을 달여 주었다. 약을 먹자 설사는 멈췄지만 이번에는 명치가 아프기 시작했다. 또다시 명치가 아픈데 먹는 약을 짓게 되었다. 명치가 아픈 것이 낫자 이번에는 또 학질에 걸려 몸에 고열과 오한이 들었다 나가기를 반복했다. 열이 날 때는 마치 찜통 속으로 들어가는 것 같았고 오한이 들 때는 꼭 얼음창고 속으로 떨어지는 것만 같았다. 또다시 학질을 치료하는 약을 지어야 했다. 오랫동안 병에 걸리지 않더니 이번에 온갖 병들이 한꺼번에 일제히 몰려왔다. 몇 번씩이나 병에 걸리다 보니 양취안부에서 보름이나 머물러야 했다. 약을 짓고 여관비를 내는 데만 무려 다섯 대양을 써버렸다. 그저 병에 걸린 것뿐이라면 크게 문제될 것도 없었다. 병이 다 나으면 라오추이는 샤오류와 함께 계속 길을 갈 수 있을 것이었다. 하지만 이날 밤 엄청난 일이 발생했다. 강도 몇 명이 담을 넘어 들어와서는 손에 돼지 잡는 칼을 들고서 여관에 묵고 있는 손님들의 재물을 모조리 강탈해 간 것이다. 강도들은 하나같이 검은 천으로 얼굴을 가리고 있는 데다 키도 제각각이라 얼굴을 알아볼 수가 없었다. 이따금씩 말하는 소리를 들으니 아무래도 위츠(楡次) 사투리인 것 같았다. 라오추이의 견대에는 돈이 이백 대양이나 들어있었다. 커우와이로 가서 당나귀를 살 돈이었다. 낮에는 어깨에 메고 다니고 밤에는 머리맡에 두고 베고 잤기 때문에 한시도 몸에서 떼어놓은 적이 없었던 것을 강도들이 뒤져 찾아냈다. 라오추이는 학질에 걸린 몸으로 샤오류를 부르면서 몸을 일으켜 그 강도의 몸을 붙잡고 놓아주지 않았지만 강도가 방망이로 머리를 후려치자 한순간에 정신을 잃고 구들 위로 쓰러지고 말았다. 다시 정신이 들자 그는 강도들이 당나귀를 살 돈을 전부 강탈해 갔을 뿐만 아니라 샤오류마저 납치해 가버린 것을 알게 되었다. 여관 주인은 길바닥에 서서 몸을 떨고 있었다. 이튿날 관아로 가서 신고해 봤지만 소용이 없었다. 강도들이 이미 종적을 감춘 데다 겨우 사투리 하나를 들었다고 해서 경각에 달린 이 사건을 어디에 가서 해결할 수 있단 말인가? 이백 대양이면 당나귀 삼십 마리를 살 수 있는 돈이었다. 라오추이는 온몸에 한 차례 땀을 흠뻑 흘리더니 단번에 학질이 떨어졌다. 장사할 돈을 도둑맞긴 했지만 그 밑천은 자기 혼자만의 것도 아니었다. 허난의 고향으로 돌아가 어떻게 라오장과 라오싱에게 해명할 것인가? 돈을 잃어버린 것은 그나마 작은 일이었다. 샤오류까지 납치당했으니 샤오류 집에서 사람을 찾아놓으라고 하면 라오추이가 어디로 가서 그를 찾아야 한단 말인가? 관아에서 여관으로 돌아오자, 여관 주인이 또다시 손가락을 꼽으면서 그에게 이런저런 분석을 해주었다. 샤오류가 겉으로 보기에는 정직하고 무던해 보이지만 눈알을 이리저리 잘 굴리는 것이 여간 눈치가 빨라 보이는 게 아니었다는 것이었다. 그러면서 그는 꼭 그렇다고 말할 수는 없지만 요 며칠 사부가 병이 난 틈을 타서 그가 사방으로 뛰어다니면서 강도들을 공모하여 사부의 돈을 강탈한 것일지도 모른다고 말했다. 라오추이도 그의 분석이 일리가 있다는 생각이 들었다. 동시에 이 여관의 주인도 좋은 사람이 아닐 수 있다는 생각이 들었다. 그가 강도와 내통했을 지도 모른다는 의심이 든 것이다. 여관에 더 오래 있을 수 없었던 것도 바로 이런 연유 때문이었다. 하지만 이 모든 것이 추측일 뿐, 아무도 증거를 갖고 있지 못했기 때문에 말해봤자 헛수고였고 생각해봤자 망상일 뿐이었다. 어제까지만 해도 수중에 이백 대양이나 되는 큰돈을 가지고 있었는데 눈 깜짝할 사이에 한 푼 없는 빈털터리가 되고 말았다. 문밖을 나서자 의지할 데라고는 한 군데도 없다는 생각에 라오추이는 정신이 혼미해져 양취안부의 대로를 이리저리 마구 휘젓고 다녔다. 돌고 돌다가 성문을 나선 그는 산자락 아래에 있는 펀허(汾河)

강가에 이르렀다. 편하는 도도하게 흐르고 있었다. 라오추이는 고향
이 있어도 돌아갈 수 없고 나라가 있어도 몸을 바칠 수 없다는 생
각이 들었다. 첫 번째 마누라와 말이 잘 통했는데 황아장수와 눈이
맞아 도망가 버렸던 일을 떠올리면서 그는 허리띠를 풀러 휘어진
홰나무 가지에 걸었다. 나무 위에 허리띠를 단단히 고정시켜 잡아
당기면서 발밑에 있는 돌을 걷어차면 몸이 나무에 매달릴 것이라는
계산을 했다.

정신이 든 라오추이는 가장 먼저 술 냄새를 맡았다. 눈을 뜨니
머리가 욱신거리기 시작했다. 사방을 둘러보니 술을 담그는 양조장
이었다. 일꾼들 몇몇이 엉덩이를 드러낸 채 술지게미를 찧고 있고,
자신은 뜨거운 술지게미 위에 누워 있는 것이었다. 통통하고 얼굴
이 동그란 노인 하나가 빙긋이 웃으면서 그를 쳐다보고 있다가 그
가 깨어난 것을 보고는 얼굴을 가까이 들이대며 물었다.

“어디에서 온 손님이슈?”

라오추이는 불이 난 것처럼 입 속이 말라버렸다. 말을 할 수 없
을 정도로 목이 쉬어 있었다. 얼굴이 동그란 노인은 일꾼에게 물을
한 사발 가져오게 하여 라오추이에게 마시라고 건넸다. 라오추이는
꿀꺽꿀꺽 물을 다 마시고 나서 한숨을 돌리며 입을 열었다.

“허난에서 왔습니다.”

얼굴이 동그란 노인이 다시 물었다.

“마음속에 떨쳐버리지 못할 무슨 일이라도 있는 게요?”

옆에 있던 일꾼 하나가 끼어들었다.

"다행히 우리 지주 어르신의 마차가 강가를 지나갔기에 망정이지, 담배 한 대 태울 시간만큼만 늦었어도 자네는 지금쯤 염라대왕과 얘기를 나누고 있을 걸세."

라오추이는 자신이 어떻게 당나귀를 사고파는 일을 하게 되었고 어떻게 양취안부에 오게 되었으며 어떻게 병을 얻어 여관에서 묵다가 우연히 강도를 만나 밑천을 다 잃어버리게 되었는지 처음부터 끝까지 얼굴이 동그란 노인에게 자세히 얘기해주었다. 그러면서 샤오류를 잃어버리게 된 이야기도 빼놓지 않았다. 말을 잇다가 너무 상심한 나머지 울음을 터뜨리기도 했다. 얼굴이 동그란 노인은 친절하게 그를 위로해주었다.

"하늘이 무너져도 솟아날 구멍이 있다고 하지 않던가. 돈이야 다시 벌면 되는 것이고 말일세."

라오추이가 말을 받았다.

"하지만 저는 수중에 한 푼도 없어서 다시 당나귀를 살 수도 없습니다."

그러고 나서 다시 말을 이었다.

"일꾼도 잃은 터라 면목이 없어 고향에 돌아갈 수가 없게 되었습니다."

얼굴이 동그란 노인이 라오추이를 자세히 들여다보고 나서는 한 가지 제안을 했다.

"자네 용모를 보니 아주 성실한 사람 같아 보이네그려. 정 그렇다면 우선 내 곁에 머물도록 하게. 그 다음 일은 우리 천천히 얘기하면서 함께 방법을 생각해보기로 하고 말이야."

라오추이가 사방을 둘러보며 말했다.

"하지만 저는 당나귀를 사고팔 줄만 알았지 술은 담글 줄 모릅니다."

얼굴이 동그란 노인이 말했다.

"세상에는 배우려 하지 않는 사람이 있을 뿐이지 배워서 못하는 일이란 없는 법일세."

라오추이가 고개를 가로저으며 말했다.

"하지만 저는 사람도 돈도 다 잃고 심사가 복잡해 뭔가를 배울 생각이 안 듭니다."

얼굴이 동그란 노인이 고개를 끄덕이면서 잠시 생각에 잠기더니 다시 물었다.

"그렇다면 자네는 당나귀를 사고파는 일 외에 또 해본 일이 뭐가 있는가?"

라오추이가 잠시 생각을 해보고 나서 대답했다.

"당나귀를 사고팔기 전에는 읍내에 있는 음식점에서 요리사를 보조하는 일을 한 적이 있습니다."

얼굴이 동그란 노인이 말했다.

"그것도 나쁘지 않군. 그럼 여기 내 양조장에 남아서 일꾼들에게 밥을 지어주도록 하게나."

이때부터 라오추이는 양취안부에 있는 한 양조장에 남아 밥을 짓
게 되었다. 이곳 양조장 주인은 성이 주(祝)였다. 처음 두 달 동안
라오추이는 여전히 정신이 흐리멍덩한 상태로 음식은 제대로 못해
멀겋게 만들었고 만터우 역시 효모를 너무 많이 넣는 바람에 떫은
맛이 나지 않으면 아예 발효되지 않은 상태로 쪄서 쉽게 쉬게 만들
었다. 일꾼들 모두가 주인을 원망했다. 하지만 주인 라오주(老祝)는
오히려 아무 말도 하지 않았다. 이렇게 두 달이 지나자 돈을 잃고
사람도 잃어버린 일이 점점 잊혀져가면서 라오추이도 점차 예전의
라오추이로 돌아왔고 음식 맛도 제자리를 찾았다. 이 무렵 라오추
이는 이미 예전의 라오추이가 아니라 완전히 다른 사람으로 변한
자신을 발견하게 되었다. 집이 그립지도 않았을 뿐만 아니라 마누
라도 생각나지 않았다. 예전에 커우와이로 당나귀를 사러 다니던
일이 이미 가마득한 옛일처럼 느껴졌다. 과거에 당나귀를 사고팔던
일을 생각하면 마치 다른 사람의 이야기를 듣는 것처럼 느껴졌다.
당나귀를 사고팔 때는 아무데서나 노숙을 하면서 다녔지만 지금은
양조장에서 조리사로 일을 하게 되니 바람을 맞지도 않았고 비를
맞을 염려도 없었다. 라오추이는 자신이 이곳에서 아주 오랫동안
밥을 짓고 있었던 것처럼 느껴졌다. 연말이 되었을 무렵 일꾼들은
하나같이 밥 짓는 허난의 라오추이가 무척 뚱뚱해졌다고 말했다.
라오추이는 겸연쩍게 웃었다.

눈 깜짝할 사이에 두 번째 봄이 찾아왔다. 이월 이일 룽타이터우(龍擡頭 : 음력 이월 이일로 이날 이후 비가 자주 오고 생활이 편해진다고 여겨 향을 피우고 제사를 지내는 풍속이 있다.)가 되자 양취안부에 희반(戲班 : 전통극단)이 찾아왔다. 그들이 들려주는 창은 산시성의 지방극인 포극(蒲劇)이었다. 양조장 주인 라오주는 포극을 무척 좋아해 희반을 자기 양조장의 술지게미 방에 머물게 했다. 그들은 밤마다 이곳에서 잠을 잘 수 있었다. 저녁에 아무 일도 없을 때면 라오추이도 주인장 라오주와 일꾼들을 따라 마장(馬場)으로 가서 포극을 구경했다. 하지만 라오추이는 허난 사람이라 곡조와 억양이 다른 산시의 포극은 한 구절도 알아들을 수가 없었다. 라오추이는 라오주가 태사의(太師椅)에 앉아 입을 크게 벌리고 통통한 얼굴에 웃는 표정을 짓는 걸 보고는 따라 웃었다. 그는 포극을 보면서는 웃지 않고 주인장의 얼굴을 보고 웃었다. 연극이 끝나고 집으로 돌아갈 때 주인장 라오주는 라오추이에게 희반 사람들에게 매일 수제비 한 솥을 해주라고 하면서 식초와 생강채를 듬뿍 넣으라는 당부도 잊지 않았다. 희반 사람들이 밥을 먹을 때마다 라오추이는 앞치마로 손을 닦으면서 그들의 얼굴에 잘 씻지 않아서 생긴 기름자국을 바라보았었다. 희반에는 라오후(老胡)라는 북을 치는 노인이 있었다. 라오후의 머리에는 흉터가 하나 있었다. 그는 산둥(山東) 허저(荷澤) 사람이었다. 며칠이 지나자 라오추이는 그와 친한 사이가 되었다. 두 사람은 서로 말이 잘 통했다. 예전에 찻잎 장사를 하던 라오후는 십 년 전에 본전을 다 날리고 고향을 떠난 뒤로 타향을 떠돌아다니다 산시에 이르렀다. 젊었을 때 마을에서 사화(社火 : 사자춤 등 집단으로 하는 명절놀이)를 한 경험이 있어 이 희반에 들어와 북을 치게 된 것이었다. 라오추이의 처지와 무척이나 비슷했다. 술지게미 방은 사방에서 바람이 새어 들어왔기 때문에 밤에 잠을 자기에는 아주 추운 편이었다. 라오추이는 북을 치는 라오후를 불러 자기와 함께 밥하는 부엌에서 자게 했다. 이곳은 밥을 짓느라 피운 불의 잔열이 남아 있어 잠을 자기에는 그다지 춥지 않았다. 두 사람은 침상에 누워 이런저런 얘기를 나누다가 새벽닭이 우는 오경이 되어서야 잠이 들기도 했다. 두 사람의 이야기 또한 그다지 특별할 것이 없었다. 옛날 가족들과 장사를 하러 다니던 여정에서 일어났던 일이 대부분이었다. 새벽닭이 우는 오경이 되자 라오후가 말했다.

“에이, 그만 잡시다.”

라오추이가 말했다.

“형님. 안녕히 주무세요.”

두 사람은 이렇게 잠이 들었다.

희반은 양취안부에서 보름동안 공연을 했다. 보름이 지나자 희반은 양취안부에 이어 신저우(忻州)로 가기 위해 길을 떠날 채비를 했다. 라오추이는 희반을 양취안성 밖 강변까지 배웅했다. 라오후가 등에 북을 짊어지고 가면서 라오추이에게 말했다.

“아우, 이제 그만 돌아가게.”

그러고는 그 역시 포극에 나오는 대사를 이용해 말했다.

"그대를 천릿길가지 배웅하다 결국 작별을 고하는 구려."

어찌할 바를 모르던 라오추이는 이내 코끝이 시큰거리더니 결국 눈물을 보이고 말았다.

"형님, 정말로 형님을 따라가서 북을 치고 싶네요."

라오후가 말했다.

"북을 치는 게 어디 밥 짓는 것만 하려고 이건 밥 굶기를 먹는 것처럼 하는 일이라네."

라오추이가 말했다.

"형님, 신저우에서 공연이 끝나면 또 어디로 가시나요?"

"반주(班主)의 생각을 봐야지. 이번에는 별로 가고 싶은 생각이 안 드네. 커우와이로 가게 될까봐 걱정이야."

커우와이란 말을 듣는 순간, 라오추이는 갑자기 한 가지 일이 생각났다. 작년에 당나귀를 사러 가다가 옌쟈좡을 지나게 되었을 때 옌쟈좡의 옌라오요우가 자신에게 커우와이에 가는 김에 전갈을 전해달라고 했던 일이 생각난 것이었다. 옌쟈좡에 묵었을 때 옌라오요우가 밤중에 술을 들고 찾아와 자신에게 마시라고 권하면서 둘이 서로 의기투합하여 한참이나 이야기를 나눴던 일이 생생하게 떠올랐다. 라오추이는 이 전갈을 전달하는 일을 라오후에게 설명하면서 그에게 혹시 커우와이에 가게 되면 옌바이하이를 찾아 그에게 서둘러 옌쟈좡으로 돌아가라고 꼭 좀 전해 달라고 부탁했다. 라오추이가 말했다.

"친한 친구의 부탁이었는데 일이 이년이나 지났으니 혹시 그 친구의 일을 그르친 건 아닌지 모르겠네요. 저는 갈 수 없으니 형님께서 커우와이에 가시게 되면 절대 잊지 말고 꼭 전해주십시오."

라오후가 말을 받았다.

"걱정 말게나. 아우의 일은 곧 나의 일이나 마찬가지니까."

라오추이가 말했다.

"꼭 기억하실 것은 그 아이 이름이 옌바이하이이고 가축을 거세하는 일을 한다는 겁니다. 진난(晋南 : 산시성 남부 지방) 사투리를 스고 왼쪽 눈가에는 큰 사마귀가 하나 있답니다."

3

라오후는 그해 마흔 여덟 살이었다. 호랑이띠였다. 어렸을 적 머리에 독창이 생겼고, 그 결과 머리에 흉터가 생기게 되었다. 라오후는 평생 일이 아주 복잡했다. 짐꾼으로 일한 적도 있고 가축을 따라 다니기도 했으며 엿으로 사람이나 동물모양을 세공하는 일도 했고 찻잎 장사를 한 적도 있었다. 그러다 보니 여기저기 돌아다닌 곳도 매우 많았다. 맨 마지막으로 하게 된 일이 북을 치는 것이었다. 북을 친 지 십 년이 넘으면서 나이도 쉰 살이 다 되어갔다. 라오후는 더 이상 직업을 바꿀 생각이 없었다. 희반의 반주는 라오바오(老包)

라는 사람으로 라오후보다 여섯 살이 많고 얼굴에 주걱턱이 나와
있었다. 온종일 침울한 표정을 하고 말하는 것도 싫어하는 편이지
만 일단 입을 열기 시작했다 하면 화를 내면서 싸우는 것처럼 말했
다. 희반 안에서 벌어지는 크고 작은 일들은 모두 그의 지적 대상이
되었다. 하지만 라오바오도 라오후에게는 별로 지적을 하지 않았다.
라오후가 가장 고참이기 때문이었다. 고참이라는 의미는 첫째, 희반
에서 지낸 시간이 길다는 뜻으로 고수의 자격이 된다는 것이었고
둘째, 거의 쉰 살에 가까운 사람이라 원로라는 뜻이었다. 1928년 당
시 중국의 현실에서는 이미 늙은이인 셈이었다. 라오후는 북을 치
면서 하루 종일 창을 들었지만 사실 그는 연극을 전혀 좋아하지 않
았다. 산둥 사람이었던 그는 양취안에서 밥을 짓던 친구라오추이가
포극의 쟁쟁거리는 곡조와 억양을 좋아하지 않았던 것과 마찬가지
로 이 희반의 창을 별로 좋아하지 않았다. 북을 치던 라오후와 라오
추이와 다른 점이 있다면 라오추이는 포극의 모든 것을 싫어했지만
라오후는 노래 곡조는 싫어하고 포극의 대사는 좋아했다는 것이다.
대사라고 해도 모두 다 좋아한 것은 아니고, 딱 한 구절만 좋아했
다. 다름 아닌 수염이 난 노생(老生 : 중국 전통극에서 재상, 충신, 학자
따위의 중년 이상 남자로 분장하는 배우)의 대사였다. 위급한 상황을
만나 화를 내는 장면에서 노생은 몸을 휘청거리면서 고개를 흔들고
손을 흔들면서 다가와 이렇게 말한다.
　“천천히 해—. 천천히 하라고—”

희반은 양취안부를 떠나 위츠부로 갔고 이어서 위츠부를 떠나 타이위안부(太原府)로 갔다. 타이위안부는 관내가 넓어 스물 닷새나 머물렀다. 타이위안부를 떠나서는 우타이현(五台縣)으로 갔다. 우타이현에서 희반은 또 다른 포극 희반의 명단(名旦 : 유명 여자 배역) 신춘옌(信春燕)과 마주치게 되었다. 반주인 라오바오는 예전에도 신춘옌과 만난 적이 있었다. 신춘옌은 기존의 반주와 갈등이 생기자 라오바오의 희반에 들어와 창을 하고 싶어 했다. 원래 라오바오의 희반은 유명배우가 없는 소규모 유랑 희반에 불과했지만 이제 신춘옌이 들어오겠다고 하자 라오바오의 얼굴에 역사상 처음으로 웃음이 걸렸다. 신춘옌이 온 뒤로 희반은 예전의 희반이 아니었다. 희반의 모든 구성원들의 신분이 한 단계씩 올라간 것 같았다. 어제는 연극 마당의 좌석이 겨우 사 할 정도 찼었는데 신춘옌이 온 다음 날부터는 자리가 사람들로 가득 찼다. 예전에는 감히 부를 수 없었던 노래도 이제는 부를 수 있게 되었다. 하지만 북을 치는 라오후는 신춘옌의 창에서 아무런 특별한 점도 찾을 수 없었다. 그가 느낄 수 있는 것이라곤 단지 그녀의 목소리가 다른 여자들에 비해 좀 더 가늘고 높다는 것뿐이었다. 하지만 박판을 치던 라오리(老李)는 그녀의 가늘고 높은 소리야말로 포극에 있어서 가장 중요한 부분이라고 말했다. 다른 사람이 올리지 못하는 곡조를 그녀는 올려서 부를 수 있다는 것이었다. 다른 사람들이 성냥을 켜는 시간 정도 소리를 내지를 수 있다면 그녀는 담배 한 대를 다 피울 시간 동안 소리를 낼 수 있다고 했다. 신춘옌 때문에 희반은 다른 곳으로 이동하지 않고 우타이현에서만 한 달 동안 공연을 했다. 이곳에서 일 년 내내 공연을 하면 절대로 장사가 시들해질 리 없을 것 같았다. 희반은 『홍루(紅樓)』를 공연한 데 이어 『서상(西廂)』과 『연지루(胭脂泪)』를 공연했다. 또한 『귀비루(貴妃泪)』와 『양산백과 축영대(梁山伯與祝英台)』, 『백사전(白蛇傳)』…… 등도 공연했다. 라오후에게 다소 불만이었던 점은 예전의 희반에는 무생(武生 : 중국 전통극에서의 남자 무사 배역)과 노생도 창을 했고 노생이 창을 하는 대목에는 "천천히 해— 천천히 천천하라고—"라는 부분이 있었는데 신춘옌이 오자마자 모두 완전히 곤희(坤戲 : 여자들만이 연기하는 연극)가 되어버린 것이었다. 하지만 라오후에게 불만이 가득한들 무슨 소용이 있단 말인가? 그의 불만은 중국 전통극을 보는 즐거움에 필적할 수 없었다.

봄이 가고 여름이 오자 희반은 마침내 우타이현을 떠났다. 라오후 역시 우타이현에 싫증이 나있었다. 희반은 판스현(繁峙縣)으로 갔다. 판스현에서 『사범(思凡)』을 공연하고 있을 때 일이 터지고 말았다. 무대에서 항아(嫦娥)가 속세를 그리워하면서 천상에서 인간세상으로 내려오는데 중간에 서왕모가 군대를 보내 항아를 잡아오게 하는 내용의 막간극이 있었다. 서왕모의 세력이 막강하다 보니 군대 역시 상당한 인원이었기 때문에 항아를 좀 쉽게 할 수도 있었다. 이때 소변이 급했던 라오후는 옆에 있던 라오리에게 박판을 치면서 자기 북도 대신 쳐달라고 부탁을 하고는 얼른 일어나 무대 뒤로 가서 소변을 보았다. 판스현은 워낙 궁벽한곳이었기 때문에 따로 연극 마당이 없어 성 밖의 들판에 무대를 세우고 사방에 천막을 두르고 표를 팔았다. 라오후는 천막을 젖히고 들판으로 나왔다. 머리 위에는 커다란 달이 떠 있었다. 몸에는 온통 땀이 흘러 바람이 불자 여름인데도 오들오들 몸이 떨렸다. 어깨를 떨면서 발길이 닿는 대로 앞으로 걸어가다가 야생 줄기식물들이 덤불을 이룬 곳으로 다가가 물건을 꺼내고 소변을 보았다. 소변을 다 보고 돌아서는데 갑자기 덤불 뒤쪽에서 인기척이 나는 것을 들었다. 라오후가 아무 생각 없이 실눈을 뜨고 다가가 자세히 살펴보니 달빛 아래로 붉고 푸른 옷이 눈에 들어왔다. 다시 한 번 자세히 살펴보니 항아로 분장한 신춘옌인 것 같았다. 십년 전 라오후가 찻잎 장사를 하고 있었을 때만 해도 그에게는 마누라가 있었었다. 그러나 마누라가 죽은 뒤로 그는 거의 십년 동안 여자와 접촉해 본 적이 없었다. 그런 그가 순간적으로 잘못된 생각을 하자 몸 안에서 뭔가 뜨거운 기운이 용솟음치는 것 같았다. 그는 자신도 모르게 그녀에게로 다가가고 있었다. 가까이 다가가니 야생 줄기식물 덤불이 앞을 가로막고 있는 것 말고는 아무 것도 보이지 않았다. 단지 소변을 보는 서리가 '쉬이' 하고 들릴 뿐이었다. 신춘옌이 바지를 올리려고 일어서다가 라오후와 얼굴이 마주치는 순간, 오히려 라오후가 먼저 놀라고 말았다. 일이 여기서 그쳤다면 둘 다 연극을 하는 사람들로서 속으로 서로를 이해하며 아무 말 없이 각자의 길을 갔을 것이다. 신춘옌은 희반에 들어온 지 두 달이 다 되어갔지만 라오후와는 한마디도 애기를 나눠본 적이 없었다. 이때 마침 공교롭게도 징을 치던 라오두(老杜) 역시 막간극을 하는 틈을 이용하여 소변을 보러 나왔다가 신춘옌과 라오후가 선 채로 서로 마주보고 있는 것을 보고는 무슨 일이 일어난 줄로 오해하고는 놀라서 소리를 질렀다. 그러자 얼굴을 들 수 없을 정도로 부끄러움을 느낀 신춘옌이 라오후의 뺨을 후려치고는 울면서 불이 환하게 밝혀진 곳으로 뛰어 들어갔다.

그날 저녁의 《사범》 공연은 그나마 무사히 잘 마쳤다. 그러나 창이 다 끝나자 화단(花旦 : 말괄량이 여자 배역)과 노단(老旦 : 늙은 아낙네 배역), 소생(小生 : 젊은 남자 배역)이나 노생, 박판을 치는 사람과 생황을 부는 사람을 불문하고 희반에 있는 사람들 모두가 라오후가 몰래 신춘옌의 소변보는 모습을 훔쳐봤다는 사실을 알게 되었다. 야밤에 수제비를 먹고 나서 모두들 무대 뒤로 잠을 자러 간 다음에 반주인 라오바오가 라오후를 무대 앞으로 불러냈다. 라오바오는 아무 말도 하지 않고 침울한 표정으로 라오후를 쳐다보기만 했다. 라오후는 처음에는 얼굴이 발개졌다가 다시 하얗게 변하더니 입술을 깨물면서 라오바오를 향해 해명을 했다.

"난 아무 것도 못 봤어요."

라오바오는 아무 말도 하지 않았다. 라오후가 말했다.

"그게 아니라면 제가 자리를 떴겠습니까?"

라오바오가 잇새에 낀 음식물 찌꺼기를 씹으면서 말을 받았다.

"소변을 본 것 때문에 그러는 게 아닐세."

한밤중이 되어 모두들 깊은 잠에 빠지자 라오후는 조용히 자신이 이부자리를 챙겨서 달빛이 비치는 틈을 타서 희반을 떠났다. 일 리쯤 걷고 나서 고개를 돌려서 온 길을 바라보았다. 무대 위에 외롭게 걸려있는 제등이 보이자 라오후는 더 참지 못하고 울음을 터뜨렸다.

라오후는 희반을 떠난 뒤로 다시 판스현에서 우타이현으로 돌아와 예전 일을 다시 시작했다. 산자락에서 짐꾼 일을 하기 시작한 것이다. 산 아래에서 위까지 석탄이나 땔감을 지어 나르기도 하고 심지어 채소나 쌀, 밀가루 같은 것도 지어 날랐다. 주인이 짊어지라고 시키는 것이면 무엇이든지 다 짊어졌다. 하지만 쉰 살에 가까운 나이라 일이 예전 같지 않았다. 옆에 있는 젊은 사람들은 한 번 짐을 짊어지고 다녀오는 데 네 시간이면 족했지만 라오후는 여덟 시간이나 걸렸다. 젊은 사람들은 멜대를 지고서도 산 위에서 여전히 시시덕거리며 웃고 떠들었지만 라오후는 혼자서 바위에 앉아 한참을 쉬면서 한숨을 돌려야 했다. 하지만 한 달이 지나자 역시 적응이 되었다. 말하는 것도 좋아졌다. 하지만 누구하고도 얘기를 나누지 않았고 무슨 말을 해야 좋을 지도 몰랐다.

이날 그는 쌀 한 짐을 메고 산에 오르다가 길가에 자리를 잡고 쭈그려 앉아 발병을 뵈주고 티눈을 빼주는 민간 낭중(郎中 : 시골에서 한의사를 지칭하는 말)을 만나게 되었다. 돌 위에 큰 발이 그려져 있는 흰 천이 내걸려 있었고 바닥에도 흰 베가 깔려 있었다. 위에는 이미 바싹 말라 쪼글쪼글해지고 검게 변한 티눈이 잔뜩 쌓여 있었다. 마치 콩을 어지럽게 널어놓은 것 같았다. 티눈을 빼는 사람을 만나지 않았을 때는 아무 생각이 없었던 라오후는 티눈 빼는 사람을 보자마자 갑자기 발이 아프기 시작했다. 신발을 벗고 들여다보니 양쪽 발에 티눈이 삐죽 나와 있었다. 두 달 동안 물건을 지고 나르다 보니 생긴 것들이었다. 라오후는 멜대를 산봉우리에 세워놓고 낭중 맞은편에 앉아서는 두 발을 쭉 뻗었다. 민간 낭중이 티눈 한 개를 빼내자 라오후가 입을 옆으로 찢어지듯이 벌렸다. 마침내 서른 두 개의 티눈을 전부 빼냈다. 티눈 한 개당 십 문(文)이니까 티눈 서른두 개를 뺀 값은 삼백이십 전(錢)이었다. 돈을 내면서 라오후는 티눈을 제거하는 낭중이 알고 보니 육손이라는 사실을 발견했다. 티눈을 뺄 때 고개를 숙이고 있었던 그가 돈을 받으면서 얼굴을 들자 꽤나 잘 생긴 친구라는 것도 알게 되었다. 그가 입을 열어 말을 하자 라오후도 웃음을 보였다. 알고 보니 그 역시 산둥 사람이었던 것이다. 라오후는 두 달 동안 말을 하지 않았지만 지금은 웃으면서 물었다.

"아우님은 산둥 어디 사람이오?"

티눈을 빼는 사람 역시 라오후의 사투리를 듣고는 역시 웃으면서 대답했다.

"타이안부(泰安府)입니다."

라오후가 말했다.

“나는 허저부 출신일세. 한데 아우님은 어쩌다 여기까지 오게 되셨나?”

“돌아다니는 것을 좋아하는 산시 사람들에게는 발에 티눈도 많으니까요.”

라오후가 ‘키득’대며 웃다가 다시 물었다.

“아우님은 나중에 또 어디로 갈 생각이신가?”

티눈을 빼는 낭중이 말했다.

“커우와이로 갈 생각입니다. 그곳 사람들은 가축을 모니까 티눈이 훨씬 더 많을 것 같아서요.”

바로 이때 라오후는 갑자기 한 가지 일이 생각났다. 연초에 희반을 따라 양취안에 갔을 때 아궁이에 불을 지펴 밥을 하던 허난의 라오추이가 자신에게 커우와이에 가는 김에 전갈을 전해달라고 부탁했었던 일이었다. 양취안에 있을 때 두 사람은 아궁이가 있는 부엌에서 함께 잠을 자면서 밤새 수많은 이야기들을 나누었었다. 그러던 그가 이제는 가다가 서기를 반복하다가 변고가 생겨 우타이현을 유랑하고 있는 처지였다. 이에 라오후는 이 전갈에 관한 이야기를 티눈을 빼는 사람에게 그대로 전하면서 커우와이로 가거든 이 전갈을 친구의 친구의 아들인 옌바이하이에게 전해달라고 했다. 말을 다 마치고 나서도 그는 마음이 놓이지 않아 한마디 덧붙였다.

“만일 다른 사람이었다면 내가 이런 부탁으로 번거롭게 하지 않았을 테지만 우리는 같은 고향사람이지 않나.”

눈을 빼주는 낭중이 고민스런 표정을 짓는 것을 보니 별로 달갑지 않아하는 것 같아 그는 주머니에서 대양 한 닢을 꺼냈다. 희반에 있을 때부터 줄곧 몸에 지니고 다니던 돈이었다. 그는 대양을 바닥에 깔린 흰 천 위에 내려놓았다.

"처음 본 사람한테 이렇게 번거롭게 하면 안 된다는 걸 나도 잘 알고 있네."

그러고 나서 다시 연극에 나오는 문사를 써가며 말했다.

"하지만 친구의 부탁은 태산보다 무겁지 않은가."

티눈을 빼는 낭중의 고향이 타이안부라는 것을 의식하고 던진 한마디였다. 티눈을 빼는 낭중은 오히려 난처한 표정으로 바닥에 놓인 대양을 보고 얼굴을 붉히며 말했다.

"간단히 말 한마디로 되는 일도 아니고, 게다가 형님 돈도 써야 하는 데도요?"

그러면서도 그는 돈을 라오후에게 돌려주지는 않고 계속 돈을 쳐다보면서 또다시 고민스런 표정을 지었다. 라오후는 그가 속좁은 사람이라는 것을 알게 되었다. 하지만 이런 사람일수록 라오후는 더 마음이 놓였다. 그가 다시 말을 받았다.

"아이의 이름은 옌바이하이일세. 가축을 거세하는 일을 하고 있고 진난 사투리를 쓴다네. 왼쪽 눈가에 큰 사마귀가 하나 나 있고 말이야. 그 애를 보거든 얼른 집으로 돌아가라고 말해주게."

티눈을 빼는 낭중이 고개를 들고 말했다.

“도대체 그의 집에 무슨 일이 있기에 서둘러 집으로 가야 한다는 건가요?”

그 말을 듣는 순간 라오후는 어리둥절해졌다. 머리를 치면서 생각을 해보았다. 몇 달 전에 양취안에서 밥을 짓던 라오추이가 이유를 말해주긴 한 것 같은데 도무지 생각이 나지 않았다. 결국 그는 자신의 뺨을 한 대 치면서 말했다.

“어쨌든 그의 집에 무슨 일이 있어서 그러니까 서둘러 집으로 돌아가라고 해주게.”

그리고 다시 말했다.

“무슨 일이든지 상관 말고 서둘러 집으로 돌아가라고 말일세.”

이 말을 하고는 갑자기 뭔가 생각이 났는지 그에게 물었다.

“반나절이나 얘기를 나눴는데도 난 아직 아우님의 존함도 모르네. 아우님은 성이 어떻게 되시나?”

티눈을 빼는 낭중이 말했다.

“저는 뤄(羅)씨입니다. 그냥 샤오뤄(小羅)라고 부르시면 되요.”

4

샤오뤄는 올해 서른두 살이었다. 티눈 빼는 일을 한 지도 벌써 이십일 년이 되었다. 그의 아버지도 티눈을 빼는 사람이었다. 1990년대 초반, 중국인들은 외출을 할 때 대부분 걸어 다녔기 때문에 티눈을 빼는 일을 하면 밥을 굶을 염려가 없었다. 더군다나 타이안은 타이산(泰山)을 등지고 있고 사람들은 전부 산을 오르내리기 때문에 타이안에서는 티눈을 빼는 일이 어엿한 직업으로 자리 잡고 있었다. 하지만 타이안에는 티눈을 빼는 사람들이 너무 많았기 때문에 샤오뤄는 열한 살 때 아버지를 따라 고향을 떠나 타향살이를 했다. 오 년 전에 아버지가 천식에 걸려 집 밖으로 나다니지 못하게 되면서 부터 샤오뤄 혼자서 세상을 떠돌며 돈을 벌기 시작했다. 샤오뤄에 게는 이미 아이가 다섯이나 되었다. 집안의 노인과 처자식까지 모 두 샤오뤄 한 사람에게 생계를 의지하고 있었다. 샤오뤄의 아버지 는 젊었을 때 성미가 급하고 속이 좁아 아주 사소한 일에도 집안을 다 불태워버릴 것처럼 화를 내곤 했다. 나중에 천식에 걸리고 나서 부터는 자기 자신에게 화를 냈다. 샤오뤄는 늘 아버지의 급한 성미 에 억눌려 지내왔기 때문에 뭔가 일이 터지면 항상 당황했고 한 가 지 일로 반나절을 고심하면서 한 발짝이라도 잘못 옮길까봐 몹시 두려워했다. 더구나 오른손에 손가락이 여섯 개인 데다 밖에 나가 사람들의 티눈을 빼는 것도 전적으로 손에 의지하는 일이라 티눈을 뺄 때에는 위축되지 않다가도 사람들을 만나면 쉽게 겁을 내곤 했 다. 사람들의 티눈을 뺄 때에는 손을 완전히 잊고 있다가도 티눈을 뺀 뒤에는 항상 두 손을 소매 속에 집어넣고 있었다.

샤오뤄는 라오후가 준 대양 한 닢을 받아 집어넣고는 옌바이하이 에게 전갈을 전하는 일을 잘 기억해두었다. 하지만 그는 커우와이

로 가는 것을 서두르지 않고 또다시 우타이현에서 보름 동안이나
티눈 빼내는 일을 하다가 우타이현을 떠나 훈위안현(渾源縣)으로 갔
다. 그리고 다시 훈위안현을 떠나 다퉁부(大同府)를 거쳐 양가오현(陽
高縣)으로 갔다. 이어서 그는 펑현(逢縣)에서 한 달을 머물렀고 펑부
(逢府)에서 두 달을 머물렀다. 산시 변경을 떠난 뒤로 이미 반년이나
지난 뒤였다. 라오후와 우타이현에서 만났을 때에는 땅에서 이제
막 추수를 하고 있었는데 산시를 나올 때에는 하늘에서 눈송이가
휘날리기 시작하고 있었다. 산시를 나서 창성(長城) 밖에 나오자 바
람이 특히 거셌다. 창성 밖으로 나와서는 다시 화이안현(懷安縣)에서
보름간 머물러 있었다. 큰길가에 쭈그리고 앉아서 티눈을 빼고 있
자니 맑은 콧물이 손등으로 뚝뚝 떨어져 내렸다. 세밑 전에 그는 마
침내 장쟈커우(張家口)에 이르렀다. 장쟈커우에 도착하여 처음 보름
동안 사람들의 티눈을 빼주던 샤오뤄는 이미 우타이현에서 라오후
가 전갈을 전해주라고 했던 일을 까맣게 잊고 있었다. 그러다가 세
밑에 장부를 정리하던 중에 은전 꾸러미 속에서 '위안다터우(袁大頭
: 민국 초년에 발행된 위안스카이의 초상이 새겨진 1원짜리 은화)'의 코
가 평하게 닳아 있는 것을 보자 순간적으로 산시 우타이현에서 티
눈을 뺄 때 라오후라는 이름의 산둥 동향이 주었던 대양이 생각났
다. 당시 그는 이 대양을 받아 돌아와서는 밤에 여관방에서 꺼내 보
았었다. 그는 코가 닳아져 있는 우안다터우의 모습이 우습기도 한
데다 한편으로는 전갈을 전해주는 일로 과분한 돈을 받았다는 생각

에 속이 편치 않아 이튿날 라오후를 다시 만나 돌려줘야겠다고 마음먹고 있었다. 하지만 이튿날 다시 지게꾼들이 멜대를 매고 다니는 산길로 가서 자리를 깔았지만 라오후를 다시 만나지는 못했다. 라오후를 만났던 때부터 지금까지 이미 반년이 넘는 시간이 지나가 버린 데다 겨우 한 번밖에 만나지 못했던 머리에 흉터가 있는 동향이 지금쯤 어떻게 되었는지도 알 수가 없었다. 이와 동시에 라오후가 자신에게 부탁했던 일이 이름이 옌바이하이이고 가축을 거세하는 일을 하며 진난 사투리를 구사하고 왼쪽 눈가에 큰 사마귀가 하나 난 사람에게 말을 전해주는 것으로, 그의 집에 일이 생겼으니 서둘러 집으로 돌아가라고 하는 내용이었다는 것도 생각이 났다. 이 대양이 자신에게 부탁한 것이 무엇이었는지 생각나지 않았을 때는 아무렇지 않았지만 일단 생각이 나고 나니 갑자기 마음속으로 불안한 생각이 들었다. 이튿날 샤오뤄는 다시 거리에 나가 사람들의 티눈을 빼면서 진난 사투리를 쓰고 왼쪽 눈가에 큰 사마귀가 있으며 허리춤에 가축을 거세하는 공구를 차고 있는 사람들을 주의해서 살피기 시작했다. 그 다음 달에는 진난 사투리를 쓰는 사람을 만나기도 했고 왼쪽 눈가에 큰 사마귀가 있는 사람을 만나기도 했다. 허리에 가축을 거세하는 공구를 차고 있는 사람도 만났었지만 그 누구도 옌바이하이는 아니었다. 한 가지 특징은 누구에게나 다 있었지만 세 가지 특징이 한데 모여 있기란 정말 힘든 일이었다. 일부러 사방에 수소문해 보기도 했지만 하나가 맞으면 다른 것들이 맞지 않았다. 라오후가 말한 조건에 완벽하게 들어맞는 사람은 하나도 없었다. 이 일에 마음을 쓰지 않았으면 더 나았을 것을, 신경을 쓰면서 일을 하는데도 라오후의 부탁을 완수하지 못한다면 그의 대양한 닢은 공연히 받은 꼴이 되기 때문에 샤오뤄로서는 여간 미안한 일이 아니었다. 이날 자리를 거두어 여관으로 돌아온 그는 구들에 혼자 앉아 깊은 생각에 잠겼다. 여관 주인인 곱사등이 노인이 때마침 발 씻을 물을 들고 와서는 그가 멍한 표정을 짓고 있는 것을 보고는 말을 걸었다.

"오늘 장사가 별로였나 보군."

샤오뤄는 팔짱을 낀 채 고개를 가로저었다. 곱사등이 노인이 말했다.

"아니면 고향을 떠난 지가 너무 오래되어서 집 생각이 나는구만 그래."

샤오뤄는 이번에도 고개를 가로저었다. 곱사등이 노인이 더운 김이 나는 주전자를 손에 든 채 물었다.

"그럼 왜 그러고 있는 건가?"

샤오뤄는 우타이현에서 티눈을 빼는 일을 하다가 동향인 산둥 사람 라오후를 만나게 된 경위와 커우와이에 가면 전갈을 전해달라는 부탁을 받은 일, 그에게서 대양 한 닢을 받게 된 사연, 그리고 커우와이에 와서 한 달 동안 찾아봤지만 아직도 사람을 찾지 못하다 보니 돈을 받고도 친구를 위해 일을 해주지 못해 느끼게 된 자책감

등을 노인에게 상세히 얘기해주었다. 곱사등이 노인이 얘기를 다 듣고 나서 웃으면서 말했다.

"밖에 나가면 온통 다 사람들인데 어디 가서 그 사람을 만난단 말이오"

샤오뤄가 말했다.

"하지만 그 사람과 굳게 약속을 했다니까요!"

곱사등이 노인이 말을 받았다.

"그런 마음을 가지고 있는 이상 사람을 찾는 데 시간을 많이 들이지 못했고 결국 사람을 찾지 못했다 해도 친구에게 그리 미안할 필요는 없을 것 같구려."

샤오뤄는 곱사등이 노인의 말에도 일리가 있다고 생각하고는 고개를 끄덕이면서 노인이 가져다 준 뜨거운 물에 족욕을 했다. 그런 다음 구들 위에서 잠이 들어버렸다. 그 다음 달에도 샤오뤄는 변함없이 엔바이하이를 찾는데 신경을 쓰고는 있었지만 여전히 그를 찾지 못하고 있었다. 그제야 비로소 그는 누군가에게 전갈을 전하는 일이 결코 쉬운 일이 아니라는 것을 깨닫게 되었다. 서역으로 가서 불경을 가져오는 일도 어렵지만 알고 보니 일상적인 말을 전하는 갓도 여간 어려운 일이 아니었다. 어느새 그의 마음도 점점 느슨해져갔다.

눈 깜짝할 사이에 겨울이 가고 봄이 왔다. 샤오뤄는 사람들에게 티눈을 빼주면서 커우와이 거리를 끊임없이 오가는 당나귀와 낙타를 지켜보았다. 단오절 날 샤오뤄는 갑자기 고향이 그리워졌다. 이번에 고향을 떠나온 지 얼마나 되었는지 따져보니 일 년도 더 된 것 같았다. 집안에 있는 아내와 아이들이 어떻게 지내고 있는지 궁금하기도 하고 천식에 걸리신 아버지가 어떻게 지내시는지 걱정도 되기 시작했다. 일 년 동안 매일 십 문씩 저축하여 서른두 대양이나 모으다 보니 이제는 돈을 항상 몸에 지니고 다니기도 불편했다. 이리하여 그는 내일 당장 커우와이를 떠나 산둥에 있는 고향집에 돌아가야겠다고 마음먹었다. 또 오늘이 단오절이라서 산둥의 고향집에서는 국수를 먹고 종즈는 먹지 않는다는 것이 떠올랐다. 아무리 어려워도 명절을 소홀하게 보내서는 안 된다는 말이 있듯이 저녁이 되자 샤오뤄는 여관으로 돌아가 혼자서 밥을 지어 먹는 대신 밖에 있는 음식점에서 명절을 보내고 싶었다. 거리를 돌아다니면서 그는 비싸지 않아 보이는 허름한 식당을 찾아다녔다. 계속해서 발길 가는 대로 걷다가 서문에 이르렀을 때 문득 괜찮은 국숫집을 발견하고서는 안으로 들어갔다. 식당에 들어가기 전에는 국수가 먹고 싶었지만 식당에 들어서자 갑자기 여관에 돌아가서 혼자 밥을 지어먹는 것이 더 나을 것 같다는 생각이 들었다. 알고 보니 명절을 맞이하여 집을 나와 장사를 하는 사람들 모두 이런 생각을 가지고 있었던 터라 식당 안은 각지의 사투리를 쓰는 사람들로 가득 차 있었다. 각지의 사투리를 쓰는 사람들 모두 자리에 앉아 국수를 주문했다. 샤오뤄는 발을 빼내 돌아가고 싶었지만 기왕 들어왔으니 돌아가서 후회하는 일은 없어야 한다는 생각에 그대로 자리에 앉아 양고기 국수 한 그릇을 주문하고서는 붉은 국물 한 사발을 인내심 있게 기다리고 있었다. 국수를 기다리면서 탁자에 엎드려 마음에 담긴 일들을 생각하고 있었다. 집에 돌아가면 아버지와 상의하여 다음에 집을 나와 티눈을 빼러 다닐 때는 자신의 큰아들을 데리고 와야겠다는 생각도 했다. 큰아들 역시 올해 열한 살이었다. 나와서 손기술을 배우고 안 배우고는 그 다음 일이었다. 중요한 것은 집을 나와 타향살이를 할 때 부자지간에 서로 동료가 되어 줄 수 있었다. 낮에는 함께 티눈을 빼고 밤에는 여관에서 이야기를 나눌 수도 있을 것이었다. 설이나 명절이 찾아올 때마다 함께 식사를 할 수도 있을 것이었다. 지금처럼 혼자 다니며 티눈을 뺄 때 손님하고 이야기하는 것 말고는 혼자서 일 년 동안 한마디도 못하는 것과는 상황이 전혀 다를 것이었다. 이런저런 생각을 하면서 한참이 지나서야 샤오뤄가 주문한 국수가 나왔다. 고개를 든 샤오뤄는 탁자 맞은편에 새로 온 손님들 몇 명이 앉아 있는 것을 발견했다. 그는 사람들에게 신경 쓰지 않고 고개를 숙인 채 자기 국수만 쳐다보았다. 한참을 기다리기는 했지만 국수는 그런대로 맛이 괜찮았다. 붉은 국물에 녹색 채소와 얇게 썬 양파와 생강이 곁들어 있고 윗부분에는 비계가 많이 붙은 양고기 몇 조각이 얹혀 있었다. 공연히 돈을 낭비한 것은 아닌 셈이었다. 샤오뤄는 잠시 생각을 멈추고 머리를 처박은 채 국수를 먹는데 열중하기 시작했다. 한참 먹고 있는데 갑자기 맞은편에서 사납게 고함치는 소리가 들렸다.

"제기랄, 주인장, 내 국수는 언제 나와요?"

샤오뤄가 깜짝 놀라 고개를 들어 맞은편을 바라보니 앉아 있는 세 명의 손님들 가운데 청년 하나가 화를 내고 있는 것이었다. 화를 내는 것은 아무것도 아니었지만 그가 같은 탁자에서 샤오뤄가 국수를 먹고 있다는 사실을 잊은 채 손으로 갑자기 탁자를 내려치는 바람에 샤오뤄의 국수 그릇이 탁자에서 높이 떠서 흔들리다가 다시 탁자 위에 내려앉았다. 국수 그릇이 흔들리다가 내려앉은 것은 별일 아니지만 문제는 그 국수그릇의 뜨거운 국물이 샤오뤄의 얼굴로 튄 것이었다. 샤오뤄는 얼굴 전체가 화끈거렸다. 평소에 성격이 무던한 편인 샤오뤄는 이때만큼은 자신도 모르게 언제 그랬었냐는 듯이 얼굴의 기름국물을 닦지도 않은 채 탁자를 내려친 청년을 가리키면서 말했다.

"네가 시킨 국수는 나랑 아무 상관도 없는데 어째서 내 얼굴에 국물이 튀게 하는 거야?"

손님 세 명 가운데 노인 하나가 나서 서둘러 샤오뤄에게 읍을 하면서 사과했다.

"사투리를 들어보니 산둥 사람 같은데, 미안하게 됐소 우리 '얼거(二哥 : 둘째 형이라는 뜻) 녀석이 성질이 워낙 급하다 보니 화가 나면 눈에 뵈는 게 없어서 그렇다오."

샤오뤄는 노인의 마음을 이해했다. 노인이 산둥의 화법을 잘 알고 있다는 생각도 들었다. 자기 아들을 '따거(大哥)'라고 부르지 않고 '얼거'라고 불렀던 것이다. '따거'는 칠칠치 못한 무대(武大郎 : 수호전에 나오는 인물로 지금도 지지리 못나고 어리석은 사내를 비유하는 이름이다)를 가리키는 말이고 '알거'는 사내대장부인 무송(武松 : 수호전에 나오는 인물로 영웅호걸의 전형)을 가리키는 말이었던 것이다. 그는 더는 개의치 않고 얼른 얼굴을 닦은 다음 계속해서 국수를 먹으려 했다. 그러나 뜻밖에도 탁자를 내려친 젊은이가 이에 굴복하지 않고 노인을 밀쳐내며 큰소리로 대드는 것이었다.

"산둥 사람이 어떻다고 그래요? 우리가 저 사람과 거의 동시에 들어왔는데 저 사람 국수만 나오고 우리 국수는 안 나와서 그러는 거잖아요!"

그러면서 그가 또다시 탁자를 내려치자 샤오뤄는 살짝 몸을 비켜 낭패를 모면했다. 인지상정을 모르는 녀석을 만났다는 생각이 들었다. 그에게 맞받아치고 싶었지만 자신의 몸이 허약하다는 것을 잘 아는 터라 하는 수 없이 울분을 참으면서 아무 말도 하지 않고 국수를 받쳐 들고는 다른 탁자로 가서 마저 먹으려 했다. 다른 탁자로 옮겨 가기 전에 그는 그 젊은이를 다시 한 번 쳐다보았다. 젊은이도 시선을 돌려 그를 쳐다보며 말했다.

"어쩌라고? 아직 불만이 있소?"

샤오뤄는 고개를 저으며 국수그릇을 들고 자리를 피했다. 이때 갑자기 마음속으로 뭔가 떠올라 얼른 몸을 돌려 젊은이를 쳐다보았다. 알고 보니 그는 진난 사투리를 구사하고 있었고 얼굴이 길쭉한 편인데다 왼쪽 눈가에 큰 사마귀가 있었으며 허리춤에는 딸랑거리는 가축 거세용 도구를 차고 있었다. 샤오뤄는 자신도 모르게 숨이 턱까지 차올라 헐떡이면서 곧바로 국수 그릇을 '탕' 하고 집어던지듯이 탁자 위에 내려놓았다. 이번에는 국수 국물이 그 젊은이의 얼굴 위로 튀었다. 젊은이는 그가 싸우자고 나서는 줄 알고는 재빨리 엉덩이 밑에 깔고 앉았던 의자를 집어 들어 샤오뤄를 향해 던지려 했다. 샤오뤄가 젊은이를 향해 큰소리로 외쳤다.

"옌바이하이!"

젊은이가 손에 들고 있던 의자는 공중에 그대로 멈춰버렸다. 모든 사람들이 어리둥절한 표정을 지었다. 얼굴에 튄 국물이 뺨을 따라 아래로 똑똑 떨어지고 있었다. 이렇게 한참이 지나서야 젊은이가 물었다.

"형씨가 어떻게 내 이름을 알지요?"

샤오뤄가 다시 한 번 탁자를 내려치면서 말했다.

"내가 자네를 일 년 동안이나 찾아다녔다네."

그러고는 곧장 자리에 앉았다. 맞은편에 있던 다른 손님 둘도 함께 자리에 앉았다. 샤오뤄는 너무 흥분하여 말의 두서를 잡지 못했다. 어디서부터 얘기를 꺼내야할지도 몰랐다. 결국 우타이현에서 티눈을 뽑던 일부터 시작하여 지게꾼인 라오후를 만나게 된 이야기를 들려주었다. 또한 그 전에 라오후가 또 어떤 사람을 만나 어떤 부탁을 받게 되었는지 상세히 말해주었다. 요컨대 그토록 많은 사람들이 옌바이하이에게 고향집에 일이 생겼으니 서둘러 집으로 돌아가라는 전갈을 전하려고 했다는 것이었다. 샤오뤄는 이것이 절대로 사소한 일이 아니라고 말했다. 이렇게 말하고 나니 옌바이하이는 인지상정을 모르던 놈에서 순식간에 미련한 놈으로 변해버리고 말았다. 이 미련한 놈은 그 자리에서 몹시 긴장한 모습을 보이며 황급히 샤오뤄에게 물었다.

"집에 일이 생겼다니 대체 무슨 일인가요?"

샤오뤄는 고개를 숙이고서 곰곰이 생각을 해보았지만 옌바이하이의 집에 무슨 일이 생긴 것인지 도무지 기억이 나지 않았다. 무슨 일이 일어난 것인지를 모를 뿐만 아니라 작년에 산시 우타이현에서 라오후가 이유를 말해줬던 것조차 기억이 나지 않았다. 라오후는 잊지 않고 머릿속에 잘 넣어두고 있었는데 자신은 일 년 가까이 지나면서 그만 잊어버리고 말았다. 하지만 그는 차마 무슨 일인지 잊어버렸다고 말할 수 없어서 하는 수 없이 대충 둘러댔다.

"내게 전갈을 전해달라고 부탁한 사람은 라오후야. 라오후가 잊어버린 거지. 어쨌든 뭔가 사고가 생겼다더군."

옌바이하이가 말했다.

"아주 심각한 일인가요?"

샤오뤄가 손바닥을 치면서 말했다.

"한번 잘 생각해 보게. 큰일이 아니었다면 어서 돌아오라고 편지를 하지 않았겠나?”

옌바이하이는 샤오뤄의 얘기를 들을수록 더 긴장이 되었다.

“설마 아버지께서 돌아가신 건 아니겠지요?”

샤오뤄는 잠시 생각에 잠겼다가 다시 말했다.

“확실하지는 않아.”

그 순간 샤오뤄가 생각지도 못했던 일이 일어났다. 옌바이하이가 식당에서 국수를 먹고 있는 사람들을 아랑곳하지 않고 갑자기 입을 크게 벌리고는 울음을 터뜨린 것이었다.

“아버지—”

그는 울음을 멈추지 않았다.

“애초에 아버지가 제게 커우와이로 가지 말라고 하셨을 때 제가 아버지 말을 안 들어서 기어코 돌아가신 거로군요!”

그러고는 또다시 옆에 있던 노인을 밀쳐내며 말했다.

“모두 당신 때문이야. 당신이 나를 속였잖아. 당장 우리 아버지께 사죄해!”

그러면서 또다시 의자를 집어 들고는 노인에게 던지려 했다. 노인은 서둘러 탁자 밑으로 기어 들어갔다.

5

급히 서둘렀는데도 스무 날이 걸려서야 옌바이하이는 커우와이를 떠나 옌쟈쾅으로 돌아올 수 있었다. 평소에는 커우와이에서 옌쟈쾅으로 오는데 한 달 남짓 걸렸지만 옌바이하이는 사흘을 하루로 합치고 두 걸음을 한 걸음으로 합쳐 낮과 밤을 동시에 걸어 스무 날 만에 돌아올 수 있었다. 발에 커다란 물집이 잡힐 정도로 걸었다. 옌쟈쾅으로 돌아오기 전까지 옌바이하이는 마음이 불타는 듯이 초조하더니 옌쟈쾅에 돌아오자마자 몸이 마비되어 땅바닥에 쓰러지고 말았다. 도중에 길을 급히 걸었기 때문이 아니라 아버지가 이미 돌아가셨다고 생각했기 때문이었다. 울면서 집 문 안으로 들어서 보니 아버지가 뜰 안에 서서 젊은이 하나가 땅바닥에서 도끼와 대패를 가지고 작은 나무걸상을 만드는 광경을 지켜보고 있었다. 처음 보았을 때는 그도 아버지를 알아보지 못했고 아버지 역시 그를 알아보지 못했다. 아버지는 머리가 이미 반백이 되어 있었고 옌바이하이 역시 아이에서 청년으로 성장한 데다 먼 길을 급히 걸어오느라 면도하는 것을 잊어버려 얼굴에 수염이 가득했기 때문이다. 땅바닥에서 나무 걸상을 만들고 있던 사람은 그의 셋째 아우인 옌칭하이(嚴靑孩)였다. 알고 보니 옌칭하이도 슝쟈쾅의 목수인 라오슝의 도제가 되어 있었다. 집안의 방들도 많이 변해 있었다. 옌바이하이가 초조해 하는 모습을 보고 아버지 옌라오요우는 그에게서 이불 보따리를 받아 내려놓고서는 그에게 자초지종을 설명해주었다. 커우와이로 그에게 어서 돌아오라는 전갈을 보낸 것은 다른 것 때문이 아니라 그가 이미 자라 성년이 되었을 테니 혼사를 치러야 하기 때문이라는 것이었다. 이 년여 전에 옌라오요우와 함께 지주인 라오완의 집에서 소작농으로 있던 라오마가 세상을 떠났었다. 그가 라오마에게 관을 사주었더니 라오마의 아내는 자기 딸을 옌시네 집으로 시집을 보내려 했던 것이다. 옌라오요우는 일의 경위를 처음부터 끝까지 옌바이하이에게 자세히 설명해주었다. 옌바이하이는 마음을 졸이고 있다가 자신에게 결혼을 하라는 이야기인 것을 알고는 겉으로는 조금도 내색을 하지 않았지만 속으로는 자신이 정말로 어른이 되었고 몸 안에 뜨거운 기운이 용솟음치고 있다는 것을 깨닫게 되었다. 그가 물었다.

"라오마네 아가씨는 어디 있나요?"

가족들은 옌바이하이가 돌아왔다는 소식을 듣고는 모두들 그를 만나러 한곳으로 모여들었다. 옌라오요우는 여러 사람들 속에 섞여 있는 얼굴이 동그란 며느리를 가리켰다. 얼굴이 동그란 며느리는 품에 아이를 하나 안고 있었고 배가 불룩 나와 있었다. 알고 보니 집에서는 옌바이하이가 돌아오지 않고 아무리 기다려도 돌아올 기미가 보이지 않자 옌라오요우가 라오마네 딸을 옌바이하이의 동생인 옌헤이하이와 결혼시켰던 것이다. 옌라오요우가 옌바이하이에게 미안해하면서 말했다.

"너도 생각을 해 봐라. 벌써 이 년도 넘지 않았느냐."

그러고 나서 다시 말을 이었다.

"네가 집을 나간 지 사오 년은 넘는 것 같구나."

옌바이하이는 이미 돌이킬 수 없는 상황인 것을 알고는 자포자기한 심정으로 말했다.

"집에서 사흘만 머물다가 다시 커우와이로 돌아가겠습니다."

옌라오요우가 그를 말리고 나섰다.

"기다리거라. 다른 방법이 있단 말이다."

이어서 그는 다른 방법을 이야기하기 시작했다. 알고 보니 옌바이하이의 동생인 옌바이칭 역시 열일곱 살이 되어 마침 옌라오요우가 사람들에게 그를 위해 혼담을 꺼내놓은 상태였다. 신부감은 주쟈좡(朱家莊)의 지주인 라오원(老溫)네서 맷돌질을 하는 라오주(老朱)의 딸이었다. 얘기를 들어보니 라오주의 딸은 새색시가 아니었다. 나이는 열여섯이지만 이미 과부였던 것이다. 정확히 말하자면 또 과부도 아니었다. 작년에 그녀는 양쟈좡(楊家莊)에서 식초를 만드는 라오양(老楊)의 아들에게 시집을 갔었다. 당시 중국인들은 결혼을 일찍 하는 편이었고 라오양의 아들은 그녀보다 더 어려 겨우 열네 살이었다. 말하자면 둘 다 아이들인 셈이었다. 하지만 라오양의 아들은 라오주 딸의 발이 큰 것을 싫어했다. 1920, 30년대 중국에서는 여전히 여자들의 발이 작은 것이 환영받는 추세였다. 밤중에 라오양의 아들은 유리조각을 들고 가(당시는 유리가 막 진난에 전해졌을 무렵이었다.) 그녀의 발을 베어버렸다. 그녀의 발에는 커다란 상처가 났고 적지 않은 피를 흘렸다. 친정으로 가족들을 만나러 돌아갔을 때 신부의 엄마는 딸이 절룩거리며 걷는 것을 보고는 시집 갈 때는 다리를 절지 않았는데 어떻게 해서 다리를 절게 되었는지 물었다. 반나절을 캐묻자 딸은 울면서 사건의 진상을 털어놓았다. 라오주는 칠칠치 못한 사내로 지주에게 맷돌질을 해주는 것 외에는 아무 것도 할 줄 모르는 인물이었다. 반면에 라오주의 동생은 열성적인 성격으로 가을에는 엽총을 메고 면화 밭에 가서 토끼를 즐겨 잡았다. 얼마 전부터 조카딸이 고통을 받고 있는 것을 알게 된 그는 사람들을 열 몇 남짓 모아 엽총을 메고는 양쟈좡으로 쳐들어가 라오양네 식초 단지 열 몇 개를 전부 깨뜨려버렸다. 그러고 나서 이혼장을 쓰고 라오양네와 갈라선 뒤로 새색시는 줄곧 혼자 살고 있었다. 옌라오요우는 맷돌을 가는 라오주와도 친한 사이였다. 한번은 장터로 물건을 사러 갔다가 그와 마주쳤다. 라오주가 딸 얘기를 꺼내면서 옌라오요우에게 말했다.

"내 딸이 발이 좀 크긴 하지만 성격은 아주 온순하다네."

옌라오요우는 라오주의 말뜻을 알아차렸다. 집에 돌아와 아내와 상의를 하자 아내는 오히려 망설이는 태도를 보였다.

"그 집 딸아이를 내가 몇 년 전에 장에 갔다가 만난 적이 있는데 사람을 보고도 말을 하지 않더라고요. 혹시 그 애가 바보는 아닌지 모르겠더라고요."

그러고는 잠시 머뭇거리다 말을 이었다.

"게다가 그 애는 발이 아주 크잖아요. 고구마가 아니라서 칼로 깎을 수도 없고 말이에요"

또 이런 말도 했다.

"게다가 혼인한 경력이 있잖아요. 오줌통이나 마찬가지라고요. 남이 쓰던 오줌통이라니까요."

옌라오요우는 아내의 얼굴에 대고 호통을 치며 꾸짖었다.

"말 좀 안하면 어때? 말 한마디로 천 냥 빚도 갚는다는 말 몰라! 나는 평생 말을 해왔지만 그래도 머슴살이는 안 하잖아?"

그러고 나서 또 말했다.

"발이 큰 게 어때서? 발이 크면 일도 잘할 수 있다고 오히려 발이 작은 당신은 요강 하나도 들지 못하잖아."

그러고 나서 또 말했다.

"혼자면 어때? 혼자 지내봐서 말하는 데도 깊이가 있다고 당신처럼 입만 열었다 하면 천치 같은 소리는 안 한단 말이야."

옌라오요우는 마침내 결정을 내리고 중매쟁이에게 라오주네 집에 가서 혼자 살고 있는 라오주의 딸을 셋째 아들인 옌칭하이이의 배필로 혼사를 진행해 달라고 부탁했다. 이때 마침 옌바이하이가 돌아오자 잠시 생각을 바꿔 옌바이하이에게 새치기를 시키고 옌칭하이를 한 발 뒤로 물러나게 할 참이었다. 옌바이하이는 홀몸이라는 얘기를 듣고는 속으로 그다지 달가워하지 않았다. 옌칭하이는 원래 자신의 아내가 될 예정이었던 사람이 이제 옌바이하이에게 가게 되었다는 말을 듣고는 밤새 문틀을 붙잡고 울었다. 옌라오요우는 그를 발로 걷어차면서 말했다.

"멍청한 놈 같으니, 보리가 먼저 익지 밀이 먼저 익는다더냐?"

1929년, 양력으로 7월 6일에 옌바이하이와 주쟈챵에 사는 라오주의 딸은 혼례를 올렸다.

시집가던 날 라오주는 자신의 양피 저고리를 팔아 딸에게 금류자(金鎦子)를 하나 해주었다. 당시의 금류자를 오늘날에는 반지라고 부르게 되었다.

라오주의 딸이 옌바이하이에게 시집온 이듬해에 그녀의 아버지는 밤중에 맷돌질을 하다가 풍을 맞고 상한에 걸려 세상을 떠나게 되었다.

삼십년 뒤, 라오주의 딸은 옌셔우이(嚴守一)의 할머니가 되었다. 또 사십육 년 뒤에 옌셔우이의 할머니가 세상을 떠나자 옌셔우이는 그녀와 다시는 이야기를 나눌 수 없게 되었다.

▶ 2003년 베이징에서

특별한 인연

5년 전 겨울, 몹시 추운 1월 어느 날 저녁 베이징 차오양(朝陽)구에 있는 한 음식점에서 내가 좋아하는 한국 출판계 사람들과 함께 배가 터지도록 먹고 마시면서 한국에서 누리기 어려운 음식의 과장을 만끽하고 있었다. 갑자기 전화가 걸려왔다. 한 중국 작가가 나를 찾고 있다는 것이었다. 그것도 지금 당장.

서둘러 자리를 정리하고 택시를 잡아타고서 칭화(淸華)대학으로 달려갔다. 구면인 몇몇 중국학자들 사이에 오랜 베이징 생활에도 불구하고 촌티가 여전한 중년의 사내가 하나 앉아 있다가 자리에서 벌떡 일어나 초면인 나를 아주 반갑게 맞아주었다. 류전원이었다.

80여 권의 중국 저작물들을 한국어로 번역하는 동안 대부분의 저서들을 내가 먼저 선택했고 모든 저자들을 내가 먼저 찾아가 만났다. 중국의 저자들이 나를 알 리가 없기 때문이다. 유일하게 나를 알고 먼저 나를 찾은 저자가 바로 류전원이었다. 그가 어떻게 나를 알게 되었는지는 나도 아직 모른다. 어쨌든 나는 저자와 역자 사이의 이런 관계를 매우 특별한 인연으로 생각하고 있고, 늘 그에게 고마운 마음을 갖고 있다.

이런 특별한 인연으로 류전윈과 나는 이런저런 일로 한국에서만 다섯 번이나 만났고 중국에서는 셀 수도 없이 자주 만났다. 만나면 주로 내가 많이 떠들고 류전윈은 진지하게 내 얘기와 질의에 귀를 기울여주는 편이다. 그리고 항상 둘 다 유쾌했다. 작가와의 이런 소통이 그의 작품을 번역하는 내게는 무척 큰 힘이 된다. 번역하는 내 내 머릿속에 촌스럽게 웃는 그의 모습이 떠오르곤 한다. 이렇게 나는 그의 장편소설 두 편을 번역했고 이번에 또 이 책을 번역하게 되었다. 바로 뒤이어 그의 2011년 마오둔문학상 수상작인 『말 한 마디가 만 마디보다 낫다』를 번역할 계획이다. 사람들이 서로를 아는 데는 두 가지 방법이 있다. 하나는 서로 자주 만나면서 정을 나누는 친근함(acquaintence)이고 또 하나는 상대방에 대한 지식(knowledge) 이다. 이 두 가지가 균등하게 갖춰져야 두 사람의 관계는 안정적일 수 있다. 나와 류전윈 사이의 작가와 역자로서의 '특별한 인연' 만으로는 그의 문학을 제대로 알기 어려웠다. 그의 대한 지식은 그와의 만남보다 주로 그의 작품에서 얻을 수 있었다.

이 책에 담긴 중단편들은 우리의 농촌과는 조금 다른 중국 허난 성 시골 풍경과 사람들의 살아가는 이야기다. 그리고 무엇보다도 류전윈 자신의 지난 이야기이다. 소설이자 개인의 역사인 셈이다. 저자가 중국 신사실주의 소설을 대표하는 작가라는 말은 잠시 잊어두는 것이 좋겠다. 문학의 원형, 소설이라는 가장 흔한 문학 장르의 원형에 가까운 작품들인 만큼 선입관 없이 읽는 것이 더 좋을 것 같다. 문학의 가장 큰 효용이 감동의 전율과 이를 바탕으로 한 삶의 개선, 마모된 인성의 회복이라고 한다면 이 책에 담긴 작품들이야말로 이런 효용을 극대화할 수 있는 가장 경제적인 열독의 경험을 제공할 수 있을 것이다.

소설은 사적인 역사인 동시에 삶의 풍경이기도 하다. 이론이나 통계로 얻을 수 없는 중국과 중국인 대한 디테일한 인식을 중국 작가들의 다양한 작품들이 제공해준다. 이 책이 독자들에게 한 번도 구경해보지 못한 중국 허난 성 농촌의 또 다른 절경을 보여줄 수 있기를 기대해본다.

2012년 3월
김태성

작가 소개

류전윈(劉震雲)

1958년 허난 성(河南省) 옌진 현(延津縣)에서 태어났다. 인민해방군 제대 후 잠깐 고향에서 교사 생활을 하다가 문화대혁명 동안 중단된 대학 입시가 부활하자 1978년 베이징대학교 중문과에 입학했다. 『농민일보(農民日報)』에 입사해 문학부 주임으로 재직한 바 있다. 1988년에서 1991년까지 위화(余華), 모옌(莫言) 등과 베이징사범대학교 루쉰문학원 창작 연구생반에서 수학하여 문예학 석사학위를 받았다. 그는 현실의 자질구레한 일상을 여실하게 그리면서 과감한 언어적 실험으로 80년대 후반에 대두한 신사실주의 소설의 대표 주자로 손꼽힌다. 현재 중국 작가협회 전국위원회 위원인 그는 1급 작가 신분으로 루쉰문학상을 비롯한 여러 문학상의 심사위원으로 활동하고 있다.

『고향하늘 아래 노란꽃(故鄕天下黃花)』, 『닭털 같은 나날들(一地鷄毛)』, 『관리들(官人)』, 『핸드폰(手機)』, 『나는 유약진이다(我名子叫劉躍進)』 등의 작품을 발표했으며 2011년에 『말 한 마디가 만 마디보다 낫다(一句頂一萬句)』로 마오둔문학상을 수상했다.

역자 소개

김태성(金泰成)

1959년 서울에서 출생하여 한국외국어대학교 중국어과를 졸업하고 동대학원에서 타이완문학 연구로 박사학위를 받았다. 중국학 연구공동체인 한성(漢聲)문화연구소를 운영하면서 계간『시평(詩評)』기획위원, 한국외국어대학교 중국어대학 강사로 활동하고 있다.『고별혁명』,『중국 문화지리를 읽다』,『핸드폰』,『아이들의 왕』,『인민을 위해 복무하라』,『딩씨 마을의 꿈』,『나와 아버지』등 80여 권의 중국 저작물을 한국어로 번역했다.